NALINI SINGH
Dunkle Verlockung

NALINI SINGH
Dunkle Verlockung

Ins Deutsche übertragen von
Nora Lachmann und Cornelia Röser

Die Originalausgabe von *Burning Up* erschien 2010 bei The Berkley Publishing Group,
a division of Penguin Group (USA) Inc.
Copyright © 2010 by Penguin Group (USA) Inc.

Die Originalausgabe von *Angels' Flight* erschien 2012 bei The Berkley Publishing Group,
a division of Penguin Group (USA) Inc.
Copyright © 2012 by Nalini Singh

Deutschsprachige Erstausgabe Oktober 2012 bei LYX
verlegt durch EGMONT Verlagsgesellschaften mbH,
Gertrudenstraße 30–36, 50667 Köln.
»Hauch der Versuchung« erschien 2010 unter dem Titel »Whisper of Sin«
in der Anthologie *Burning Up*
Whisper of Sin © 2010 by Nalini Singh
»Engelsbann« erschien 2012 unter dem Titel »Angel's Wolf« in der Anthologie *Angels' Flight*
Angel's Wolf © 2011 by Nalini Singh
»Engelstanz« erschien 2012 unter dem Titel »Angel's Dance« in der Anthologie *Angels' Flight*
Angel's Dance © 2012 by Nalini Singh
Copyright © der deutschsprachigen Ausgabe 2012
bei EGMONT Verlagsgesellschaften mbH
Alle Rechte vorbehalten
All rights reserved including the right of reproduction in whole or in part form.
This edition published by arrangement with the Berkley Publishing Group,
a member of Penguin Group (USA) Inc.

1. Auflage
Redaktion: Jutta Schneider
Satz: Greiner & Reichel, Köln
Printed in Germany (671575)
ISBN 978-3-8025-8881-5

www.egmont-lyx.de

Die EGMONT Verlagsgesellschaften gehören als Teil der EGMONT-Gruppe zur
EGMONT Foundation – einer gemeinnützigen Stiftung, deren Ziel es ist, die sozialen,
kulturellen und gesundheitlichen Lebensumstände von Kindern und Jugendlichen zu
verbessern. Weitere ausführliche Informationen zur EGMONT Foundation unter
www.egmont.com.

Hauch der Versuchung (Gestaltwandler-Serie)	Seite 7
Engelsbann (Gilde der Jäger)	Seite 117
Engelstanz (Gilde der Jäger)	Seite 233

HAUCH DER VERSUCHUNG

Für May, Jennifer und Kay – die besten Freunde, die man sich nur wünschen kann!

THE SAN FRANCISCO GAZETTE

2. AUGUST 2072

Am Puls der Stadt: Ärger in Chinatown?

Gerüchte über eine neue Verbrecherorganisation in der Stadt werden bislang von der Polizei weder bestätigt noch dementiert. Auf den Straßen heißt es allerdings, eine Gang – die am Tatort stets ein schwarzes »V« hinterlässt – wolle die Macht über sämtliche illegalen Aktivitäten in San Francisco an sich reißen. Noch beschränkt sich der Aktionsradius von V auf Chinatown, aber unseren Quellen zufolge will die Organisation bald die ganze Bucht übernehmen.

In einer amtlichen Stellungnahme hat der telepathische Regierungssprecher Smith Jenson beteuert, V stelle keine ernsthafte Bedrohung dar. Bei allem gebotenen Respekt müssen wir leider feststellen, dass man auch völlig anderer Meinung sein kann. Mediale wie Mr Jenson und seine Kollegen mögen hoch oben in ihren Wohnungen sicher sein, aber Menschen und Gestaltwandler auf den Straßen haben bereits am eigenen Leib die neue Gefahr zu spüren bekommen. Noch sind keine Toten zu beklagen, aber es ist nur eine Frage der Zeit, wann das der Fall sein wird.

Unserer Meinung nach muss die Regierung schnellstens Flagge zeigen. Falls nicht, ist ihre Machtstellung in San Francisco in Gefahr.

1

Rias Strumpfhose war zerrissen. Ungläubig starrte sie auf ihre Füße. Wo waren bloß die Schuhe? Wahrscheinlich in der Gasse, in der irgendein Schwein versucht hatte, sie zu vergewaltigen, um auf diese Weise doch noch eine Art »Abschlag« auf das Schutzgeld zu bekommen, das ihre Familie nicht hatte zahlen wollen.

Etwas streifte ihre Schultern und legte sich warm und weich um ihren Körper. Eine Decke. Sie griff danach und zuckte zusammen, als ihre blutenden Handflächen die Wolle berührten. Sofort ließ sie wieder los. Die Decke rutschte auf die Kante des Rettungswagens.

»Lassen Sie mich die Decke halten.« Ria blickte in Richtung der tiefen Stimme und sah ein ihr unbekanntes Gesicht. Der Gestaltwandler, der den Angreifer gegen die Mauer geschleudert hatte, war blond und blauäugig gewesen und hatte sie an ihren ungestümen jüngeren Bruder Ken erinnert. Doch der Mann vor ihr war aus härterem Holz geschnitzt: Auf seinem markanten Gesicht lagen Schatten, die Augen waren bernsteinfarben wie lange gereifter Whiskey, das Haar war dunkel und dicht, durchzogen von goldenen Strähnen. »Komm schon, Schätzchen, sag was.«

Sie schluckte, suchte nach Worten, verlor sich aber im Wirrwarr ihrer Gedanken und versank im dumpfen Sumpf der Angst. Es war eine schreckliche Furcht, die sie in der Gasse im brodelnden Chinatown, nur wenige Minuten von ihrem Elternhaus entfernt, erfasst hatte – ein entsetzlicher Moment, der ihr ewig lang erschienen war. In Bruchteilen von Sekunden hatte sich die Welt um sie herum vollkommen verändert. Gerade hatte sie noch gelächelt, und im nächsten Augenblick war die Aufregung über die letzte bestandene Prüfung der Abendschule Schmerz und Schock gewichen, als der Kerl sie schlug und überall betatschte.

Weiches Mandarin erklang plötzlich, so völlig unerwartet und so willkommen, dass es durch den Schmerz und die Angst drang. Erstaunt sah sie wieder auf. Der Fremde fragte sie in der Sprache ihrer Großmutter, ob es ihr gut ginge. Sie nickte und fand endlich doch Worte: »Ich spreche Englisch.« Das hätte sie nicht extra sagen müssen. Im Gegensatz zu ihrer halb chinesischen, halb amerikanischen Mutter hatte Ria bis auf die Knochenstruktur nur wenig von ihrer Großmutter geerbt. Ihr Haar war glatt, aber nicht pechschwarz, sondern dunkelbraun. Die leichte Mandelform der Augen bemerkte man nur, wenn man sehr genau hinsah. Das Aussehen hatte sie mehr von ihrem amerikanischen Vater geerbt, der braunes Haar und braune Augen hatte.

»Wie heißen Sie?« Eine Hand legte sich auf ihre Wange.

Sie zuckte zusammen, doch die Berührung der großen Hand war sanft und geduldig. Nach einer Weile entspannte sie sich und genoss die Wärme der rauen Hände – der Mann war es offenbar gewohnt, mit den Händen zu arbeiten. »Ria. Und wer sind Sie?«

»Emmett«, sagte er sehr ernst. »Und ich bin für Sie verantwortlich.«

Sie runzelte die Stirn, die wahre Ria kämpfte sich durch den Nebel des Schocks. »Wer gibt Ihnen dazu das Recht?«

»Ich bin groß, ich bin stark und ziemlich sauer, dass es jemand gewagt hat, während meiner Wache Hand an eine Frau zu legen.«

Sie blinzelte. »Ihrer Wache?«

»Dorian gehört zu meinen Leuten«, sagte der Mann und nickte dem blonden Typen zu, der dem Täter die Knochen zerschmettert hatte. »Leider hat er gute Arbeit geleistet. Ich hätte das Stück Scheiße gern selbst auseinandergenommen.«

Gewalt war Ria noch nicht oft begegnet, aber sie hatte keinerlei Zweifel, dass ein Gestaltwandler vor ihr stand, der sich blitzschnell in einen Leoparden verwandeln konnte – und dass der Leopard keine Schwierigkeiten damit hatte, auf brutale Art Gerechtigkeit zu üben. In seinen Augen sah sie unbändige Wut … tief in ihnen flackerte etwas auf, das nicht ganz menschlich war.

»Er kann mir nichts mehr tun.« Eigenartigerweise spürte sie das Bedürfnis, den Mann zu trösten.

»Aber er hat Ihnen etwas getan.« Das konnte man nicht leugnen. »Ich werde nicht eher ruhen, bis ich das Nest ausgeräuchert habe, aus dem diese miese Schlange gekrochen ist.«

Ria schaute zu dem Mann, der sie angegriffen hatte und nun bewusstlos in der Gasse lag. Er lebte – gerade eben noch – aber er würde eine ganze Weile kein Wort von sich geben. »Der arbeitet nicht auf eigene Faust?«

»Sieht so aus, als würde er einer neuen Verbrecherbande angehören.« Die Decke rutschte wieder, und Emmett zog sie vorsichtig hoch. »Die DarkRiver-Leoparden haben verdammt viel Energie reingesteckt, um die Stadt von solchem Abschaum zu befreien, aber nun kriecht das Ungeziefer wieder hervor.«

Ria kannte das Leopardenrudel. Jeder in der Stadt wusste, wer die Leoparden waren. Sie lebten in den Wäldern des Yosemite-Nationalparks und hatten San Francisco zum Teil ihres Territoriums erklärt, als Ria noch ein Kind gewesen war. Ohne die Erlaubnis der Leoparden kamen keine anderen Raubtiergestaltwandler in die Stadt. Aber seit ein paar Jahren entfernten sie auch menschliche Raubtiere aus der Stadt.

»Ich kann Ihnen noch mehr über den Kerl erzählen«, sagte sie mit kräftigerer Stimme, da nun langsam die Wut in ihr aufstieg. »Er ist in das Geschäft meiner Mutter gekommen und hat eine

Kontonummer hinterlassen, auf die sie ein ›Schutzgeld‹ überweisen sollte. Wir haben gedacht, es wäre einer von den üblichen Strolchen.«

»Die Nummer hole ich mir morgen bei Ihnen ab. Jetzt müssen Sie erst einmal versorgt werden.« Er schob einen muskulösen Arm unter ihre Beine, legte den anderen um ihren Rücken und hob sie hoch, bevor sie wusste, wie ihr geschah.

Überrascht schrie sie auf.

»Ich lasse Sie schon nicht fallen.« Er murmelte beruhigende Worte und trug sie ins Innere des Rettungswagens. »Will Sie nur vor dem Wind schützen.«

Sie hätte sich wehren sollen, aber sie war zu müde; alles tat ihr weh, und er war so warm. Als er sich mit ihr hinsetzte, legte sie den Kopf an seine Brust und atmete tief ein. Sie seufzte schwer. Er roch so gut: heiß und männlich, sauber und frisch nach Aftershave. Obwohl er sich offensichtlich mehr als einmal täglich rasieren musste. Sein Kinn kratzte über ihr Haar, als er sie noch näher auf seinen Schoß zog. Aber dagegen hatte sie nichts, war ihr letzter Gedanke, bevor ihr die Augen zufielen.

Emmett strich der jungen Frau in seinen Armen, die ihn an einen Mink erinnerte, übers Haar. Sie war so zart wie ein kleiner Nerz und im Augenblick am Ende ihrer Kräfte. Wütend, weil jemand es gewagt hatte, ihr ein Leid anzutun, hielt er sie besonders vorsichtig, bis sie sich endlich entspannte. Als sie seufzte und sich an ihn kuschelte, knurrte der Leopard in ihm zufrieden. In diesem Moment warf Dorian einen Blick in den Wagen.

Der blonde Soldat nickte in Richtung Ria. »Geht es ihr gut?«

»Wo zum Teufel bleiben die Sanitäter?«, knurrte Emmett.

»Kümmern sich um das Stück Scheiße.« Dorian zuckte die Achseln. »Ich hätte ihn gleich umbringen sollen.«

Der wilde Teil von Emmett hätte Dorian gerne gesagt, er solle die Sache ein für alle Mal beenden, doch Emmett zwang sich, über die Wut des Leoparden hinauszudenken. »Wir brauchen alle Informationen über die Bande, die er uns geben kann, also hoffen wir mal, dass er nachher in der Lage sein wird, zu reden.«

»Jetzt könnten wir gut die Medialen brauchen«, murrte Dorian. Mediale waren die dritte Gattung im Triumvirat ihrer Welt. »Ein Telepath könnte dem Scheißkerl die Informationen aus dem Schädel reißen.«

»Ihr seid grausam«, ließ sich eine benommene weibliche Stimme vernehmen.

Ein Blick verriet Emmett, dass Ria die Augen geschlossen hatte. »Ja, das sind wir«, sagte er, vermutete aber, dass sie schon schlief. Ihre Wimpern lagen wie dunkle Halbmonde auf der verführerisch weißen Haut. Nur mit Mühe gelang es ihm, seine Aufmerksamkeit wieder Dorian zuzuwenden. »Hatte sie Kontaktnummern für den Notfall bei sich?« Der Soldat hatte Rias Sachen durchgesehen, während Emmett sich um die junge Frau kümmerte.

»Ja, die Eltern sind bereits auf dem Weg.« Dorians Zähne blitzten auf, als er lächelte. »Der Stimme nach zu urteilen, ist der Vater ziemlich geladen. Du solltest sie vielleicht nicht so ansehen wie gerade.«

»Kümmere dich um deinen eigenen Scheiß.« Emmett umfasste Ria noch ein wenig fester.

Dorian hob die Hände und zog sich lachend zurück. »Okay, deine Beerdigung.«

»Hol endlich die Sanitäter.«

»Ich glaube, Tammy kommt gerade. Sie kann dein Mädchen zusammenflicken.«

Kaum hatte Dorian das gesagt, tauchte die Heilerin der Leoparden an der Wagentür auf. »Lass mich mal sehen«, sagte sie mit sanfter Stimme und stellte ihre Tasche in das Fahrzeug.

Sobald sie die Berührung der Frau spürte, schlug Ria die Augen auf. Emmett strich ihr beruhigend über den Rücken. »Das ist Tamsyn, unsere Heilerin. Sie können ihr vollkommen vertrauen.« Zur Freude des Leoparden entspannte Ria sich beinahe augenblicklich wieder.

»Nennen Sie mich Tammy.« Die Frau lächelte. »Das machen alle.«

»Ich kenne Sie«, sagte Ria einen Moment später. »Sie haben einen großen Jadestein im Laden meiner Mutter gekauft.«

»Alex ist Ihre Mutter?« Tammy lächelte erneut, als Ria nickte. »Ich habe gefragt, ob sie mir etwas empfehlen könnte, womit ich meinen Dickschädel von Mann in die Schranken weisen kann, und sie hat nur gemeint, für einen dicken Schädel brauche man einen ebenso dicken Stein.«

»Das hört sich mehr nach meiner Großmutter an.«

Tammy grinste. »Ab einem gewissen Alter hören sich alle Frauen wie ihre Mütter an.« Sie zwinkerte.

Nun musste Ria trotz allem lächeln. »Dann bin ich dem Untergang geweiht.« Sie hielt Tammy die verletzten Hände hin. »Es tut eigentlich gar nicht mehr weh.«

»Hmm, lassen Sie mich mal sehen. Sind Sie auf die Hände gefallen?« Sie säuberte die Wunden von Schmutz und Steinen.

Ria nickte und zuckte zusammen, als Tamsyn etwas zum Desinfizieren auftrug. »Ja.«

Die Heilerin sah sich die gesäuberten Handflächen an. »Genäht werden muss nichts«, murmelte die nette Frau mit dem braunen Haar. »Darf ich mir Ihr Gesicht ansehen, meine Liebe?« Tammys Berührungen waren unglaublich kompetent und vorsichtig, obwohl sie groß wie ein Model war und sich ebenso elegant bewegte.

Ria hatte sich schon immer gewünscht, groß zu sein. Die Körpergröße hatte sie leider nicht von ihrem Vater geerbt, sondern war so klein geblieben wie ihre Mutter – allerdings ohne deren schlanken Körperbau. Ganz im Gegenteil: Ria war klein mit reichlich »Kurven«. Man konnte eher sagen, großzügig gepolstert. Ihre Mutter konnte sechs Klöße essen und hatte immer noch Platz für mehr. Sie selbst aß drei und legte fünf Pfund dabei zu.

»Sind Sie eingeschlafen?«, grummelte es in ihr Ohr.

Sie schüttelte den Kopf. »Hellwach.« Irgendwie jedenfalls.

»Hier und da Schrammen«, verkündete Tammy, »aber kein bleibender Schaden.« Sanft trug sie eine Salbe auf. »Das wird helfen, die blauen Flecken in Grenzen zu halten.«

»*Xie xie*«, entfuhr es Ria automatisch bei der Berührung. Tamsyns Hände fühlten sich an wie die ihrer Großmutter. Hände, die einen umsorgten. Hände, denen man trauen konnte.

»Gern geschehen.« Ria nahm Tamsyns Lächeln wahr, obwohl sie die Augen geschlossen hatte. »Emmett, du musst uns ein paar Minuten allein lassen.«

Ria spürte, wie der große Mann die Muskeln anspannte. Mühevoll öffnete sie die Augen und legte ihm die Hand auf die Brust, obwohl sie nicht wusste, woher sie den Mut dafür nahm. Erregte Gestaltwandlerleoparden konnten tödlich sein. Doch trotz seines finsteren Blicks hatte sie den Eindruck, diese Raubkatze würde ihr nie etwas tun. »Ist schon in Ordnung.«

»Tammy«, widersprach Emmett und sah noch finsterer drein, »sie schläft doch fast.«

»Ich muss ihr ein paar recht intime Fragen stellen«, sagte Tammy in ihrer ruhigen und gefassten Art. »Erst dann weiß ich, ob sie noch weitere Medikamente benötigt.«

Der Nebel in Rias Hirn lichtete sich erneut. »So weit ist es nicht gekommen. Er hat mich nur verprügelt.«

Ein gefährliches Knurren ertönte. Ria fuhr senkrecht in die Höhe, ihr Herz raste. »Was war das?«

»Emmett!«

Sie blinzelte bei dem Ton, den Tammy anschlug, und sah dem Mann ins Gesicht, der sie auf dem Schoß hielt. »Sie waren das?«

»Ich bin ein Leopard«, sagte er, als hätte ihn ihr Erstaunen seinerseits überrascht.

»Achten Sie nicht auf ihn«, sagte Tammy und fing Rias Blick auf, als sie sich an den Schrammen auf ihren Knien zu schaffen machte. »Sind Sie auch sicher? Niemand wird Ihnen Vorwürfe über das machen, was geschehen ist.«

Einer Frau wie dieser musste man einfach vertrauen. »Ich habe ihn mit der Handtasche geschlagen und ihm in die Eier getreten. Danach wollte er mir eher wehtun als ... Sie wissen schon.«

Tamsyn nickte. »In Ordnung. Aber wenn Sie mit jemandem reden müssen, rufen Sie mich an.« Sie legte ihre Karte in die Riesenhandtasche, die jemand aufgelesen und in den Rettungswagen gelegt haben musste, ohne dass Ria es mitbekommen hatte.

»Das ist ...«, sagte Ria gerade, als es vor dem Rettungswagen laut wurde.

»Wo ist meine Tochter? Sie da! Wo ist sie? Wenn Sie mir nicht sofort sagen, wo sie ist, werde ich ...«

»Mom.« Als ihre Mutter in den Rettungswagen kletterte und Tammy aus dem Weg schob, ungeachtet der Tatsache, dass die Heilerin sehr viel stärker und größer war als Alex, schossen Ria zum ersten Mal an diesem Abend Tränen in die Augen.

»Meine Kleine.« Alex fasste sie überall an und küsste ihr mit mütterlicher Wärme auf die Stirn. »Dieses Schwein!«

»Mom!« Ihre Mutter fluchte nie. Wenn Rias Großmutter gemein sein wollte, nannte sie Alex verklemmt, nur um zu sehen, wie diese in die Luft ging – Rias Großmutter hatte Dynamit im Hintern.

»Sie da!« Alex richtete einen zornigen Blick auf Emmett. »Was haben Ihre Hände auf meiner Tochter zu suchen?«

Die Hände hielten Ria nur noch fester. »Ich kümmere mich um sie.«

Alex hüstelte verschnupft. »Ist Ihnen nicht gerade gut gelungen, nicht wahr? Man hat sie doch hier überfallen, unweit der Hauptstraße.«

»Mom«, versuchte Ria die Vorwürfe zu beenden. Doch Emmett nickte ruhig. »War mein Fehler. Ich bringe das wieder in Ordnung.«

»Gut.« Alex wandte sich an Ria. »Deine Großmutter wartet auf dich.«

»Wie hast du sie dazu gebracht, zu Hause zu bleiben?«

»Ich habe ihr gesagt, dass du ihren ganz speziellen Jasmintee haben möchtest, wenn du zurück bist.«

Emmett war in einem starken, lebendigen Rudel aufgewachsen. Er würde mit Rias Familie schon fertig werden, hatte er gedacht. Doch da kannte er Rias Großmutter noch nicht. Ein Meter fünfzig reine Wut und mühsam zurückgehaltener Zorn, der deshalb nur umso beeindruckender war.

Natürlich kam Ria an erster Stelle. Etwas anderes hätte Emmett nie zugelassen, selbst wenn ihre Großmutter ihm nicht befohlen hätte, ihre Enkelin zu tragen – die lautstark verkündete, sie könne sehr wohl »selbst hineingehen, Himmel noch mal«. In dem Zimmer, in dem sie sich waschen und umziehen sollte, schlief ansonsten wahrscheinlich die Großmutter. Sobald Emmett seine Pflicht erfüllt hatte, war er in die Küche verbannt worden, um dort zu warten.

Rias Vater war am Tatort geblieben, wo man ihn davon abhalten musste, dem halb toten Angreifer den Rest zu geben. Rias älterer Bruder war ebenfalls noch dort. Deshalb saß Emmett nun mit Rias Mutter und ihrer Schwägerin Amber in der Küche. Alex und Amber sahen eher wie Schwestern aus. Rias Mutter war eine schöne Frau, klein und anmutig. Amber war ebenso zart – selbst in ihrem hochschwangeren Zustand. Ihre Arme wirkten zerbrechlich wie feines Porzellan.

Emmett saß reglos auf dem Stuhl, den man ihm zugewiesen hatte. Fast fürchtete er, schon eine zufällige Berührung von ihm könnte die beiden Frauen beschädigen. Ria jedoch wollte er fest in den Händen halten.

»Hier! Trinken Sie!« Jemand stellte mit einem Knall ein Getränk vor ihm auf den Tisch.

Eine Pfütze Jasmintee bildete sich um die kleine Tasse, und Emmett beschloss, kein Wort über Alex' Temperament zu verlieren. »Vielen Dank.«

»Glauben Sie etwa, ich hätte keine Augen im Kopf?« Sie bohrte ihm den Finger in die Schulter. »Glauben Sie, ich hätte nicht bemerkt, wie Sie meine Kleine ansehen?«

Niemand wagte es sonst, Emmett zu berühren oder anzugreifen. Er gehörte zu den gefährlichsten Leoparden im Rudel, und wenn man ihn reizte, konnte er unberechenbar werden. Für seine Schüler wäre es bestimmt ein Fest, zu sehen, wie er klein beigab, um niemanden zu verletzen. »Wie sehe ich sie denn an?«

Alex kniff die Augen zusammen. »Wie eine große Raubkatze ihr Fressen.« Rias Mutter krümmte die Finger zu Krallen und fuhr damit durch die Luft. »So!«

»Stellt das für Sie ein Problem dar?«

»Jeder Mann, der etwas von meiner Tochter will, ist ein Problem für mich.« Damit wandte sich Alex ab und trat wieder an den Küchentresen. »Und ihr Vater hat ein noch größeres Problem damit.«

Ob Alex wohl annahm, sie könnte ihm damit Angst machen?

»Ich bin in einem Rudel aufgewachsen.« Er war gewöhnt an nervige Gefährten, knurrige Väter und wilde, beschützende Mütter.

Amber lächelte, als sich Alex schniefend wegdrehte. »Mit Frauen haben sie in dieser Familie auch Probleme«, sagte sie in gespieltem Flüsterton. »Als das mit Jet und mir anfing, hat Alex mich beiseitegenommen und gesagt, wenn ich ihrem Sohn das Herz bräche, würde sie mich mit einem Nudelholz verprügeln.«

Alex schwang nun eben dieses Werkzeug in Ambers Richtung. »Vergiss das bloß nicht!«

Lachend umarmte Amber Alex. »Es geht ihr gut, Mom. Ria wird sich schon wehren – besser, als du und ich es je könnten.«

In diesem Augenblick kam der männliche Teil von Rias Familie zurück. Kaum war er über die Schwelle getreten, fragte Rias Vater: »Was zum Teufel sucht der hier?«

2

Ria ließ sich seufzend in das Schaumbad sinken, das ihre Großmutter für sie eingelassen hatte.

Kurz darauf klopfte es leise an die Tür.

»Komm rein, *Popo*.«

Ihre Großmutter trat ein. Obwohl sie so klein war und die vielen Runzeln in ihrem Gesicht beredt Zeugnis von einem erfüllten Leben ablegten, ging Rias Großmutter mit festem Schritt und hatte einen kristallklaren Blick. Miaoling Olivier trug noch einen ganzen Haufen Jahrzehnte in sich, wie sie gern zu sagen pflegte. Sie setzte sich auf den Toilettendeckel in eben dem Moment, als Rias Vater in der Küche losbrüllte.

»Geht das schon wieder los«, sagte Miaoling und verdrehte die Augen. »Manchmal glaube ich fast, wir hätten aus Versehen die Insassen einer Irrenanstalt ins Haus gebeten.«

Rias Lippen zuckten und in ihren Augen standen Tränen. »Sie sind bloß wütend und haben Angst um mich.«

»Schlaues Mädchen.« Rias Großmutter zog eine der ramponierten Hände an die Lippen. Sie küsste sie sehr sanft und liebevoll. Ria fühlte, wie etwas tief in ihr heilte. »Ich liebe dich, *Popo*.«

»Weißt du eigentlich, dass du die Einzige bist, die mich so nennt?«, fragte Miaoling. »Ken und Jet sagen beide Nana.«

»Darum bin ich ja auch dein Liebling und nicht sie.«

»Schsch.« Miaoling zwinkerte und legte Rias Hand zurück auf den Wannenrand. »Hast du dich schon bei dem jungen Mann bedankt, der dich gefunden hat? Vielleicht solltest du einen Kuchen für ihn backen.«

Ria musste grinsen. »Kein Interesse«, informierte sie ihre Großmutter, die stets aufs Neue Hoffnung hegte. »Er ist ein wenig zu hübsch für meinen Geschmack.« Der blonde Leopard war sicher ein gut ausgebildetes Mitglied des Rudels, aber so rank und schlank, dass er mehr einem jugendlichen Surfer als einem erwachsenen Mann glich. Emmett hingegen …

Ihre Großmutter seufzte. »Wenn du so weitermachst, verschrumpeln deine weiblichen Körperteile noch.«

Ria schnaubte lachend. »*Popo*!«

»Was denn? Ist nur die Wahrheit.« Miaoling wechselte vom perfekten Harvard-Englisch zu einem Slang, den sie nur benutzte, wenn sie mit jemandem sehr vertraut war. »In deinem Alter hatte ich deine Mutter schon im Ofen.«

»Die Zeiten haben sich geändert – und ich bin auch erst zweiundzwanzig, wohl kaum eine verschrumpelte alte Jungfer.« Ria lehnte den Kopf an die Wand. »Erzähl mir, wie du Großvater kennengelernt hast.«

»Warum? Das weißt du doch schon.«

»Bitte.« Es war eine tröstliche Geschichte, und Ria konnte Trost wahrlich gut brauchen.

»Na gut, für meine Riri.« Großmutter holte tief Luft. »Ich lebte damals auf einem Hof in der Provinz Henan, und meine Familie versuchte händeringend, eine Heirat für mich zu arrangieren. Aber, *ai*, ich war ein kleiner Teufel. Ich wollte keinen der Jungen, die sie anschleppten – zu dünn, zu fett, zu dumm, zu nah an Mutters Rockschößen.«

»Und das haben sie dir durchgehen lassen?«

»Ich war erstes Mädchen nach drei Jungen. War verwöhnt.« Ein stolzes Lächeln. »Ein Tag mein Vater kommt und sagt: Miaoling, du heute schön machen. Doktor aus Amerika kommt und sieht nach Augen von Alten.«

»Grauer Star.«

»Ja. Mein Vater sagt, vielleicht will verrückte amerikanische Doktor ja verrücktes chinesisches Weib, das auf niemanden hört. Natürlich ich sofort beschlossen, nix mögen Amerikaner.«

Ria kicherte, die Geschichte zog sie noch genauso in ihren Bann wie als Kind.

»Dann Großvater kam zum Essen. Und ich trug braunes Kleid, extra hässlich, und hässliche braune Schuhe.« Rias Großmutter strich ihr übers Haar, von dem sie einst gesagt hatte, es sei wie chinesische Seide, habe aber die satte schokoladenbraune Farbe eines vollkommen anderen Kulturkreises. »Doch Doktor ist schön. Schöne grüne Augen und schönes blondes Haar. Und ist nett. Lacht mich ganzen Abend still an. Merkt genau, was ich mache.«

»Er hat dich aber dennoch gefragt, ob du ihn heiraten willst.«

»Nach einer Woche. Und verrückte Miaoling sagen ja, und wir kommen nach Amerika.«

»So schnell«, sagte Ria kopfschüttelnd. »Hattest du denn keine Angst?«

»Pah, warum Angst? Wenn verliebt, keine Angst. Nur Ungeduld.«

»Sag es nicht, *Popo*!«

Doch es war schon zu spät. »Ungeduld zu benutzen weibliche Körperteile!«

Emmett verbarg sein Grinsen hinter der Teetasse. Seine Ohren waren leopardenscharf. Er hatte alles gehört, was Rias Großmutter gesagt hatte – und, verdammt und zugenäht, er war schon echt verliebt in die alte Dame! Kein Wunder, dass Rias Großvater die Frau geheiratet hatte.

Beim Aufschauen sah er den Ausdruck auf Alex' Gesicht, als ihr Mann sie in die Arme schloss. Hinter dem Getöse, das sie machte, verbarg sie ihre ehrliche Sorge um Ria. »Ihrer Tochter wird niemand mehr etwas tun«, sagte er leise und erhob sich.

Alle sahen ihn lange an, dann nickte Rias Vater Simon. Doch er sagte: »Meine Tochter ist nichts für Sie. Ria ist bereits vergeben.«

Emmett hob eine Augenbraue. »Sie trägt keinen Ring.« Und wenn so ein Blödmann zu dumm war, die Gelegenheit zu ergreifen, um seine Ansprüche geltend zu machen, war das nicht Emmetts Problem.

»Wird sie schon bald«, sagte Simon. »Wir sind seit Jahren mit Toms Familie, den Clarks, befreundet. Der Heiratsantrag ist nur noch eine Formsache.«

Emmett hörte immer noch Ria und ihre Großmutter im Bad kichern. Beide hatten in der Diskussion um den Gebrauch von »weiblichen Körperteilen« keinen Tom erwähnt. Der Leopard grinste katzengleich zufrieden in sich hinein, doch als Mann zeigte er keinerlei Regung. »Es kommt mir nicht so vor, als sei bei Ihrer Tochter bereits alles abgemacht. Sie wird ihre eigene Wahl treffen.« Wobei er natürlich dafür sorgen würde, dass die Wahl auf ihn fiele, aber das musste er ihren Eltern ja nicht auf die Nase binden. Noch nicht jedenfalls.

Nach einer kurzen Besprechung mit dem Alphatier der Dark-River-Leoparden und einer Reihe von Kameraden rieb sich Emmett zwei Stunden später die brennenden Augen, als Nathan ihm noch ein Bier ausgab. »Ich muss nach Hause, eine Runde schlafen.«

»Entspann dich erst mal«, sagte der Wächter, der einen der höchsten Ränge im Rudel bekleidete. »Den ganzen Abend warst du angespannt wie ein schussbereiter Bogen. Ist alles in Ordnung mit dem Mädchen, das angegriffen wurde?«

»Ja.« Emmett wollte mit niemandem über Ria sprechen. Schon gar nicht heute Abend. »Was hat Luc noch mal über die Medialen gesagt?« Gestaltwandler und die gefühlskalte Gattung kamen sich selten in die Quere, doch nach dem, was er heute mitbekommen hatte, könnte es diesmal dazu kommen.

Nate trank einen Schluck. »Du weißt ja, wie dominant sie in der Politik sind. Nach unseren Informationen könnten sie sogar versuchen, die Rotte selbst zu neutralisieren.«

»Warum? Die scheren sich doch einen Dreck um tote Menschen oder Gestaltwandler.« Der einzige Grund, warum die Medialen weiterhin an der Macht blieben, war ihre Fähigkeit, Reichtum zu scheffeln, von dem dann und wann auch etwas für die Wähler abfiel. Mal abgesehen davon, dass Konkurrenten um politische Posten für gewöhnlich auch schnell von der Bildfläche verschwanden, weil plötzlich irgendein Skandal auftauchte.

»Wir treten ihnen in letzter Zeit immer häufiger auf die Füße«, sagte Nate. »Mediale haben gerne immer und überall die Situation im Griff.«

»Dann sollten wir schnell handeln.«

»Ein wenig Zeit bleibt uns noch.« Nate stellte sein Bier ab. »Offensichtlich sind nicht alle Entscheidungsträger der Medialen überzeugt davon, dass wir wirklich eine Bedrohung darstellen.«

Emmett schnaubte. »Die nehmen auch nichts wahr, was sich außerhalb ihres Elfenbeinturms befindet, oder?

»Menschen und Gestaltwandler tauchen auf ihrem Radar kaum auf.« Nates Lächeln war mehr als zufrieden. »Und während sie damit beschäftigt sind, sich zu überlegen, ob sie sich überhaupt um uns kümmern sollen, übernehmen wir die Stadt.«

Emmett hob die Flasche und prostete ihm zu. »Auf unseren Erfolg.« Doch er dachte dabei weniger an die Übernahme der Stadt durch die Leoparden als an seinen eigenen Erfolg. *Komm, kleiner Nerz, spiel mit mir.*

Ria lag seufzend im Bett. Seit sie zu Hause angekommen war, hatte die Familie sie halb tot gekost und umsorgt. An anderen

Tagen hätte sie das verrückt gemacht. Heute hatte es ihr gut getan, so von Liebe umhüllt zu werden.
Wärme und Geborgenheit.
Sie entspannte sich, als ihr einfiel, wie es sich angefühlt hatte, zusammengerollt auf Emmetts Schoß zu sitzen. Noch nie zuvor hatte sie bei einem Mann auf dem Schoß gesessen. Die meisten Jungen, die es gewagt hatten, den Spießrutenlauf bei ihrer überbesorgten Familie auf sich zu nehmen, um mit ihr auszugehen, waren nette Jungs aus der Nachbarschaft gewesen. Gegen die war eigentlich nichts einzuwenden. Doch sie war nun mal mit einem Vater aufgewachsen, der mit erbitterter Leidenschaft für die Seinen sorgte, und einem älteren Bruder, der einen ähnlich stark ausgeprägten Beschützerinstinkt hatte. Die beiden hatten die netten Jungs zum Frühstück verspeist.
Ria träumte von einem Mann, der stattdessen mal die beiden ordentlich durchrüttelte!
Sie drückte das Kissen an sich und lächelte über diesen Gedanken. Man hätte meinen können, sie würde ihre Familie nicht mögen. Was der Wahrheit keinesfalls nahekam. Doch etwas überwältigend waren sie schon. Sie überrollten einfach alles. Und wie sollte sie einen Mann respektieren, der sich überrollen ließ?
Morgen komme ich wieder und sehe nach Ihnen.
Das hatte Emmett vor den Augen ihres Vaters gesagt.
Sie bekam am ganzen Körper eine Gänsehaut. Wie es sich wohl anfühlen würde, wenn diese großen, starken Hände über ihre Haut strichen, heiß und …
Ihr Handy läutete. Sie stöhnte, als sie die Nummer erkannte.
Tom.
Seufzend wollte sie gerade das Gespräch annehmen, doch der kleine Teufel in ihr stellte das Handy einfach aus. An Tom war nichts auszusetzen, bis auf seinen Wunsch, sie zu heiraten. Ihr Vater mochte Tom. Selbst Alex mochte ihn. Ria hatte auch kein

Problem mit Tom. Sie wollte ihn nur nicht heiraten. Oh nein! Sie träumte von einer Liebesgeschichte, wie ihre Großmutter sie erlebt hatte – und Miaoling war auch die Einzige in der Familie, die Ria beim Widerstand gegen die »großartige Verbindung« unterstützte.

Aus der Sicht von Alex und Simon war die Verbindung tatsächlich großartig. Tom hatte ebenso wie sie teilweise chinesische Vorfahren. Er war ebenso wie sie in den Vereinigten Staaten aufgewachsen und vertrat einen westlichen Lebensstil, ohne sein Erbe der anderen Kultur zu vergessen. Und das Schönste daran war, dass die Clarks und die Wembleys schon Freunde gewesen waren, noch bevor Tom und Ria geboren waren.

Es war perfekt.

Nur würde Tom nie mit ihr über einen Witz lachen, den nur sie beide verstanden, wie es Großvater mit Großmutter getan hatte. Er würde sie nicht mit sanfter Leidenschaft umarmen wie Simon Alex, wenn er glaubte, dass niemand es sah. Und er würde nie einen Streit mit ihr anfangen, nur um sich dann wieder zu versöhnen, wie Jet es bei Amber machte.

Warum sah denn niemand, dass sie auch nur dasselbe wie alle anderen wollte? Ihr ganzes Leben war sie zufrieden gewesen, nicht ebenso im Rampenlicht zu stehen wie Jet und der etwas jüngere Ken. Die mittlere der Geschwister zu sein war irgendwie ganz schön – es brachte ihr das Beste beider Welten und eine enge Beziehung zu beiden Brüdern. Doch bei ihrem Mann, in der Ehe, wollte sie die Nummer eins sein.

»Schlaf jetzt, Ria«, flüsterte sie sich beruhigend zu, denn sie wusste, dass sie sich in solchen Gedanken verlor, weil sie sich vor Albträumen fürchtete.

Doch als sie schließlich einschlief, landete sie nicht in einem Albtraum … sondern in den starken Armen eines Mannes mit grünen Raubkatzenaugen.

Am nächsten Morgen starrte Emmett finster in den Badezimmerspiegel. Kaum zu glauben, dass Ria nicht schreiend davongelaufen war, als er sie in die Arme genommen hatte. Sie war so zart und weich, eine satte Handvoll Frau. Er dagegen sah aus, als wäre er gegen eine ganze Anzahl Fäuste und Mauern gelaufen. Das mit den Fäusten stimmte, obwohl wie bei allen Gestaltwandlern der Schaden längst geheilt war. Im Spiegel sah er nur das Gesicht, mit dem er auf die Welt gekommen war. Noch nie hatte ihn sein Aussehen groß gekümmert, doch nun rieb er sich das stoppelige Kinn und beschloss, sich verdammt noch mal zu rasieren, bevor er bei Ria aufkreuzte.

Nach Rasur und Dusche war er sauber, sah aber immer noch wie ein Strolch aus, als er an ihrer Haustür klopfte. Nicht annähernd so hübsch wie der Junge, der gerade mit einem großen Rosenstrauß die Auffahrt heraufschlenderte.

Scheiße.

Warum zum Teufel hatte er nicht an Blumen gedacht?

»Hallo«, sagte der Junge mit elitärem Tonfall. »Ich heiße Tom.«

Emmett streckte die Hand aus. »Emmett.«

»Simon hat mir bereits am Telefon von Ihrer Heldentat berichtet«, sagte Tom mit einem freundlichen Lächeln, das aber nicht verbergen konnte, dass er Emmett taxierte. »Sie haben Ria gestern Abend geholfen.«

»Sind Sie ein Freund der Familie?«, fragte Emmett, nur um zu hören, was Tom darauf antwortete, als sich die Tür öffnete.

»Nein, er ist der Verlobte meiner Tochter«, sagte Alex und zog Tom am Revers heran, um ihm einen Kuss auf die Wange zu geben.

Emmett sah Tom an. »Von Ringen halten Sie nichts?«

»Es ist noch nicht offiziell.« Tom klang ruhig und selbstsicher, vollkommen überzeugt von seinem Anrecht auf die Tochter des Hauses.

Emmett lächelte nicht, doch der Leopard in ihm schnappte bereits mit den Zähnen. Dieser menschliche Bengel würde schon lernen, dass Leoparden einen Anspruch nur anerkannten, wenn die Frau diesem zugestimmt hatte. Und Ria fühlte sich nicht an diesen Kerl gebunden. Selbst wenn Emmett das Gespräch mit der Großmutter nicht mitbekommen hätte, deutete nichts in Rias Verhalten auf eine Bindung hin. Sie roch nicht nach Tom ... und sie hatte Emmetts Umarmung nicht abgewehrt.

Doch er sagte nichts von alledem und wandte sich stattdessen an Alex. »Könnte ich Ria sprechen?«

»Warum denn?« Alex kniff die Augen zusammen, während sie Tom ins Haus zog und gleichzeitig die Hand auf den Türrahmen legte, um Emmett den Eintritt zu verwehren.

»Ich muss wissen, ob ihr noch mehr zum Tathergang eingefallen ist.« Emmetts Leopard erkannte einen ebenbürtigen Widersacher sofort. Alex war eine furchterregende Bärin, die ihr Junges schützte. Aber Emmett hatte im Rudel bereits mit mehreren von der Sorte zu tun gehabt. »Das würde uns helfen, die Straßen sicherer für alle anderen Töchter zu machen.« Nein, er war sich nicht zu schade, auch emotionale Erpressung zu benutzen, um ins Haus zu gelangen.

Alex ließ die Hand sinken. »Hmm. Kommen Sie rein – aber wenn Sie Ria zu sehr aufwühlen, werde ich Sie persönlich windelweich schlagen.«

»So zerbrechlich bin ich nicht, Mom.« Rias vertraute Stimme erklang, und ihr vertrauter Geruch lag nun in der Luft – zart und frisch, aber mit einem Hauch von Würze.

Er sog die verschiedenartige Witterung ein. Der Leopard war auf der Hut, als Ria ihre Mutter umarmte und dann Tom die Blumen abnahm. Kein Kuss. Sehr gut! Die Krallen kratzten an Emmetts Haut, wollten nach draußen, wollten zerstören. Der hübsche Tom mit dem glatten Haar und der makellosen Haut machte den Leoparden zornig.

»Emmett.« Ria sah ihn an, große braune Augen, dichtes ebenso braunes Haar. »Wir können uns im Wohnzimmer unterhalten.«

Er nickte, Alex nahm die Rosen an sich. »Ich stell den Strauß ins Wasser. Tom kann sich zu euch setzen und dir moralische Unterstützung geben.«

»Wenn ich es recht überlege …«, begann Ria. Alex erstarrte mitten in der Bewegung. »Eigentlich hätte ich mehr Lust auf einen Spaziergang«, fuhr Ria fort, »dann könnte ich auch Emmett gleich zeigen, wo der Kerl mir aufgelauert hat. Ach, übrigens Tom: Großmutter möchte mit dir reden.«

Innerlich grinsend über die geschickte Art, wie Ria sämtliche Möglichkeiten bis auf die von ihr gewünschte ausgeschlossen hatte, trat Emmett aus der Tür und wartete, bis Ria sich zu ihm gesellte. »Setzen Sie sich öfters so geschickt durch?«, fragte er, als sie zusammen fortgingen.

»In meiner Familie muss man eine starke Persönlichkeit entwickeln«, sagte sie mit einem Anflug von Lächeln. »Das ist ein Überlebensmechanismus.« Sie griff in ihre Manteltasche und zog ein gefaltetes Stück Papier heraus. »Die Kontonummer.«

»Danke.« Er sah finster auf die blauen Flecken in ihrem Gesicht, die das Make-up nicht verdecken konnte. »Zeigen Sie mir Ihre Hände.«

Sie hielt die Handflächen nach oben. »Heilen gut.«

»Der Scheißkerl liegt im Koma«, grummelte Emmett und sah sich die Hände genauer an. Dem Leoparden gefiel es nicht, sie so gezeichnet zu sehen. Dem Mann noch weniger. »Kennen Sie einen Medialen, mit dem wir reden könnten?«

»Tja«, sagte sie, als er sich schließlich dazu überwunden hatte, ihre Hände loszulassen. »Die Steuerberaterin meiner Mutter ist

Mediale, aber ich glaube kaum, dass Ms Bhaskar sich mit Verhören auskennt.«

»Schade.«

»Also, gestern Abend ...«

»Können Sie wirklich schon darüber reden?« Er sah auf sie hinunter. »Wenn es zu schlimm ist, können wir das Gespräch auch ein paar Tage aufschieben.«

Leichter Ärger schien in ihren Augen auf. »Und was ist mit dem Vorhaben, die Straßen für alle Töchter sicherer zu machen?«

»Das ist wichtig«, gab er zu. »Die Bande, Vincents Rotte, ist eine Gefahr. Wenn wir sie nicht bald aus der Stadt vertreiben, verlieren wir das Anrecht auf unsere Stellung in der Stadt.«

»Tatsächlich?« Auf Rias Stirn erschienen Falten. »Warum denn?«

»Dabei geht es um Macht«, sagte er. »Ein Raubtierrudel kann nur ein Territorium beanspruchen, welches es auch halten kann – was nichts anderes heißt, als dass es in der Lage sein muss, andere Raubtiere daraus fernzuhalten. Die Rotte stellt unsere Autorität infrage. Ein anderes Rudel könnte dadurch auf den Gedanken verfallen, wir hätten kein Recht auf das Revier.«

»Was zu Blutvergießen führen würde«, sagte sie in ernstem Ton. »Die SnowDancer-Wölfe?«

»Sind gefährlich«, bestätigte er. »Doch sie haben schon ein recht großes Territorium. Unseren Informationen nach verfügen sie nicht über genügend Leute, um uns zu vertreiben.«

»Doch sie sind nicht die Einzigen, nicht wahr?« Ria schob die Hände in die Taschen des leuchtend roten Mantels und wies mit dem Kopf nach links. »In dieser Gasse hat er mich gepackt. Auf meinem Nachhauseweg von der Abendschule. Es war die Abschlussstunde.«

»Warum waren Sie allein?«, fragte er mit einem leichten Knurren in der Stimme. »Es war doch schon dunkel.«

»Gerade erst acht Uhr.« Wieder stieg Ärger in ihr hoch – Emmett zeigte schon ähnlich überbehütende Tendenzen wie ihre Eltern. »Und ich bin erwachsen, falls Sie das noch nicht bemerkt haben.«

Ein überraschtes Blinzeln. »Das habe ich sehr wohl bemerkt.«

3

Hitze breitete sich von ihrem Magen in sämtliche Glieder aus, gleich würde sie einen roten Kopf bekommen. »Dann lassen Sie das gönnerhafte Getue.« Sie nahm ihren Mut zusammen und sah in diese unglaublich faszinierenden Augen. »Außerdem war ich nicht unvorsichtig. Eine Menge Leute waren um diese Zeit noch unterwegs zu den Restaurants oder kehrten gerade von der Arbeit nach Hause zurück. Dieser menschliche Abschaum hat sich auf mich gestürzt, als gerade zufällig niemand in der Nähe war.«

»Er muss Ihnen also gefolgt sein und eine günstige Gelegenheit abgewartet haben.« Emmett starrte mit zusammengekniffenen Augen in die dunkle Gasse.

Hatte er nicht gehört, was sie gesagt hatte? »Das habe ich mir auch gedacht. Ich bin immer vorsichtig, wenn ich aus der Luftbahn steige, aber in dem Gewühl auf dem Bahnhof ist es schwer, so etwas wahrzunehmen.« Gestern Abend waren eine Menge Leute herausgeströmt, sobald die Bahn auf dem Boden aufgesetzt hatte, doch da genügend Leute denselben Weg wie sie gegangen waren, hatte sie nicht besonders darauf geachtet, ob jemand auffälliges Interesse an ihr zeigte.

»Solange wir die Rotte noch nicht ausgeschaltet haben«, murmelte Emmett, der immer noch die Gasse mit seinem Blick erforschte, »gehen Sie nirgends mehr alleine hin.«

Ihr blieb der Mund offen stehen. »Wie bitte?«

»Bis zum Tod«, sagte er und sah sie nun eindringlich an. »Das ist der Wahlspruch der Rotte. Sie folgen ihrem Opfer bis zum Tod. Die Typen werden Ihnen also wieder und wieder auflauern.

Das ist eine Frage der ›Ganovenehre‹.« Er spuckte das Wort fast auf die Straße. »Eine Scheißehre ist das, wenn man einer Frau dafür wehtut.«

Die unerschütterliche Überzeugung hinter diesen Worten traf sie tief. »Aber ich kann doch nicht nur zu Hause rumsitzen. Zum einen muss ich Bewerbungsgespräche führen.« Denn eine Arbeitsstelle war der Fahrschein zur Freiheit, dafür hatte sie lange hart gearbeitet. »Und dann muss ich meine Großmutter zu ihren Terminen begleiten.«

»Wer hat denn gesagt, dass Sie zu Hause sitzen sollen?« Ein Blick, der ihr durch und durch ging.

Mit Druck kam Ria gar nicht gut klar. »Also wenn ich nirgends alleine hindarf – und meine Großmutter werde ich auf keinen Fall in Gefahr bringen –, was soll ich denn dann machen? Einen Bodyguard anheuern?« Sobald ihr Vater davon hören würde, hätte er eine willkommene Entschuldigung, ihr die Suche nach einer Arbeit rigoros zu verbieten.

Simon und Alex Wembley liebten ihre einzige Tochter. Sie liebten sie so sehr, dass sie es nicht ertragen konnten, wenn die Welt ihr nur eine einzige Schramme auf der Seele zufügen würde. Das hatte zur Folge, dass Ria vor allem beschützt und in Watte gepackt aufgewachsen war. Wenn ihre Großmutter nicht gewesen wäre, wäre aus ihr vielleicht ein verwöhntes Gör geworden. Aber so war sie damit aufgewachsen, die Liebe ihrer Eltern zu schätzen … weil sie die Traurigkeit begriff, die dahintersteckte. Deshalb war sie nicht wie Ken aufs College gegangen – sie hatte ihren Eltern eine solche Sorge nicht zumuten wollen. Aber sie konnte nicht ewig in einem Kokon leben, nicht einmal ihrer Mutter und ihrem Vater zuliebe. Das war nichts für sie – es würde sie auf Dauer zerstören.

Doch ihre Eltern hatten das noch nicht begriffen. Für Simon und Alex bot die Heirat mit Tom den ultimativen Schutz: Als Frau eines Mitglieds des Clark-Clans würde sie nichts anderes tun müssen als hübsch auszusehen und nette Blumenarrangements herzurichten. »Emmett?«, drängte sie, als er weiterhin schwieg.

»Ich werde Sie beschützen.«

Ihr Herz klopfte. »Wie lange?«

»So lange wie nötig.«

Fast wäre sie einen Schritt zurückgegangen, weil er eine solche Kraft ausstrahlte. »Sie können nicht rund um die Uhr bei mir sein. Aber eine Eskorte am Abend von der Luftbahn nach Hause würde ich nicht ablehnen.« Sie war zwar unabhängig, aber nicht dumm.

»Die Rotte scheut sich auch nicht, selbst am helllichten Tag Leute zu entführen.« Sein Kiefer mahlte. »Sie bringen sämtliche Zeugen mit Drohungen zum Schweigen, und es wirkt dann so, als hätten sich die Opfer in Luft aufgelöst.«

Ihr Bedürfnis nach Freiheit wehrte sich gegen die Logik in seinen Worten. »Und meine Familie?«

»Vor dem Laden Ihrer Mutter haben wir bereits Soldaten des Rudels stationiert, um Ihr Haus herum ebenfalls. Die Rotte hat es darauf abgesehen, die Frauen der Familien zu treffen, deshalb sind Ihre Mutter, Ihre Schwägerin und Ihre Großmutter am meisten gefährdet.«

»Amber ist im achten Monat schwanger«, bemerkte Ria.

»Tatsächlich?« Er lächelte spöttisch. »Hab mich schon gewundert, was diesen Körperumfang ausgelöst haben könnte.«

Rita spürte, wie ihre Wangen ganz heiß wurden. »Sie geht sowieso nicht viel aus – wenn wir ihr von der Taktik der Rotte erzählen, wird es für sie wahrscheinlich ganz in Ordnung sein, eine Zeit lang im Haus zu bleiben.«

»Das würde uns die Arbeit sehr erleichtern. Und Ihre Mutter?«

»Keine Chance. Sie wird zur Arbeit gehen. Sie beugt sich keiner Drohung.«

»Überrascht mich nicht, ehrlich gesagt.« Er schüttelte den Kopf. »Nach Ihrer Großmutter frage ich gar nicht erst. Machen Sie ihr bloß deutlich, dass sie unauffällig begleitet wird, sobald sie allein das Haus verlässt.«

»Wie ich sie kenne, wird sie ihre Beschützer dazu bringen, ihr die Einkäufe zu tragen.«

Emmetts Augen leuchteten auf. »Und Sie?«

»Ich werde Sie ignorieren«, sagte sie und spürte eine eigenartige Unruhe in der Magengegend.

Weder zeigte er ein Lächeln noch eine andere freundliche Regung auf seinem Gesicht. »Nur zu, versuchen können Sie's ja.«

Emmett hatte die Computersteuerung im Wagen seiner Mutter repariert und rief diese an. »Ich bringe dir den Wagen morgen früh vorbei. War nichts Großes, nur ein Kurzschluss.«

»Danke, mein Kleiner.« Seine Mutter war die Einzige, die ihn »Kleiner« nennen durfte. Einmal hatte er das infrage stellen wollen, aber sie hatte ihn nur intensiv angeschaut, und er hatte seufzend klein beigegeben.

»Ist Dad schon zurück?«

»Nein«, antwortete sie mit ungewöhnlich fester Stimme. »Er gibt ein paar jungen Soldaten Extraunterricht. Falls sich die Dinge so weiterentwickeln, werden wir uns wohl den Medialen stellen müssen – und dann sollten wir gut vorbereitet sein.«

Da seine Mutter die Geschichte des Rudels verwaltete, hatten ihre Worte Gewicht. »Was hast du bemerkt?«

»Seit meiner Jugend habe ich die Taten des Rates der Medialen aufmerksam verfolgt«, sagte sie. »Jahr für Jahr wird ihre Welt dunkler und finsterer. Mittlerweile sind sie eiskalt geworden und entwickeln sich in eine Richtung, die mich um die Gattung als Ganzes fürchten lässt.«

Emmett hatte kein Mitleid mit den Medialen, denn er kannte ihre Schachzüge, doch seine Mutter hatte schon immer ein weiches Herz gehabt. »Lucas hört offensichtlich auf dich – auch ich soll mehr Trainingseinheiten anbieten.« Eigentlich hatte er nicht damit gerechnet, doch zu seiner eigenen Überraschung konnte er gut mit den jüngeren Rudelgefährten umgehen – ganz wie sein Vater.

Seine Mutter lachte auf. »Ich habe gehört, er hat dir die Zehn- bis Vierzehnjährigen zugeteilt.«

»Die werden mich Geduld lehren«, war sein trockener Kommentar.

»Ach, Emmett.« Sie lachte wieder. »Warum bist du nur ein Single? So ein wundervoller Mann wie du, der gut mit Kindern umgehen kann und seine Mutter vergöttert.«

Grinsend stellte er die Zeit auf dem Armaturendisplay ein. »Du bist auch überhaupt nicht voreingenommen.«

»Das muss ich bei meinem Kleinen doch sein.«

»Es gibt da jemanden«, sagte er zu seiner eigenen Verwunderung. »Aber sie ist ein wenig stur.«

»Ich mag sie jetzt schon.«

Ria versuchte Emmett zu ignorieren, so wie sie es angekündigt hatte. Aber es war nicht leicht, einen ein Meter neunzig großen Raubtiergestaltwandler zu ignorieren, insbesondere wenn er auf eine so ruhige Art gefährlich war wie Emmett. Selbst wenn er so wie jetzt vor der Tür stehen blieb, spürte sie noch seinen Blick im Rücken, als sie mit ihrer Großmutter den Laden betrat.

»Mit dem Tee wird es eine Weile dauern.« Miaoling tätschelte ihren Arm. »Geh und rede mit dem Leoparden, der dich anschaut, als wärst du leckeres Futter.«

Ihre Wangen wurden ganz heiß. »Tut er nicht.« Aber sie selbst musste ja auch gegen den verrückten Impuls ankämpfen, ihn zu streicheln ... nur um zu sehen, wie er reagieren würde. Würde er es zulassen? Allein der Gedanke bescherte ihr ein Ziehen im Unterleib.

Miaoling schnitt eine Grimasse.

Ria redete weiter, obwohl sie wusste, dass sie zu heftig protestierte. »Er beschützt uns nur, weil die Rotte die Kontrolle der Leoparden über die Stadt gefährdet.«

»Pah!« Miaoling wischte den Einwand mit einer Handbewegung weg. »Ich weiß, wann ein Mann hungrig aussieht. Und wenn du deine weiblichen Körperteile öfter nutzen würdest, würdest du es auch wissen.«

Zum Glück tauchte in diesem Augenblick Mr Wong auf und bemühte sich eifrig, Miaoling nach oben in seine Wohnung zu ihrer wöchentlichen Teekonferenz zu geleiten, wie die beiden es nannten. Die zwei hielten zusammen wie Pech und Schwefel. Ria hatte keine Ahnung, was auf diesen Konferenzen besprochen wurde, aber ihre Großmutter sah immer aus wie die Grinsekatze, wenn sie aus Mr Wongs Laden kam.

Anfangs hatte Ria gedacht, die zwei würden ... nun ja ..., aber ihre Großmutter hatte das unerwartet ernst klargestellt.

»Nein, Riri. Ich habe in meinem Leben nur einen Mann geliebt, und den liebe ich noch immer.«

Die tiefe Hingabe in diesen Worten hatte Ria Tränen in die Augen getrieben. Ihr Großvater war zwanzig Jahre älter als ihre Großmutter gewesen, und er war gestorben, als Ria fünfzehn war. Sein Tod hatte Miaoling schwer erschüttert, doch sie war nie vor Rias Augen zusammengebrochen. Die Liebe hatte ihr als Schutzschild gedient.

Miaoling sprach noch immer mit ihrem Mann, als könnte er sie tatsächlich hören. Vor Ria tat sie das ganz offen, doch nie, wenn die pragmatische Alex dabei war. Denn Ria konnte sie verstehen. Ehrlich gesagt hatte sie sogar manchmal, wenn sie mit ihrer Großmutter zusammen war, das Gefühl, ihr Großvater wäre ebenfalls im Raum und wachte über seine Frau, die ihn wie immer warten ließ, worüber er sich oft beklagt hatte.

Auch im Himmel wirst du mich warten lassen, nicht wahr, mein Liebling?

Das hatte ihr Großvater auf dem Sterbebett gesagt und dabei die Hand seiner Frau gehalten. Miaoling hatte ihn lächelnd geküsst und ihn bis zum Schluss noch aufgezogen und erheitert. Als Ria Miaoling jetzt nachsah, wie sie die Treppe hochstieg, zog sich ihr Herz zusammen. »Großmutter?«

»Ja?« Miaoling blickte zurück, ihr warmer Blick machte Ria schweigend Mut.

»Wie lange wird es dauern?«

»Vielleicht drei Stunden. Heute essen wir auch zu Mittag.«

»Dann werde ich mich draußen ein wenig umsehen.«

Ihre Großmutter lächelte und stieg weiter nach oben.

Als Ria den Laden verließ, stand Emmett links von der Tür und beobachtete die Straße. »Haben Sie jemanden, der bei meiner Großmutter bleiben kann?«, fragte sie.

»Dieser Jemand ist bereits drinnen«, sagte Emmett. »Mr Wong wird sie Ihrer Großmutter als seine neue Verkäuferin vorstellen.«

»Die hübsche Brünette, die gerade saubermacht?« Ria machte große Augen. »Sieht so aus, als könne sie keiner Fliege was zuleide tun.«

»Sie schlägt nicht nur Fliegen tot, sondern erledigt auch die meisten Männer mit einem einzigen Schlag.«

Ria fühlte sich plötzlich vollkommen unfähig. »Das würde ich auch gern können.«

»Meinen Sie das ernst?«, fragte er und sah sie von oben bis unten mit einem prüfenden und rein professionellen Blick an. »Ich kann Sie genügend Selbstverteidigung lehren, damit Sie sich nie wieder hilflos fühlen müssen. Sie sind körperlich fit und sehr beweglich. Die Grundzüge werden Sie schnell begreifen.«

Überrascht starrte sie ihn an. »Das würden Sie tun?« Zaghafte Hoffnung keimte in ihr auf – sie hatte schon geglaubt, Emmett wäre ebenso erstickend fürsorglich wie ihr Vater, doch nun wirkte es nicht mehr so.

»Wie viel Zeit haben wir?«

»Drei Stunden.«

Er drückte sich von der Hauswand ab. »Wir können in einem kleinen Kellertrainingsraum üben, den Rudelgefährten nutzen, wenn Sie die Stadt nicht für die Jagd verlassen können. Sie brauchen aber Sportkleidung.«

Ria überlegte. »Ich werde mir was kaufen. Zwei Blocks weiter ist ein Laden.« So würde niemand aus der Familie von dem Training erfahren. Widerspruch hätte sie zwar nicht abhalten können – aber sie wollte ihre Zeit nicht mit einem Streit verschwenden.

Emmett strich über Rias Arm, brachte sie in die richtige Stellung und fragte sich – ungefähr zum hundertsten Mal –, warum er sich so quälte. Selbst in der locker sitzenden Jogginghose und dem T-Shirt setzte die Frau, die gerade mit dem Rücken zu ihm stand, seinen Körper in Brand. Doch der kleine Nerz schien nicht auf Spielen aus zu sein. Seit sie den Trainingsraum betreten hatten, agierte sie rein zielgerichtet. Der Leopard war davon nicht begeistert. Der Mann noch weniger. Doch er würde sich Ria keinesfalls aufdrängen, sie sollte sich bei ihm nicht unwohl fühlen. Nicht, nachdem diese verdammte Verschwendung an Zellen und Zeit aus der Rotte ihr das angetan hatte.

»So.« Er ließ sie los. »Perfekt. Jetzt zutreten.«

Ria trat schnell und kräftig zu. Nicht elegant und geschmeidig, sondern hart und schmutzig. Emmett scherte sich nicht um Schönheit. Er wollte sicherstellen, dass Ria sich verteidigen konnte. »Üben Sie das, während ich ein paar Anrufe mache.«

Ria nickte und begann mit der Anfängersequenz, die er ihr gezeigt hatte. Sie lernte schnell, war jedoch als Mensch bei Weitem nicht so stark wie ein Gestaltwandler. Außerdem war sie klein und eine Frau. Deshalb würde er ihr beim nächsten Mal beibringen, wie sie alles nutzen konnte, was gerade zur Hand war. Das hatte sie vor zwei Tagen ja bereits mit ihrer Handtasche getan. Es sei denn, sie könnte fortlaufen. Sich dem Kampf zu stellen, würde für sie nie die beste Möglichkeit sein.

Er ging ein wenig zur Seite, ließ den süßen, kleinen Körper, der sich so entschlossen bewegte, aber nicht aus dem Blick, und gab die Nummer seines Alphatiers ein. »Habt ihr rausbekommen, woher die anonymen Anrufe stammen, die Amber auf dem Handy erhalten hat?« Ria hatte ihm am Morgen davon erzählt.

»Einweg-Handy.« Lucas' Ärger kam deutlich rüber. »Aber wir haben einen weiteren von den Scheißkerlen erwischt. Er war so dumm, ein Paar ausrauben zu wollen, während Clay auf Streife war.«

Emmetts Leopard grinste und zeigte seine rasiermesserscharfen Zähne. »Ist er tot?« Clay hielt nichts davon, Abschaum am Leben zu lassen.

»Clay hat ihm nur ein paar Rippen gebrochen, falls wir ihn noch befragen wollen. Noch weigert sich der Kerl zu reden, aber auf meine Anweisung hin streicht Clay als Leopard um ihn herum – sobald die Zähne ihm zu nahe kommen, wird das Schwein schon reden.«

»Was sagt dir dein Bauchgefühl? Kleines Licht oder dicker Brocken?«

»Sehr kleines Licht. Der weiß kaum was wirklich Wichtiges.« Lucas seufzte frustriert. »Bleib an dem Mädchen dran. Die werden alles versuchen, um sie zu kriegen, denn mit jeder Minute, die sie am Leben bleibt, verliert Vincent an Boden.«

Emmett folgte Rias Bewegungen. Die Rundung ihrer Pobacken würde wunderbar in seine Hände passen. »Ich lasse sie keinen Moment aus den Augen.«

4

Nach zwei weiteren Durchgängen wandte sich Ria zu Emmett um, der gerade wieder auf sie zukam.

Bei seinem wilden Blick standen ihr sämtliche Haare zu Berge. Der Mann sah wirklich *hungrig* aus. Noch nie hatte jemand Ria so angesehen. Es machte ihr fast Angst. Aber sie wich nicht zurück, sondern hielt ihre Stellung.

»Bereit für den nächsten Schritt?« Seine Stimme war tief, fast ein Knurren ... wie der Leopard in ihm.

Sie schluckte. »Sicher.«

Er stellte sich ihr gegenüber, noch immer trug er Jeans und T-Shirt. Es war nur zu offensichtlich, warum er sich nicht die Mühe gemacht hatte, sich umzuziehen – er war bislang nicht einmal ins Schwitzen gekommen, während ihr schon jeder Muskel wehtat. Nun krümmte er den Zeigefinger: »Komm schon, Mink, zeig mir, was ich dir beigebracht habe.«

Sie war so überrascht über den Kosenamen, dass sie vollkommen die Orientierung verlor. Nur einen Augenblick später war sein Gesicht ganz nah. »Was zum Teufel soll das?«, knurrte er. »Wenn Sie sich in einem Kampf ausklinken, sind Sie tot.«

»Sie haben mich Mink genannt!« Abschrecken ließ sie sich nicht.

»Ach ja?« Schneller, als jeder Mensch es vermocht hätte, schloss er die Hand um ihre Kehle, bevor sie begriff, was er tun wollte. »Dann sollten wir dafür sorgen, dass Sie kein toter Nerz werden.«

Mit zusammengekniffenen Augen langte sie hoch und versuchte, ihm mit der flachen Hand die Nase zu brechen. Er fing den Schlag mit der freien Hand ab. Ihr Knie war auf dem Weg in seinen Schritt, und als er sie davor abblockte, beugte sie sich vor und biss fest in seinen Unterarm.

»Mist!« Er hielt sie immer noch am Hals fest, musste den anderen Griff aber lockern, worauf sie wieder auf Augen und Schritt zielte. Ihr Knie traf auf etwas Hartes, bevor er sich fluchend wegdrehte. Sie machte weiter, trat zu, kratzte und versuchte sogar, ihm den kleinen Finger der Hand zu brechen, die um ihren Hals lag.

Schließlich gab er sie frei. »Waffenstillstand.«

Das Herz schlug ihr bis zum Hals, das Blut rauschte in ihren Ohren. Dabei hatte er nur mit ihr gespielt. Mit seiner Kraft und Übung hätte er sie in null Komma nichts zu Boden werfen können. »Wie war ich?«

Er sah auf seinen Unterarm. »Beißen habe ich Ihnen nicht beigebracht.« Knurrig.

Vielleicht hatte er doch nicht die ganze Zeit gespielt. »Hab ich aus eigenem Antrieb gemacht«, sagte sie, was zwar zum Teil der Wahrheit entsprach, zum Teil aber auch eine instinktive Reaktion auf seine provokante Art gewesen war. Ihre Augen fielen auf die Bissspuren. Tiefrot und deutlich sichtbar. Schuldgefühle keimten in ihr auf. »So heftig hatte ich nicht zubeißen wollen. Aber … es tut mir nicht leid.«

»Ach?« Er kam ganz langsam auf sie zu. Diesmal war sie auf der Hut. Mit einem Raubtier zu spielen, das die Krallen eingezogen hatte, war eine Sache, etwas ganz anderes war es, die Beute zu sein. Er kam noch ein Stück näher. Die Tür nach draußen war nur knapp einen halben Meter entfernt. Schnell machte sie einen Ausfallschritt nach links.

Zu spät.

Er kam ihr zuvor, und plötzlich klebte sie mit dem Rücken

an der Tür, und ihr war nur zu bewusst, dass sie ganz allein mit einem gefährlichen Leoparden in menschlicher Gestalt war. Doch sie spürte keine Furcht, sondern eine sonderbare Aufregung, als er die Hände neben ihrem Kopf aufstützte und sich vorbeugte. »Buuh!«

Sie zuckte zusammen und hätte sich dafür am liebsten selbst geohrfeigt. »Hören Sie auf, die große, böse Raubkatze zu spielen!«

Er blinzelte, und als sie die Wimpern wieder hob, hatten seine Augen nichts Menschliches mehr an sich. »Mmmh, ich rieche eine hübsche kleine Menschenfrau in meinem Revier.« Sie spürte seinen Atem an ihren Lippen, die grüngoldenen Augen forderten sie heraus.

Ihre Brüste streiften seinen Oberkörper und ihr Atem beschleunigte sich. »Du benimmst dich aber sehr schlecht«, warf sie ihm mit heiserer Stimme vor.

»Du hast mich gebissen.« Er legte den Kopf ein wenig schräg, und obwohl sie nur ein Glitzern zwischen seinen Wimpern wahrnahm, wusste sie, dass er ihre Lippen betrachtete. »Sag, dass es dir leidtut.«

Was sie dazu getrieben hatte, wusste sie später nicht. Sie öffnete die Lippen und sagte: »Nein.«

Noch bevor das Wort ganz heraus war, berührte sein Mund schon ihre Lippen. Noch nie in ihrem Leben war sie so geküsst worden. Er nahm ihren Mund vollkommen in Besitz, kostete mit seiner Zunge jeden Winkel aus, als wäre sie das feinste Naschwerk und er kurz davor, zu verhungern. Sein Körper umschloss sie wie eine heiße, undurchdringliche Wand. Und dann waren ihre Hände auf einmal unter seinem T-Shirt und berührten so fiebrig heiße Haut, dass sie aufstöhnte.

Ein Ton, der einem Knurren sehr ähnlich war, stieg aus seiner Brust auf und strömte aus seinem Mund. Bevor sie das noch ganz verarbeitet hatte, legte er die Hände um ihre Taille und hob sie hoch. Sie schlang ihre Beine um seine Hüfte und gab sich seinem fordernden Kuss hin. Feuer floss in ihr wie ein kochend heißer Strom. Dann strich seine große Hand über ihren Rücken nach unten und ergriff mit festem Druck ihren Po.

Sie löste die Lippen von seinem Mund und schnappte nach Luft.

Er folgte ihr und nahm sofort wieder ihren Mund in Besitz, sodass sie kaum dazu kam, Luft zu holen. Himmel! Er streichelte ihren Hintern, während er sie gleichzeitig leidenschaftlich küsste. Wild und rau. In ihrem Unterleib wurde es furchtbar heiß, noch heißer und auch feuchter war es zwischen ihren Beinen. Sie war ein wenig beschämt über ihre lüsterne Reaktion, doch die Vernunft wurde von ihrem donnernden Herzschlag übertönt, als die Lust in ihr wie eine helle Flamme auflöderte.

Kurz bevor ihr vollends schwindlig wurde, ließ Emmett kurz von ihr ab. Dann spürte sie die köstlichen männlichen Lippen wieder auf den Wangen und dem Hals. Und seine Hand auf ihrem Po ... Sie schluckte und versuchte, einen klaren Gedanken zu fassen, verlor den Faden aber sofort, als Emmetts Finger die heiße Stelle zwischen ihren Beine berührten. Sie schrie auf. »Hör auf!«

Flatternde Finger schickten weitere elektrische Schläge durch ihren Körper. »Bitte sag, dass du es nicht so gemeint hast.« Seine Bartstoppeln kratzten an ihrem Hals, als er sich vorbeugte und an ihrem Ohrläppchen knabberte. »Komm schon, Mink. Nur noch ein bisschen.«

Der Mann war ein Teufel. Und er roch so gut. Ein Hauch von Schweiß, köstlich männliche Hitze und der einzigartige, typische Duft von Emmett. Sie ertappte sich dabei, dass sie seine Wange küsste, fasziniert von dem Kontrast zwischen Haut und Bartstoppeln. »Ich steh nicht auf Gelegenheitssex.«

»Wer hat denn davon geredet?« Ein weiteres neckisches Fingerspiel, eine weitere Welle von Lust. »Mir schwebt eine gewisse Regelmäßigkeit vor.«

Der arrogante Kommentar hätte sie eigentlich abtörnen müssen. Doch stattdessen füllte sich ihr Kopf mit Bildern verschlungener Gliedmaßen und einem Männerbein, das sich zwischen ihre Schenkel schob. Emmett wäre sicher kein sanfter und anspruchsloser Liebhaber. Er würde fordernd sein und sich alles nehmen, was er kriegen könnte. Vielleicht würde er sie sogar beißen. »Das setzt eine ganze Menge voraus«, brachte sie gerade noch hervor.

Diesmal drückten seine Finger fester zu, statt nur sanft zu reiben. Sie hielt den Atem an, schloss die Augen und wartete, dass es vorbeiging. Doch er hörte nicht auf. Hob sie stattdessen noch höher, bis sie richtig saß ... und rieb sich mit langsamen kreisenden Bewegungen an ihr. Fast hätte sie aufgeschrien. Dann nahm er wieder die Finger zu Hilfe, und sie schrie tatsächlich.

Emmett erstickte Rias Schrei mit einem Kuss und heizte ihr weiter mit seinem Körper ein – und quälte sich selbst damit. Doch der feuchte, erotische Geruch, der von ihr aufstieg, war reines Ambrosia für seine Sinne. Er hätte sie gern abgesetzt oder sogar hingelegt – auf ein Bett, eine Spielwiese – ihre Schenkel weit gespreizt und sich an ihr gelabt. Das Blut in seinem Schwanz pulsierte, der Hunger des Leoparden fegte die Kontrolle des Mannes fast hinweg.

Mit aller Macht drängte Emmett das Bedürfnis zurück, Ria die Hosen vom Leib zu reißen, und konzentrierte sich stattdessen darauf, sie zum Höhepunkt zu bringen. Er wusste instinktiv, dass Ria keine Frau war, die Sex leichtnahm. Er würde sie nach allen Regeln der Kunst verführen müssen. Sie an der Kellertür eines Trainingsraums zu nehmen, würde ihr sicher nicht beweisen, dass ihre Erfüllung ihm wichtig war. So wichtig, dass er die

Zähne zusammenbiss, als er ihre Anspannung spürte, und sie streichelte, bis sie kam.

Ihre Fingernägel gruben sich in seine Schulter – warum zum Teufel hatte er das verdammte T-Shirt bloß angelassen? Er wollte die Kratzer auf seiner Haut, wollte die Gewissheit, dass sie ihn dort gezeichnet hatte. Nächstes Mal, versprach er der Raubkatze. Nächstes Mal. »Wunderschön«, murmelte er und küsste ihre Kehle, als sie erschauderte und dann in seinen Armen erschlaffte. »So weich und wunderschön.« Ganz mein. Der Leopard zeigte die Zähne bei dem Gedanken, doch der Mann verbiss sich ein besitzergreifendes Lächeln.

Dann nahm er die Hand von der wunderbaren Rundung, strich über ihre Hüften und streichelte sie, während die Wellen der Lust langsam in ihr verebbten. Ihr Blick war noch verhangen, als sie sagte »Lass mich runter.« Das klang nach einem Befehl.

Der Leopard knurrte, doch er gehorchte. Sie stützte sich mit den Händen an der Tür ab und sah zu ihm hoch. »Du bist aber nicht …« Ihre Wangen röteten sich.

Er schenkte ihr ein Lächeln, von dem er wusste, dass es etwas wild aussah. »Ich hätte gerne jede Menge Zeit, wenn ich langsam in dich hineingleite.«

»Sind alle Raubkatzen so von sich selbst eingenommen?«

Er zuckte die Achseln und beugte sich vor. »An andere Katzen solltest du gar nicht erst denken.«

Ria musste immerzu an Emmett denken. Als sie am Abend mit ihren Eltern am Tisch saß, erwischte sie sich wieder und wieder dabei, wie ihre Gedanken mitten im Gespräch abdrifteten. Emmetts Geruch schien sich in ihr Hirn eingebrannt zu haben. Sie hing Fantasien nach, in denen sie den Kopf an seinem Hals verbarg und er sich fest und hart an sie presste, als Alex' Stimme in ihren Tagtraum eindrang.

»Ria!«

Sie zuckte zusammen und sah ihrer Mutter in die Augen, hoffte nur, sie würde nicht allzu schuldbewusst aussehen. »Tut mir leid. Was hast du gerade gesagt?«

»Tom schaut nachher zum Kaffee vorbei. Willst du nicht ein Kleid anziehen?«

Ria umklammerte wie Stahlzwingen die Essstäbchen. Es reicht jetzt, dachte sie. Was eigenartigerweise nichts mit Emmett zu tun hatte. Vielleicht war sie durch ihn eher an diesen Punkt gekommen, aber den Weg dahin hatte sie schon vorher beschritten. »Mom«, sagte sie und legte die Stäbchen beiseite, »Tom interessiert mich nicht.«

Völlige Stille.

Simon brach sie als Erster. »Was ist bloß in dich gefahren? Ihr seid doch zusammen aufgewachsen – Tom kennt dich in- und auswendig. Er wird ein guter Ehemann sein.« Seinem Ton nach war das beschlossene Sache.

Ria sah ihn an. »Ich liebe dich, aber auch dir zuliebe werde ich keinen Mann heiraten, der glaubt, es würde reichen, mir ab und zu den Kopf zu tätscheln und mich den Rest der Zeit wie ein braves kleines Mädchen in die Ecke zu setzen.«

Um Simons Mund zogen sich tiefe weiße Falten. »Der Junge behandelt dich nur mit Respekt.«

»Er behandelt mich, als wäre ich minderbemittelt«, sagte Ria aufgebracht. »Letzte Woche hat er mir erklärt, ich müsse mir wegen der Finanzen keine Sorgen mehr machen, wenn wir erst verheiratet sind, er wisse ja, dass Mathematik Frauen verwirre.«

Alex gab einen erstickten Laut von sich, der Ria von dem unwilligen Ausdruck auf dem Gesicht ihres Vaters ablenkte. Alex' Gesicht zeigte eine Mischung aus Wut und Ungläubigkeit. »Das hat er nicht wirklich gesagt, oder? Das hast du dir nur ausgedacht.«

»*Popo?*« Ria wandte sich nach rechts.

Miaoling biss in eine gebackene Garnele und nickte. »Er hat es gesagt. Und dann gelächelt, als erwartete er ein Lob dafür.«

Alex' Finger zerknüllten das Tischtuch. »Was glaubt er, wer die Bücher im Laden führt?«

»Alex.« Simon nahm die Hand seiner Frau. »Das lenkt vom Thema ab.«

Alex atmete tief durch und nickte. »Du hast recht, Liebling, Tom ist eine gute Partie für dich, Ria. Bevor du diesen verrufenen Leoparden getroffen hast, hattest du doch auch kein Problem mit Tom.«

Ria nahm auch an, dass Emmett verrufen war – seine Bartstoppeln, seine fest zupackenden Hände und seine Augen, die verrieten, was für schlimme Dinge er mit ihr vorhatte. Aber …

»Er ist ein ehrenwerter Mann.« Der Ehrencodex gehörte so sehr zu ihm, dass sie sich fragte, ob er es selbst überhaupt noch wahrnahm. Deshalb war es für sie auch so leicht gewesen, sich im Trainingsraum gehen zu lassen – sie hatte darauf vertraut, dass er schon auf sie achten würde. Das war natürlich auch gefährlich und konnte ihr ein gebrochenes Herz bescheren, wenn sie nicht aufpasste. »Er beschützt unsere Familie.«

»Ganz genau«, mischte sich Jet in das Gespräch ein. »Vielleicht verbringt er jetzt Zeit mit dir, weil es zu seinen Pflichten gehört, aber er wird dich nicht heiraten. Die Raubkatzen bleiben unter sich.«

Ria spürte einen Knoten im Magen, denn ihr Bruder hatte vollkommen recht. »Hier geht es nicht um Emmett. Es geht um mich. Unter keinen Umständen werde ich Tom heiraten.«

»Und warum nicht?«, fragte Alex mit funkensprühenden Augen. »Er ist intelligent, sieht gut aus, hat einen guten Job und schenkt dir regelmäßig Blumen.«

Wütend warf Ria ihre Serviette auf den Tisch und stand auf.

»Wenn du ihn so großartig findest, warum heiratest du ihn dann nicht? Ich heirate jedenfalls keinen Mann, der in dem ganzen Jahr, in dem wir miteinander ›ausgehen‹, nicht ein einziges Mal versucht hat, mich richtig zu küssen.«

Ihre Eltern schrien empört auf, aber Jets ungläubige Stimme übertönte sie. »Im Ernst? Nicht mal mit der Zungenspitze? Du hast völlig recht – der Junge ist eine Niete.«

»JET!« Das war Alex. Eine wahre Flut von Mandarin ergoss sich über Rias Bruder.

Miaoling sah Ria an und zwinkerte. »Setz dich und iss.«

Ria verstand selbst nicht, warum sie gehorchte. Der Streit zog sich das ganze Essen über hin, doch nun waren ihre Eltern stinksauer auf Jet, weil der auf den Gedanken gekommen war, Tom könnte schwul sein.

Alex starrte ihren Sohn an. »Er könnte auch aus reinem Respekt deiner Schwester gegenüber so handeln.«

»Nie im Leben.« Jet schnaubte skeptisch. »So nobel sind Männer nicht, wenn sie eine Frau wirklich wollen.« Jet drehte sich zu seiner Frau um und senkte die Stimme. »Nachdem ich Amber gesehen hatte, wollte ich nur noch ...«

»Wenn du diesen Satz beendest«, drohte Alex, »spuckst du Feuer, weil ich dann nämlich einen ganzen Pott Chili in dein Essen streue.«

Amber grinste und warf Jet eine Kusshand zu. »Wisst ihr was, ich glaube, Tom will Ria heiraten, um eine ehrbare Frau zu haben und sich was Nettes nebenbei zu halten.«

Simon fiel die Kinnlade runter bei diesem skandalösen Beitrag seiner sonst so makellos distinguierten Schwiegertochter.

Miaoling biss in eine weitere Garnele. »Sie hat recht. Wie der Vater, so der Sohn.«

Stille. Noch tiefer als zuvor und noch schockierter.

5

Simon räusperte sich. »Mutter«, sagte er mit der Stimme eines Mannes, der wusste, dass er besiegt war. »Stimmt das auch wirklich?«

»Glaubst du, ich lüge?«

»Ich glaube, dass du alles für deine Lieblingsenkelin tun würdest.«

Miaoling lehnte sich gackernd zurück. »Das muss ich dieses Mal gar nicht. Wartet kurz.« Sie stand auf und ging in ihr Zimmer.

Ria zuckte die Achseln, als sich alle Blicke ihr zuwandten. »Schaut nicht mich an. Ich habe keine Ahnung.«

»Esst den Tofu«, sagte Alex zu den Wartenden. »Der wird schlecht, wenn wir ihn heute nicht aufessen.«

Alle aßen. Doch kaum war Miaoling zurückgekehrt, wurden die Bestecke hingelegt und das Essen interessierte keinen mehr. Mit dem Lächeln, das sie stets trug, wenn sie aus Mr Wongs Laden kam, setzte sich Miaoling und öffnete einen Umschlag. Ria machte große Augen, als sie das Foto in der Hand ihrer Großmutter sah: Toms Vater küsste mit Innbrunst eine Frau, die alle Welt als seine Sekretärin kannte. »Oh – mein – Gott.«

»Zeig mir das bloß nicht«, sagte Alex und hielt sich die Hände vors Gesicht. »Das kann ich nicht ertragen. Essie gehört zu meinen besten Freundinnen!«

Miaoling winkte ab. »Seine Frau weiß es. Und es ist ihr egal, denn so stört sie Tom Senior wenigstens nicht bei ihren Hobbys. Dieses Jahr bastelt sie Laternen.«

»*Popo*«, sagte Ria mit erstickter Stimme, »wie bist du …«

»Was glaubst du wohl, worüber Mr Wong und ich uns unterhalten?« Sie richtete den Blick auf Rias Eltern. »Wollt ihr etwas über die Wohnung wissen, die Tom seiner Mätresse gekauft hat?«

Alex sah aus, als würde sie gleich vom Stuhl kippen. »Mätresse?« Ihre Stimme war kaum zu hören.

Ihr Gerechtigkeitssinn brachte Ria dazu, Tom zu verteidigen. Schließlich war sie ja inzwischen auch mit Emmett liiert. »Niemand hat heutzutage noch Mätressen. Wahrscheinlich wartet Tom nur auf die richtige Gelegenheit, um mir zu sagen, dass er sich in eine andere verliebt hat.« Natürlich hätte er Manns genug sein sollen, um die Scharade ihrer Nichtverbundenheit in dem Moment auffliegen zu lassen, als er seine Freundin gefunden hatte, aber Ria würde ihn dafür nicht verurteilen. Es konnte gut sein, dass er Zeit gebraucht hatte, um die Kraft zu finden, sich gegen den familiären Druck aufzulehnen.

»Ich habe mit der jungen Dame gesprochen.«

Jet schrie laut auf, doch Amber bat ihn, ruhig zu sein, und fragte: »Wie denn das, Nana?«

»Ich bin eine schwache, alte Dame, brauche immer Hilfe.« Miaolings Augen blitzten. »Nettes Mädchen, viel zu nett für Tom. Er tut ihr so leid, weil er ein unattraktives, dickes Mädchen heiraten muss ...«

»Diese falsche Schlange!« Alex' Finger schlossen sich fest um ein scharfes Messer, und Rias Mitgefühl für Tom starb ein für allemal.

»Doch zwischen ihnen wird sich auch nach der Hochzeit nichts ändern. Tom hat alles so geregelt, dass er sie jeden Abend auf seinem Weg nach Hause besuchen kann. Er hat ihr sogar versprochen, mit ihr nach Paris zu fahren, sobald er seiner Frau nach der Hochzeit beigebracht hat, wie die Dinge liegen.«

Simon sah Ria an, in seinem Gesicht zuckte es. »Falls du jemals auf den Gedanken kommen solltest, Tom zu heiraten, fessele ich dich an Händen und Füßen und schicke dich nach Idaho zu meinen Eltern.«

»Ja, Dad.« Grinsend erhob sich Ria und umarmte ihre Eltern. Doch erst als sie mit ihrer Großmutter allein war, stellte sie die Frage, die sie am meisten beschäftigte: »War das für den Fall, dass ich nicht den Mut aufgebracht hätte, mich selbst zu wehren?«

»Nein, das sollte dir nur den Rücken stärken.« Miaolings runzelige Hand legte sich liebevoll auf Rias Wange. »Ich wusste, du würdest eines Tages deine Stimme erheben. Lass dir das nie von jemandem verbieten.«

Emmet war gleichermaßen zufrieden wie auch frustriert durch die Begegnung mit Ria. Nun versuchte er, sich auf das Abendtraining zu konzentrieren: Zweikampf ohne Waffen. In der Gruppe waren nur vier Schüler. Bei den Älteren, die schon weiter in der Ausbildung fortgeschritten waren, zog Emmett es vor, mehr Zeit für jeden Einzelnen zu haben.

»Jazz«, tadelte er, als das einzige Mädchen der Gruppe einen Jungen anlächelte und ihm dann flirtend eine Kusshand zuwarf – der Arme kam völlig aus dem Takt.

Die Raubkatze in Emmett amüsierte sich über diese Finte, doch der Mann setzte ein ernstes Gesicht auf. Wenn er das nicht tat, würde sie weiterhin alles tun, was sie wollte. Bei Leopardenweibchen hatte man alle Hände voll zu tun, auch ohne die Hormonschübe, die in der Pubertät dazukamen – kein Wunder, dass ihm die Hälfte des Rudels Beileidskarten geschickt hatte, als Lucas ihm die Führung der Horde Jugendlicher anvertraut hatte. Die andere Hälfte hatte ihn zum Trinken eingeladen.

»Ja, Sir?« Jazz schaute ihn an, als könnte sie kein Wässerchen trüben.

»Falls du nicht vorhast, deine Gegner nur mit einem Lächeln und Hüftwackeln zu besiegen«, sagte er, »schlage ich vor, du arbeitest mehr an der Koordination deiner Bewegungen. Da hapert es nämlich.«

»Keineswegs.« Sie richtete sich kerzengerade auf. »Ich bewege mich geschickter als alle anderen.«

Er sah fest in die herausfordernd blickenden Augen. »Zehn Klimmzüge. Sofort!«

Das Mädchen mit der ebenholzfarbenen Haut schluckte bei der ungewöhnlich harten Ansprache und trollte sich zur Stange. Emmett wandte sich den drei verbliebenen Jungen zu. »Irgendwelche Kommentare, meine Herren?«

Ein schlanker Junge namens Aaron trat vor. »Sie hat recht – bei der Koordination ist sie die Beste.«

»Heute nicht, da ist sie zu beschäftigt mit ihren Spielchen.« Er schickte die drei zurück zu ihren Übungen und wartete auf Jazz' Rückkehr.

»Nimm dir was zu trinken und setz dich«, sagte er, als sie mit rotem Kopf vor ihm stand, weil sie die Klimmzüge wie gefordert gestaltwandlerisch schnell durchgezogen hatte. Nachdem er sich davon überzeugt hatte, dass die Jungen genügend beschäftigt waren, hockte er sich vor sie. »Weißt du, warum du das machen musstest?«

Schulterzucken. »Ich war vorlaut.«

»Genau.« Weil er sich aber auch mit dem Stolz junger Frauen auskannte, zog er an einem ihrer Zöpfe. »Du bist die Klassenbeste.«

Ein schmales Lächeln zeigte sich auf ihrem Gesicht.

»Aber, Kätzchen«, sagte er und sah ihr in die Augen, »damit wirst du nicht weit kommen, wenn du dein Temperament nicht besser in den Griff bekommst. Du kannst weiterhin Jazz sein, meinetwegen auch ein Klugscheißer, wenn du das willst …« Die Bemerkung brachte ihm ein weiteres Lächeln ein. »Aber du musst lernen, dich der Hierarchie anzupassen.« Denn nur dadurch blieben Gestaltwandlerrudel stark, obwohl sie meist zahlenmäßig den beiden anderen Gattungen unterlegen waren. Und falls seine Mutter recht behielt, würde ihre innere Stärke in den nächsten Jahren noch viel wichtiger werden. Die Jugendlichen waren alle sehr unabhängige Raubtiergestaltwandler; er musste sie lehren, als Einheit zu funktionieren.

»Ich glaube, ich verstehe, was du meinst«, sagte Jazz nach einer Weile »Wächter und Soldaten können das Alphatier nur schützen, wenn sie hundertprozentig sicher sind, dass sie sich aufeinander verlassen können.«

»Ganz genau.« Er stand auf und zog sie auf die Füße. »Los jetzt: das übliche Training, dann machen wir mit dem Zweikampf weiter.«

Sie zeigte beim Grinsen die Zähne. »Heute werd ich den Jungs tüchtig in den Arsch treten.«

Lachend beobachtete er, wie sie sich mit eleganten Bewegungen dem Rhythmus der anderen anpasste, und fragte sich, was Ria wohl von den Mitteln halten würde, mit denen das Rudel seine Zukunft sicherte. Würde sie es verstehen, oder würde die Gewalt sie abstoßen, die Aggressivität, die nun mal zu einem Raubtiergestaltwandler dazugehörte? Wobei er nicht vorhatte, solche Dinge mit ihr zu besprechen. Jedenfalls nicht, solange es sich vermeiden ließ. Sie war in einem sehr behüteten Umfeld aufgewachsen. Warum sollte sie sich um Dinge sorgen, die sie nichts angingen? Der Schutz des Rudels war allein seine Aufgabe. Was er mit Ria Wembley vorhatte, drehte sich ausschließlich um Lust ... um köstliche, höchst dekadente Lust.

Erwartungsvolle Erregung brannte in seinem Körper.

Nach dem explosiven Geschehen im Trainingsraum blieb Ria zwei Tage lang zu Hause und grüßte Emmett nur kurz, wenn sie ihn zufällig sah.

Am zweiten Tag sah er sie finster an, als sie sich aus dem Fenster beugte. Sie glaubte zu wissen, was er dachte: dass sie Angst bekommen hatte, nachdem sie sich in seinen Armen aufgelöst hatte – doch obwohl es sie reizte, hinauszustürmen und das richtigzustellen, blieb sie, wo sie war.

Denn das war nicht der einzige Reiz, den Emmett auf sie ausübte – ihr Körper ließ ihr keine Ruhe. Nun, da sie wirkliche Lust kennengelernt hatte, wollte sie mehr davon. Die schlaflosen Nächte waren in vielerlei Hinsicht frustrierend, und die verdammte Raubkatze sollte ihr das büßen.

Doch erst musste sie noch etwas anderes erledigen.

Am dritten Tag nach dem berückenden Erlebnis, an eine Kellertür gedrückt und fast bis zur Besinnungslosigkeit geküsst worden zu sein, trat Ria aus dem Haus. Sie trug ein Kostüm in einem dunklen Pfirsichton und dazu eine weiße Seidenbluse. Emmett sah sie von oben bis unten an, dann glitt sein Blick noch einmal über sie hinweg ... ganz langsam. Als er fertig war, hatte sie das Gefühl, ihre Wangen müssten die Farbe des Kostüms angenommen haben.

»Gefällt mir.« Wie das Schnurren einer Katze.

Sie gab ihm eine Liste. »Vorstellungsgespräche.«

Er hob eine Augenbraue, als er die Liste durchsah. »Warte. Ich sorge dafür, dass jemand das Haus bewacht, dann können wir gehen.«

»Noch immer keine Spur von Vincent?«

Nachdem er seine Leute neu eingeteilt hatte, steckte Emmett das Handy weg und schüttelte den Kopf. »Der Widerling hält den Ball flach. Er glaubt wohl, wir würden irgendwann aufgeben.«

Was natürlich keine Option war, wie sie genau wusste. »Ihr habt die Hände nicht in den Schoß gelegt.« Emmett hatte nur morgens und abends bei ihnen vorbeigeschaut. Zu den anderen

Zeiten hatten sich Soldaten und Soldatinnen des Rudels abgewechselt.

»Wir überwachen seine Basis.« Ein raubtierhaftes Lächeln. »Wir kriegen ihn schon.«

Sie nickte, hatte aber das deutliche Gefühl, dass er ihr nicht alles sagte. Warum sollte er auch, stellte ein Teil von ihr fest. Sie war ja nur jemand, den er beschützen sollte. Vielleicht fand er sie auch scharf, aber Jet hatte schon recht: Die Raubkatzen hielten zusammen. Sie kannte keinen Leoparden, der eine längere Beziehung mit einem Menschen eingegangen war – weder sexuell noch geschäftlich noch sonst irgendwie. »Emmett«, hob sie an, um diese Frage zu stellen, als ihr aufging, er könnte darin eine Erwartung vermuten.

»Ja?«

»Ach, nichts.« Sie schüttelte den Kopf. »Der erste Termin ist etwa zehn Minuten von hier.«

Kurz wirkte es so, als wolle Emmett den angefangenen Satz weiter verfolgen, doch zu ihrer Erleichterung sagte er nichts, als sie sich in Bewegung setzte – eingeklemmt zwischen der sicheren Ladenzeile und Emmetts großer Gestalt auf der anderen Seite. Seine konstante Aufmerksamkeit gab ihr ein Gefühl tiefer Sicherheit.

»Wofür bewirbst du dich denn?«, fragte er, als sie noch einen Block von dem ersten Unternehmen entfernt waren.

»Sekretariat«, sagte sie und verzog das Gesicht. »Ich würde am liebsten selbstständig arbeiten: alle Arbeiten und Termine für den Chef organisieren, aber das ist noch Zukunftsmusik. Zuerst muss ich Erfahrungen sammeln – und werde wohl als Mädchen für alles enden.«

Emmett lachte. »Das wirst du bestimmt nicht lange bleiben.«

»Nein, sicher nicht«, sagte sie und holte ein paar Mal tief Luft. »Hier ist es. Wünsch mir Glück.«

»Das mache ich drinnen.« Er hielt ihr die Tür auf.

»Ich kann doch nicht mit einem Bodyguard zum Vorstellungsgespräch erscheinen.«

Ein steinharter Blick. »Vincent wusste, wann dein Unterricht zu Ende war. Ist gut möglich, dass er auch weiß, um welche Stellung du dich jetzt bemühst.«

Sie biss die Zähne zusammen. »Das ist eine alteingesessene Firma. Ich glaube kaum, dass mir von dem sechzig Jahre alten Manager eine Gefahr droht.«

»Du wirst mit niemandem allein hinter geschlossenen Türen reden.«

Ria stritt sich mit Emmett, bis sie kurz davor war, ihn anzuschreien, doch er gab nicht nach. Wie vorauszusehen war, liefen die Gespräche entsprechend schlecht. Der erste Manager war so beleidigt, dass man ihn für eine Gefahr hielt, dass er sie ohne ein weiteres Wort hinauskomplimentierte. Die beiden nächsten waren Frauen, die ihre Augen nicht lange genug von Emmett abwenden konnten, um Ria zuzuhören. Als eine von ihnen ihr schließlich doch etwas Aufmerksamkeit widmete, war es nur, um ihr mit einem bedauernden Lächeln mitzuteilen, dass Büroarbeit vielleicht doch nicht das Richtige für sie sei.

Ein Aufpasser schaffte nicht gerade Vertrauen in ihre Fähigkeiten.

Vor dem vierten Vorstellungsgespräch war Ria den Tränen nahe, aber nicht aus Angst, sondern vor Wut. »Vielen Dank, dass du meine Möglichkeit, eine Arbeit zu finden, torpedierst«, sagte sie, als sie in der Nähe von Chinatown aus der Luftbahn stiegen; sie waren inzwischen durch die ganze Stadt gefahren.

»Ria«, sagte Emmett beschwichtigend.

Sie hob die Hand. »Büroarbeit ist genau das Richtige für mich. Ich führe meiner Mutter seit Jahren die Bücher. Und nicht nur das, ich führe auch die Bücher für den Rest der Familie.

Ich stelle sicher, dass mein Vater seine Termine wahrnimmt und Amber rechtzeitig zur Vorsorge geht, dass Großmutter ihre Medikamente nimmt und Jet nicht vergisst, unseren Tanten in Albuquerque Neujahrsgrüße zu schicken. Büroarbeit ist genau das Richtige für mich, verdammt noch mal!«

»Hab nie das Gegenteil behauptet.«

Der besänftigende Tonfall rief in Ria den Wunsch wach, Emmett kräftig zu beißen. »Oh nein, du hast einfach nur daneben gestanden, als könnte ich nicht selbst dafür sorgen, dass mir niemand was tut. Das im Trainingsraum war alles nur ein verdammter Mist!«

Finster war gar kein Ausdruck für seinen Blick. »Nimm das sofort zurück.«

»Das habe ich doch nicht gemeint, du Blödmann. Ich rede von dem Ursinn mit der Selbstverteidigung. Das sollte mich nur beruhigen. Du traust mir ja nicht einmal zu, dass ich schreien kann.« Das hatte er ihr als Erstes beigebracht: Schrei, so laut du kannst, und lauf weg. »Und weißt du was, dann war alles andere auch nur ein verdammter Mist.«

»Jetzt halt aber mal die Luft an.«

6

Sie achtete nicht weiter auf ihn, ging durch die Automatiktür des mehrstöckigen Gebäudes, in dem sie den nächsten Termin hatte, und trat an den Empfangstresen. »Hallo«, sagte sie zu der gepflegten Frau auf der anderen Seite, deren Haut einen dunklen Mahagoniton hatte. »Ich habe eine Verabredung mit Lucas Hunter.«

Die Frau sah über Rias Schulter, Überraschung blitzte kurz in ihren Augen auf, doch ihre Stimme hatte einen rein professionellen Ton, als sie fragte: »Wie heißen Sie?«

»Ria Wembley.«

Die Frau schenkte ihr ein warmes Lächeln. »Sie sind fünfzehn Minuten zu früh. Wenn Sie hier warten, lasse ich Sie wissen, wenn Lucas das Gespräch mit dem vorherigen Bewerber beendet hat.«

»Vielen Dank.« Zu spät fiel ihr auf dem Weg zur Sitzgruppe ein, dass sie den Namen des Unternehmens gar nicht kannte. In der Anzeige hatte nur gestanden, dass eine kleine, aber aufstrebende Baufirma Verwaltungsleute suchte. Da die Anzeige vom College überprüft worden war, bei dem sie ihre Ausbildung gemacht hatte, hatte sie das Fehlen eines Namens nicht weiter beunruhigt. Aber ihre Unwissenheit würde vielleicht nicht besonders gut ankommen … falls dieser Hunter sie überhaupt sehen wollte, nachdem er von Emmett erfahren hatte.

Sie drehte auf dem Absatz um, umrundete Emmett und wandte sich noch einmal an die Rezeptionistin. »Entschuldigung. Mir ist aufgefallen, dass draußen an der Tür kein Firmenname steht.«

Der Blick der Frau glitt erneut zu Emmett. Ria schäumte.

Doch die hübsche Brünette wirkte nicht so, als wollte sie ihre Chancen bei ihm testen. »Die Sache ist die«, sagte sie nach einem kurzen Zögern, »der Name steht noch nicht fest ... die Partner diskutieren noch darüber.«

»Ach.« Das war seltsam, aber nicht seltsam genug, um sie zu vertreiben. Bittsteller konnten nicht wählerisch sein. Sie nickte zum Dank, ging zu der bequemen Gruppe von Sesseln links vom Empfangstresen und setzte sich auf einen Platz in der Sonne.

Emmett machte sich neben ihr breit. »Was wir getan haben, war keinesfalls Mist. Und außerdem wusste ich gar nicht, dass du fluchen kannst.«

Seine flapsige Art ärgerte sie nur noch mehr. »Wenn du mich mit der einen Sache belogen hast, warum solltest du dann mit der anderen die Wahrheit sagen?«

»Moment mal. Ich habe dich nie belogen.«

»Ach, nee? Warum bringst du mir erst Selbstverteidigung bei, wenn du mich dann doch wie einen hirnlosen Trottel behandelst?«

»Entschuldigung.«

Die Stimme der Rezeptionistin ließ Ria zusammenzucken.

»Lucas hat jetzt Zeit«, sagte die Frau. »Die Vorstellungsgespräche finden im ersten Stock statt.«

Als sie zu den Fahrstühlen gingen, rief ihnen jemand ein Hallo zu. Da Ria den Mann nicht kannte, der zur Tür hinausging, nahm sie an, der Gruß hätte Emmett gegolten. »Ein Freund?« Sie tippte auf den Berührungssensor neben den Fahrstühlen.

Er wich ihrem Blick aus. »Ja.«

Die Türen öffneten sich; der Fahrstuhl war leer, und sie hätte schwören können, dass Emmett erleichtert seufzte. »Furcht vor überfüllten Fahrstühlen?«

»So in etwa.«

Nur einen Augenblick später standen sie schon im nächsten Stockwerk. Eine offene Tür signalisierte, wo das Gespräch stattfinden sollte. Gerade kam ein Mann heraus, der mehr als gut aussah: leuchtend grüne Augen, schwarzes Haar bis auf die Schultern und eine wild aussehende Narbe wie von einem Krallenhieb auf der rechten Wange. Er war noch jung ... und auch wieder nicht. Viel Erfahrung schien in dem intensiven grünen Blick auf. Ria wusste genau, dass er sie in Sekundenbruchteilen taxiert hatte.

»Ria.« Er streckte die Hand aus. »Ich bin Lucas. Kommen Sie rein.«

Sie schüttelte ihm die Hand und wollte Emmetts Anwesenheit erklären ... doch ihr selbsternannter Bodyguard hatte bereits auf einem Sessel neben der Tür Platz genommen. Kurz stand ihr Mund offen, dann schloss sie ihn wieder. Was in ...? Dieser Lucas mit seiner geballten Kraft war zweifellos gefährlicher als jeder andere, den sie heute getroffen hatte, und dennoch war es für Emmett in Ordnung, sie mit ihm allein zu lassen?

Aber einem geschenkten Gaul schaute man nicht ins Maul. Sie ging hinein, setzte sich an einen kleinen Tisch, und Lucas schloss die Tür hinter ihnen. Irgendetwas an seinem Gang ... erinnerte sie an jemanden.

»Möchten Sie Wasser?« Als sie nickte, goss er ihr ein Glas ein und stellte es auf den Tisch. »Ich habe Ihre Bewerbung gelesen. Sie haben gerade die Prüfung in Verwaltung und Büroorganisation abgeschlossen?«

Ria trank einen Schluck, bevor sie antwortete. »Ja, und zwar als Klassenbeste. Schon während der Ausbildung habe ich viele praktische Erfahrungen gesammelt.«

Lucas nickte. »Zweifellos verfügen Sie über herausragende Fähigkeiten. Das haben uns das College und die Leute bestätigt, die Sie als Referenzen angegeben haben.«

Seine Effizienz überraschte sie und gefiel ihr sehr. »In der Anzeige suchten Sie eine ganze Reihe von Angestellten«, sagte sie, seltsamerweise ganz entspannt trotz des mächtigen Gegenübers. Die Frau, die es mit Lucas Hunter aufnehmen wollte, hatte sich eine Menge vorgenommen. »Könnten Sie mir einen kurzen Abriss über die möglichen Aufgaben geben – dann könnte ich Ihnen sagen, wofür ich am besten geeignet bin.«

»Sie sind bereits in der engeren Auswahl für eine ganz bestimmte Stelle. Darüber wollte ich mit Ihnen reden, weil es keineswegs ein normaler Bürojob ist.«

Ria wurde neugierig. »Nein?«

»Nein.« Das Lächeln verlieh dem hinreißenden Gesicht eine sehr männliche Schönheit. Sie wusste das zu schätzen, ohne ihm gleich auf den Schoß springen zu wollen. Ganz anders als bei Emmett. Doch der Gedanke hatte nichts in diesem Gespräch verloren. Sie wies die Hormone in die Schranken und wandte ihre Aufmerksamkeit wieder einzig und allein Lucas zu.

»Wie gut können Sie mit Chaos umgehen?«, fragte er.

»Chaos macht mir Spaß«, sagte sie, ohne groß überlegen zu müssen. »Dann habe ich mehr zu organisieren.«

Lucas lachte. »Und wie ist es mit dauernden Unterbrechungen, Besprechungen, die von einem Moment zum anderen verlegt werden müssen, und einem Chef, der manchmal nicht zu finden ist?«

»Was zu tun ist, wird getan«, sagte sie und sah fest in die leuchtend grünen Augen. »Aber ich will ehrlich zu Ihnen sein – auch wenn es vielleicht gerade nicht angebracht ist: Ab und zu reißt mir der Geduldsfaden.«

»Das könnte bei diesem Posten hilfreich sein.« Seine Mundwinkel hoben sich. »Das hier ist ein ... Familienunternehmen. Und alle, die zur Familie gehören, gehen ein und aus. Können Sie mit neugierigen Fragen umgehen?«

Eine eigenartige Frage, aber die Antwort fiel ihr leicht. »Mal überlegen: Jeden Sonntag ruft meine Tante Eadie an, fragt mich über mein Leben aus und bietet ›grundlegende Ratschläge in allen Modefragen‹ feil. Meine Großeltern väterlicherseits leben in Idaho, haben mir aber vergangene Woche eine Mappe mit Auskünften über alle netten jungen Männer in der Stadt geschickt – falls ich sie brauchen sollte. Ach, und meine normalerweise sehr fortschrittlichen Eltern haben kürzlich erst versucht, eine Heirat für mich zu arrangieren. Mit aufdringlichen Familienangehörigen habe ich also reichlich Erfahrung.«

In seinen Augen tanzten Funken. »Und die arrangierte Heirat?«

Da sie es selbst angesprochen hatte, konnte sie der persönlichen Frage nicht ausweichen. »Findet nicht statt.«

»Hab ich mir gedacht.« Er stand auf, ein leichtes Lächeln auf den Lippen. »Das war's, mehr muss ich nicht wissen.«

Sie erhob sich ebenfalls und nahm ihre Tasche. »Sie sind es, nicht wahr? Für Sie soll ich arbeiten, wenn ich den Posten bekomme.«

Er nickte kurz.

»Im Allgemeinen führt jemand von der Personalabteilung die Vorstellungsgespräche.«

»Ich bin wählerisch.« Er öffnete die Tür. »Ich muss den Leuten vertrauen können, die ich einstelle.«

Sie lächelte, obwohl ihr das Herz sank, und ging hinaus. Emmett stand schon da und wartete. Schweigend stiegen sie in den Fahrstuhl und verließen ebenso schweigend das Gebäude.

»Wie ist es gelaufen?«, fragte Emmett.

»Gut.«

Er rieb sich den Nacken. »Immer noch sauer?«

»Sollte ich dir etwa danken, dass du mich alleine hast hineingehen lassen?« Sie hob eine Augenbraue. Was würde er jetzt wohl tun?

»Nun ja.« Seine Wangen röteten sich. »Das brauchst du nicht.«

Ihre Lippen zuckten. »Ich weiß schon, dass er eine Raubkatze ist. Euer Gang verrät euch.« Sie schlichen leise, elegant und tödlich gefährlich.

»Mist.« Er grinste. »Ich hatte gehofft, das würde mir Punkte einbringen.«

»Dann ist das hier ein DarkRiver-Unternehmen?«

»Teilweise. Das Gebäude ist gleichzeitig auch unser Hauptquartier in der Stadt – das alte ist zu klein geworden.«

Damit war klar, dass sie den Posten nie bekommen würde. Gestaltwandler kümmerten sich um ihre eigenen Leute und hielten zusammen wie Pech und Schwefel. Natürlich hatten sie in der Stadt aufgeräumt und sie für jedermann sicherer gemacht, aber wie Emmett schon erklärt hatte, ging es dabei mehr darum, das eigene Territorium zu sichern, als um irgendetwas anderes.

Müde, mutlos und hungrig strebte sie in ein nahes Restaurant, das von einer Familie geführt wurde, die sie von Veranstaltungen in der Gemeinde kannte. Emmett setzte sich ihr gegenüber.

»Du bestellst«, sagte er und sah sich im Raum um.

Als sie gerade bei der Kellnerin – die zufällig auch die Tochter des Besitzers war – Hühnchen mit Cashewsoße bestellte, sprang Emmett über den Tisch und warf sie mitsamt der jungen Frau zu Boden. Nur den Bruchteil einer Sekunde später hörte sie einen lauten Knall und einen Schrei. Emmett war bereits wieder auf den Beinen und telefonierte. »Er kommt gerade raus, am Süßwarenladen vorbei ...« Emmett rannte zur Tür.

Ria rappelte sich auf und half der zitternden Kellnerin auf die Füße. Emmett war wieder zurück, bevor sie beide richtig standen. »Bist du verletzt?« Seine Hände glitten über ihren Körper.

Sich der neugierigen Blicke nur zu bewusst, schlug sie ihm auf die Finger. »Mir geht es gut.« Sie wandte sich der Kellnerin zu und erhielt dieselbe Antwort. »Was ist passiert?«, fragte sie Emmett.

Er zeigte hinter sie. Ein großes Loch prangte in der zuvor makellosen Wand. »Pistolenkugel.« Sein Kiefer war zusammengepresst, seine Augen ... seine Augen.

Instinktiv trat sie näher und legte die Hand auf seine Brust. »Emmett.«

Er senkte den Kopf und sah sie an – unglaublich grüngoldene Leopardenaugen schauten aus einem menschlichen Antlitz. Er legte die Hand an ihre Wange. »Da ist eine Schramme.« Sein Daumen strich über eine Verletzung, die sie nicht einmal spürte, sein Blick war der kalte Blick eines Raubtiers.

Sie hatte keine Ahnung, woher sie wusste, was sie tun musste. Aber sie tat es einfach. Sie wehrte sich nicht gegen seinen Griff wie zuvor, sondern lehnte sich an ihn und legte ihm die Arme um seine Taille. Sofort nahm er sie auch in den Arm und drückte sie so fest an sich, dass sie kaum noch atmen konnte. Doch sie blieb weiter bei ihm.

Wie lange sie so umschlungen dagestanden hatten, konnte sie nicht sagen, doch als sie einander losließen, war die ängstliche Atmosphäre im Restaurant wilden Spekulationen gewichen. Wahrscheinlich würden ihre Großmutter und ihre Mutter alles erfahren, sobald jemand die Zeit fand, eine SMS an sie zu schicken. Es scherte sie nicht. Denn nun war der Leopard aus Emmetts Augen verschwunden und der Gestaltwandler hatte seine Wut unter Kontrolle.

Er tippte mit dem Finger an ihre Wange. »Nimm deine Tasche. Unsere Techniker müssen den Laden untersuchen, und ich möchte dich sicher zu Hause wissen.«

Ria widersprach nicht; er wollte den Schützen so schnell wie möglich verfolgen, das war ihr klar. Emmetts Augen waren überall, als sie zum Ausgang gingen, und er zitterte, so heftig war sein Wunsch, sie zu beschützen.

»Bitteschön!«

Überrascht drehte Ria sich um. Es war die Kellnerin, die Emmett mit zu Boden geworfen hatte – sie rannte auf sie zu, in der Hand einen Beutel mit abgepacktem Essen. Sie lächelte Emmett ein wenig unsicher an, war aber offensichtlich dankbar. »Ich danke Ihnen.« Die Kellnerin schüttelte den Kopf, als Emmett, der immer noch hauptsächlich damit beschäftigt war, sicherzustellen, dass ihnen keine weiteren unangenehmen Überraschungen blühten, sein Portemonnaie aus der Tasche zog. »Sie sind eingeladen. Mein Vater war Soldat. Er meint, die Kugel hätte zuerst mich getroffen.« Sie drückte Ria den Beutel in die Hand. »Nehmen Sie es bitte an.«

Ria begriff sofort, dass die Familie sich bei dem Mann erkenntlich zeigen wollte, der ihr Kind gerettet hatte. »Vielen Dank.«

Die Frau lächelte und sah wieder zu Emmett. »Sie sind jederzeit herzlich als Gast an unserem Tisch willkommen.«

Emmett nickte kurz. Ob er den Wert dieser Einladung zu schätzen wusste? Sie hätte es auf sich beruhen lassen können, aber so war sie nun einmal nicht – deshalb fragte sie ihn, als sie nach Hause eilten.

»Allerdings«, sagte er in angespanntem Ton, während seine Augen durch die Gegend streiften. »Wir bemühen uns schon lange, unsere Beziehung zu den Leuten hier zu verbessern, aber es ist ein langer Weg. Ihr schottet euch ziemlich ab.«

»Ihr tut das natürlich nicht.«

Er zuckte die Achseln, ohne zu lächeln. »Was ja nicht heißt, dass wir eine solche Haltung nicht verstehen könnten.«

»Die Leute mögen die DarkRiver-Leoparden«, sagte sie und fragte sich gleichzeitig, warum sie seine Arroganz so anziehend fand. »Ihr habt aufgeräumt, die Ladenbesitzer fühlen sich jetzt sicher.«

»Allmählich begegnet man uns freundlicher«, stimmte er zu, »aber das wird alles wieder den Bach runtergehen, wenn der Scheißkerl Vincent mit seiner Bande wehrlose Leute durchlöchert.«

»Ich glaube, die wissen nicht, mit wem sie sich angelegt haben.«

»Da hast du verdammt recht, Mink.«

Sie wollte gerade etwas antworten, doch sie standen bereits vor ihrem Haus, und Amber wartete auf der Türschwelle mit dem Handy am Ohr. »Sie ist da!«, sagte sie, sobald sie Ria erblickt hatte. »Nein, sie ist in Sicherheit. Emmett ist bei ihr.«

Emmett trug Ria beinahe ins Haus und befahl Amber, die Tür abzuschließen. »Und bleibt beide drinnen.« Bevor Ria noch etwas erwidern konnte, war er schon fort.«

Ria atmete tief aus und nahm das Handy, das Amber ihr hinhielt. »Mir geht es gut, Mom.« Das wiederholte sie ungefähr zehn Minuten lang, ehe sich Alex endlich beruhigt hatte. Inzwischen hatte ihre Großmutter Tee gemacht, zwei große Stücke von Mr Wongs berühmtem Madeirakuchen hervorgezaubert und sich an den Herd gestellt, um eines von Rias Lieblingsgerichten zu kochen: süße, schwarze Sesamsuppe.

»Setz dich!«, sagte sie, als Amber aufstand, um ihr zu helfen.

Amber setzte sich mit einem dankbaren Stöhnen. »Das Kind tritt heute besonders heftig. Willst du mal fühlen?«

»Ja!« Ria rutschte rüber. Amber war eine tolle Schwägerin, aber sie war auch sehr auf ihre Privatsphäre bedacht. Eine solche Einladung sprach sie nicht oft aus. Ria legte die Hand auf Ambers Bauch und bewegte sich nicht. Miaolings zukünftiger Urenkel (dessen Geschlecht noch unbekannt war) ließ Ria nicht lange warten. Sie spürte deutlich zwei Tritte. »Wow, ich glaube, ich habe sogar den Umriss eines Füßchens gefühlt.«

Amber lachte. »Kann schon sein. Der kleine Wembley sieht einer Zukunft als Fußballspieler entgegen. Was ja auch zum Namen passt.«

»Verrat das bloß Jet nicht«, neckte Ria sie und biss in den Kuchen, dessen vertrauter Geschmack sie weich und tröstlich umhüllte. »Er hofft nämlich auf einen Kumpel beim Golfspielen.«

»Und du, Ria?« Amber brach ein Stück Kuchen ab und steckte es in den Mund. »Überlegst du dir, in nächster Zeit auch ein paar Golfkumpel zu produzieren?«

»Amber!« Ria lehnte sich lachend zurück. »Wo soll ich denn deiner Meinung nach die fehlende Hälfte dafür auftun, wo die großartige Partie vom Tisch ist?«

»Keine Ahnung.« Ambers Augen wurden zu Schlitzen. »Aber ich kenne eine Raubkatze, die dich anschaut, als wolle sie dich fressen und danach noch ein weiteres Mal über dich herfallen.«

Ria schnappte nach diesem Kommentar ihrer sonst so schüchternen Schwägerin immer noch nach Luft, als Miaoling schallend zu lachen anfing. Sie schlug sich auf die Schenkel und lachte so ansteckend, dass Ria nicht anders konnte, als einzustimmen. »Du hast doch gehört, was Jet gesagt hat«, stieß Ria zwischen Lachsalven hervor, von denen ihr Zwerchfell wehtat. »Mit Menschen gehen sie keine ernsthaften Beziehungen ein.«

»Wer sagt das?« In Ambers Augen glitzerten heitere Fünkchen. »Nur weil wir noch nichts davon gehört haben, muss es ja nicht stimmen.«

Ria hörte auf zu lachen. Sie setzte sich auf. Dachte nach. Schüttelte den Kopf. »Davon hätten wir bestimmt gehört. Spätestens auf dem College.«

»Nicht unbedingt«, widersprach Amber. »Die hängen solche Sachen sicher nicht an die große Glocke. Eine so verschwiegene Truppe habe ich vorher noch nie getroffen, aber ...« Sie fuhr mit der Hand durch die Luft.

Ria atmete aus. »Ich kann ihn aber nicht fragen. Das weißt du genau.«

»Warum denn nicht?«, fragte Miaoling.

»Weil er dann glaubt, ich würde auf irgendwas anspielen!«

Ihre Großmutter sah sie mit einem stechenden Blick an. »Aber wie soll er denn was mitbekommen, wenn du keine Anspielung machst?«

In Rias Kopf tauchten Bilder auf, wie er sie an die Kellertür gedrückt, sie gestreichelt und geküsst hatte. »Er weiß es schon.«

»Ja«, sagte Amber. »Gestaltwandler haben einen besseren Geruchssinn als Menschen. Wahrscheinlich wittert er dein Du-weißt-schon-was.«

Ria erstarrte. »Amber, was ist bloß in dich gefahren?«

Ihre Schwägerin nahm noch ein Stückchen Kuchen. »Daran ist nur die Schwangerschaft schuld.« Ein kleines, feines Lächeln.

7

Emmett kochte. Er kehrte zum Restaurant zurück, nahm die Witterung des Schützen auf und verfolgte ihn. Zwar hatten Dorian und Clay die Spur bereits aufgenommen, während Emmett Ria nach Hause gebracht hatte, aber das war seine Jagd.

In den Fingerspitzen spürte er noch, wie weich sich Rias Haut angefühlt hatte, wie zart der unebene Kratzer, der nicht auf ihrem Gesicht hätte sein sollen. Der Leopard streifte unruhig in seinem Schädel auf und ab, er wollte heraus, wollte zerstören, doch Emmett hielt an seinem Menschsein fest. Vorerst jedenfalls.

Ein paar Minuten später traf er auf Clay und Dorian, die frustriert an einer belebten Kreuzung standen. »Mist«, sagte Emmett, als er dasselbe wie sie bemerkte. Die Witterung des Schützen hatte sich in Luft aufgelöst.

»Jemand könnte ihn hier aufgelesen haben«, grummelte Dorian und sah sich um. »In dieser Gegend haben wir keine Kameras. Das sollten wir schleunigst ändern.«

Emmett kniff die Augen zusammen und überprüfte alle vier Ecken der mit Leuten vollgestopften Kreuzung. »Den hat niemand aufgelesen. So schnell kommt man hier nicht weg«, murmelte er beinahe zu sich selbst ... und sah nach oben.

Eine altmodische Feuerleiter hing kaum einen Meter über dem Boden, aber gerade hoch genug, um bei dem vielen Verkehr die Witterung zu verwischen. Mit einem kräftigen Sprung war Emmett auf der Leiter und nahm mit leopardenhafter Eleganz die dünne Spur auf. Kein Mensch könnte es je an Schnelligkeit mit einem Raubtiergestaltwandler aufnehmen.

Binnen Sekunden war er auf dem Dach und folgte der Witterung auf die andere Seite des Gebäudes. Hier führte eine Leiter hinunter zu einem kleinen Park, in dem eine große Gruppe alter Leute eine Kombination aus Mah-Jongg und Schach spielte. Emmett ließ die Leiter links liegen und sprang einfach hinunter, was einen allgemeinen Aufschrei zur Folge hatte. Doch die Raubkatze in ihm sorgte dafür, dass er sicher auf den Füßen landete.

Wieder wurde die Witterung durch die vielen Leute verwaschen. Doch schlimmer war noch, dass ein paar Meter weiter das starke Desinfektionsmittel der öffentlichen Toiletten den Geruch völlig überdeckte. Leise fluchend umrundete Emmett den Park und fand keinen weiteren Anhaltspunkt. Nun war auch er frustriert. Denn hier war der Schütze wirklich aufgelesen worden und in einer der engen Straßen verschwunden.

Emmett fuhr sich mit der Hand durchs Haar und wollte gerade den Rückweg antreten, als ein alter Mann ihn zu sich winkte. »Hier – der hatte sein Motorrad auf dem Gehweg abgestellt. Sehr unhöflich so was.« Dann wurde ihm ein Stück Papier in die Hand gedrückt.

Auf dem Blatt stand ein Kennzeichen. Verdammt und zugenäht! »Vielen Dank.« Sofort griff Emmett zum Handy. Der alte Mann winkte ab und kehrte zu seinem Spiel zurück, als Emmett die Nummer der Rudeltechniker eingab. Die Gestaltwandler hielten sich über alle neuen Techniken auf dem Laufenden – denn die einzige Schwäche der kalten, machtvollen Medialen bestand darin, dass sie sich zu sehr auf ihre Technik verließen.

Dieses Wissen kam ihnen allerdings ebenso zugute, wenn sie sich in die Datenbank der Polizei hacken mussten. Fünf Minuten später bekam Emmett die Adresse zum Kennzeichen. Ein Team hatte er weitere drei Minuten später zusammen – Lucas, Vaughn und Clay, Dorian würde ihnen Rückendeckung geben. Der junge

Soldat hatte sich zu einem verteufelt guten Scharfschützen entwickelt.

»Wie gehen wir vor?«, fragte Lucas mit kaltem Blick, als sie nahe der Wohnung des Schützen aus dem Wagen stiegen.

»Ich will den Scheißkerl lebend«, presste Emmett zwischen zusammengebissenen Zähnen heraus. »Wir müssen rausfinden, wo Vincent steckt.« Er sah Lucas an. »Wir operieren hier weit außerhalb der gesetzlichen Grenzen.« Den Gestaltwandlern oblag die Verfolgung von Straftaten, die ihre Gattung betrafen, doch der Schütze war sehr wahrscheinlich ein Mensch. »Es ist helllichter Tag – man wird uns sehen.«

Das Alphatier zuckte die Achseln. »Überlass das ruhig mir.«

Emmett vertraute ihm und gab das Signal zum Ausschwärmen, von allen vier Seiten näherten sie sich dem dreckigen Wohnwagen des Schützen, wo er allem Anschein nach hauste. Das Motorrad stand auf der Rückseite und dünstete die Witterung aus, die Emmett im Restaurant aufgenommen hatte.

Obwohl sie so nahe waren, feuerte niemand auf sie, und nur Sekunden später nahm Emmett noch einen anderen Geruch wahr: Blut. Ganz frisch noch. »Verdammt noch mal«, murmelte er kaum hörbar, denn er wusste, was sie erwartete. Und er sollte recht behalten.

Der Schütze war über einem klapprigen Tisch zusammengesunken, wie bei einer Exekution war ihm in den Hinterkopf geschossen worden. »Vincent wusste, dass wir die Witterung aufnehmen würden«, sagte Lucas, der neben Emmett in der Tür stand. »Ich möchte wetten, das Blut ist noch warm.«

Sie traten zurück. Emmett hätte am liebsten gegen irgendwas getreten. »Meinst du, da drinnen findet sich was, das uns zu Vincent führt?«

Lucas reckte das Kinn in Richtung der Nachbarn aus den umliegenden Wagen, von denen einige sie ganz offen anstarrten. »Wir können nicht das Risiko eingehen, den Cops eine Handhabe gegen uns zu liefern. Bislang haben diese Leute nur gesehen, dass wir die Tür geöffnet und hineingeschaut haben. Ist noch mal gut gegangen.«

»Lasst euch mal keine grauen Haare wachsen«, sagte Clay, der normalerweise eher schwieg. »Der Typ war austauschbar. Dem haben sie sicher nur Quatsch erzählt.«

Emmett versuchte, sich das auch einzureden, und umrundete den Wohnwagen.

Im Augenwinkel nahm er eine Bewegung wahr – die Beute rannte davon.

Ohne im Mindesten nachzudenken, stürmte er los. Der dünne Kerl vor ihm sah nicht zurück, während er zwischen den Wohnwagen hindurchflitzte. Erst als er an einer Gruppe Kinder vorbeikam, die mit einem staubigen Ball Fußball spielten, wandte der Flüchtende sich um. Emmett wurde eiskalt, als der Mann die Hand hob. »Runter!«, schrie er und schnellte mit unglaublicher Geschwindigkeit nach vorn. Er warf sich auf den Schützen und schleuderte dessen Arm in dem Augenblick in die Luft, als der Mann abdrückte. Es knallte und die Kugel ging ins Leere.

Der Schütze bewegte sich mit der Erfahrung eines gewieften Straßenkämpfers. Seine Faust traf Emmetts Gesicht hart, doch der ließ das Handgelenk des Schützen nicht los, richtete so die Pistole immer noch gen Himmel und rammte seinen Ellbogen gegen das Kinn des Mannes. Doch der Scheißkerl ging nicht zu Boden.

Verdammt. Emmett drückte das Handgelenk zusammen, bis die dünnen Menschenknochen brachen.

Mit einem Aufschrei sank der Attentäter auf die Knie und ließ die Waffe fallen. »Pass drauf auf«, sagte Emmett zu Vaughn.

Der Jaguar nickte und verscheuchte die Kinder, die sich bis jetzt noch nicht verkrümelt hatten. Emmett hielt das Handgelenk des wimmernden Schurken weiter fest. Der hier würde sicher etwas über Vincent wissen. Er hockte sich neben den Mann und sah ihm in die tränenfeuchten Augen. »Sag mir, was ich wissen will«, sagte er ganz leise, »oder ich zerquetsche dein Handgelenk so zu Brei, dass es niemand mehr richten kann.«

Der Mann spuckte ihm ins Gesicht. »Dann bekomme ich eben geklonten Ersatz.«

Emmett hörte eine Polizeisirene in der Ferne, ihm blieben höchstens noch ein paar Minuten. Er beugte sich vor, ließ ganz bewusst den Leoparden aus seinen Augen schauen und fuhr die Krallen aus. Dann lächelte er. »Im Klonen von Augen sind sie noch nicht so gut.« Mit der Krallenspitze berührte er das rechte Auge des Mannes. »Schon eigenartig, wie man im Kampf unabsichtlich jemandem die Augen auskratzen kann.«

Dem Attentäter brach der Schweiß aus, Emmett roch die Angst geradezu. »Das können Sie nicht tun. Es gibt Zeugen.«

»Tatsächlich?«

Der Mann wandte den Kopf ... und sah nur geschlossene Türen und zugezogene Vorhänge.

»Du hast ihre Kinder bedroht«, flüsterte Emmett. »Du glaubst doch nicht, dass jetzt einer von denen vortritt, um dich zu retten.« Seine Krallenspitze berührte die empfindliche Augenoberfläche des Mannes.

Dessen Angst verwandelte sich in nackte Panik. »Ich sage alles!«

Emmett fragte schnell und brutal. Als die Polizei eintraf, war der Rottenmann so dankbar, dass er den Mord sofort zugab, nur um von Emmett wegzukommen. Die Polizisten hätten auch Emmett liebend gerne verhaftet, aber plötzlich tauchten zwanzig Zeugen auf, die alles gesehen haben wollten – und Stein und Bein schworen, dass Emmett ein Held war.

Im Angesicht von so viel Unterstützung gaben die Polizisten

auf. Eine etwas ältere Polizistin sah Emmett ernst in die Augen. »Sie hätten sein Handgelenk nicht brechen müssen!« Aber das war kein Vorwurf, eher eine Frage.

Emmett hob eine Augenbraue.

Lächelnd ging sie davon und lief Dorian direkt in die Arme.

Der blonde Soldat grinste. »Darf ich Sie zum Essen einladen?«

Die Polizistin lachte. »Sie sind herzallerliebst. Aber ich habe schon vor Jahren aufgegeben, mich an Minderjährigen zu vergreifen.«

So schnell ließ sich Dorian nicht abschrecken. Nachdem die Frau abgezogen war, ging er zu Emmett und stellte sich mit verschränkten Armen vor ihn. »Aaalso ... was würdest du machen, wenn ich mit Ria flirte?«

»Ich würde ein Windspiel aus deinen Rippen basteln.«

»Hab ich mir beinahe gedacht.«

Emmett teilte den anderen mit, was der Attentäter ihm enthüllt hatte. »Vincent ist unsichtbar, weil er keinen festen Wohnsitz hat, sondern in einem schwarzen Lkw lebt, mit dauernd wechselnden Kennzeichen. Aber der Wagen fällt auf, ist mit allen möglichen Extras ausgestattet. Der Scheißkerl liebt ein Leben im großen Stil.«

»Dann werden wir ihn umso leichter finden«, sagte Lucas. »Wir werden die Beschreibung in Umlauf bringen. Irgendjemand wird schon reden.«

»Der Typ hat auch erwähnt, dass Vincent Waffen hortet, wir müssen uns also auf einiges gefasst machen, wenn wir ihn einkreisen.« Vincent war es sicher egal, wen seine Kugeln trafen. »Er hat Verbindungen zu einer der großen Verbrecherorganisationen im Norden – das ist ein Testlauf. Wenn wir ihn nicht loswerden, kommen noch größere Probleme auf uns zu.«

Lucas nickte. »Und wir müssen uns nicht nur um die Menschenbanden Sorgen machen – wenn wir diese Herausforderung nicht in den Griff kriegen, werden andere Gestaltwandler ein Auge auf unser Territorium werfen.«

»Dann sollten wir zusehen, dass wir die Sache möglichst schnell erledigen.«

Den Rest des Tages verbrachte Emmett damit, seine verdeckt operierenden Informanten auf den Truck anzusetzen. Als es aber Abend wurde, wollte er nur noch eines ... und das mit einer ganz bestimmten Person.

Der Riss in seiner Lippe war gestaltwandlerisch schnell verheilt, das Veilchen hatte sich aber leider noch gehalten. Rias Familie würde ihn so keinesfalls ins Haus lassen, schon gar nicht um diese Uhrzeit. Wenn es seine Tochter gewesen wäre, dachte Emmett mit einem Stich im Herzen, hätte er wahrscheinlich ebenso gehandelt. Doch das würde ihn nicht von Ria fernhalten.

Er ging zur Rückseite des zweistöckigen Hauses, nickte Nate zu, der dort Wache stand, und sah zum Fenster von Rias Zimmer. Nate warf ihm einen neugierigen Blick zu. »Nichts zum Festhalten an den Wänden.«

»Wenn ich das Fenstersims erreiche«, sagte Emmett und überlegte sich, wie das am besten anzustellen wäre, »kann ich mich hochziehen.«

Nate berechnete den Sprung. »Durchaus machbar.«

Emmetts Entschluss war gefallen, er ging zurück, bis er genügend Anlauf hatte, rannte los und sprang ab. Der Leopard in ihm sorgte dafür, dass er das Sims erreichte, das er anvisiert hatte, von dort war es nicht weiter schwierig. Er hielt sich mit einer Hand unter dem dunklen Fenster von Ria fest, fand mit den Füßen unsicheren Halt am Rahmen des Küchenfensters darunter und klopfte an die Scheibe.

Schweigen. Dann ein leises Geräusch, als würde ein Saum über den Boden schleifen. In seinem Kopf bildeten sich bereits tausend erotische Bilder, doch das Fenster öffnete sich nicht. Stattdessen hörte er Nates Handy klingeln. Ria war sehr vorsichtig. Emmett lächelte, als er die Antwort des Wächters hörte, und wartete.

Kurz darauf öffnete sich das Fenster. »Bist du vollkommen übergeschnappt?«, zischte Ria und steckte den Kopf raus. »Wie kannst du dich da überhaupt halten?«

»Leicht ist es nicht«, sagte er mit einem verschmitzten Grinsen. Die Angespanntheit des Tages fiel von ihm ab, als sie so verschlafen und einfach zum Küssen vor ihm stand. »Lässt du mich rein?«

Sie trat zurück und winkte ihn hinein. »Mein Gott, Emmett«, sagte sie, kaum dass er drinnen war. »Du hättest runterfallen und dir deinen dummen Hals brechen können.«

»Ich bin ein Leopard, Mink. Klettern ist sozusagen mein Ding.«

»Ich glaube kaum, dass Leoparden oft zweistöckige Häuser...« Sie schnappte nach Luft und drehte dann sein Gesicht zum Licht der Straßenlaterne. »Was ist passiert?«

»Hab mich nicht schnell genug geduckt.« Er machte das Fenster zu, denn so würde Nate nichts hören, wenn sie leise genug sprachen. »Mein Fehler.«

Ria schlug mit der Hand auf seine Brust. »Weich mir nicht aus. Was war los?«

Er griff nach dem Träger ihres bodenlangen Seidennachthemds. Weich und ungemein geschmeidig sah es aus. Er wollte es mit beiden Händen hochheben, um etwas noch viel Weicheres und Geschmeidigeres freizulegen.

»Emmett!« Ein leises Flüstern, doch ihre Augen sprühten Feuer.

Er strich über ihre Arme und zog sie an sich. »Wer will denn hier reden?« Er senkte den Kopf und sog ihren Duft ganz tief ein.

Ungemein weiblich und heiß, köstlich und ein wenig exotisch.

Instinktiv wollte er an dieser Haut lecken. Wollte jeden Winkel seiner Gefährtin erkunden. Der Leopard musste lächeln, als ihm das in diesem Moment klar wurde. Natürlich war sie seine Gefährtin. Sonst wäre er doch nicht hier hochgeklettert. Nur für Ria. »Ich mag dein Parfum.«

Sie erschauderte. »Du benimmst dich schon wieder ungehörig.«

»Hast du es für mich gekauft?« Er strich über ihren Rücken, drückte den weichen Körper gegen seinen heißen Unterleib.

»I-i-ist ein Geschenk.« Sie vergrub die Hände in seinem Haar. »Es soll speziell für Gestaltwandler entwickelt worden sein.«

»Mmh.« Er küsste ihren Hals und ihre Lippen, küsste sie lange und genüsslich. »Unser Geruchssinn ist sehr gut, normales Parfum ist viel zu intensiv.«

»Ich rieche es nicht mal«, murmelt sie an seinen Lippen. »Du wirst das nächste wahrscheinlich für mich aussuchen müssen.«

Die Raubkatze in ihm schnurrte. Ob sie wusste, was sie damit verraten hatte? »Ich werde dir auch ein Schaumbad kaufen.«

»Emmett«, stöhnte sie.

Er verschloss ihre Lippen mit einem Kuss. »Kann man deine Tür abschließen?«

»Ja.« Sie bedeckte seine Halsschlagader mit Küssen. »Aber der Riegel ist nicht vorgeschoben.«

Aufstöhnend hob er sie hoch und trug sie zur Tür. »Mach es jetzt.«

»Sag bitte.«

Er sah ihren herausfordernden Blick und gab dem Bedürfnis nach zuzubeißen, seine Zähne – äußerst vorsichtig – in die empfindliche Stelle zwischen Schulter und Nacken zu schlagen. Sie erzitterte, und dann wurde der Riegel vorgeschoben. »Wie leise müssen wir sein?«, fragte er und leckte über die Bissstelle, während er sie zum Bett trug.

»Meine Mutter hat Ohren wie eine Fledermaus.«

Grinsend setzte er sie auf der Matratze ab und lag auf ihr, kaum dass sie den Satz beendet hatte. Weich und rund lag sie unter ihm, das Seidennachthemd eine süße Qual für seine Sinne. Er strich darüber und blieb irgendwo hängen. »Mist.« Seine Hände waren rau und voller Schwielen, ganz anders als ihre sahneweiße, weiche Haut.

»Ich mag deine Hände«, flüsterte sie kaum hörbar im nächtlich dunklen Zimmer.

Er schaute in ihre klugen Augen und wusste, er war verloren. Emmett erhob sich und glitt zur Seite. »Ich will dein hübsches Nachthemd nicht verderben. Zieh es für mich aus.«

Sie schluckte, legte aber die Hände an den Saum und zog ihn mit äußerst sinnlichen Bewegungen langsam hoch. »Ich sollte wütend auf dich sein.«

»Hmm.« Er legte die Hand auf ihr Knie, wartete auf mehr – auf alles.

»Wirst du auch meine nächsten Vorstellungsgespräche verderben?«

Die süße Rundung ihres Schenkels. »Wahrscheinlich.« Seine Hand glitt nach oben, er wollte sie spüren.

Ein leiser Seufzer, sie hob das Bein, winkelte das Knie an und rieb mit der Fußsohle über das Laken. »Was machst du bloß mit mir?«

Er schob die Hand zwischen ihre Beine auf die pochend heiße Scham.

8

Diesmal schnappte sie kaum hörbar nach Luft, ihr Körper bäumte sich mehrmals auf. Es war so unglaublich verführerisch, dass er ihr sogleich einen weiteren Kuss rauben musste. »Das Gleiche, was du mit mir machst.« Sie war so feucht und heiß, dass er sich sehr zusammenreißen musste, um ihr nicht auf der Stelle den Slip herunterzureißen und mit der Fingern in sie hineinzugleiten.

Ihre Hände zerrten an seinem T-Shirt. »Runter damit.«

Er überlegte. »Dann muss ich meine Hand da wegnehmen.« Was er auf keinen Fall wollte.

Ria öffnete die Lippen. »Du hast Leopardenaugen.«

»Ich rieche, wie lüstern und bereit du bist.« Er presste den Handballen gegen ihre Scham, erregte und quälte sie mit kreisenden Bewegungen.

Sie schloss flatternd die Lider. »Emmett!« Ein heiserer Befehl. »Wenn du nicht sofort das T-Shirt auszziehst, kann ich für nichts mehr garantieren.«

Nur widerwillig nahm er die Hand fort und zog das Shirt aus, dann auch den Rest seiner Kleidung – denn er wollte nicht noch einmal unterbrochen werden. Rias Augen wurden ganz groß, als er sich wieder auf sie legte und nach ihrem Schenkel griff. »Ich will dir den Slip runterreißen.«

Die wundervollen Augen wurden noch größer. »Nur zu, wenn du versprichst, für Ersatz zu sorgen.«

Er war so erregt, dass alles vor seinen Augen verschwamm. Mit einem tiefen Atemzug barg er den Kopf an ihrer Kehle. Was aber die Anspannung nur verstärkte, durch die weichen, überaus sinnlichen Fesseln, die ihn umfingen. Mit angespannten Fingern riss er grob den Stoff entzwei, der ihm solch süße Qual bereitet hatte.

Ria bäumte sich ihm entgegen, und er küsste sie leidenschaftlich, schon jetzt süchtig nach ihrem süßen, würzigen Geschmack. Sie war die reine Verführung, heiß und verlangend. Aber er war noch nicht bereit, zum Ende zu kommen. Seine Finger spielten an ihrer Scham, während er ihren Hals mit Küssen bedeckte, dann die Seide und die Mulde zwischen ihren Brüsten. Ihre Brust hob und senkte sich stoßweise, eine Hand strich über sein Haar.

»Emmett.« Heiser war ihre Stimme, voll unverstelltem Verlangen.

Noch nicht, sagte er sich, und schloss die Fingerspitzen um ihre empfindlichste Stelle, bis ihr Unterleib zuckte. Sie zog an seinen Haaren, doch er ließ den Kopf, wo er war, schloss die Lippen um die Brustwarze unter der hauchdünnen Seide und saugte. Ihre Finger zuckten, ihr Körper wand sich in Wellen, weil sie versuchte, ihm zu entkommen … und ihm gleichzeitig näher zu sein.

Als sie sich dem Höhepunkt näherte, glitt er mit zwei Fingern in die enge Spalte und verschaffte ihr so einen Orgasmus, bei dem ihr ganzer Leib erzitterte. Sie biss in seine Schulter, um ihren Schrei zu ersticken, was die primitive Besitzgier des Leoparden noch weiter anstachelte. Er streichelte sie, während ihre Lust langsam abebbte, bedeckte sie mit seinem Körper und bog mit einer Hand ihren Kopf für einen wilden Kuss zurück.

Sie öffnete den Mund und schlang die Arme um ihn. Er knabberte an ihren Lippen und zog die Träger des Nachthemds herunter, um die Hand über der süßen Rundung ihrer Brust zu schließen. Als er sich von ihren Lippen löste, zog sie ihn erneut zu sich. Mit einem tiefen Knurren gab er ihr, wonach sie verlangte, während seine Hand ihre Brust knetete. Er hätte zu gerne hineingebissen. Beim nächsten Mal, versprach er sich.

Jetzt hatte er nicht die Geduld dafür.

Er drängte ihre Schenkel auseinander und biss in ihre Unterlippe. »Leg deine schönen Beine um mich, Mink.«

Köstlich fühlte sich das an. Sie gab ihm mehr, gab ihm alles, küsste seinen Hals, knabberte mit den Zähnen besitzergreifend an ihm, als er in sie eindrang. Erschaudernd strich er über ihren Rücken, hob sie sanft an, bis sie richtig lag.

Dann glitt er ganz in sie, die Hitze versengte ihn fast. Er biss die Zähne zusammen, krallte die Finger in das Kopfkissen, zog sich langsam zurück und glitt ebenso langsam noch tiefer hinein. »Beim nächsten Mal«, stieß er atemlos hervor, »werde ich schneller machen.«

Ria fasste seine Oberarme und atmete tief ein. »Solange du nicht noch größer wirst ... Emmett!« Sie stöhnte auf, als er sich ganz in ihr versenkte.

Er bewegte sich ein paar Sekunden nicht, denn er wusste, wie groß er war. Doch dann machte Ria kreisende Bewegungen mit dem Becken, die ihn fast um den Verstand brachten. Der Leopard übernahm sofort die Führung, Emmett fand gerade noch die Zeit für einen Kuss, bevor er dem Verlangen nachgab, Ria zu nehmen, sie mit seinem Zeichen zu markieren.

Meins, dachte er, alles meins.

Im nächsten Augenblick war selbst dieser Gedanke verschwunden

Ria sah über Emmetts Schulter an die Decke. Schwer lag der große Mann auf ihr, aber das machte ihr nichts aus. Nicht in diesem Moment, in dem sie so entspannt und zufrieden war, dass sie sich selbst wie eine träge, satte Raubkatze vorkam. Und so benahm sich Emmett ja auch. Ausgestreckt auf ihr ... und in ihr.

Rias Wangen wurden heiß. Wie konnte sie noch Scham empfinden, nach all dem, was sie getan hatten? Aber sie hatte eben nicht damit gerechnet, dass er so schnell wieder für ein zweites Mal bereit sein würde. »Schon erholt?«, fragte sie, ohne zu wissen, woher sie den Mut dafür fand.

»So in etwa.« Ein tiefes Knurren an ihrer Kehle.

Sie strich lächelnd durch sein Haar.

»Ria?«

»Hm?«

»Warst du noch Jungfrau?«

Die Frage ließ ihre Wangen noch heißer werden. »Im eigentlichen Sinne, ja.«

Er klang, als säße ihm etwas im Hals, als er fragte: »Im eigentlichen Sinne?«

»Ich bin zweiundzwanzig. Dass ich auf den Richtigen gewartet habe, heißt ja nicht, dass ich nicht neugierig war.« Daraufhin schwieg er erst einmal, und sie dachte schon, sie hätte ihn schockiert.

Sie hätte es besser wissen müssen.

»Wo sind die Sachen, mit denen du deine Neugierde befriedigt hast?«

Ihr Mund wurde trocken. »Geht dich nichts an.«

Er kniff in ihre Hüfte. »Und wenn ich bitte, bitte sage?«

Ihr Herz machte einen Sprung. Der Mann konnte sie mit ein paar Worten zu seiner Sklavin machen. »Nein.«

»Vielleicht beim nächsten Mal?«

»Nein.« Denn sie wusste nicht, ob sie eine solche erotische Spannung überleben würde.

Emmett zwickte sie mit den Zähnen sanft in den Hals. »Dann werde ich dir ein wenig Spielzeug kaufen. Und das musst du dann vor meinen Augen auspacken.«

In ihrem Kopf gab es einen Kurzschluss und ihr Körper sprang sofort darauf an, bereit für die zweite Runde. Mein Gott, wie scharf sie darauf war. »Weniger reden, mehr handeln, Schmusekätzchen «

Dafür zwickte er sie in den Hintern, knurrte sehr tief in der Kehle und handelte, sodass kein Wunsch von ihr offen blieb.

Am nächsten Morgen konnte Ria ihrer Mutter nicht in die Augen schauen. Nicht etwa aus Scham – denn wie hätte sie über das Wunderbare beschämt sein sollen, das Emmett und sie getan hatten? Dabei war der Sex nur eine Sache gewesen, danach hatte sich Emmett ihr unglaublich zärtlich zugewandt und sie erst im Morgengrauen verlassen. Sie fühlte sich mehr als befriedigt und über alle Maßen geliebt.

Und das war der Grund, weshalb sie ihre Mutter nicht ansehen konnte. Denn diese würde sicher ihre überschäumende Freude bemerken und die Gewissheit, dass sie sich in einen Mann verliebt hatte, der fast perfekt war.

Das kleine Wörtchen *fast* konnte sich allerdings zu einem größeren Problem auswachsen. In dieser Woche hatte sie noch weitere Vorstellungsgespräche, und Emmett hatte zwar angedeutet, dass sie kurz davor standen, Vincent zu ergreifen, doch bis dahin würde ein Bodyguard an ihrer Seite sein, um sie zu beschützen.

Das Telefon läutete, und Alex jammerte sofort, dass es bereits neun war. Der Laden öffnete zwar erst um zehn, ihr blieb also genügend Zeit, um rechtzeitig dorthin zu kommen, aber Alex verspätete sich nicht gern. »Ich geh ran«, sagte Amber, die gerade hereinkam »Hallo? Ja, die ist hier. Einen Augenblick, bitte.« Sie hielt Ria den Hörer hin und formte mit den Lippen *DarkRiver Baugesellschaft*.

Ria nahm den Hörer und wappnete sich für die schlechte Nachricht – die konnte sie auch hier in der Küche hören, Alex,

Amber und Miaoling würden ihr sowieso folgen, wenn sie in ein anderes Zimmer ginge. »Ria am Apparat.«

»Hier spricht Lucas Hunter.«

»Guten Morgen.« Sie kniff die Augen zusammen. »Darf ich Ihnen eine Frage stellen?«

Er lachte auf. »Nein. Fragen Sie Emmett.«

Das war ja gerade das Problem. Emmett würde ihr nicht antworten. Sein Beschützerinstinkt ging ihr allmählich auf die Nerven – obwohl eben diese Nerven gleichzeitig verrückt nach ihm waren. »Was kann ich dann für Sie tun?«

»Wie wäre es, wenn Sie meine Akten neu sortierten?«

Freudige Erregung erfasste sie … doch sie wurde ebenso schnell wieder nüchtern. »Nein, danke.«

Er schwieg kurz. »Eines hat nichts mit dem anderen zu tun. Wenn es um Geschäfte geht, kalkuliere ich eiskalt – und ich brauche jemanden, der das leisten kann, was ich erwarte.«

»Dass ich dabei im Hauptquartier des Rudels in Sicherheit bin, ist also nur ein Zufall?«

»Haargenau. Wenn Sie die Sache versieben, schmeiße ich Sie nach der Probezeit wieder raus.«

Das hörte sie gern. »Ich bin aber sehr gut«, sagte sie und musste grinsen.

»Wann können Sie anfangen?«

Ria blinzelte. »Wenn nötig schon heute.«

»Melden Sie sich bei mir, sobald Sie hier sind.«

Ria legte auf und sah in drei äußerst neugierige Augenpaare. Sie waren einander so ähnlich. Miaolings altersweiser, lächelnder Blick. Alex, energetisch und ungeduldig. Und Amber so ruhig wie Miaoling und dabei ein wenig verrucht, was aber selbst Freunden und Familienangehörigen erst nach einer Weile auffiel.

Mit einem Lächeln streckte Ria die Faust in Siegerpose in die

Luft und tanzte dann im Kreis um die drei wichtigsten Frauen in ihrem Leben herum. Alex öffnete eine Flasche Champagner, die sie heimlich bereit gestellt hatte – wobei Amber sich mit einem Glas Grapefruitsaft begnügen musste –, und sprach einen Toast aus. »Auf meine Tochter. Die viel zu schlau für den Blödmann Tom ist.«

Emmett spazierte in Lucas Büro und zwinkerte der Sekretärin zu, die aufrecht an ihrem Schreibtisch saß. »Ist der Chef da?«

»Du siehst aus wie ein Strolch«, sagte Ria statt einer Antwort und erhob sich. »Hast du dir nach der Dusche überhaupt die Haare gekämmt?« Sie strich mit den Fingern durch den erwähnten Schopf.

Emmett genoss ihre Nähe. In dem Moment, als Lucas die Tür öffnete, beugte Emmett sich gerade vor, hob Ria hoch und küsste sie, dass es ihr durch und durch ging.

Danach war sie außer Atem und hatte liebreizende, hochrote Wangen. »Emmett! Ich bin bei der Arbeit.«

Er zuckte die Achseln und sah Lucas über ihren Kopf hinweg an. Das Alphatier hob amüsiert die Hände. »Alles bereit?«

Emmett nickte. »Sein Wagen steht etwa eine halbe Stunde entfernt außerhalb der Stadt.«

Ria sah von einem zum anderen. »Vincent?«

»Ja«, bestätigte Emmett, während Lucas signalisierte, er würde in einer Minute fertig sein, und noch einmal in sein Büro ging. »Den Scheißkerl grillen wir.«

Ria legte Emmett die Hand auf die Brust. »Habt ihr genug Verstärkung?«

»Mach dir keine Sorgen, Mink. Ich weiß schon, was ich tue.«

»Emmett!« Ihre Stimme klang schneidend wie ein Peitschenschlag.

Überrascht sah er sie an. »Was denn?«

»Erzähl mir nicht, ich soll mir keine Sorgen machen! Und tätschele nicht meinen Kopf, als wäre ich ein dummes Schaf, dem man nur gut zureden muss, es würde alles schon in Ordnung gehen.« Sie piekste ihn mit dem Finger. »Wenn wir eine Beziehung haben ...« Sie schloss den Mund, verschränkte die Arme über der Brust und trat zurück an den Schreibtisch.

Wie vor den Kopf gestoßen schlich er ihr nach. »Wenn wir eine Beziehung haben wollen, was dann?«

»Ach, nichts.« Sie fing an, die Papiere auf dem Schreibtisch zusammenzuschieben. »Lass dich bloß nicht umbringen. Dann werde ich nämlich echt wütend.«

Er wusste, dass es nicht darum ging. Deshalb packte er sie am Arm und zog sie an sich. »Ich gehe erst, wenn du mir gesagt hast, was los ist.«

Ria sah zur offenen Tür von Lucas. »Das ist nicht der richtige Ort und auch nicht der richtige Zeitpunkt.«

Emmett sagte nichts und wartete.

Sie atmete tief aus. »Haben wir denn eine Beziehung?«

»Was glaubst du, was das letzte Nacht war?« Manchmal verstand er die Frauen einfach nicht. Falsch. Manchmal verstand er *seine* Frau nicht.

»Na ja, für Männer hat Sex doch nicht immer was mit Beziehung zu tun.« Sie flüsterte und sah immer wieder zu Lucas' Tür.

Emmett dachte nicht daran, ihr ins Gedächtnis zu rufen, dass Luc wahrscheinlich sowieso jedes Wort hörte. »Das war nicht nur Sex gestern. Das war verdammt scharfer Sex.« Er grinste, als sie errötete. »Und alles, was ich mit dir tue, hat für mich mit Beziehung zu tun. Versuch doch mal, mit einem anderen auszugehen. Wirst schon sehen, was dann passiert.«

Sie versuchte, einen strengen Blick aufzusetzen, konnte aber ein Lächeln nicht unterdrücken. »Geh jetzt. Und sei vorsichtig.«

Sie umarmte ihn fest. »Wir reden weiter, wenn du heil zurück bist. Ich warte auf dich.«

Er ging mit ihrem Duft auf seiner Haut und ihrem Versprechen in seinen Ohren.

Am Abend brachte sie ein älterer Mann namens Cian nach Hause. »Schon was gehört?«, fragte sie, als sie vor der Eingangstür standen.

Er schüttelte den Kopf. »Sie werden erst zuschlagen, wenn die Nacht anbricht.«

Irgendetwas an Cian kam ihr eigenartig vertraut vor, obwohl sie sicher war, dass er bislang nie zur Schutztruppe gehört hatte. »Würden Sie mir Bescheid sagen, wenn es Neuigkeiten gibt?«

Er sah sie mit einem warmen Blick an. »Selbstverständlich, Ria.«

Sie bedankte sich mit einem Nicken und ging hinein. Ihr Vater war schon zu Hause, stand am Herd und macht seine berühmt-berüchtigte Spaghettisoße. »Hi, Dad.« Sie küsste ihn auf die Wange. »Wo steckt Amber?«, fragte sie. Ihre Großmutter machte wahrscheinlich wie so oft ein Nickerchen.

»Sie hatte Wehen, Jet hat sie ins Krankenhaus gebracht.«

Ria wollte sich gerade den Mantel ausziehen und hielt inne. »Geht die Geburt los?«

»Der Arzt hält es für falschen Alarm, aber sie behalten sie noch ein paar Stunden da, um sicherzugehen.« Er klopfte sich auf die hintere Hosentasche. »Jet klingelt durch, falls es so aussieht, als würde mein Enkel eher kommen.«

Lächelnd hängte Ria ihren Mantel auf, stellte sich neben ihn und schlang den Arm um seine Taille. »Das riecht gut.«

Er legte die freie Hand auf ihre Schulter. »Dann bist du jetzt also mit der Raubkatze zusammen?«

»Stimmt.« Sie hatte ihren Vater noch nie angelogen. Hatte

vielleicht manchmal die Wahrheit umschifft, aber gelogen hatte sie nie. »Ich bin ganz verrückt nach ihm.«

Er seufzte. »Lade ihn zum Essen ein.«

»Damit du ihn grillen kannst.«

»Das machen Väter nun mal.« Er drückte ihre Schulter. »Ich will nur dein Bestes. Hast du schon darüber nachgedacht, ob er dich versorgen kann?«

Ria stellte diesmal nicht klar, dass sie das ganz allein konnte. Denn darum ging es nicht. »Wenn er nicht gerade als Soldat unterwegs ist, hat er einen ganz anderen Beruf.« Das hatte sich auch gestern Nacht herausgestellt – selbst jetzt wurde ihr noch ganz heiß bei der Erinnerung daran, wie Emmett ihr mit rauer Stimme alle Fragen über sich beantwortet hatte.

»Ach?«

9

»Oh ja.« Sie zögerte es absichtlich hinaus, weil sie wusste, das würde ihren Vater wahnsinnig machen.

»Ria!«

Lachend erwiderte sie seinen finsteren Blick. »Er ist Ingenieur.«

Die Augenbrauen ihres Vaters verschwanden im Haaransatz. »Wo ist er angestellt?«

»Bei der DarkRiver Baugesellschaft. Er ist darauf spezialisiert, die Gebäude für seismische Ereignisse zu stabilisieren.« So hatte er sich ausgedrückt, weit wissenschaftlicher, als sie erwartet hatte. Offensichtlich wusste er nicht nur, was er tat, sondern liebte seine Arbeit auch über alles. »Angus Wittier hat ihn ausgebildet.« Wittier wurde allgemein als erste Adresse im Land für erdbebensichere Bauten angesehen.

Simon nickte zufrieden. »Gib mir den Oregano und zieh dich um.«

»Sind die Spaghetti bald fertig?« Sie war überhaupt nicht hungrig. Ihr Magen war wie zugeschnürt, denn sie wartete auf das Ergebnis der Konfrontation zwischen Leoparden und Rotte, doch sie wollte ihren Vater nicht noch mehr beunruhigen. Simon kochte nur, wenn er unter großer Anspannung stand – Ambers Situation beunruhigte ihn doch mehr, als er zugab.

»In zehn Minuten.«

»Ich decke den Tisch, wenn ich mich umgezogen habe.« Sie ging in ihr Zimmer, schloss die Tür und rief Jet an. »Wie geht es Amber?«, fragte sie, als sich ihr Bruder meldete.

»Ganz gut, sie ruht sich aus.« Er sprach leise. »Mom und Dad sollen sich keine Sorgen machen – der Arzt meint, mit dem Kind ist alles prima.«

»Haha«, sagte sie lächelnd. »Du weißt doch, wie sie sind.«

»Du beruhigst sie schon, Riri.« Absolutes Vertrauen sprach aus seiner Stimme. »Ich melde mich, sobald sich was tut.«

Ria legte auf und zog sich um. Dann tat sie das, was Jet von ihr erwartete: Sie sorgte dafür, dass alle ruhig blieben – obwohl es in ihr tobte. Wenn Emmett nun etwas passierte? Nein, sagte sie sich und konnte so die ruhige Fassade aufrechterhalten, selbst als die Geburt doch noch losging und die ganze Familie mit drei Leopardensoldaten im Schlepptau ins Krankenhaus eilte.

Als sie an der Notaufnahme vorbeigingen, trafen mehrere Krankenwagen mit Blaulicht ein. Ria erkannte sofort den weißblonden Schopf auf der Bahre, die aus dem ersten Fahrzeug gezogen wurde. »Dorian«, flüsterte sie und hielt Ausschau nach Emmett. Er war nicht dabei. Aber Dorian blutete stark und war sehr blass. »*Popo* …«

»Geh schon.« Miaoling drückte ihre Hand. »Ich kümmere mich um deine Mutter.«

Mit Cian an ihrer Seite rannte Ria zu dem verletzten Soldaten und griff nach seiner Hand, während die Ärzte sich um ihn kümmerten. »Halt durch, Dorian.« Er war bewusstlos, aber sie spürte, dass er ihre Anwesenheit bemerkte. Sie wandte sich an Cian. »Wo ist Tamsyn?«

Eine Krankenschwester schob Ria fort, als sie Dorian in den OP fuhren. Cian telefonierte gerade. »Sie ist gleich da«, sagte er und steckte das Handy ein. Feine Sorgenfalten lagen um seine blassblauen Augen.

Tamsyn stürmte nur wenige Minuten später herein, eine schlanke, blonde Frau begleitete sie. Die Heilerin lief weiter, um sich für die Operation umzuziehen, die blonde Frau blieb bei Cian stehen. Der Soldat legte sofort den Arm um sie. »Was machst du denn hier?«

»Ich war bei Tammy, als der Anruf kam«, sagte die Frau und strich ihr Haar zurück.

Als Ria ihre Augen sah, fügten sich die Puzzleteile zusammen. Wie sich Cian bewegte, wie er sprach, kein Wunder, dass es ihr vertraut gewesen war. »Sie sind Emmetts Eltern.«

»Und Sie müssen Ria sein. Ich heiße Keelie.« Emmetts Mutter schenkte ihr ein breites Lächeln, ihre Augen, die ebenso whiskeyfarben waren wie die ihres Sohnes, strahlten so hell wie Diamanten.

Ria kam Händeschütteln gar nicht in den Sinn. Sie trat vor, wurde mit offenen Armen empfangen und fest gedrückt. »Haben Sie etwas von Emmett gehört?«, fragte Keelie.

Überrascht, dass Keelie angenommen hatte, Emmett werde sie zuerst anrufen, schüttelte Ria den Kopf. »Noch nicht.« In diesem Augenblick läutete ihr Handy. Sie hielt es ans Ohr.

»Ich bin auf dem Weg ins Krankenhaus, Mink. Fall bloß nicht in Ohnmacht.«

Ein flaues Gefühl beschlich sie. »Was ist los? Ist auf dich geschossen worden ...?«

»Nur eine Fleischwunde. Nach einem Kuss wird es mir besser gehen.« Seine Stimme klang warm wie eine Liebkosung. »Ich komme vorbei, sobald ich im Krankenhaus ...«

»Ich bin auch hier«, unterbrach sie ihn. »Amber kriegt ihr Kind.«

»Gibt es Probleme?« Er klang besorgt.

Ihr Herz zog sich zusammen. »Es ist ein paar Wochen zu früh, aber der Arzt meint, aller Voraussicht nach wird es keine Schwierigkeiten geben.« Sie atmete zitternd ein und versuchte, selbst daran zu glauben. »Ich bin jetzt in der Notaufnahme. Dorian ist gerade angekommen.«

»Alles in Ordnung mit Blondie?«

»Tamsyn ist bei ihm.«

»Er hat eine Kugel in die Brust bekommen – wichtige Organe sind aber nicht verletzt. Halt durch. Ich bin gleich da.«

Ria klappte das Handy zu und wollte Cian und Keelie mitteilen, was Emmett gesagt hatte, doch das Paar schüttelte den Kopf. »Wir haben alles gehört.«

»Ach, stimmt ja.«

»Emmett wird dir Kopfhörer besorgen«, sagte Keelie. »Das nutzen die anderen Menschen im Rudel auch, wenn sie ungestört reden wollen.«

Rias Neugierde siegte kurzfristig über ihre Sorgen. »Sie haben Menschen im Rudel?«

»Natürlich!« Keelie lächelte. »Die Leute halten sie wahrscheinlich ebenfalls für Raubkatzen.«

Ria öffnete den Mund, um zu antworten, als etwas an der Tür ihre Aufmerksamkeit gefangen nahm. Sie war schon auf dem Weg zu Emmett, bevor sie überhaupt begriffen hatte, dass sie sich in Bewegung setzte. Er schlang einen Arm um sie, der andere lag in einer Schlinge.

»Fleischwunde?« Sie schob sein Hemd zur Seite und sah sich den Verband an. »Ziemlich großer Verband für eine Fleischwunde.«

Eine große Hand strich über ihren Kopf. »Kommt schon in Ordnung, sobald Tammy Zeit hat. Küss mich, Mink.«

»Emmett! Deine Eltern schauen zu.«

Doch er küsste sie schon, und da konnte sie nicht anders, als ihn auch zu küssen. Sie umarmte ihn ganz fest, so froh war sie, dass er in Sicherheit war. »Seit wann bist du so exhibitionistisch?«, flüsterte sie mit knallroten Wangen, als er von ihr abließ.

Ein schmales, verruchtes Lächeln. »Wollte nur allen zeigen, dass du zu mir gehörst.«

Mit schreckgeweiteten Augen sah sie über seine Schulter … und entdeckte zehn grinsende Leopardensoldaten. Unter ihnen auch ihr Chef und eine große rothaarige Frau, die mit dem Daumen nach oben zeigte. »Oh – mein – Gott.« Sie barg ihr Gesicht an Emmetts Brust, die vor Lachen vibrierte. »Ich bringe dich um.« Aber in Wahrheit wollte sie nur für alle Zeit so nah wie möglich bei ihm sein.

Eine halbe Stunde später war Dorians Zustand stabil, und Tamsyn besaß noch genügend Kraft für eine weitere Heilung. »Wie funktioniert das?«, fragte Ria, als die Heilerin die Hand auf Emmetts Schulter legte und die Augen schloss.

»Manche Heiler sagen, es käme von innen, aber ich glaube, dass ich die Energien des Rudels bündele.« Tamsyns Stirn legte sich in Falten. »Mein Körper kann allerdings nur eine gewisse Menge dieser Energien speichern. Wenn Dorian zu schwer verletzt gewesen wäre, hätte mich das ausgebrannt. Doch er ist sehr stark.«

»Sie stellt ihr Licht unter den Scheffel«, sagte Emmett. »Tammy bündelt und lenkt die Kraft, wie es am besten ist – wahrscheinlich weiß sie sogar mehr über körperliche Funktionen als die meisten Ärzte. Obwohl sie auch selbst Ärztin ist.«

Zehn Minuten später konnte die Schlinge abgenommen werden, und Emmetts Wunde war nur noch eine zartrosa Narbe. Ria strich vorsichtig mit den Fingerspitzen darüber. »Tut das weh?«

»Nee, ich bin ein harter Bursche. Hätte aber nichts dagegen, wenn du mir einen heilenden Kuss gibst.«

Lachend verließ Tamsyn den Behandlungsraum. »Vergesst nicht, dass ihr in einem Krankenhaus seid.« Sie zog die Falttür hinter sich zu.

Ria boxte dem unverbesserlichen Emmett leicht auf die heile Schulter. »Wie hast du dir die Kugel eingefangen?«

»Ach, lass doch, Mink. Soll ich das wirklich alles noch mal aufwärmen?«

Sie stemmte die Hände in die Hüften und sah ihn mit hocherhobenem Kopf an. »Du weißt schon, dass wir darüber noch mal sprechen müssen.«

Er war auf der Hut. »Ach ja?«

»Allerdings ...«, fing sie an, als die eindringliche Tonfolge auf ihrem Handy ertönte, die nur ihrer Familie vorbehalten war. »Amber!« Sie hob das Handy ans Ohr. »Mom?«

Kaum hörbar kam die Antwort: »Es gibt Probleme.«

Ria rannte los, Emmett folgte ihr auf dem Fuß. Der Kreißsaal lag in einem völlig anderen Flügel des Krankenhauskomplexes, und sie verloren wertvolle Minuten, um dorthin zu gelangen. Miaoling saß neben Alex und hielt ihre Hand so fest, dass die Haut über ihren Fingerknöcheln ganz weiß war. Auf der anderen Seite saß Simon. Keiner der drei sagte etwas.

Rias Herz setzte kurz aus. »Was ist? Was ist passiert?«

Ihr Vater antwortete: »Eine Blutung. Komplikationen. Sie wissen nicht, ob ...«

»Niemand sagt uns was«, sagte Alex, die kurz davor war, in Tränen auszubrechen. »Sie rennen nur immer rein und wieder raus.«

»Einen Augenblick.« Ria holte tief Luft und schnappte sich die erste Schwester, die vorbeikam.

Emmett hockte sich neben Miaoling und nahm die kleine, runzelige Hand, während er beobachtete, wie Ria der Krankenschwester ruhig und sehr gekonnt die Informationen entlockte, die ihre Familie brauchte. Nach ein paar Minuten kam sie zurück – seine kleine entschlossene Kämpferin. »Die Herztöne des Kindes sind da. Amber ist wach und ansprechbar.«

»Und die Blutung?«, fragte Alex, deren Stimme wegbrach.

»Sie sind dabei, sie zu stoppen.« Ria sah auf, als zwei weitere Menschen in den Warteraum platzten.

Ambers Eltern, wie Emmett klar wurde, als Ria sie mit einem schnellen Schwall Mandarin begrüßte, offensichtlich bemüht, gar nicht erst Panik aufkommen zu lassen. Das Paar setzte sich neben Simon und stellte Ria weitere Fragen. Sie sah Emmett dankbar an, derweil er leise Miaoling und Alex alles Mögliche vom Leben im Rudel erzählte, um sie davon abzulenken, was in dem Kreißsaal nur wenige Meter von ihnen entfernt geschah.

Auch sie stellten viele Fragen, doch er wusste genau, dass sie sich am Morgen wohl kaum an das Gespräch erinnern würden. Dennoch redete er weiter, lenkte sie ebenso ab wie Ria Ambers Eltern. Simon sprach auch mit seiner Frau und Jets Schwiegermutter, und Ambers Eltern versuchten im Gegenzug stark zu bleiben, um ihn und seine Familie zu unterstützen.

Doch Ria hielt alles zusammen, war die ruhige Kraft, die alle stärkte.

Emmetts Leopard knurrte stolz.

Vierzig Minuten später verdrängten Freudentränen die Sorgen. Amber war außer Gefahr, würde aber etwas länger als üblich im Krankenhaus bleiben müssen. Das Kind war ein Bündel mit zornrotem Gesichtchen, und Jet grinste wie ein Irrer.

»Wie werdet ihr sie nennen?«, fragte Ria, als sich alle um Mutter und Kind versammelt hatten, um sich zu vergewissern, dass es Mutter und Kind gut ging.

»Joy«, sagte Jet und tippte mit dem Finger auf die kleine Wange. »Denn das ist sie: unsere reine Freude.«

»Ein wunderschöner Name.«

»O ja. Amber möchte Nanas Namen als zweiten Vornamen haben.« Als würde ihn eine geheimnisvolle Kraft zu ihr ziehen, trat er an die Seite seiner Frau und nahm ihre Hand. Amber lächelte, obwohl ihr Gesicht von tiefer Erschöpfung gezeichnet war. »Hallo, du.«

Ria drängte alle aus dem Zimmer.

Eine halbe Stunde später fuhr Emmett Ambers Eltern, Miaoling und Alex mit Simons Wagen nach Hause, denn niemand anders fühlte sich in der Lage zu fahren. Dann holte er Ria und ihren Vater ab. Simon setzte sich auf den Beifahrersitz und Ria stieg hinten ein. Emmett spürte genau, wie der ältere Mann ihn taxierte, und wunderte sich daher nicht, als Simon vor dem Haus sagte: »Geh schon mal rein, Ri. Wir kommen gleich nach.«

Ria sah von einem zum anderen. Emmett schüttelte leicht den Kopf, als sie den Mund öffnete. Sie machte einen Schmollmund und verzog sich ins Haus. Emmett sah Simon an. »Ich werde auf sie aufpassen.«

»Sie ist was Besonderes«, sagte Simon und sah ihm in die Augen. »Nach Jet hatte meine Frau eine Totgeburt. Danach waren wir nicht mehr dieselben … doch dann kam Ria. Sie hat uns geheilt. Sie ist unser Herz.«

Emmett nickte, nun begriff er, weshalb im Krankenhaus alle in Panik geraten waren. »Verstehe.« Und er verstand noch mehr, denn Ria war auch sein Herz.

Schweigen. Dann öffnete Simon die Tür und stieg aus. »Ich schicke Ihnen Ria raus. Dann müssen Sie nicht heimlich die Wand hochklettern.«

Emmett wand sich. »Ehmm …«

Simons Mundwinkel hoben sich. »Sie können mich ja ein andermal fragen, wie ich in Alex' Zimmer gekommen bin, als wir beide noch zur Highschool gingen.«

Emmett grinste immer noch, als Ria sich auf den Beifahrersitz setzte. Bevor sie noch etwas sagen konnte, startete er den Motor. »Glaubst du, dein Vater hat was dagegen, wenn wir eine kleine Spritztour machen?«

»Nein, wohin geht es denn?«

»An einen ganz besonderen Ort.« Er stellte auf Schwebeantrieb und fuhr mit hoher Geschwindigkeit aus der Stadt und über die legendäre rote Brücke, die schon so lange dort stand, dass man sich San Francisco gar nicht ohne sie vorstellen konnte.

Ria lehnte sich seufzend zurück. »Ich bin so froh, dass es allen gut geht.«

»Selbst mir?«

»Selbst dem Idioten, der sich eine Kugel eingefangen hat, obwohl ich es ihm ausdrücklich verboten hatte.«

Der Leopard in ihm schlug spielerisch mit den Tatzen nach ihrer scharfen Antwort, im Grunde war er aber entzückt darüber. »Wollte nur sichergehen.« Nach dem Aussichtspunkt am anderen Ende der Brücke schlug er einen »geheimen« Weg ein, den alle kannten, die je auf einer Highschool gewesen waren.

»Wo führt die Straße hin?« Sie drehte sich um. »Hier war ich noch nie.«

»Du musst ja unglaublich brav gewesen sein.«

»Ich bin stolz darauf, ein Nerd gewesen zu sein.« Sie gab einen unterdrückten Laut des Erstaunens von sich, als sie auf einem Plateau auf vier andere Wagen trafen, die in ausreichendem Abstand voneinander parkten. »Das ist ein Ort zum Knutschen?«

»Wo sonst könnte ich ungestört an dir rumfummeln?« Er parkte am anderen Ende, fuhr das Lenkrad ein und löste Rias Sicherheitsgurt. »Komm her.«

Mit einem Lächeln in den Augen setzte sie sich rittlings auf ihn. »Wir werden nicht im Auto meiner Eltern rumknutschen.«

»O doch, das werden wir. So macht man das nämlich. Oder glaubst du, den Jungs hier gehören die Wagen?« Er reckte das Kinn in Richtung der anderen. »Eben.«

Rias Lächeln verschwand, sie wurde ernst. »Ich hatte solche Angst um dich.«

»Hehe.« Er küsste sie. »Ich kann dir nicht versprechen, dass ich nie wieder verletzt werde, aber ich werde alles tun, um jeden Tag zu dir zurückzukommen.«

Ihre Lippen zitterten. »Wenn nicht, folge ich dir in den Tod.«

»Das weiß ich.« Nachdem er sie im Krankenhaus beobachtet hatte, war ihm endlich klargeworden, was sie ihm schon die ganze Zeit hatte sagen wollen: Obwohl sie ein kleiner und verletzlicher Mensch war, war sie stark genug, es mit allem aufzunehmen, was das Leben ihr zu bieten hatte, war auf ihre Art ebenfalls eine Kämpferin. Es war an der Zeit, dass er sie auch so behandelte. »Du willst also wissen, wie es passiert ist?«

Sie nickte entschlossen.

»Na gut, wir haben also den Truck umzingelt und die Straßen abgesperrt, damit er nicht fliehen konnte. Die Ratte saß in der Falle, und wir warteten, bis es dunkel wurde.« Er fing an, ihre Bluse aufzuknöpfen.

»Emmett!«

»So verschwinden die schlimmen Erinnerungen am besten.«

Unterdrücktes Lachen brach aus ihr heraus, sie fuhr mit den Fingern durch sein Haar, während er die zarte Haut zwischen ihren Brüsten küsste. »Mein Gott, du bist so schön. I'm gonna kiss you all over.«

»Das Lied mag ich.«

»Ich auch.« Ein weiterer Kuss, dann richtete er sich wieder auf. »Alles lief nach Plan. Aber leider war Vincent nicht dumm. Um den Truck herum hatte er alles mit Sensoren bestückt. Keine Möglichkeit da ranzukommen, ohne den Alarm auszulösen.«

»Aber ihr wart sicher, dass er drin war?«

»Am Tag hatten wir ihn rauskommen sehen …«

»Woher wusstet ihr, wie er aussieht?«

Schlauer Einwand. Etwas anderes hatte er von seiner Gefährtin auch nicht erwartet. »Mussten nicht lange überlegen. Der war offensichtlich ein Alphatier.«

»Erzähl weiter.«

Er strich über ihre bloße Haut und knöpfte die Bluse weiter auf. Der Leopard kam hervor – besitzergreifend und sehr, sehr hungrig.

10

Schwer atmend unterdrückte er das Verlangen, sie sofort zu nehmen. »War sonnenklar, dass wir nicht in den Truck reinkommen, selbst wenn wir irgendwie den Alarm unterliefen – das Ding war uneinnehmbar wie ein Panzer. Keine Fenster, keine sichtbare Lüftung. Deshalb schmissen wir was an die Ladeklappen.«

Ria blinzelte. »Hightech-Vorgehen.«

»Es musste nur jemand die Klappe einen Spalt öffnen. In dem Moment haben wir so viele Tränengaspatronen reingeschossen, dass sie unmöglich alle wieder rauswerfen konnten.« Ihre Bluse stand jetzt offen, aber sie war zu fasziniert von seiner Erzählung, um es zu bemerken. Die Raubkatze grinste. »Irgendwann mussten die Scheißkerle ja rauskommen. Sie schossen wild um sich, obwohl sie gar kein Ziel sehen konnten.«

»Die Kugel hat dich nur zufällig getroffen?«, fragte sie, als wäre es seine Schuld.

»Ein Schurke hat mich getroffen.« Er senkte den Kopf und küsste ihren Brustansatz. »Zwei Glückstreffer konnten sie nur landen, mehr war nicht drin. Binnen Sekunden waren sie überwältigt.«

»Was habt ihr mit ihnen gemacht?«

Er sah ihr in die Augen. »Ich bin ein Leopard. Ich schütze die Meinen.«

»Ich weiß.« Völlige Akzeptanz in ihrem Blick.

»Ich hab mir Vincent geschnappt, und er hat vielleicht auch was abbekommen in dem Gerangel, aber wir haben alle der Polizei übergeben.«

»Wirklich?«

»Pfadfinderehrenwort.« Er lächelte und ließ den Leoparden raus. »Die Rotte hatte nur Stunden vor unserem Angriff kaltblütig zwei Polizisten ermordet, deshalb war die Polizei ganz scharf drauf, sie einzusperren.«

»Zwei Fliegen mit einer Klappe«, murmelte sie. »Vincent wird nie wieder rauskommen, und die Polizei ist euch was schuldig.«

»Und«, sagte er, denn Ria hatte es verdient, alles zu wissen, »der Rat der Medialen weiß nun, dass wir uns nicht vertreiben lassen, weil wir die Rotte ein für alle Mal erledigt haben.«

Rias Augen umwölkten sich. »Die werden euch ganz schön zusetzen, wenn sie euch als Bedrohung ansehen.«

»Stimmt.«

»Zum Glück seid ihr Raubkatzen ja harte Burschen.« Ganz leise sagte sie ihm das ins Ohr; sie würde zu ihm halten, was immer auch geschah.

Stolz auf ihren Mut erfüllte ihn. »Einen haben wir laufen lassen.«

»Warum?«

»Damit er der Organisation im Norden eine Nachricht überbringt. Falls noch einmal einer von denen sich hierher wagt, schicken wir ihn in kleinen Stücken zurück. Und danach fahren wir hoch und machen dasselbe mit denen, die den Befehl dazu gegeben haben.«

»Würdet ihr das wirklich tun?«

»Was glaubst du?«

»Ich glaube, dass die Familie für euch an erster Stelle steht.« Sie lächelte. »Ihr macht bestimmt was anderes.«

Er schob die Bluse von ihren Schultern. »Wir haben ein paar äußerst fitte Hacker. Die Chefs der Organisationen werden wichtige Daten verlieren und Leopardenköpfe als Bildschirmschoner vorfinden.«

Die Bluse fiel zu Boden und Ria schüttelte sich vor Lachen. Es war ansteckend – der Leopard lachte auch und schnurrte, als er sie küsste. Sie küsste ihn so leidenschaftlich zurück, wie es nur Ria konnte, dann streiften ihre Lippen seine Wange und knabberten an seinem Ohr. Eben wollte er die Hand auf ihre Brust legen, als sie laut aufschrie und vor etwas zurückschreckte.

Dann sagte sie etwas, aber er konnte sie nicht hören, schrecklicher Schmerz durchfuhr seinen Körper.

Als Ria Emmetts Gesicht sah, schloss sie erschrocken den Mund und legte den Finger an sein rechtes Ohr. »O Gott!« Seine Ohren bluteten. Ihr blieb fast das Herz stehen. »Emmett?«

Seine Augen waren trüb – sicherlich vor Schmerz. Und dennoch suchte sein Blick den Grund, warum sie so geschrien hatte. Doch die kleine Spinne war schon längst von der Kopfstütze heruntergekrabbelt, ihr dummer Ausbruch hatte sie vertrieben. »Okay«, sagte sie. »Okay.« Mit ein paar Verrenkungen gelang es ihr, die Bluse wieder überzuziehen. Sie schloss sie mit einem Knopf über den Brüsten, schob Emmetts Tür auf und krabbelte aus dem Wagen.

Dann drückte sie gegen seine Schulter, um ihn auf den Beifahrersitz zu bugsieren. Endlich hatte er begriffen, was sie von ihm wollte, und rutschte rüber, allerdings bei Weitem nicht so elegant wie normalerweise. Er sackte schwer auf dem Sitz zusammen und machte die Geste des Schreibens.

Vom Armaturenbrett nahm sie ihre Tasche und zog den kleinen Notizblock samt Stift heraus, den sie immer bei sich trug. Emmett griff danach und schrieb eine Adresse auf, darüber den Namen *Tammy*.

»Tamsyn.« Ria nickte und ließ den Motor an. Die Heilerin lebte etwas außerhalb der Stadt, doch wenn Emmett nicht in die Notaufnahme, sondern zu ihr wollte, würde sie sich nicht widersetzen.

Es war die schlimmste Fahrt ihres Lebens. Nach zehn Minuten strich Emmett mit den Fingerknöcheln über ihre Wange, aber die sanfte Berührung trug nur dazu bei, dass sie sich noch schlechter fühlte. Sie drängte die Tränen zurück, fuhr so schnell sie sich traute und war kurz nach ein Uhr nachts bei Tamsyn. Emmett schob die Beifahrertür auf und stand schon auf der anderen Seite, bevor sie um den Wagen herumgegangen war. Er schwankte, als hätte er den Gleichgewichtssinn verloren.

Sie zog seinen Arm auf ihre Schulter und ging mit ihm langsam auf das Haus zu. Noch bevor sie die erste Treppenstufe erreicht hatten, wurde die Tür schon geöffnet. Heraus traten Nathan, den Ria ja schon kennengelernt hatte, als er vor dem Haus ihrer Eltern Wache gestanden hatte, und Tamsyn. Die Heilerin trug eine Art Kimono in leuchtendem Blau, aber ihre Augen waren noch auffälliger, denn sie glühten im Dunkeln.

»Was ist passiert?«, fragte sie und stellte sich vor Emmett.

Tränen liefen Ria über das Gesicht. »Ich habe laut in sein Ohr geschrien.«

»Weiter nichts?« Die Heilerin hob die Hände und legte sie sanft auf Emmetts Ohren. »Das heilt schnell. Er wird eine Woche besonders empfindlich sein, aber dann ist sein Hörvermögen wieder ganz normal.«

Emmett drückte Rias Schulter, sein Blick war beinahe schon wieder klar. Doch sie konnte erst wieder freier atmen, als Tamsyn die Hände sinken ließ. »Das war's.«

Emmett drehte sich zu Ria. »Warum hast du geschrien?«

»Da war eine Spinne«, beichtete sie, puterrot im Gesicht. »Ganz klein.«

»Du hast Angst vor Spinnen, Mink?« Er zog sie in seine Arme.

»Ziemlich große Angst.« Sie sah Tamsyn an. »Vielen Dank.«

»Kein Problem.« Tamsyns Hand berührte zart Rias Wange,

dann nahm sie ein feuchtes Handtuch, das Nathan ihr reichte. »Um das Blut abzuwischen.«

Ria bedankte sich leise, als sie das weiche Tuch entgegennahm. Nathan reckte das Kinn zum Haus. »Ich lass die Tür offen, falls ihr noch reinkommen wollt.«

»Nein, danke.« Emmett schüttelte den Kopf. »Ich muss Ria nach Hause bringen.«

Das Paar verabschiedete sich winkend. Ria tupfte vorsichtig das Blut von Emmetts Ohren. Emmett beugte den Kopf, damit sie es leichter hatte. Als sein Gesicht wieder sauber war, legte Ria das Tuch auf das Wagendach.

»Willst du mich nicht ansehen?«, fragte er.

Sie schüttelte den Kopf. »Es tut mir so leid, Emmett.«

»Na, so schlimm war's auch wieder nicht.« Er fasste sie mit dem Finger unterm Kinn, damit sie ihn anschauen musste. »Kaum auszuhalten, aber sonst gar nicht so schlimm.«

Die Schuldgefühle zerschmetterten sie fast. Doch dann sah sie das Glitzern in seinen Augen. »Emmett, wenn ich dich nicht so lieben würde, würde ich dich jetzt umbringen.«

Von einem Moment zum anderen glühten seine Augen auf. »Was hast du gerade gesagt?«

Erst da bemerkte sie, was sie ihm verraten hatte. Das Herz schlug ihr bis zum Hals, und sie musste schlucken. »Ich ... ich liebe dich.«

Emmett legte die Hand an ihre Wange und die unglaublich wilden Augen wurden noch ein Stück wilder. »Sag das noch mal.«

Was ihr nicht schwerfiel.

Emmett strahlte besitzergreifend. »Ich liebe dich auch, Mink.«

Ihre Lippen zitterten. Sie schlang ihm die Arme um den Hals, ließ sich von ihm hochheben und so leidenschaftlich küssen, dass ihr die Luft wegblieb. Später sagte er: »Du bist meine Gefährtin. Kannst du damit umgehen?«

»Solange du sanft mit mir umgehst.«

Damit würde er sie ihr gemeinsames Leben lang aufziehen, das wusste sie genau. Und ihr Lächeln wurde so breit, dass die Mundwinkel beinahe aufrissen, so begeistert war sie von der Vorstellung.

Epilog

Natürlich flirtete Dorian bei der Trauungszeremonie schamlos mit Ria. Aber Emmett machte seine Drohung nicht wahr, ihm die Gedärme rauszureißen. Denn Ria gehörte ihm nun, und Dorian würde wie alle anderen Männer des Rudels eher sterben, als diese Grenze zu übertreten.

Sein Leopard lächelte nachsichtig, als der blonde Soldat Ria im Tanz herumwirbelte und sie dann lachend auffing. Sie sah Emmett über Dorians Schulter an und warf ihm eine Kusshand zu. Noch immer lächelnd kam er zu dem Schluss, seine Gefährtin nun genug geteilt zu haben. »Such dir eine andere Tanzpartnerin, Blondie.«

Dorian ließ Ria mit einem bedauernden Lächeln los. »Aber deine Mink gefällt mir besonders gut.« Er wich Emmetts Schlag aus und stolzierte mit einem frechen Grinsen davon.

»Ist dein Rudel immer so?«, fragte Ria und schlang die Arme um seine Taille.

»So verrückt?«

»Ja, das auch. Aber so ... wie eine Familie.«

»Ja. Das Rudel ist Familie.«

Eine steile Falte erschien zwischen ihren Brauen. »Was ist mit meinen Eltern, mit Großmutter und meinen Brüdern, mit Amber und Joy – werden sie jetzt ausgeschlossen?«

»Sie gehören auch zur Familie«, sagte er. »Manchmal werden sie sich allerdings wünschen, es wäre nicht so.« Grinsend zeigte er in die Richtung, wo man sich um Amber und Joy »kümmerte«. Die Gestaltwandler fassten weder Mutter noch Kind an, aber offensichtlich hätten sie es gerne getan. Dann sah Ria, wie jemand Amber eine wunderschöne handbestickte Decke hinhielt. Ihre Schwägerin blickte vollkommen überrascht ... dann stahl sich ein kleines Lächeln auf ihre Lippen.

»Wir haben Kinder sehr gern«, flüsterte Emmett ihr ins Ohr.

Sie stellte sich auf die Zehenspitzen und flüsterte ebenfalls: »Ich auch.«

Er drückte sie an sich.

»Warum hast du so lange gebraucht, um mich zu finden?«, fragte sie.

»Reine Dummheit.« Er knabberte an ihrem Ohr. »Aber nun hab ich dich ja und werde dich nie wieder gehen lassen.«

Ria lächelte und küsste seine Wange. »Wer sagt denn, dass ich dich gehen lassen würde?«

Lachend wirbelte Emmett sie herum, bis ihr schwindelig wurde. Ria fing den Blick ihrer Großmutter auf. Miaoling hielt Hof bei den Kindern, aber ihr Lächeln galt Ria. Und Ria wusste, dass ihre Großmutter sie verstanden hatte.

Emmett gehörte ihr. Für immer. Ganz egal, was geschehen würde.

Es war einfach vollkommen, dachte sie und sah in die Augen einer verdammt glücklichen Raubkatze.

THE SAN FRANCISCO GAZETTE

1. JANUAR 2073

Am Puls der Stadt:
Ein neuer Wind weht

Bestimmte Aussagen, die in dieser Kolumne im vergangenen Jahr gemacht wurden, haben sich als äußerst zutreffend erwiesen. Alle Personen, die wir bei unserer Recherche für den heutigen Bericht kontaktiert haben, vertreten die Ansicht, in San Francisco hätten nicht mehr die gewählten Stellvertreter die Macht, sondern ein Rudel Gestaltwandlerleoparden. Vielleicht sollten daher eher die Raubkatzen regieren?

Als ich Lucas Hunter, das Alphatier der Leoparden, darauf ansprach, gab er folgende Erklärung ab: »Wir streben nicht nach einem öffentlichen Amt. Aber San Francisco ist unsere Heimat – daher nehmen wir es sehr ernst, wenn die Stadt und die hier lebenden Personen bedroht sind.«

Bravo, Mr Hunter. Soweit es den Schreiber dieser Zeilen angeht, haben die Leoparden sowohl ihre Entschlossenheit als auch ihr Anrecht auf unsere Stadt bewiesen. Es besteht kein Zweifel mehr, dass San Francisco die Stadt der Leoparden ist.

ENGELSBANN

Gilde der Jäger

1

Noels Versetzung ins üppig grüne Louisiana bedeutete wohl einen beruflichen Aufstieg für ihn, dennoch war seine neue Anstellung ein zweischneidiges Schwert. Zwar gehörte die Gegend zu Raphaels Herrschaftsgebiet, aber der Erzengel hatte die alltäglichen Regierungsangelegenheiten der sechshundert Jahre alten Engelsfrau Nimra übertragen. Sie war nicht annähernd so alt wie Raphael, aber doch alt genug – auch wenn bei den Unsterblichen nicht allein das Alter für das Ausmaß ihrer Macht ausschlaggebend war.

In ihren zarten Knochen besaß Nimra mehr Kraft als andere Engel, die doppelt so alt waren wie sie, und sie herrschte seit achtzig Jahren über dieses Gebiet. Nimra war schon eine Machtfigur gewesen, als ihre Altersgenossen noch an den Höfen ihrer Dienstherren gearbeitet hatten. Das war kaum überraschend, denn man sagte der Engelsfrau einen eisernen Willen und erbarmungslose Grausamkeit nach.

Noel war kein Dummkopf. Deshalb wusste er, dass seine »Beförderung« in Wahrheit ein unausgesprochenes, scharfes Urteil war: Er war nicht mehr der Mann, der er einmal gewesen war – und er wurde nicht mehr gebraucht. Er ballte die Hand zur Faust. Das aufgerissene, blutverschmierte Fleisch, die gebrochenen Knochen, das Glas, das die Diener eines rasenden Engels in seine Wunden getrieben hatten, von all dem war dank seines Vampirismus nichts mehr übrig. Geblieben waren nur die Albträume ... und die seelischen Verletzungen.

Wenn Noel in den Spiegel blickte, sah er darin nicht mehr

denselben Mann wie früher. Er sah vielmehr ein Opfer, jemanden, den man zu Brei geschlagen und dann achtlos seinem Schicksal überlassen hatte. Sie hatten ihm die Augen genommen, die Beine zerschmettert und so lange die Finger zerquetscht, bis seine Knochen in kleine Stücke zersplittert waren. Der Genesungsprozess war grausam gewesen und hatte ihn jeden Funken seiner Willenskraft gekostet. Doch wenn diese beleidigende Anstellung nun seine Bestimmung sein sollte, wäre es ihm lieber gewesen, er hätte nicht überlebt. Vor dem Angriff war er in der engeren Wahl für eine Stellung im Erzengelturm gewesen, von dem aus Raphael über Nordamerika herrschte. Jetzt war er ein zweitrangiger Wachmann an einem der finstersten Höfe.

Und im Zentrum dieses Hofes stand Nimra.

Sie war nur einen Meter fünfzig groß und hatte einen ausgesprochen zierlichen Körperbau. Doch der Engel war trotzdem keine knabenhaft wirkende Erscheinung, im Gegenteil. Nimras Kurven hatten vermutlich schon viele Männer ins Verderben getrieben. Ihre Haut schimmerte wie geschmolzene Sahnebonbons und ihre wallenden Locken fielen blauschwarz glänzend auf ihr Gewand herab, das in der Farbe von dunkler Jade leuchtete. Die Verspieltheit, mit der die füllige Locken über ihren Rücken flossen, passte weder zu ihrem Ruf noch zu dem kalten Herzen, das in Nimras sündigem, verführerischem Busen schlug – einem Busen, der beinahe zu üppig für ihren Körperbau war.

Als hätte sie seinen prüfenden Blick gespürt, sah sie Noel scharf an. Ihre Augen – gefärbt wie kräftiger gelber Topas, durchzogen von schimmernden Bernsteinfunken – blickten streng und bohrend. Während Nimra ihn so mit ihren Augen fixierte, durchquerte sie den großen Raum, den sie für Audienzen nutzte. Die einzigen Geräusche waren das Rascheln ihrer Flügel und das zarte Geräusch, mit dem ihr Gewand über ihre Haut strich.

Sie kleidete sich wie ein Engel aus früheren Tagen; die ruhige

Eleganz ihrer Gewänder erinnerte ihn an das antike Griechenland. Er war damals noch nicht auf der Welt gewesen, hatte aber die Gemälde gesehen, die in der Zufluchtsstätte, der Engelsfestung, aufbewahrt wurden. Außer ihr hatte er schon andere Engel gesehen, die sich weiterhin in einem solchen Stil kleideten, da sie ihn als deutlich majestätischer empfanden als die Kleidung der Neuzeit. Doch keiner von ihnen war mit Nimra zu vergleichen: Mit ihrem Gewand, das an den Schultern von schlichten Goldspangen und an der Taille von einem schmalen geflochtenen Band in der gleichen Farbe zusammengehalten wurde, hätte man Nimra für eine antike Göttin halten können.

Schön.

Mächtig.

Tödlich.

»Noel«, sagte sie, und im Klang seines Namens schwang ein Akzent mit, der zu dieser Region gehörte, in dem aber zugleich noch andere Orte und Zeiten nachhallten. »Du wirst mich begleiten.« Mit diesen Worten rauschte sie aus dem Zimmer. Ihre Flügel hatten einen satten, tiefen Braunton, durchzogen von glitzernden Fasern, in denen sich die Farbe ihrer Augen wiederholte. Diese Flügel, die sich über Nimras Schultern wölbten und zart über den glänzenden Holzfußboden strichen, nahmen sein ganzes Blickfeld ein, als er sich umwandte, um ihr zu folgen.

Der erlesene Farbton ihrer Schwingen passte nicht recht zu der kalten Hinterhältigkeit dieses finsteren Hofes, sondern eher zu der beständigen Ruhe von Bäumen und der Erde. Zumindest in diesem Punkt trog der Schein nicht. Nimras Zuhause war ganz anders, als er erwartet hatte: ein ausladendes, elegantes altes Anwesen mit himmelhohen Decken auf einem ausgedehnten Grundstück, das etwa eine Stunde außerhalb von New Orleans lag. Ihr Haus hatte zahlreiche Fenster, und jede Etage war von Balkonen umgeben. Die meisten davon hatten kein Geländer –

schließlich waren sie für das Haus eines geflügelten Wesens gemacht. Auch das Dach war speziell für Engel konstruiert. Es fiel schräg ab, jedoch nicht in einem spitzen Winkel, sondern so flach, dass es beim Landen keine Gefahr darstellte.

So schön das Haus auch sein mochte, war es doch der Garten, der dem Anwesen seinen besonderen Reiz verlieh. Die Überfülle von exotischen und gewöhnlichen Blüten, die vielen, vom Alter knorrigen Bäume neben jungen, noch kleineren Pflanzen, all das strahlte einen Hauch von Frieden aus. Es war die Art von Frieden, in dem sich ein gebrochener Mann niederlassen konnte, um wieder zu sich selbst zu finden. Doch während er Nimra folgte, dachte Noel, dass er höchstwahrscheinlich niemals zurückgewinnen würde, was man ihm bei diesem Angriff aus dem Hinterhalt genommen hatte. Er war dabei so übel zugerichtet worden, dass sein Gesicht zunächst nicht mehr wiederzuerkennen und sein Körper nur noch ein Haufen Fleisch gewesen war.

Vor einer großen hölzernen Flügeltür, die mit filigranen Schnitzereien von blühendem Jasmin verziert war, hielt Nimra inne und warf Noel einen erwartungsvollen Blick über die Schulter zu, als dieser hinter ihr stehen blieb. »Die Tür«, sagte sie, und er war sicher, aus ihrer Stimme, in der die melodische Note der Cajuns mitschwang, eine Spur von Belustigung herauszuhören.

Darauf bedacht, ihre Schwingen nicht zu berühren, ging er um sie herum und öffnete einen der Türflügel. »Entschuldige.« Die Worte klangen rau, denn in letzter Zeit hatte er seine Kehle nicht oft zum Sprechen benutzt. »Ich bin es nicht gewohnt, dass ich ein ...« Mitten im Satz brach er ab. Er hatte keine Ahnung, als was er sich bezeichnen sollte.

»Komm mit.« Nimra ging einen von Fenstern gesäumten Korridor entlang. Die versiegelten Holzfußböden waren in das flüssige, üppige Sonnenlicht dieses Ortes getaucht, der die kühne Schönheit von New Orleans und eine ältere, ruhigere Eleganz in sich vereinte. Auf allen Fenstersimsen standen erdfarbene Töpfe, aus denen die fröhlichsten, überraschendsten Farben hervorquollen – Stiefmütterchen und Wildblumen, Gänseblümchen und Chrysanthemen.

Noel musste gegen seinen Wunsch ankämpfen, über die Blütenblätter zu streichen, um ihre samtige Weichheit an seinen Fingern zu spüren. Dieser unerwartete Drang veranlasste ihn, sich in sich zurückzuziehen und nach außen hin abzuschotten. An diesem Hof, wo man ihn vergammeln lassen wollte, durfte er sich keine Schwäche erlauben. Zu nahe lag der Gedanke, alle würden nur darauf warten, dass er am Leben verzweifelte und zu Ende brachte, was seine Angreifer begonnen hatten.

Er presste die Lippen zusammen, als Nimra wieder das Wort ergriff. Während ihre Stimme wie rohe Seide klang – jener Tonfall, in dem Erotik und Lust mitschwangen, die möglicherweise auch wildere und sadistischere Züge annehmen konnten –, waren ihre Worte pragmatisch. »Wir werden uns in meinen Gemächern unterhalten.«

Besagte Gemächer lagen hinter einer weiteren hölzernen Flügeltür, die mit Bildern von exotischen, durch blütenschwere Bäume schwirrenden Vögeln bemalt war. Nichts in diesen femininen, hübschen Bildern deutete auf die Härte hin, die Teil von Nimras Ruf war. Aber wenn Noel nach den mehr als zweihundert Jahren seiner Existenz eines wusste, dann war es Folgendes: Jedes Wesen, das mehr als ein halbes Jahrtausend alt war, hatte längst zu verbergen gelernt, was andere nicht sehen sollten.

Wachsam folgte er ihr ins Zimmer und schloss die bemalten Türen lautlos hinter sich. Er wusste nicht, was er erwartet hatte, doch es waren nicht diese eleganten, weißen Möbel, die zahlreichen Kissen in den bunten Farben von Edelsteinen, das durch die geöffneten Glastüren von außen einfallende, fließende Sonnenlicht oder die zerlesenen Bücher auf dem Beistelltisch.

Die Pflanzen überraschten ihn nicht mehr, sie vermittelten ihm hingegen ein Gefühl von Freiheit, da er sich gleichzeitig wie erstickt fühlte. Er war in seinem gebrochenen Selbst ebenso gefangen wie in seinem Diensteid und seinen Verpflichtungen gegenüber Raphael und nun auch Nimra.

Die Engelsfrau ging zu den Glastüren, um sie zu schließen und damit die Welt auszusperren, bevor sie sich wieder zu ihm umwandte. »Wir werden uns ungestört unterhalten.«

Noel nickte steif, als ihm plötzlich ein schmerzhafter Gedanke in den Sinn kam. Einige Engel, vor allem die alten und abgestumpften, fanden Gefallen daran, sich Liebhaber zu nehmen, die sie ganz in ihrer Gewalt hatten. Sie behandelten diese Liebhaber wie ... Frischfleisch, das benutzt und anschließend entsorgt wurde. So etwas wollte Noel niemals sein, und wenn Nimra das von ihm erwartete ...

Er war ein Vampir, ein beinahe Unsterblicher, der über zweihundert Jahre Zeit gehabt hatte, um seine Macht zu entfalten. Vielleicht würde sie ihn töten, aber vorher würde er ihr Blut vergießen. »Was wünschst du von mir?«

Nimra nahm die Drohung hinter diesen äußerlich höflichen Worten wahr und fragte sich, wen Raphael ihr da eigentlich geschickt hatte. Sie hatte einen Gelehrten, den sie aus der Zufluchtsstätte kannte, einige diskrete Nachforschungen anstellen lassen und so von dem entsetzlichen Angriff erfahren, den Noel überlebt hatte. Doch der Mann selbst blieb ihr ein Mysterium. Auf ihre Bitte hin, ihr mehr als nur die bloßen Fakten über den Vampir mitzuteilen, den Raphael an ihren Hof entsandte, hatte dieser nur gesagt: »Er ist loyal und hochbegabt. Er ist genau das, was du brauchst.«

Wovon der Erzengel nichts erwähnt hatte, waren Noels durchdringend eisblaue Augen, in denen sich so viele Schatten verbargen, dass sie sie beinahe berühren konnte, und sein Gesicht, das aus dem härtesten Stein gemeißelt zu sein schien. Er war kein schöner Mann – dafür waren seine Züge zu herb – und doch würde es ihm niemals an weiblicher Aufmerksamkeit fehlen, denn er war sehr, sehr *männlich*. Mit seinem kantigen Gesicht, dem tiefen Braun seiner Haare und seinem starken, muskulösen Körper zog er die Blicke auf sich ... ganz wie ein Berglöwe.

Obwohl er sich mit seiner blauen Jeans und dem weißen T-Shirt so völlig von den anderen Männern an ihrem Hof unterschied, die einen formelleren Kleidungsstil bevorzugten, stellte er sie mit der stillen Intensität seiner Ausstrahlung doch allesamt in den Schatten.

Nun drohte dieser Mann, dessen maskuline Energie im krassen Gegensatz zu der femininen Möblierung stand, in ihren eigenen Gemächern die Oberhand zu gewinnen.

Es verärgerte sie, dass dieser Vampir von gerade einmal zweihundert Jahren solche Gefühle in ihr wecken konnte, schließlich war sie ein Engel und genoss neben dem Respekt anderer Engel, die mehr als doppelt so alt waren wie sie, auch das Vertrauen eines Erzengels. Deshalb ließ sie in ihrer Stimme ihre Macht anklingen, als sie fragte: »Würdest du mir jeden Wunsch erfüllen?«

Gepresst stieß er hervor: »Ich werde niemandes Sklave sein.«

Nimra blinzelte irritiert, als plötzlich die düstere Erkenntnis einsetzte, was er damit andeutete. Es schmeichelte ihrer Eitelkeit nicht gerade, dass er annahm, sie müsste ihre Liebhaber zwingen, ihr gefügig zu sein. Auf der anderen Seite wusste sie genug über ihre Artgenossinnen, um einzusehen, dass dieser Gedanke nicht ganz unberechtigt war. Dass es ihm jedoch direkt als Erstes in den Sinn gekommen war ... Nein, dachte sie, wenn Noel auf diese Weise missbraucht worden wäre, hätte Raphael sie mit Sicherheit gewarnt. Andererseits war der Erzengel, in dessen Körper die Macht lag, Städte dem Erdboden gleichzumachen und Imperien niederzubrennen, sein eigenes Gesetz. Sie konnte nichts als sicher voraussetzen.

»In der Sklaverei«, sagte sie und wandte sich der nächsten Tür zu, »liegt für mich keine Herausforderung. Den Reiz daran habe ich nie verstanden.«

Während er ihr folgte, kam es ihr vor, als würde sie eine riesige Bestie an der Leine führen – und als wäre diese Bestie ganz und gar nicht glücklich über ihre Lage. Er faszinierte sie, wenn es ihr auch ein Dorn im Auge war, dass dieser Vampir, den ihr Raphael auf ihre Anforderung hin geschickt hatte, so viel Macht in sich trug. Natürlich war genau das die Krux an der Sache: Noel war Raphaels Mann, und Raphael duldete keine Schwächlinge.

Als sie schließlich in ihrem eigenen Gemach angelangt waren, bedeutete sie ihm mit einem Nicken, die Tür hinter sich zu schließen. Noch vor einem Monat hätte sie nicht einmal einen Gedanken daran verschwendet, solche Maßnahmen zu ergreifen – so großes Vertrauen hatte sie in die Angehörigen ihres Hofes gehabt. Doch jetzt … Mit diesem Schmerz musste sie nun seit vierzehn Tagen leben, und es wurde nicht leichter, ihn zu ertragen.

Sie ging an dem glatten, gepflegten Holztisch unter dem großen Fenster vorbei, an dem sie oft saß, um ihre private Korrespondenz zu verfassen, und öffnete die oberen Türen eines an der Wand stehenden Schrankes. Mit säuselnder Zärtlichkeit strichen die gerollten Ranken eines zarten Farns über ihren Handrücken, als sie die Tür zu einem Objekt freilegte, das wie ein einfacher Tresor aussah, das aber kein Einbrecher würde öffnen können.

Nachdem sie eine kleine, bis zur Hälfte mit einer lumineszierenden Flüssigkeit gefüllte Phiole herausgenommen hatte, drehte sie sich um und sagte zu dem Mann, der reglos wie Stein einige Schritte von ihr entfernt stand: »Weißt du, was das ist?«

Seine Miene war verschlossen, doch das minderte nicht die

Intelligenz, die in seinem durchdringenden Blick lag. »Ich habe so etwas noch nie zuvor gesehen.«

So wunderschön, dachte sie, als sie die Phiole ins Licht hielt und die Farben durch die Bewegung darin durcheinanderwirbelten und schäumten. In das Kristallglas selbst war nur eine einzige Sigille eingelassen, die für ihren Namen stand, und außerdem dünne Zierlinien aus feinem Gold. »Das liegt daran, dass diese Flüssigkeit mehr als selten ist«, sagte sie leise. »Sie wird aus einer Pflanze gewonnen, die man im tiefsten, undurchdringlichsten Teil des Regenwaldes von Borneo findet.« Sie trat auf Noel zu und hielt ihm die Phiole hin.

In seiner großen Hand sah das Fläschchen geradezu lächerlich klein aus, wie ein Spielzeug, das man einem danach weinenden Kind gestohlen hatte. Er hielt es sich vor die Augen und neigte es vorsichtig zur Seite. Die Flüssigkeit verteilte sich von Innen auf dem Kristallglas und brachte dessen Oberfläche zum Leuchten. »Was ist es?«

»Mitternacht.« Sie nahm die Phiole wieder an sich und legte sie auf dem Schreibtisch ab. »Eine Spur davon tötet einen Menschen, ein größerer Hauch versetzt einen Vampir ins Koma, und schon sieben Gramm reichen aus, um dafür zu sorgen, dass die meisten Engel unter achthundert Jahren für zehn lange Stunden nicht mehr aufwachen.«

Ruckartig hob Noel den Blick und sah ihr in die Augen. »Dein zukünftiges Opfer hat also nicht den Hauch einer Chance.«

Seine Schlussfolgerung überraschte sie nicht – angesichts ihres Rufs war nichts anderes zu erwarten gewesen. »Ich besitze es seit dreihundert Jahren. Es war das Geschenk eines Freundes, der glaubte, ich würde es eines Tages vielleicht brauchen können.« Ihre Mundwinkel hoben sich bei dem Gedanken an den Engel, der ihr diese tödlichste aller Waffen gegeben hatte – wie unter Menschen vielleicht ein großer Bruder seiner Schwester ein

Messer oder eine Pistole geben würde. »In seinen Augen war ich immer zerbrechlich.«

Noel fand, dass dieser Freund sie nicht gut gekannt haben konnte. Nimra mochte zwar aussehen, als würde sie unter dem leisesten Druck zusammenbrechen, doch als dahinwelkende Lilie hätte sie Louisiana mit Sicherheit nicht gegen all die anderen Mächte in der weiteren Umgebung verteidigen können, zu denen auch der grausame Nazarach zählte. Da Noel selbst nicht so blind war, ließ er Nimra nicht aus den Augen, während sie ihm ihre exquisiten, einladenden Flügel zuwandte, die Phiole aufnahm und diese wieder in den Tresor legte.

Ihre geradezu fühlbare Schönheit war eine Falle, ein Köder, der die Unachtsamen dazu brachte, ihre Deckung fallen zu lassen. So arglos war Noel nie gewesen – und seit den Ereignissen in der Zufluchtsstätte … Falls es danach noch Reste von Arglosigkeit oder Unschuld in ihm gegeben hatte, waren sie inzwischen längst abgestorben.

»Vor zwei Wochen«, sagte Nimra halblaut, als sie die Türen des Schrankes schloss und sich wieder zu ihm umdrehte, »hat jemand versucht, mir Mitternacht unterzumischen.«

2

Noel hielt die Luft an. »Ist es demjenigen gelungen?«

Als Nimra den Kopf schüttelte, durchfuhr ihn die Erleichterung wie ein tosender Sturm. In der Zufluchtsstätte war er selbst völlig hilflos gewesen. Man hatte ihn gefesselt und gefangen gehalten und ihm Scherben aus Glas und Metall in den Körper gestoßen, bis die Haut darüber zusammengewachsen war und die quälenden Schmerzenssplitter eingeschlossen hatte. Und obwohl er Nimra gegenüber nicht mehr Loyalität empfand als die, welche über seine Verbindung zu Raphael hinausging, wollte er sich die Engelsfrau nicht mit gebrochenem Geist und geknickten Flügeln vorstellen. »Was hat dich gerettet?«

»Jemand hatte das Gift in ein Glas Eistee gemischt«, sagte sie und streckte den Arm aus, um über das glänzende Blatt einer Pflanze neben ihrem Schreibtisch zu streichen. »Sobald es sich mit anderen Flüssigkeiten verbindet, ist es geschmack- und geruchlos, sodass ich es normalerweise nicht bemerkt hätte, zumal ich auch nicht damit gerechnet hatte, dass irgendetwas in meinem Hause gefährlich für mich sein könnte. Aber ich hatte eine Katze namens Queen.« Mit schriller und brüchiger Stimme beendete sie den Satz, dann hielt sie für den Bruchteil einer Sekunde den Atem an. »Als ich nicht hinsah, ist sie auf den Tisch gesprungen und hat etwas von dem Getränk geschlürft. Sie war tot, noch ehe ich wegen ihres schlechten Benehmens mit ihr schimpfen konnte.«

Noel wusste, dass der Kummer auf Nimras Gesicht aller Wahrscheinlichkeit nach ein Versuch war, seine Gefühle zu manipulieren, dennoch wurde sie ihm dadurch sympathischer, dass der Tod ihres Haustiers sie betrübte. »Das tut mir leid.«

Eine leichte Neigung ihres Kopfes, eine majestätische Dankesbekundung. »Ohne jemanden am Hof davon in Kenntnis zu setzen, habe ich den Tee untersuchen lassen und herausgefunden, dass er Mitternacht enthielt.« Nimras Gesichtszüge mit ihrer glatten, honigbraunen Haut verspannten sich. »Hätte der Attentäter Erfolg gehabt, wäre ich für Stunden bewusstlos geworden – und wer von meinem hilflosen Zustand wusste, hätte hereinkommen und mich endgültig töten können.«

Engel waren der Unsterblichkeit so nahe, wie man ihr in dieser Welt nur kommen konnte. Die einzigen mächtigeren Wesen waren die Erzengel im Kader der Zehn, die über die gesamte Welt herrschten. Solange ein Engel niemanden aus dem Kader gegen sich aufbrachte, war der Tod nichts, worüber er sich Sorgen machen musste – außer in sehr engen Grenzen, die abhängig von der Anzahl der Lebensjahre und der jeweiligen Macht waren.

Noel kannte das Ausmaß von Nimras Macht nicht, aber wenn jemand es schaffte, einen starken Engel zu enthaupten, seine oder ihre inneren Organe einschließlich des Gehirns zu entfernen und schließlich alles zu verbrennen, war es sehr unwahrscheinlich, dass dieser Engel überlebte. Sehr unwahrscheinlich, aber nicht unmöglich. Noel wusste nicht, ob es zutraf, doch Engeln eines bestimmten Alters und von einer gewissen Stärke sagte man nach, dass sie aus der Asche eines normalen Feuers wiederauferstehen konnten.

»Oder Schlimmeres«, fügte er sanft hinzu, denn wenn der Tod auch das letzte Ziel sein mochte, so lebten doch viele der sehr alten Unsterblichen nur noch dafür, anderen Schmerzen zu bereiten und sie leiden zu lassen, weil ihre Fähigkeit, sanftere Emotionen zu empfinden, schon vor langer Zeit zerstört worden war. Er konnte sich nur zu gut vorstellen, was jemand wie Nazarach Nimra antun würde, wenn er sie allein und verwundbar vorfände.

»Ja.« Sie blickte durch das Fenster über ihrem kleinen Schreibtisch – der so zierlich gebaut war, dass er unter Noels Faust zersplittern würde – auf die wilde Schönheit des dahinterliegenden Gartens. »Nur enge Vertraute aus dem innersten Kreis meines Hofes sowie sorgfältig ausgewählte Diener kommen überhaupt in die Nähe meines Essens. Da es sich hierbei um Verrat handelt, kann ich den Männern und Frauen, mit denen ich seit Jahrzehnten, wenn nicht Jahrhunderten, zusammenlebe, nun nicht mehr trauen.« Ruhige, gemessene Worte, die jedoch ihren Zorn nicht verbargen. »Dieses Mittel ist beinahe unmöglich zu beschaffen, selbst für einen Engel – was bedeutet, dass derjenige, der mich hintergangen hat, im Auftrag einer großen Macht arbeitet.«

In seinem Inneren verspürte Noel einen kleinen Funken aufflackern, von dem er glaubte, dieser wäre längst verloschen. Verloschen in jenem blutdurchtränkten Zimmer, in dem seine Entführer ihm so Furchtbares angetan hatten und damit eine perverse Lust befriedigten. Sie mochten die Tat als politische List bezeichnet haben, um sie zu rechtfertigen, aber er hatte ihr Lachen gehört und die Schwärze gespürt, mit der ihre Seelen befleckt waren. »Warum erzählst du mir das?«

Sie warf ihm einen spitzbübischen Blick über die Schulter zu. »Ich brauche keinen Sklaven, Noel«, sie sprach seinen Namen mit einem leichten französischen Akzent aus, der ihm eine exotische Wirkung verlieh, »sondern jemanden, dessen Loyalität außer Zweifel steht. Laut Raphael bist du genau dieser Mann.«

Er war gar nicht abgeschoben worden.

Der Schock fuhr ihm durch den ganzen Körper und erweckte ihn mit einem Ruck wieder zum Leben, nachdem er sich so lange wie ein wandelnder Toter vorgekommen war. »Du bist sicher, dass es jemand von deinen Leuten war?«, fragte er. In heftigen Stößen pulsierte das Blut durch seine Adern.

Ihre Antwort war indirekt, und es lag Wut darin. »An dem Tag, als das Mitternachtsgift benutzt wurde, waren keine Fremden in meinem Haus.« Ihre Flügel entfalteten sich und schirmten das Licht ab, während sie weiterhin konzentriert aus dem Fenster blickte. »Sie sind mir treu ergeben, aber einer von ihnen muss sich gegen mich gewandt haben.«

»Du bist sechshundert Jahre alt«, stellte Noel fest, der wusste, dass sie in diesem Moment nichts von ihrem Garten wahrnahm. »Du kannst sie dazu zwingen, die Wahrheit zu sagen.«

»Ich kann ihren Willen dennoch nicht beugen«, erwiderte sie – eine offene Antwort, die ihn überraschte. »Das war mir noch nie gegeben. Und meinen gesamten Hofstaat zu foltern, um einen Verräter ans Licht zu bringen, erscheint mir ein wenig übertrieben.«

Er glaubte, unter ihrem Zorn eine düstere Belustigung zu verspüren, doch da sie das Gesicht zum Fenster gewandt hatte und ihr Profil im Schatten der herabfallenden, blauschwarzen Locken lag, konnte er es nicht mit Sicherheit sagen. »Wissen die anderen, warum ich hier bin?«

Als Nimra den Kopf schüttelte und sich abermals zu ihm umdrehte, gab ihre Miene nichts preis außer der makellosen Maske einer Unsterblichen. »Wahrscheinlich glauben sie dasselbe, was auch du geglaubt hast: dass Raphael dich hergeschickt hat, weil du ein gebrochener Mann bist und ich ein Spielzeug brauche.« Sie hob eine Augenbraue.

Es kam ihm vor, als wäre er gerade zum Chef zitiert worden. »Ich bitte um Entschuldigung, Lady Nimra.«

»Du solltest versuchen, einen Tick aufrichtiger zu klingen«, eine kühle Anweisung, »sonst wird unser Schwindel erbärmlich fehlschlagen.«

»Ich fürchte, ich werde es niemals fertigbringen, ein gefügiger Pudel zu sein.«

Zu seinem Erstaunen lachte sie, heiser und feminin strich der Klang über seine Sinne. »Sehr gut«, sagte sie, und ihre Augen glitzerten im Sonnenlicht wie Juwelen. »Dann bist du ein Wolf an der langen Leine.«

Verblüfft bemerkte Noel in seinem Inneren eine neue Art von Hitze, wie von langsam brennenden Kohlen, die dunkel und kraftvoll glühten. Seit er mit einem völlig zerschlagenen Körper in der Krankenstation erwacht war, hatte er kein Verlangen mehr verspürt. Diesen Teil von sich hatte er für tot gehalten. Doch Nimras Lachen versetzte seinen Körper in Erregung. Es war verlockend, diesem Aufflackern der Hitze nachzugehen, die Kohle ans Tageslicht zu befördern. Doch er ließ nicht zu, dass ihr Lachen oder die exquisite Zartheit ihrer Weiblichkeit diese eine Wahrheit aus seinem Bewusstsein vertrieb: dass der Engel mit den von Juwelenstaub überzogenen Flügeln tödlich war. Und dass Nimra, auch wenn sie in diesem speziellen Fall im Recht sein mochte, dennoch nicht unschuldig war.

In dieser Nacht hörte er Schreie. Der Albtraum überraschte ihn jedes Mal, obwohl er ihn schon die ganze Zeit plagte, seit er in der Krankenstation zum ersten Mal die Augen aufgeschlagen hatte. Nach einigen Stunden der Folter hatte er nicht mehr schreien können und war nur bei Bewusstsein geblieben, weil seine Angreifer darauf geachtet hatten, diese schmale Linie nie zu überschreiten. Knochenbrüche, aufgerissenes Fleisch, unerträgliche Verbrennungen – Vampire hielten eine Menge Verletzungen aus, ohne in die kühle Dunkelheit der Besinnungslosigkeit entfliehen zu können.

Er erinnerte sich nicht daran, am Anfang geschrien zu haben, war er doch fest entschlossen gewesen, nicht klein beizugeben.

Und dennoch musste er es getan haben – denn das Echo seiner Schreie verfolgte ihn bis in seine Träume. Vielleicht erklang seine Stimme auch nur in seinem Kopf, denn nur seinen Geist hatte er damals besessen, während ihm seine Kraft und Würde mit boshafter Gewalt entrissen worden waren.

Er befreite sich von den schweißgetränkten Laken und schob gleichzeitig die Erinnerungen beiseite. Dann stieg er aus dem Bett und ging zum Fenster hinüber, das er offen gelassen hatte, um die nach Heckenkirschen duftende Luft hereinzulassen. Schwer und warm strich sie über seine Wangen und tastete sich durch sein Haar, brachte seiner überhitzten Haut aber keine Kühlung. Dennoch blieb er stehen und starrte in die tiefschwarze Dunkelheit der Nacht, auf die schlummernden Silhouetten des Gartens und der Bäume, die sich in alle Richtungen erstreckten.

Etwa zwanzig Minuten später, als er sich gerade abwenden wollte, erblickte er ein Paar Flügel. Es waren nicht Nimras. Stirnrunzelnd stellte er sich so hin, dass er von unten nicht gesehen werden konnte, und beobachtete. Eine Minute später trat der Engel aus dem Schatten und blieb, den Blick auf Nimras Fenster gerichtet, einen langen, reglosen Augenblick lang stehen, ehe er weiterging.

Interessant.

Als keine weiteren Bewegungen mehr zu sehen waren, löste sich Noel vom Fenster und ging unter die Dusche. Er hatte den großen Mann schon vorhin im Audienzzimmer kurz gesehen. Der Engel hatte rechts neben Nimra gestanden, während sie sich mit einer Reihe wichtiger Gesuche befasst hatte. Es gab also keinen Zweifel daran, dass er zu ihrem engsten Kreis gehörte. Noel beschloss, im Laufe dieses Tages alles Weitere über ihn herauszufinden.

Es war noch dunkel, als er aus der Dusche kam, aber er würde gewiss nicht wieder einschlafen können – und als Vampir kam er lange Zeit ohne Schlaf aus. Ein Teil von ihm wusste nicht einmal, warum er überhaupt diese Art von Erholung suchte. Selbst in den Nächten, in denen die Schreie ausblieben, hörte er das Lachen seiner Peiniger.

Als Nimra am nächsten Morgen in den Garten kam, stellte sie fest, dass Noel schon vor ihr aufgewacht war. Er saß auf einer schmiedeeisernen Bank unter den Zweigen einer alten Zypresse und hatte den Blick auf das Wasser des Flusslaufs gerichtet. Dieser schlängelte sich durch ihre Ländereien, bevor er in einen größeren Nebenfluss mündete, der in den Bayou floss, einen sumpfigen Flussarm. Noel saß so regungslos da, dass es aussah, als sei er aus demselben Stein gehauen wie die mit seidigem Moos bewachsenen Felsen, die den Wasserlauf säumten.

Weil sie den Wert der Stille kannte, ging Nimra leise weiter und wollte einen Weg einschlagen, der von ihm wegführte, doch in diesem Moment hob er den Kopf. Selbst über die Entfernung hinweg schlug das winterliche Blau seiner Augen sie in seinen Bann – Augen, von denen sie wusste, dass sie bei dem Angriff in der Zufluchtsstätte zerstört worden waren. Sein Gesicht war mit solcher Grausamkeit traktiert worden, dass man ihn nur anhand eines Ringes an einem seiner gebrochenen Finger wiedererkannt hatte.

Kalter, gefährlicher Zorn durchfloss ihre Adern, doch sie behielt ihre Stimme ruhig. »*Bonjour*, Noel.« Zu beiden Seiten streiften ihre Flügel die gewellten weißen und rosa Blüten der wilden Azaleensträucher, und Tau fiel angenehm sacht auf ihre Federn.

Noel stand auf. Er war ein großer Mann, der sich mit der Anmut eines Raubtiers bewegte. »Du stehst früh auf, Lady Nimra.«

Und du, dachte Nimra, *schläfst überhaupt nicht*. »Geh ein Stück mit mir.«

»Ist das ein Befehl?«
Eindeutig ein Wolf. »Eine Bitte.«
Schweigend gingen sie nebeneinander durch die Reihen der Blumen, die im dunstigen Licht des frühen Morgens schläfrig mit den Köpfen nickten und ihre Blütenblätter dem rotorangen Licht der aufgehenden Sonne entgegenreckten. Eigentlich war sie es gewohnt, im Freien ihre Flügel auszubreiten, doch heute ließ sie sie zusammengelegt und hielt einen kleinen Abstand zwischen sich und diesem Vampir, der so unglaublich verschlossen war, dass sie nicht anders konnte, als sich zu fragen, was sich unter seiner Oberfläche verbarg.

Ein wehleidiges Miauen veranlasste sie, sich zu bücken und unter die Hecke zu blicken. »Da bist du ja, Mimosa.« Unter dem Dunkelgrün einer mit winzigen, leuchtend gelben Blüten besprenkelten Pflanze holte Nimra eine betagte Katze hervor. »Warum bist du denn schon so früh wach und munter?« Die Katze, deren graues Fell mit weißen Stellen übersät war, rieb ihren Kopf an Nimras Kinn, bevor sie es sich in deren Armen für ein Nickerchen gemütlich machte.

Während die Engelsfrau mit der Hand durch Mimosas Fell strich, fiel ihr auf, dass Noel sie beobachtete, doch sie sagte nichts. Wie ein verwundetes Tier würde er nicht gut damit umgehen können, wenn sie ihn drängte. Er würde auf sie zugehen, wenn er so weit war – falls das je der Fall sein würde –, und zwar in seinem eigenen Tempo.

»Diese buschigen Ohren«, sagte er schließlich mit einem Blick auf die ulkigen Quasten, die auf Mimosas ansonsten hübschem Kopf saßen. »Deshalb hast du sie Mimosa genannt.«

Dass er es erraten hatte, entlockte ihr ein Lächeln. »Ja. Und weil sie, als ich sie das erste Mal sah, neben einer Mimose saß, mit der Pfote nach ihren Blättern schlug und immer einen Satz rückwärts machte, wenn diese sich schlossen.« Dabei hatte sie es geschafft, dass einige der flauschigen, löwenzahnartigen Blüten wie eine winzige Krone auf ihrem Kopf gelandet waren.

»Wie viele Haustiere hast du?«

Sie streichelte Mimosa den Rücken und spürte das Schnurren der alten Katze an ihren Rippen. »Jetzt nur noch Mimosa. Sie vermisst Queen, obwohl die sie mit ihren Possen immer völlig fertiggemacht hat. Queen war noch ganz jung.«

Noel war es nicht gewohnt, dass Engel sich auch nur annähernd menschlich verhielten. Und doch sah es bei Nimra, die ihre uralte Katze in den Armen hielt, sehr danach aus. »Soll ich sie dir abnehmen?«

»Nein. Mimosa wiegt viel weniger, als sie sollte – nur ihr Fell lässt sie so pummelig wirken.« In der stillen Verschwiegenheit des frühen Morgens wirkte ihr Gesicht ernst. »Sie mag vor Trauer nicht mehr fressen, und sie ist auch nicht mehr die Jüngste...«

Instinktiv streckte er die Hand aus und strich der Katze mit dem Finger über den Kopf. »Sie war lange bei dir.«

»Zwanzig Jahre«, sagte Nimra. »Ich weiß nicht, wo sie herkam. An jenem Tag sah sie von ihrem Spiel mit der Mimose auf und beschloss, dass ich ihr gehörte.« Ein nachdenkliches Lächeln erweckte die Kohlen in ihm zu dunklem, glühendem Leben. »Seither hat sie mich immer auf meinen Morgenspaziergängen begleitet, doch jetzt macht ihr die Kälte zu schaffen.«

Die sanfte Fürsorge in diesen Worten stand im Gegensatz zu allem, was er über Nimra gehört hatte. Sie wurde von Vampiren und Engeln im ganzen Land gefürchtet. Selbst die aggressivsten Engel hielten sich von Nimras Herrschaftsgebiet fern – obwohl viele von ihnen von außen betrachtet über viel größere Macht verfügten als sie. Daher fragte sich Noel, wie viel von dem, was er sah, die Wahrheit war und wie viel nur eine kunstvolle Illusion.

In diesem Moment hob sie den Kopf, das weiche Gold der

aufgehenden Sonne legte sich auf ihr Gesicht und entfachte in ihren glänzenden, strahlenden Topasaugen ein Feuer. »Das ist meine liebste Tageszeit, wenn alles noch so verheißungsvoll ist.«

Um ihn herum erwachte der Garten zum Leben, während der Himmel in orangen und dunkelrosa Farben prachtvoll erstrahlte. Und vor ihm stand eine wunderschöne Frau, deren braune Flügel mit Juwelenstaub überzogen zu sein schienen. Ein solcher Augenblick hätte einen Mann schwach machen können ... Doch die Heftigkeit dieser Verlockung ließ ihn einen Schritt zurückweichen und sich die kalten, harten Fakten ins Gedächtnis rufen, die der Grund für seine Anwesenheit waren. »Gibt es jemanden, den du als Verräter verdächtigst?«

Nimra erhob keine Einwände gegen diesen plötzlichen Richtungswechsel im Gesprächsverlauf. »Ich bringe es nicht fertig, einen von meinen Leuten einer solchen Tat zu verdächtigen.« Langsam und mit endloser Geduld strich ihre Hand über die dösende Katze in ihrem Arm. »Es ist schlimmer als ein Messer in der Dunkelheit, denn dann hätte ich wenigstens einen Schatten, auf den ich mich konzentrieren könnte. Das hier ... es gefällt mir nicht, Noel.«

Etwas an der Art, wie sie seinen Namen sagte, umwob ihn mit einem raffinierten Zauber, der ihn sofort seine Schilde hochfahren ließ. Vielleicht war das Nimras Gabe – dass sie andere dazu verführen konnte, alles zu glauben, was sie sie glauben machen wollte. Bei diesem Gedanken versteifte sich sein Kiefer, jede Zelle seines Körpers konzentrierte sich alarmiert auf die Gefahr, die, dessen war er sich gewiss, hinter der zarten Fassade ihres wundervollen Gesichts lauerte.

Als hätte sie seine Gedanken gehört, schüttelte sie den Kopf: »Was für ein Misstrauen.« Es war ein Raunen. »Dieses Alter in deinen Augen, als hätten sie viel mehr Jahrhunderte gesehen, als es meines Wissens der Fall ist.«

Noel schwieg.

Weiche, ebenholzfarbene Locken schimmerten tiefblau im Licht des Sonnenaufgangs, während der Engel Mimosa streichelte. »Ich werde dich heute offiziell meinen Vertrauten vor…«

»Ich würde es vorziehen, sie auf eigene Faust kennenzulernen«, fiel er ihr ins Wort.

Bei dieser Unterbrechung zog Nimra eine Braue in die Höhe, das erste Anzeichen echter Arroganz, das er an ihr bemerkte. Es war auf seltsame Weise beruhigend. Engel von Nimras Alter und Stärke waren es gewohnt, Macht auszuüben und ständig die Kontrolle zu haben. Es wäre ihm verdächtiger vorgekommen, wenn sie die Unterbrechung und den Widerspruch mit der gleichen gelassenen Ruhe hingenommen hätte, die sie bisher gezeigt hatte.

»Warum?« Die fordernde Frage einer Unsterblichen, die ihr Herrschaftsgebiet in eisenhartem Griff hielt.

Doch Noel hatte nach Monaten in undurchdringlicher Dunkelheit wieder auf seinen Weg zurückgefunden und würde niemandem gestatten, ihn aus der Bahn zu werfen. »Wenn es einen Verräter gibt, ist es zwecklos, deinen gesamten Hof zu verstimmen«, gab er zu bedenken. »Und das würde leicht geschehen, wenn du Wert darauf legst, allen deinen neuen … Zeitvertreib vorzustellen.«

Unverwandt blickte sie ihn aus ihren machterfüllten Augen an.

Einen anderen Mann hätte das vielleicht eingeschüchtert, aber Noel war von ihren verschiedenen Facetten fasziniert, mochten sie nun eine Illusion sein oder die Wirklichkeit. »Sind deine Leute wirklich so begriffsstutzig«, fragte er, »dass sie diese Geschichte noch glauben, wenn du deutlich machst, wie wichtig ich dir bin?«

Nimras Hand verharrte auf dem Fell des Tieres. »Sei vorsichtig, Noel.« In ihrer leisen Stimme vibrierte die wahre Kraft, von der ihr kleiner Körper erfüllt war. »Ich herrsche nicht über dieses Land, indem ich zulasse, dass mir andere Leute auf der Nase herumtanzen.«

»Daran«, sagte er und hielt ihrem hitzigen, warnenden Blick stand, »habe ich nie gezweifelt.« Er vergaß niemals, dass man der Unsterblichen hinter diesem zierlichen Körperbau und der femininen Schönheit eine solche Grausamkeit nachsagte, dass sogar ihresgleichen vor Angst das Mark in den Knochen gefror.

3

Der Erste, dem Noel begegnete, als er das große Zimmer an der Vorderseite des Hauses betrat, war ein hochgewachsener Engel mit dunklen Haaren, dunklen Augen und jener arroganten Ausstrahlung, die Noel von Engeln jenseits einer bestimmten Machtebene kannte, die hier jedoch mit einer Prise Herablassung gewürzt war. »Christian«, sagte der Engel. Seine cremeweißen Flügel waren von einigen scharf umrissenen schwarzen Fasern durchzogen ... dieselben Flügel, die Noel an diesem Morgen von seinem Schlafzimmerfenster aus gesehen hatte.

Mit einem Nicken sagte er: »Noel«, und streckte ihm die Hand entgegen.

Christian ignorierte sie. »Du bist neu am Hof.« Ein Lächeln, so schneidend wie ein Messer. »Wie ich höre, kommst du aus der Zufluchtsstätte.«

Die unausgesprochene Botschaft entging Noel nicht – Christian wusste, was man ihm angetan hatte, und der Engel würde dieses Wissen nach Belieben nutzen, um Salz in die Wunde zu streuen. »Richtig.« Noel lächelte, als hätte er weder die Warnung noch die implizite Drohung bemerkt. »Nimras Hof ist ganz anders, als ich erwartet hatte.« Weder gab es zur Schau gestellten Luxus, noch hing der Pesthauch von Angst in der Luft.

»Lass dich nicht täuschen«, sagte Christian, dessen Augen so hart wie Diamanten waren, wenngleich er seine Fassade arktischer Höflichkeit nie fallen ließ. »Es hat seinen Grund, dass die Leute ihre Zähne fürchten.«

Lässig verlagerte Noel das Gewicht auf die Fersen. »Gebissen worden?«

Die Flügel des Engels entfalteten sich ein winziges Stück, um sich dann abrupt eng zusammenzulegen. »Unverschämtheiten wird sie nur so lange dulden, wie du ihr Bett wärmst.«

»Dann sollte ich es wohl sehr lange wärmen.« Noel beschloss, seine Rolle noch weiter auszureizen, und bedachte Christian mit einem großspurigen Grinsen.

»Macht Christian dir das Leben schwer?« Die Frage kam von einer langbeinigen Frau in einem engen, schwarzen Rock und einer weißen Bluse, die ihre schlanke, mit anmutigen Rundungen versehene Figur umspielte. Mit diesen Beinen sowie den schräg nach oben geneigten Augen in einem unglaublichen Türkis gab sie einen atemberaubenden Anblick ab. Ihre blauen Augen kontrastierten mit ihrer sonnengebräunten, golden schimmernden Haut. Sie war kein Engel, aber als Vampir alt genug, um den Zauber der Unsterblichkeit auf dem sicher spektakulären Ausgangsmaterial zu bewirken.

Noels Lächeln wurde breiter, als sie ihm kokett zuzwinkerte. »Ich denke, mit Christian komme ich schon zurecht«, erwiderte er und streckte abermals die Hand aus. »Ich bin Noel.«

»Asirani.« Ihre Finger schlossen sich um seine. Er ließ es zu, empfand jedoch nichts. Seit seiner Entführung hatte er nichts mehr empfunden … bis auf dieses merkwürdige, unerwartete Aufglimmen eines Gefühls, das Nimras Lachen geweckt hatte.

Er ließ Asiranis Hand los und sah erst die Vampirin, dann den Engel an. »Also, erzählt mir etwas über diesen Hof.«

Christian ignorierte ihn, während Asirani sich mit einer geschmeidigen Bewegung bei ihm unterhakte und ihn durch den riesigen Hauptraum führte, der bei Bedarf offenbar als Audienzzimmer diente, sonst jedoch den Mittelpunkt des Hofes darstellte. »Hast du schon gegessen?« Dichte schwarze Wimpern hoben sich, und türkisfarbene Augen blickten ihn vielsagend an.

»Ich fürchte, Lady Nimra teilt nicht gern«, raunte er und dachte an die versiegelten Blutbeutel, die in dem kleinen Kühlschrank in seinem Zimmer deponiert worden waren. »Aber danke für das Angebot.« Welches Motiv auch dahinterstecken mochte, es war eine aufmerksame Frage gewesen.

In Wahrheit hatte er seit seinem Erwachen nach dem Übergriff keinerlei Verlangen mehr danach verspürt, Blut von einem menschlichen oder vampirischen Spender zu sich zu nehmen. Keir, der oberste Heiler der Krankenabteilung, hatte sehr gut daran getan, ihn ungefragt mit Blutkonserven zu versorgen. Vielleicht war auch Nimras kleine Aufmerksamkeit auf Keirs Einfluss zurückzuführen. Die Engel, und sogar die Erzengel, schienen gehörigen Respekt vor Keir zu haben.

»Hm.« Asirani drückte seinen Arm und strich dabei mit den Fingern über seinen Bizeps. »Du bist eine überraschende Wahl.«

»Bin ich das?«

Ein kehliges Lachen entfuhr ihr. »Oh, cleverer als du aussiehst, was?« Aufmerksam schaute sie im Raum umher, bis sie an einem der Fenster stehen blieb. »Nimra«, sagte sie mit tiefer Stimme, »hatte schon seit vielen Jahren keinen Liebhaber mehr. Christian hat immer geglaubt, sie würde ihn auswählen, wenn sie so weit wäre, ihre Enthaltsamkeit aufzugeben.«

Noel warf einen Blick zu dem Engel hinüber, der sich nun mit einem älteren menschlichen Mann unterhielt, und fragte sich, warum Nimra Christian nicht in ihr Bett geholt hatte. Obwohl er den Eindruck eines spießigen Aristokraten erweckte, hatte er offenbar einen scharfen Verstand, und seine Bewegungen verrieten, dass er gelernt hatte zu kämpfen. Kein nutzloser Fatzke also, sondern eine brauchbare Kraft.

Und auch Asirani war alles andere als ein hirnloses Anhängsel.

»Lebt ihr alle hier?«, fragte er sie, fasziniert davon, dass dieser Hof offenbar nur aus ausnehmend starken Wesen bestand.

»Ein paar von uns haben Zimmer hier, aber einen Flügel bewohnt Nimra ganz allein.« Sie führte ihn zu einem langen Tisch mit appetitlich angerichteten Speisen und ließ seinen Arm los, um aus einem Arrangement von Früchten eine pralle Traube zu pflücken und in ihrem Mund verschwinden zu lassen. Zwar konnten Vampire die nötigen Nährstoffe nicht aus der Nahrung aufnehmen, doch sie konnten den Geschmack wahrnehmen und sich daran erfreuen. Asiranis wohliges Seufzen zeigte deutlich, wie sehr sie es genoss, all ihre Sinne zu benutzen.

An solcher Sinnlichkeit hatte Noel kein Interesse, dennoch nahm er sich einige Blaubeeren, um nicht aufzufallen. In diesem Moment richteten sich die Härchen in seinem Nacken auf, und er war nicht im Mindesten überrascht, als er sich umdrehte und feststellte, dass Nimra das Zimmer betreten hatte. Die anderen wichen aus seinem Bewusstsein, und sein Blick suchte die Macht und Intensität des ihren.

»Entschuldige mich«, raunte er Asirani zu und schritt über das glänzende Holz des Fußbodens, bis er vor diesem Engel stehen blieb, der sich für ihn als unwiderstehliches Rätsel entpuppt hatte. »Mylady.«

Ihr Blick war undurchdringlich. »Wie ich sehe, hast du Asirani kennengelernt.«

»Und Christian.«

Ihr Mund spannte sich leicht. »Ich glaube, du kennst Fen noch nicht. Komm mit.«

Sie führte ihn zu dem älteren Mann, den Noel in Christians Gesellschaft gesehen hatte. Inmitten von Papieren saß er an einem Schreibtisch in einer lichtdurchfluteten Ecke des Zimmers. Beim Näherkommen erkannte Noel, dass der Mann noch älter war, als er zuerst geschätzt hatte, denn seine nussbraune

Haut war von unzähligen Falten überzogen. Doch in seinen kleinen, dunklen Augen funkelte das pure Leben. Als Nimra näher trat, hoben sich seine Mundwinkel zu einem Lächeln, und Noel erkannte, dass das Augenlicht des Mannes trotz des Funkelns in seinem Blick stark nachgelassen hatte.

Als er mühsam versuchte aufzustehen, legte ihm Nimra eine Hand auf die Schulter, um ihn daran zu hindern. »Wie oft muss ich es dir noch sagen, Fen? Du hast dir das Recht erworben, in meiner Gegenwart sitzen zu bleiben.« Ihr Lächeln war so strahlend, dass es Noels Herz einen Stich versetzte. »Eigentlich hast du dir sogar das Recht verdient, in meiner Gegenwart nackt zu tanzen, falls das dein Wunsch sein sollte.«

Als der alte Mann lachte, hörte Noel, dass seine Stimme vom Alter gebrochen klang. »Das wäre ein Anblick, was, Mylady?« Er drückte ihre Hand und sah zu Noel auf. »Hast du dich endlich auf eine ernsthafte Beziehung eingelassen?«

Nimra beugte sich vor, um Fen auf beide Wangen zu küssen, wobei sie Noel versehentlich mit den Flügeln streifte. »Du bist meine einzige wahre Liebe, das weißt du doch.«

Fens Lachen ging in ein breites Lächeln über, und er legte seine Hand sanft an Nimras Wange, ehe er sie wieder auf den Schreibtisch sinken ließ. »Ich bin wahrlich ein glücklicher Mann.«

Noel konnte die gemeinsame Geschichte der beiden beinahe spüren, doch ungeachtet ihrer Worte hatten diese reichhaltigen Erinnerungen nichts von einem Liebespaar. Stattdessen lag beinahe eine Art Vater-Tochter-Beziehung darin, obwohl Nimra unsterblich jung blieb, während Fen vom Lauf der Zeit eingeholt worden war.

Nimra richtete sich zu ihrer vollen Größe auf und sagte: »Das ist Noel.« Dann wandte sie ihre Aufmerksamkeit wieder Fen zu: »Er ist mein Gast.«

»So nennt man das heutzutage also?« Mit funkelndem Blick

unterzog er Noel einer näheren Betrachtung. »Er ist nicht so hübsch wie Christian.«

»Das werde ich wohl irgendwie überleben«, murmelte Noel.

Die Entgegnung entlockte Fen ein abgehacktes Altmännerlachen. »Der gefällt mir. Du solltest ihn behalten.«

»Wir werden sehen«, entgegnete Nimra, und ihre Worte hatten dabei einen bedrohlichen Klang. »Wie wir beide wissen, sind die Leute nicht immer das, was sie zu sein scheinen.«

In diesem Moment ging zwischen dem Engel und dem alten Menschen etwas Unsichtbares vor: Fen führte Nimras Hand an seine Lippen, um ihr einen Kuss auf den Handrücken zu drücken. »Manchmal sind sie mehr.« Für einen kurzen Moment hob Fen den Blick und sah Noel direkt in die Augen, und dieser hatte das Gefühl, dass die Worte mehr für ihn bestimmt waren als für den Engel, dessen Hand Fen noch immer hielt.

Dann klackerte Asirani auf ihren haushohen Absätzen in sein Blickfeld, und der Augenblick war vorüber. »Mylady«, sagte die Vampirin zu Nimra. »Augustus ist hier und besteht darauf, dich zu sprechen.«

Nimras Miene verfinsterte sich. »Allmählich strapaziert er meine Geduld.« Sie legte ihre Flügel eng an ihrem Rücken zusammen und nickte Fen zum Abschied zu, bevor sie ohne ein Wort zu Noel mit Asirani davonging.

Fen stieß Noel mit einem Stock an, der diesem vorher nicht aufgefallen war. »Vielleicht nicht ganz das, was du erwartet hast, was?«

Noel hob eine Braue. »Wenn du die Arroganz meinst, damit kenne ich mich aus. Ich habe mit Raphaels Sieben gearbeitet.« Die Vampire und Engel im Dienste des Erzengels waren selbst mächtige Unsterbliche. Dmitri, der Anführer der Sieben, war stärker als die meisten Engel; er hätte über ein eigenes Territorium herrschen können, wenn er gewollt hätte.

Fens Lippen krümmten sich zu einem gewitzten Lächeln, als er nachhakte: »Aber hast du es schon einmal bei einer Frau erlebt? Bei einer Geliebten?«

»Blindheit hat noch nie zu meinen Schwächen gezählt.« Die bittere Ironie dieser Worte brachte ihn innerlich zum Lachen. Nach dem Angriff hatte er einige Tage lang nicht einmal Augen gehabt, bis sich das Gewebe regeneriert hatte. »Und zu deinen ebenso wenig – auch wenn es für mich so aussieht, als würdest du gern diesen Anschein erwecken.« Er hatte gesehen, wie sich der Blick des alten Mannes trübte, als Asirani in seine Nähe gekommen war.

»Auch noch clever.« Fen deutete auf einen Stuhl, der seinem gegenüberstand. Noel setzte sich, stützte die Arme auf den glänzenden Kirschholztisch und betrachtete den riesigen Hauptraum. Christian war tief in ein Gespräch mit einer anderen Frau versunken, einer kurvenreichen Schönheit mit langem, glattem Haar, das ihr bis zur Taille reichte, und dem unschuldigsten Gesicht, das Noel je gesehen hatte. »Wer ist das?«, fragte er, da er sich denken konnte, welche Rolle Fen an Nimras Hof spielte.

Das Gesicht des alten Mannes wurde weicher und nahm einen Ausdruck äußerster Zärtlichkeit an. »Meine Tochter, Amariyah.« Er lächelte sie an, als sie sich umdrehte, um ihm zuzuwinken, dann seufzte er. »Sie wurde mit siebenundzwanzig geschaffen. Es tut meinem Herzen gut, zu wissen, dass sie noch lange weiterleben wird, wenn ich nicht mehr da bin.«

Der Vampirismus verwandelte Menschen in Beinahe-Unsterbliche, doch ihr Leben war wahrlich kein leichtes, besonders nicht in den ersten hundert Jahren nach ihrer Erschaffung, während derer ein Vampir im Dienste eines Engels stand. Den Jahrhundertvertrag verlangten die Engel als Preis für die Gabe, die übliche Lebensspanne eines Sterblichen um ein Vielfaches zu verlängern. »Wie viel von ihrem Vertrag muss sie noch ableisten?«

»Nichts«, erwiderte Fen zu Noels Überraschung.

»Wenn du sie nicht schon vor deiner eigenen Geburt bekommen hast«, sagte Noel, während er fortfuhr, Amariyah und Christian zu beobachten, »ist das unmöglich.«

»So effizient bin selbst ich nicht.« Fen stieß ein röchelndes Lachen hervor. »Ich stehe in Nimras Diensten, seit ich ein Bursche von etwa zwanzig Jahren war. Ein Jahr später wurde Amariyah geboren. Ich habe meiner Herrin fünfundsechzig Jahre lang gedient – diese Zeit wurde auf den Vertrag meiner Tochter angerechnet.«

Noel hatte noch nie von einem solchen Zugeständnis gehört. Dass die Engelsfrau, die über New Orleans und seine Umgebung herrschte, so etwas getan hatte, sagte eine Menge darüber aus, was Fen ihr bedeutete, aber auch über ihre Fähigkeit zu Loyalität und Treue. Von einem Engel, der weit und breit für die Härte seiner Strafen bekannt war, hatte er einen solchen Zug nicht erwartet. »Deine Tochter ist sehr schön«, sagte er, doch seine Gedanken weilten bei einer anderen Frau – bei einer Frau, deren Flügel sich vorhin für einen flüchtigen Augenblick so warm und schwer an ihn geschmiegt hatten.

Fen seufzte. »Ja. Zu schön. Und sie hat ein zu weiches Herz. Ich hätte ihrer Verwandlung nicht zugestimmt, wenn Nimra nicht geschworen hätte, sich um sie zu kümmern.«

In diesem Moment unterbrach Amariyah ihr Gespräch und kam zu ihnen herüber. »Papa«, sagte sie, und im Unterschied zu ihrem Vater schwang in ihren Worten nicht der Nachhall eines anderen Kontinents mit, sondern der tiefe, matte Ton der Cajuns, »du hast dein Frühstück heute morgen nicht einmal angerührt. Glaubst du, du kannst deine Amariyah für dumm verkaufen?«

»Ach, mein Mädchen. Du beschämst mich vor meinem neuen Freund.«

Amariyah streckte die Hand aus. »Guten Morgen, Noel. Du bist an diesem Hof so ziemlich das Hauptgesprächsthema.«

Während er ihr die Hand schüttelte, deren Haut um einige Nuancen heller als die ihres Vaters war, bemühte sich Noel um ein ungezwungenes Lächeln. »Nur Gutes, hoffe ich.«

Fens Tochter schüttelte den Kopf. Die Grübchen in ihren Wangen ließen sie nur noch unschuldiger wirken. »Ich fürchte nicht. Christian ist, wie meine Großmutter sagen würde, ›äußerst verärgert‹. Entschuldige mich für einen Augenblick.« Sie eilte zum Buffet hinüber, füllte einen Teller und kehrte damit zurück. »Du wirst etwas essen, Papa, sonst sage ich es Lady Nimra.«

Fen grummelte etwas, doch Noel konnte sehen, dass er sich über die Aufmerksamkeit freute. Noel stand auf und deutete auf seinen Stuhl. »Ich denke, dein Vater wird deine Gesellschaft der meinigen vorziehen.«

Wieder zeigte Amariyah ihre Grübchen. »Vielen Dank, Noel. Wenn du am Hof irgendetwas brauchst, lass es mich wissen.« Sie begleitete ihn noch ein paar Schritte und lächelte erneut – und diesmal lag nichts Argloses mehr darin. »Mein Vater sieht mich gern als unschuldiges Mädchen«, raunte sie ihm mit leiser Stimme zu, »und deshalb bin ich das für ihn auch. Aber ich bin eine erwachsene Frau.« Mit dieser nicht gerade subtilen Botschaft verschwand sie.

Stirnrunzelnd wandte sich Noel um und wollte das Audienzzimmer verlassen, dabei wich er einem jungen Dienstmädchen aus, das mit einer frischen Kanne Kaffee hereinkam. Andererseits ... Er machte kehrt und ging zu einem kleinen Beistelltisch, wo er sich eine Tasse nahm. »Dürfte ich um eine Tasse Kaffee bitten?«, fragte er, wobei er darauf achtete, seine Stimme freundlich klingen zu lassen.

Die Wangen des Dienstmädchens färbten sich in einem hübschen Rot, doch sie schenkte ihm mit ruhiger Hand ein.

»Vielen Dank.«

Sie nickte und senkte den Kopf, ehe sie zu dem großen Tisch ging und die Kanne dort abstellte. Niemand achtete auch nur im Geringsten auf sie, und Noel fragte sich – auch hinsichtlich einer möglichen Komplizenschaft bei dem versuchten Anschlag –, wie viel die Bediensteten hörten und was sie sich alles merkten.

In der kleinen offiziellen Bibliothek, in der sie ihre täglichen Angelegenheiten regelte, starrte Nimra Augustus quer durchs Zimmer an. »Du weißt, dass ich meine Meinung nicht ändern werde«, sagte sie. »Und doch beharrst du darauf.«

Der große, kräftige Mann, dessen Haut wie dunkles Mahagoni glänzte, ließ seine rostroten, von Weiß durchzogenen Flügel ein Stück aufspringen, während er die Hände vor der Brust verschränkte. »Du bist eine Frau, Nimra«, dröhnte er. »Es ist unnatürlich, dass du allein lebst.«

Andere weibliche Engel hätten Augustus an diesem Punkt etwas Gemeines angetan. Sie lebten nicht in einer Gesellschaft, in der Macht nur den Männern vorbehalten war. Der mächtigste Erzengel war Lijuan, und sie war ganz eindeutig eine Frau. Oder war es zumindest gewesen. Was sie seit ihrer »Entwicklung« wirklich war, wusste niemand.

Nimra hatte das Kreuz zu tragen, dass Augustus ein Freund aus Kindertagen war. Er war keine zwanzig Jahre älter als sie, was angesichts der Länge eines Engelslebens so gut wie nichts war. »So weit«, sagte sie zu Augustus, »reicht unsere Freundschaft nicht.«

Dieser Hornochse von Mann lächelte sein riesiges Lächeln, bei dem für sie jedes Mal die Sonne aufging. »Ich würde dich wie eine Königin behandeln.« Er ließ die Arme sinken und legte die Flügel auf dem Rücken zusammen, während er das Zimmer durchquerte. »Ich bin nicht Eitriel, das weißt du.«

Beim Klang dieses Namens zog sich ihr Herz zu einem festen Knoten aus Schmerz zusammen. So viele Jahre war es jetzt her, und noch immer war die Wunde nicht verheilt. Sie vermisste Eitriel nicht mehr, aber sie vermisste das, was er ihr genommen hatte, und sie verabscheute die Narben, die er bei ihr hinterlassen hatte. »Wie dem auch sei«, sagte sie und trat geschwind ein Stück zur Seite, als Augustus sie in die Arme schließen wollte. »Meine Entscheidung steht fest. Ich werde mein Leben nie wieder an das eines Mannes binden.«

»Was bin dann ich für dich?«, erklang eine raue Männerstimme von der Tür her. »Ein bedeutungsloser Zeitvertreib?«

4

Überrascht hob Nimra den Blick und sah in die kühlen blauen Augen eines Vampirs, der nicht hätte hier sein dürfen.

Im selben Moment donnerte Augustus: »Wer ist das?«

»Der Mann, den Nimra erwählt hat«, sagte Noel, und Nimra wusste, dass die Respektlosigkeit in seiner Stimme beabsichtigt war.

Augustus' gewaltige Hände ballten sich zu Fäusten. »Ich werde dir dein dürres Genick brechen, Blutsauger.«

»Aber achte auch darauf, mir den Kopf ganz abzureißen, sonst kann ich mich regenerieren«, gab Noel affektiert zurück und brachte seinen Körper in Kampfstellung.

»Es reicht.« Nimra hatte keine Ahnung, was Noel sich dabei dachte, aber darum würde sie sich kümmern, nachdem sie das Problem mit Augustus aus der Welt geschafft hatte. »Noel ist mein Gast«, sagte sie zu dem anderen Engel, »ebenso wie du. Wenn du dich nicht wie ein zivilisiertes Wesen benehmen kannst – hier ist die Tür.«

Augustus knurrte sie regelrecht an, was von den vielen Jahren zeugte, die er als Krieger an Titus' Hof mit Eroberungen und Plünderungen zugebracht hatte. »Ich habe auf dich gewartet, und du lässt mich für so ein hübsches Vampir-Jüngelchen fallen?«

Nimra wusste, dass sie hätte verärgert sein müssen, doch sie empfand nichts als genervte Zuneigung. »Glaubst du wirklich, ich wüsste nichts von dem Harem tanzender Mädchen, den du in deinem Schloss unterhältst?«

Er besaß den Anstand, den Kopf ein wenig zu senken. »Keine von ihnen ist wie du.«

»Was vergangen ist, ist vergangen«, flüsterte sie und legte eine Hand auf seine Brust, ehe sie sich auf die Zehenspitzen stellte und ihm einen Kuss aufs Kinn drückte. »Eitriel war unser beider Freund, und er hat uns beide hintergangen. Du brauchst nicht dafür zu büßen.«

Er nahm sie in seine festen, starken Arme. »Du bist keine Buße, Nimra.«

»Aber der strahlende Stern an deinem Himmel bin ich auch nicht.« Sie strich mit den Fingerspitzen über die Schwingen seines rechten Flügels. Es war eine vertrauliche Zärtlichkeit, wenn auch keine intime. »Geh nach Hause, Augustus. Deine Frauen werden sich nach dir verzehren.«

Murrend warf er Noel einen finsteren Blick zu. »Wenn du ihr wehtust, werde ich dafür sorgen, dass dein ganzer Körper nur noch aus Schmerzen besteht.« Mit diesen Worten verschwand er.

Noel starrte dem Engel nach, bis er außer Sichtweite war. »Wer ist Eitriel?«

Nimras Augen glitzerten vor Wut, als sie ihn anblickte. »Das geht dich nichts an.« Mit Wucht knallte sie die Tür der Bibliothek zu, ein Ausdruck heftigen Zorns. »Du bist nur zu einem Zweck hier.«

Sehr sorgfältige Wortwahl, dachte Noel und folgte ihr mit dem Blick, als sie zu den Schiebetüren zum Garten hinüberging und diese aufschob. Jeder, der sie hörte, würde zu einem offenkundigen Schluss gelangen.

»Wie ich bereits sagte, Noel«, fuhr Nimra fort. »Pass auf, dass du nicht zu weit gehst. Ich bin keine Jungfrau, die du beschützen musst.«

Er folgte ihr in den Garten, schwieg jedoch, bis sie ans Ufer des Flusses gelangten, dessen kaltes, klares Wasser durch ihre

Ländereien floss. »Nein«, räumte er ein, weil er wusste, dass er eine Grenze überschritten hatte. Und doch brachte er keine Entschuldigung über die Lippen – weil ihm sein Eingreifen nicht leidtat. »Du hast einen interessanten Hof«, sagte er stattdessen, als er sicher war, dass sie allein waren. Der schwere Duft von Heckenkirschen lag in der Luft, obwohl diese Sträucher nirgends zu sehen waren.

»Habe ich das?« In ihrem Tonfall lag noch immer der eisige Hauch der Macht, als Nimra auf derselben schmiedeeisernen Bank Platz nahm, auf der er an diesem Morgen schon gesessen hatte. Sie hatte die Flügel hinter sich ausgebreitet, und die topasfarbenen Fasern glitzerten im Sonnenlicht.

»Fen ist dein Auge und dein Ohr, und das schon seit langer Zeit«, sagte er. »Und Amariyah wurde nur deshalb verwandelt, weil es sein Herz tröstet, zu wissen, dass sie weiterleben wird, wenn er nicht mehr da ist.«

Nimras Antwort hatte nichts mit seinen Schlussfolgerungen zu tun. »Noel. Du musst eines verstehen. Ich darf niemals schwach erscheinen.«

»Verstanden.« Schwäche könnte ihren Tod bedeuten. »Aber es ist keine Schwäche, einen Wolf an seiner Seite zu haben.«

»Solange dieser Wolf nicht versucht, die Zügel an sich zu reißen.«

»Dieser Wolf hat keine derartigen Ambitionen.« Er ging in die Hocke und drehte einen vom Fluss geglätteten Kieselstein immer wieder zwischen den Fingern, als er das Thema Fen und Amariyah wieder aufnahm. »Bist du zu allen Mitgliedern deines Hofes so gütig?«

»Fen hat mehr verdient, als er jemals von mir erbeten hat«, sagte Nimra, während sie sich fragte, ob Noel tatsächlich ihr Wolf sein könnte, ohne nach der Macht zu greifen. »Ich werde ihn schrecklich vermissen, wenn er nicht mehr da ist.« Sie bemerkte, dass sie Noel mit diesem Geständnis überrascht hatte. Engel, insbesondere jene, die alt und mächtig genug waren, um über ein eigenes Territorium zu herrschen, waren in der Regel keine emotionalen, herzlichen Wesen.

»Wen wirst du vermissen, wenn er oder sie nicht mehr da ist?«, fragte sie, äußerst neugierig darauf, was sich hinter dem harten Schutzschild seiner Persönlichkeit verbarg. »Hast du menschliche Bekannte und Freunde?« Sie rechnete nicht damit, dass er antworten würde, daher musste sie ihre Überraschung verbergen, als er es doch tat. Eine Kunst, die sie nur dank jahrzehntelanger Übung beherrschte – wenigstens etwas, das ihr von Eitriel geblieben war.

»Ich kam in einem Moor in England zur Welt«, sagte er. Seine Stimme veränderte sich und nahm den leisen Hauch eines Akzents aus längst vergangenen Zeiten an.

Es faszinierte sie. »Wann wurdest du verwandelt?«, fragte sie. »Du warst schon älter.« Vampire alterten zwar, jedoch so langsam, dass die Veränderungen unmerklich waren. Die Zeichen der Reife in Noels Gesicht stammten aus seiner Zeit als Mensch.

»Zweiunddreißig«, sagte er, den Blick auf eine dicke Hummel gerichtet, die an ihnen vorbeisummte und zu einem mit Früchten beladenen Ackerbeerenstrauch zur Rechten Nimras flog. »Ich hatte geglaubt, ein anderes Leben vor mir zu haben, doch als sich herausstellte, dass mir dieser Weg verwehrt war, dachte ich, ach was soll's, ich kann mich genauso gut als Kandidat bewerben. Nie hätte ich damit gerechnet, dass ich beim ersten Versuch ausgewählt werden würde.«

Nimra neigte den Kopf zur Seite, sie wusste, dass sich die Engel um diesen starken und intelligenten Mann gerissen haben mussten. »Dieses andere Leben, gab es darin eine Frau?«

»Gibt es die nicht immer?« In seinen Worten lag keine Bitterkeit. »Sie hat sich für einen anderen entschieden, und ich wollte keine andere. Nach meiner Verwandlung wachte ich über sie und ihre Kinder, und mit der Zeit wurde ich irgendwann mehr ein Freund als ein früherer Geliebter. Ihre Nachkommen nennen mich Onkel, und ich werde um sie trauern, wenn sie eines Tages dahinscheiden.«

Nimra dachte an die wilde, windgepeitschte Schönheit des Landes, in dem er zur Welt gekommen war, und fand, dass es perfekt zu ihm passte. »Leben deine Freunde noch immer im Moor?«

Er antwortete mit einem Nicken, bei dem sein Haar im Sonnenlicht glänzte. »Sie sind ein stolzer Haufen, und noch stolzer sind sie auf ihr eigenes Land.«

»Und du?«

»Das Moor hält die Seele fest«, sagte er, in seiner Stimme schwangen dunkel und vollmundig die Rhythmen seiner Heimat mit. »Ich kehre dorthin zurück, wenn es mich ruft.«

Gefesselt von dem kurzen Einblick, den sie in die Vergangenheit dieses vielschichtigen Mannes gewonnen hatte, ertappte sie sich dabei, wie sie ihre Flügel noch weiter entfaltete und ihre Federn von der warmen Sonne Louisianas streicheln ließ. »Warum verschwindet dein Akzent im normalen Gespräch?«

Er zuckte die Achseln. »Bis auf ein paar Besuche ab und an bin ich viele, viele Jahre nicht mehr im Moor gewesen.« Er ließ den Stein fallen und richtete seinen muskulösen Körper zu seiner vollen Größe von über einem Meter achtzig auf, seine Miene wurde urplötzlich wieder rein geschäftsmäßig. »Fen, Asirani, Christian und Amariyah«, sagte er. »Sind das die einzigen Personen, zu denen du ein so vertrauensvolles Verhältnis hast?«

»Eine weitere gibt es noch«, sagte sie, als sie bemerkte, dass dieser besondere Augenblick verstrichen war. »Exeter ist ein Engel, der seit mehr als einem Jahrhundert an meiner Seite ist. Er zieht es vor, die Zeit in seinem Zimmer im Westflügel zu verbringen und seine wissenschaftlichen Bücher zu lesen.«

»Wird er beim Abendessen dabei sein?«

»Ich werde ihn bitten, zu kommen.« Es fiel ihr schwer, sich vorzustellen, dass der liebreizende, stets geistig abwesende Exeter ihr etwas zuleide tun wollte. »Ich kann ihn nicht verdächtigen, aber auf der anderen Seite kann ich niemanden von ihnen verdächtigen.«

»Zum jetzigen Zeitpunkt gibt es nichts, was speziell auf eine Person hindeuten würde, also können wir noch niemanden ausschließen.« Mit verschränkten Armen wandte er sich zu ihr um. »Augustus – erzähl mir etwas über ihn.«

»Da gibt es nichts zu erzählen.« Abrupt schloss sie die Flügel und stand auf. »Er ist ein Freund, der glaubt, er müsste mehr für mich sein, weil ich mehr von ihm bräuchte. Das ist jetzt erledigt.«

Wie Noel deutlich erkennen konnte, war Nimra es nicht gewohnt, dass man ihre Aussagen hinterfragte oder sie unter Druck setzte. »Ich habe nicht den Eindruck, dass die Sache für Augustus bereits erledigt ist.«

Ein Lächeln, begleitet von einem kühlen Blick. »Wie wir bereits besprochen haben«, sagte sie, »fallen derartige Dinge nicht in deinen Zuständigkeitsbereich.«

»Im Gegenteil.« Er trat zu ihr und stützte die Hände in die Hüften. »Frustrierte Männer tun dumme und zuweilen tödliche Dinge.«

Mit einem angedeuteten Stirnrunzeln hob sie die Hand, um eine winzige weiße Blüte fortzuwischen, die ihr auf die Schulter gefallen war. »Augustus nicht. Er war immer in erster Linie ein Freund.«

»Ob du das glauben möchtest oder nicht, seine Gefühle sind nicht von freundschaftlicher Natur.« Noel hatte beobachtet, wie sich ungezügelter Zorn auf dem Gesicht des großen Engels ausgebreitet hatte, als diesem aufgegangen war, welche Rolle Noel spielte.

Weiße Linien zeichneten sich um Nimras Mund ab. »Das spielt keine Rolle. Augustus kommt mich zwar besuchen, doch er war nicht hier, als das Mitternachtsgift in meinen Tee gemischt wurde.«

»Du hast gesagt, du vertraust dein Essen nur bestimmten Dienern an«, sagte Noel, als sein Körper einen verführerischen Duft aufnahm – einen Duft, der nichts mit dem Garten zu tun hatte. »Und dennoch liegt dein Fokus eindeutig auf dem inneren Kreis deines Hofes. Warum?«

»Die Diener sind Menschen. Warum sollten sie eine tödliche Bestrafung riskieren?«, fragte sie, allem Anschein nach ehrlich verwirrt. »Ihr Leben ist ohnehin schon so kurz.«

»Du wärst überrascht, was Sterbliche manchmal alles riskieren.« Er fuhr sich mit der Hand durchs Haar, um den Drang zu unterdrücken, sich eine ihrer blauschwarzen Haarsträhnen um den Finger zu wickeln. Es beunruhigte ihn noch immer, wie leicht sie ihn in Versuchung führen konnte, wo doch seit Monaten nichts die Taubheit in seinem Inneren hatte durchdringen können – insbesondere, da er bisher noch keine Anzeichen für die Art von Macht erblickt hatte, die für ihren Ruf verantwortlich war. »Wie viele Diener muss ich in Betracht ziehen?«

»Drei«, teilte ihm Nimra mit. »Violet, Sammi und Richard.«

Er prägte sich die Namen ein und fragte dann: »Was wirst du heute tun?«

Offenbar noch immer verärgert, weil er gewagt hatte, ihr zu widersprechen, warf sie ihm einen Blick voller majestätischer Arroganz zu. »Auch das ist nichts, was du wissen müsstest.«

Er war *erst* zweihundertzwanzig Jahre alt, doch diese Zeit hatte er in den Reihen der Männer eines Erzengels verbracht, und die letzten hundert Jahre in der Wache gedient, die direkt den Sieben unterstellt war. Er besaß seine eigene Arroganz. »Das ist es vielleicht nicht«, sagte er und trat so nah an sie heran, dass sie den Kopf ein Stück zurückbeugen musste, um ihm in die Augen zu sehen – wissend, dass sie das nicht begrüßen würde, »ich wollte nur höflich und zivilisiert sein und Konversation betreiben.«

Nimra verengte die Augen ein winziges Stück. »Ich glaube, du warst noch nie höflich und zivilisiert. Hör auf, es zu versuchen – es ist lächerlich.«

Diese Aussage entlockte ihm ein überraschtes Lachen. Es klang rau und ungewohnt, seine Brustmuskeln dehnten sich, wie sie es lange nicht mehr getan hatten.

Mit Bestürzung stellte Nimra fest, welche Wirkung Noels Lachen auf sie hatte, das sein Gesicht regelrecht verwandelte und das Blau seiner Augen aufhellte. Es war ein flüchtiger Eindruck der Person, die er vor den Ereignissen in der Zufluchtsstätte gewesen sein mochte – ein Mann, in dessen Augen ein Hauch von Gefahr lag und der über sich selbst lachen konnte. Als er ihr nun einladend den Arm hinhielt, schob sie die Hand in seine Armbeuge.

Durch den dünnen Stoff ihrer bis zu den Ellbogen hochgekrempelten Bluse hindurch spürte sie seine Körperwärme auf ihrer Haut, und beim Gehen fühlte sie seine geschmeidigen Muskeln unter ihren Fingern. Für einen Augenblick vergaß sie, dass sie ein Engel war, dass sie vierhundert Jahre älter war als er und dass jemand sie tot sehen wollte. Für diesen Augenblick war sie nur noch eine Frau auf einem Spaziergang mit einem gut aussehenden Mann, der sie mit all seinen Ecken und Kanten zu faszinieren begann.

Drei Tage später hatte Noel einen guten Eindruck von den Abläufen am Hof gewonnen. Nimra stand unbestreitbar im Mittelpunkt, doch sie war keine Primadonna. Das Wort »Hof« war eigentlich keine zutreffende Bezeichnung. Es war kein extravaganter Ort, an dem jeden Abend offizielle Diners abgehalten wurden und imposant herausgeputzte Höflinge es als ihre wichtigste Aufgabe ansahen, hübsch auszusehen und sich einzuschmeicheln.

Nimras Hof war ein hochfunktionales System, und die ausgeprägten Fähigkeiten der Männer und Frauen dort waren offenkundig. Christian – der keine Anstalten machte, in Noels Gegenwart aufzutauen – regelte die Angelegenheiten des Tagesgeschäftes. Dazu gehörte auch die Verwaltung der Investitionen, die den Wohlstand des Hofes sicherten. Bei bestimmten Aufgaben wurde er von Fen unterstützt, wenngleich die Beziehung der beiden auf Noel eher wie die zwischen einem Mentor und seinem Schützling wirkte. Fen reichte den Stab an Christian weiter, der zwar älter an Jahren war, jedoch weniger Erfahrung hatte.

Asirani war Nimras Privatsekretärin. »Die Mehrzahl der Einladungen lehnt sie ab«, erklärte ihm die Vampirin am zweiten Tag frustriert, »was meinen Job zu einer ziemlichen Herausforderung macht.« Dennoch kamen die Einladungen – von anderen Engeln, hochrangigen Vampiren und Menschen, die begierig darauf waren, einen Kontakt zum herrschenden Engel herzustellen – weiterhin in Strömen, und so blieb Asirani beschäftigt.

Exeter, der Gelehrte, wurde seinem Ruf gerecht. Der exzentrisch wirkende Mann, dem die staubig grauen Haarbüschel in alle Richtungen vom Kopf abstanden und dessen verblüffend gelbe Flügel von kupferfarbenen Fäden durchzogen waren, schien ziemlich abgehoben zu sein. Auf den zweiten Blick stellte sich jedoch heraus, dass er Nimra mit Ratschlägen und Informationen in Sachen Engelspolitik versorgte. Fen hingegen war stets auf dem Laufenden, was die vampirische und menschliche Bevölkerung anbelangte.

Nur Amariyah schien außer der Fürsorge für ihren Vater keine rechte Aufgabe zu haben. »Bleibst du wegen Fen an diesem Hof?«, fragte er sie an diesem Abend nach einem der seltenen offiziellen Diners. Sie standen im silbernen Schimmer des Halbmondes auf dem Balkon, in der feuchten Luft waren die wirren Geräusche von Insekten zu hören, die ihrer Arbeit nachgingen, und dahinter lag die dichte Schwärze des Bayou.

Die Vampirin nippte an einem Glas mit blutroter Flüssigkeit, die auch Noels Sinne verlockend ansprach. Da er jedoch schon getrunken hatte, spürte er keinen drängenden Hunger, sondern nur die raunende Wahrnehmung des reichhaltigen Aromas von Eisen. Früher hätte er das Glas in ihrer Hand ignoriert und sich auf den Puls an ihrem Hals und ihren Handgelenken konzentriert, doch die Vorstellung, seine Lippen auf ihre – oder irgendjemandes – Haut zu legen, die Vorstellung, jemandem so nahe zu kommen, jagte ein kaltes Brennen durch seinen Körper, das den Hunger sofort verstummen ließ.

»Nein«, sagte sie schließlich und ließ die Zunge hervorschnellen, um einen Blutstropfen von ihrer vollen Unterlippe zu lecken. »Wegen der Umstände meiner Verwandlung schulde ich Nimra die Treue, außerdem sagen die anderen, dies sei ein gutes Territorium. Ich selbst habe ja keine Vergleichsmöglichkeiten, aber ich habe Geschichten von anderen Höfen gehört, die mir eine Gänsehaut einjagen.«

Noel wusste, dass diese Geschichten mit großer Wahrscheinlichkeit zutrafen. Viele Unsterbliche waren so unmenschlich, dass sie in Menschen und Vampiren nichts weiter als Spielzeuge zu ihrer Unterhaltung sahen und ihre Herrschaft mithilfe von Terror und Folter durchsetzten. Im Gegensatz dazu behandelten ihre Diener und Höflinge Nimra zwar mit äußerstem Respekt, doch es lag weder der beißende Geruch von Angst noch von Nervosität in der Luft.

Und dennoch ... Kein Herrscher, der auch nur eine gütige

Ader im Leib hatte, könnte so brutale Herausforderer wie Nazarach abhalten. Das ließ ihn an der Echtheit all dessen zweifeln, was er bisher an diesem Hof gesehen hatte, und warf die Frage auf, ob ihm hier eine äußerst begabte Gegnerin etwas vorspielte: ein Engel, der mehr als sechshundert Jahre Zeit gehabt hatte, sein Handwerk zu lernen.

Amariyah trat einen Schritt näher an ihn heran, zu nah. »Du spürst es auch, nicht wahr? Die Lügen hier.« Sie flüsterte. »Die Anzeichen für eine verschleierte Wahrheit.« Der Duft der Vampirin war satt und üppig, heiß und sinnlich, jedoch ohne einen Hauch von Raffinesse.

Die verwegene Note passte zu ihrer Persönlichkeit – pure Farbenpracht und Sex und Schönheit, ohne einen Gedanken an die Konsequenzen. Sie strahlte Jugendlichkeit aus. Neben ihr kam er sich uralt vor. »Ich bin neu an diesem Hof«, sagte er, obgleich ihn ihre Frage und ihre Implikation verwirrt hatten. »Ich weiß nur zu gut, wie viel ich nicht weiß.«

Ihre Lippen formten ein Lächeln, in dem etwas Boshaftes lag. »Und natürlich musst du deiner Gebieterin gefallen. Ohne sie hast du hier keinen Platz.«

»Ich bin kein Niemand«, sagte Noel, denn er wusste, dass sich inzwischen jeder der Anwesenden über seinen Hintergrund informiert haben dürfte. Christian hatte es auf jeden Fall getan. Der Engel hatte eine steife, überhebliche Art an sich, die besagte, dass Klatsch unter seinem Niveau war – deshalb glaubte Noel nicht, dass er die Ergebnisse seiner Nachforschungen mit anderen geteilt hatte. Aber Christian war nicht der Einzige, der über Beziehungen verfügte. Wenn Noel auf Nummer sicher gehen wollte, ging er besser davon aus, dass der gesamte Hof über seine Vergangenheit Bescheid wusste – über die guten Zeiten ebenso wie über die schlechten. »Ich kann jederzeit wieder den Dienst in Raphaels Wache antreten.«

Warm und zärtlich strichen ihre Finger über seine Wange. »Warum bist du denn von dort fortgegangen?«

Unauffällig trat er einen Schritt zurück, während er innerlich unter der unerwünschten Berührung zusammenzuckte. »Ich habe meinen Vertrag vor mehr als einem Jahrhundert erfüllt, bin aber weiterhin bei ihm geblieben, weil es ein erhebendes Gefühl ist, für einen Erzengel zu arbeiten.« Er hatte Unglaubliches erlebt und gesehen, und für die Aufgaben, die man ihm gestellt hatte, all seine Fähigkeiten und Intelligenz aufbieten müssen. »Aber Nimra ist ... einzigartig.« Auch das entsprach der Wahrheit.

Amariyah versuchte, ihrem Tonfall Leichtigkeit zu verleihen, doch die tiefe Bitterkeit darin konnte sie nicht verbergen. »Sie ist ein Engel. Vampire können es mit ihrer Schönheit und Anmut nicht aufnehmen.«

»Das kommt auf den Vampir an«, sagte Noel und wandte sich zu den geöffneten Balkontüren um. Sein Blick blieb an der Szene hängen, die sich im Inneren des Raumes bot: Mit unmissverständlich einladender Geste berührte Asirani Christians Arm. Sie trug ein mit Gold abgesetztes, chinesisches Cheongsam-Kleid in dunkelstem Indigoblau, die Haare aus dem Gesicht gekämmt, und ihre lebhafte Schönheit stand in starkem Kontrast zu Christians beinahe säuerlicher Eleganz.

Der männliche Engel beugte sich zu ihr hinunter, um ihr zuzuhören, doch in seiner Haltung lag eine unnatürliche Härte, und sein Mund war zu einer ernsten Linie zusammengepresst.

»Sieh dir die beiden an«, raunte Amariyah. Sie musste seinem Blick gefolgt sein. »Asirani versucht immer wieder, Christians Zuneigung zu gewinnen, aber neben Nimra ist sie chancenlos.« Wieder verbarg sich eine schneidende Schärfe in ihren Worten.

»Asirani ist selbst eine atemberaubend schöne Frau.« Noel beobachtete, wie Christian mit unerbittlicher Sanftheit die Hände der Vampirin von seinem Körper löste und davonging. Asiranis Miene wurde verschlossen, und ihr Rückgrat versteifte sich, als sei es aus Stahl.

Amariyah zuckte die Schultern. »Sollen wir wieder hineingehen?«

Noel hatte den Eindruck, als hätte sie deutlich mehr Zustimmung zu ihren Ansichten erwartet. »Ich denke, ich bleibe noch ein wenig.«

Sie ging weg, ohne ein Wort zu sagen. Als sie in den Hauptraum stolzierte, blitzte ihr enges, knöchellanges Seidenkleid leuchtend rot auf. Ihre kohlrabenschwarzen Haare fielen auf ihre üppigen Kurven hinab. Er beobachtete, wie sie zu Asirani ging, ihr die Hand auf die Schulter legte und sie drückte. Als sie den Kopf neigte, um sich mit der Vampirin zu unterhalten, spürte Noel die Gegenwart einer weiteren weiblichen Person: Nach der prunkvollen Rose Amariyah war es diesmal eine vielschichtige, geheimnisvolle Orchidee.

5

Als er vom Balkon blickte, sah er Nimra und Fen Arm in Arm einen von nachtblühenden Blumen gesäumten Weg entlangspazieren. Neben ihrer Anmut wirkten die Schritte des alten Mannes langsam und ungeschickt; die Hand, mit der er sich auf den Stock stützte, zitterte. Und doch erkannte Noel an der Art, wie Nimra sich auf sein Alter und sein Tempo einstellte, dass sie oft so miteinander spazieren gingen – ein Engel mit braunen, juwelenbestäubten Flügeln und ein Mensch in der Abenddämmerung seines Lebens.

Unwiderstehlich angezogen von dem Rätsel, das sie ihm aufgab, schritt Noel die Treppen zum Garten hinunter, um den beiden zu folgen. Auf der untersten Stufe ließ ihn ein unerwartetes Miauen innehalten und den Blick, der schärfer war als der eines Sterblichen, nach unten in die Dunkelheit richten. Mimosa lag unter einem Strauch voller winziger, sternförmiger Blüten, die sich für die Nacht geschlossen hatten. Sie zitterte.

Die unerschrockene Katze hatte sich Noel seit seiner Ankunft am Hof nicht genähert, aber jetzt hielt sie still, als er sich bückte, sie auf den Arm nahm und an seine warme Brust drückte. »Ist dir kalt, altes Mädchen?«, flüsterte er, während er sie mit einer Hand streichelte. Als sie nicht aufhörte zu zittern, öffnete er sein festliches schwarzes Hemd und legte sie auf seine Haut. Sie ließ den Kopf sinken und kuschelte sich an ihn. Das Zittern wurde langsam schwächer. »Na also.«

Er streichelte sie weiter, während er den Pfad entlangging, auf dem Fen und Nimra verschwunden waren. Mimosa fühlte sich zerbrechlich an, ihr Körperbau war ebenso zierlich wie der ihrer Herrin. Sie im Arm zu halten, war auf seltsame Art tröstlich, und zum ersten Mal seit langer Zeit dachte Noel an den Jungen zurück, der er einst gewesen war. Auch er hatte ein Haustier gehabt, einen großen, alten Mischlingshund, der Noel mit vollkommener Ergebenheit überallhin gefolgt war, bis sein Körper ihm den Dienst versagt hatte. Noel hatte ihn im Moor begraben und an diesem Ort, wo niemand ihn sah, den Erdboden mit seinen Tränen getränkt.

Als er um die Ecke bog, bewegte sich Mimosa an seiner Brust; sie hatte die Witterung ihrer Herrin aufgenommen. Nimra stand auf der anderen Seite eines Teichs, der im silbrigen Mondlicht vor ihm lag. Ihre Flügel streiften durch das Gras, als sie sich vorbeugte, um nach einigen der schläfrigen Blüten zu sehen, und im lauen Wind schmiegte sich ihr dunkelblaues Gewand mit der Zärtlichkeit eines Liebhabers an ihren Körper. Fen saß diesseits des Sees auf einer Steinbank und betrachtete sie mit einer ruhigen Geduld, in der absolute Hingabe lag.

Nicht Fen, entschied Noel. Es war ihm von Anfang an unwahrscheinlich erschienen, dass der alte Mann als Verschwörer an einem Anschlag beteiligt gewesen sein sollte, um Nimra außer Gefecht zu setzen oder zu töten, doch der Ausdruck, der an diesem Abend auf seinem Gesicht lag, zerstreute auch den leisesten Verdacht. Kein Mann konnte eine Frau auf diese Weise ansehen und dann zusehen, wie das Licht ihrer Augen für immer erlosch.

»Kraft und Herz und Mut«, sagte Fen, ohne sich umzudrehen. »Niemand ist wie sie.«

»Stimmt.« Noel trat näher und setzte sich neben Fen, während Mimosa an seiner Brust schnurrte. »Ich denke«, sagte er, den Blick auf den Engel gerichtet, der auch in diesem Moment an tief in seinem Inneren verborgenen Dingen rührte, »du solltest Amariyah von diesem Hof fortschicken.«

Fen seufzte leise und seine verwitterte Hand schloss sich um den Stock. »Sie war schon immer eifersüchtig auf die Engel, was ich nie verstanden habe. Sie ist eine wunderschöne Frau, beinahe unsterblich, doch sie sieht nur das, was sie nicht haben kann.«

Noel sagte nichts dazu, denn Fen sprach die Wahrheit. Amariyah mochte sich selbst als erwachsen betrachten, doch in vielerlei Hinsicht war sie ein verwöhntes Kind.

»Manchmal habe ich den Eindruck«, fuhr Fen fort, »dass ich meiner Tochter keinen Gefallen damit getan habe, meine Dienstjahre auf ihren Vertrag anrechnen zu lassen. Ein Jahrhundert im Dienst hätte sie vielleicht zu schätzen gelehrt, was sie ist – weil die Engel es geschätzt hätten.«

Noel war sich da nicht so sicher. Erst am Vortag hatte er gesehen, wie Amariyah Violet eine Tasse unter die Nase gehalten und dem Dienstmädchen vorgeworfen hatte, der Kaffee darin sei kalt – um die Flüssigkeit dann mit voller Absicht auf den Fußboden zu gießen. Es hatte noch weitere Vorfälle gegeben, wenn sie sich unbeobachtet gefühlt hatte, und dazu kam das Gespräch von diesem Abend. Die Selbstsucht schien tief und unveränderlich wie Stein in ihrer Persönlichkeit verankert zu sein. Ob sie sich jedoch in etwas Tödliches verwandelt hatte, blieb noch abzuwarten.

»Du hast es aus Liebe getan«, sagte er zu Fen, als sich Nimra von der Betrachtung der Pflanzen erhob und über die Schulter blickte.

Es war ihm nun schon vertraut, wie seine Haut zu prickeln begann, während er gespannt darauf wartete, dass ihr Blick auf ihn fiel. Seit ihrem Spaziergang im Garten hatten sie keinen körperlichen Kontakt mehr gehabt, doch Noel stellte fest, dass er, mochte er nun Zweifel an ihrem wahren Charakter haben oder nicht, der Vorstellung von Intimität nicht mehr abgeneigt war. Nicht, wenn es um diese spezielle Frau ging.

Nie zuvor hatte er einen Engel als Liebhaber gehabt. Er war nicht so hübsch, dass jene Engel, die sich einen Harem von Männern hielten, hinter ihm her gewesen wären, und darüber war er froh. Auf der anderen Seite waren die meisten Engel viel zu unmenschlich für die rohe Sexualität, die seinem Wesen entsprach. Nimra jedoch war anders als alle anderen Engel, die er kannte, ein Rätsel für sich innerhalb ihres eigenen mysteriösen Universums.

Er hatte sie mehr als einmal im Garten gesehen, die Finger buchstäblich in der Erde vergraben. Ein- oder zweimal, wenn er etwas weniger Kultiviertes vor sich hingemurmelt hatte, war das Funkeln in ihren Augen kein Tadel, sondern Humor gewesen. Und als sie nun um den Teich herumkam, um Fen die Hand auf den Arm zu legen, und ihr Haar in sanften Locken auf ihre Schultern fiel, da lag auf ihrem Gesicht ein Ausdruck von Neugier, wie er ihn bei einem Engel von ihrem Alter und ihrer Stärke nicht erwartet hätte.

»Verführst du meine Katze, Noel?«

Mit der flachen Hand streichelte er die schlafende Mimosa. »Ich bin derjenige, der verführt wird.«

»Allerdings.« Ein einziges, von Macht durchwobenes Wort. »Wie ich sehe, sind die Damen am Hof sehr angetan von dir. Selbst unsere schüchterne Violet wird in deiner Nähe rot.«

Das kleine Dienstmädchen hatte sich als Quelle für Informationen über den Hof entpuppt, nachdem Noel ihr in die Küche gefolgt war und sie mithilfe seines Charmes dazu gebracht hatte, mit ihm zu sprechen. Die anderen beiden Diener waren auf der Liste der Verdächtigen deutlich nach unten gerutscht, als er mithilfe seiner Verbindungen im Erzengelturm eine diskrete Recherche durchgeführt hatte. Im Leben von Sammi und Richard war weder ein plötzlicher Wohlstand ausgebrochen, noch waren andere Schwachpunkte aufgetaucht, welche die beiden anfällig für eine Bestechung oder Erpressung gemacht hätten. Und nach seiner Unterredung mit Violet war er ohne jeden Zweifel davon überzeugt, dass auch sie nichts mit dem versuchten Anschlag zu tun hatte. Im Gegensatz zu Amariyahs vorgetäuschter Arglosigkeit war diese bei Violet vollkommen echt – trotz ihrer hässlichen Vergangenheit.

Weil ihr Stiefvater sie mit deutlich zu viel Interesse angesehen hatte, war Violet von zu Hause weggelaufen und schließlich halb verhungert am Rande von Nimras Grundstück zusammengebrochen. Als der Engel über seine Ländereien flog, sah er das Mädchen und trug es auf seinen eigenen Armen nach Hause. Nimra pflegte Violet gesund und stellte einen Hauslehrer an, weil die Vorstellung, zur Schule zu gehen, sie verschreckte. Obwohl Nimra von einem so jungen Menschen keinen Dienst erwartete, bestand das stolze Mädchen darauf, sich »ihren Weg zu verdienen«, indem sie die Morgenschichten übernahm, während die Nachmittage ihrem Unterricht vorbehalten blieben.

»Ich verehre sie«, hatte Violet Noel mit stürmischer Ergebenheit berichtet. »Es gibt nichts, was ich nicht für Lady Nimra tun würde. Nichts.«

Jetzt blickte Noel Nimra an. »Violet würde mir eher in einer dunklen Nacht auflauern, wenn sie in mir eine Gefahr für dich sähe, als dass sie mit mir flirten würde.«

Fen lachte gackernd. »Damit hat er recht. Dieses Mädchen betet den Boden an, auf dem du gehst.«

»Wir sind keine Götter, die man anbetet«, sagte Nimra mit besorgtem Gesicht. »Ich möchte nicht, dass sie das tut – sie soll ihre Flügel entfalten und ihr eigenes Leben leben.«

»Sie ist ein geretteter Welpe«, sagte Fen und hustete in seine zitternde Faust. »Selbst wenn du sie hinauswirfst und in die Welt schickst, wird sie voller Sturheit wieder an deine Seite zurückkehren. Du kannst sie genauso gut in Ruhe lassen – sie wird ihr eigenes Glück schneller finden, wenn sie sich um dein Glück kümmern kann.«

»Wie weise.« Nimra machte keine Anstalten, dem alten Mann zu helfen, als dieser sich mühsam erhob.

Hilfe wäre hier weder willkommen, noch würde sie angenommen werden, erkannte Noel, als er ebenfalls aufstand.

Der Rückweg verlief langsam und ruhig, Nimras Flügel strichen vor ihm durch das Gras, während sie mit Fen Arm in Arm ging. Noel schlenderte hinter ihnen her und fühlte sich auf eine Art und Weise zufrieden, die schwer zu beschreiben war. Die feuchte Nachtluft von Louisiana, erfüllt vom Quaken der Frösche und dem Rascheln der Blätter, Nimra, die mit sanfter Stimme zu Fen sprach – das alles umfing ihn wie ein kraftvolles Meer, das die scharfen Kanten an den Bruchstücken seiner Seele abschliff.

»Gute Nacht, Mylady«, sagte Fen, als sie das kleine, alleinstehende Landhaus erreichten, das er gemeinsam mit Amariyah bewohnte. »Ich werde darüber nachdenken, was du gesagt hast. Aber ich bin ein alter Mann – wenn ich nicht mehr bin, wird sie ohnehin gehen.«

Mit einem raschelnden Geräusch faltete Nimra ihre Flügel zusammen, bevor sie zu Noel kam und sie gemeinsam zum Haus zurückgingen. In wortlosem Einverständnis mieden sie die Haupträume und betraten den privaten Flügel. Noels Zimmer lag direkt neben ihrem in einem abgeschiedenen Bereich. »Amariyah mag ihre Fehler haben«, sagte Nimra schließlich und streckte die Arme nach Mimosa aus, als diese unruhig wurde, »aber sie liebt Fen.«

Vorsichtig überreichte ihr Noel die Katze.

Mit einem glücklichen Schnurren fiel Mimosa in den Armen ihrer Herrin wieder in Schlaf. Noel schloss ein paar Knöpfe an seinem Hemd, ließ die restlichen jedoch offen, um die schwere

Nachtluft auf seiner Haut zu spüren. »Wusstest du, dass Asirani in Christian verliebt ist?«

Ein Seufzen. »Ich hatte gehofft, es wäre nur eine vorübergehende Schwärmerei.« Sie schüttelte den Kopf. »Christian ist sehr strikt in seinen Ansichten – er findet, Engel sollten sich nur mit ihresgleichen einlassen.«

»Ah.« Das erklärte die Heftigkeit, mit der der Engel auf Noel reagiert hatte. »Das ist keine sehr verbreitete Ansicht.« Insbesondere im Hinblick auf die sehr mächtigen Vampire.

»Christian hält Verbindungen zwischen Engeln und Vampiren für nicht wünschenswert, weil aus einer solchen Partnerschaft kein Kind hervorgehen kann – und wir ohnehin schon so wenige Kinder bekommen.«

Noel dachte an die Engelskinder, deren perlendes Lachen in der Zufluchtsstätte eine ständige musikalische Untermalung bildete. Sie waren so angreifbar, mit ihren sperrigen Flügeln und den kurzen Kinderbeinen. »Kinder sind ein Geschenk«, stimmte er zu. »Hast du …« Er unterbrach sich, als Mimosa einen Schmerzenslaut ausstieß.

»Entschuldige, meine Kleine«, sagte Nimra und streichelte die Katze, bis sie ihren Kopf wieder sinken ließ. »Ich werde dich nicht mehr so fest drücken.«

Kälte breitete sich in Noels Adern aus. Als Nimra schwieg, wollte er die Sache auf sich beruhen lassen, doch der langsam erwachende Teil in ihm bestand darauf, sich ganz auf sie einzulassen und ihre Geheimnisse zu enthüllen. »Du hast ein Kind verloren.«

Es war die Sanftheit in seiner Stimme, die ihre alte Wunde wieder aufreißen ließ. »Er hatte nicht die Chance, ein Kind zu werden.« Die Worte fühlten sich in Nimras Kehle wie Glasscherben an, und in ihrer Brust sammelte sich das Blut, so wie es damals auf ihre Füße getropft war. »Ich konnte ihn nicht austragen und habe ihn verloren, bevor er richtig Gestalt angenommen hatte.« Seit jener furchtbaren Nacht, in der der Sturm mit unerbittlicher Wut über ihr Haus hereingebrochen war, hatte sie nicht mehr über ihr verlorenes Baby gesprochen. Fen hatte sie damals gefunden, und er war der Einzige, der wusste, was geschehen war. Einen Monat zuvor hatte Eitriel sie verlassen und ihr brutal das Herz gebrochen.

»Das tut mir leid.« Stark und männlich lag Noels Hand auf ihrem Hinterkopf, er streichelte sie beinahe so, wie er einige Augenblicke zuvor Mimosa gestreichelt hatte. Aber er hörte nicht bei ihren Haaren auf, sondern ließ seine Hand zu ihrem Rücken hinabwandern, wobei er darauf bedacht war, nicht die Innenflächen ihrer Flügel zu berühren – eine solche Intimität musste von ihr ausgehen, nicht von ihm.

Er drückte seine Hand fest in ihr Kreuz. Ihr Kopf fuhr überrascht hoch. Anstatt zurückzuweichen, beugte er sich über die schlafende Mimosa hinweg zu ihr hinüber. Er hatte nicht das Recht, sie auf so vertraute Art im Arm zu halten, hatte nicht das Recht, einen so mächtigen Engel wie sie anzufassen ... doch sie hielt ihn nicht auf. Sie wollte ihn nicht aufhalten.

Es war lange her, seit jemand sie im Arm gehalten hatte.

Sie lehnte den Kopf an seine Brust, hörte seinen kräftigen, gleichmäßigen Herzschlag und hob den Blick zum silbrigen Licht des Halbmonds empor. »In jener Nacht stand kein Mond am Himmel«, sagte sie. Die Erinnerung hatte sich in jede ihrer Zellen eingegraben, um die Ewigkeit zu überdauern. »Die Luft wurde vom Gebrüll eines Sturms zerrissen, der Bäume fällte und Dächer abdeckte. Ich wollte nicht, dass mein Baby in dieser Dunkelheit von mir ging, aber es gab nichts, was ich dagegen hätte tun können.«

Er zog sie fester an sich, wobei sein Arm ihren Flügel streifte.

Noch immer zog sie sich nicht zurück, obwohl jedem Vampir beigebracht wurde, dass Engel es nicht mochten, wenn jemand ihre Flügel berührte, den sie nicht zu ihren engsten Vertrauten zählten. In einem Teil von ihr wohnte die Arroganz ihrer Spezies, die über die Welt herrschte; und dieser Teil fühlte sich brüskiert. Doch am meisten verspürte sie eine leise Freude über Noels Weigerung, sich an die Regeln zu halten, wenn sie ihm in einer bestimmten Situation nicht sinnvoll erschienen.

»Als Sterblicher hatte ich keine Kinder«, murmelte er und ließ die Hand über ihr Haar gleiten, »und es ist sehr unwahrscheinlich, dass ich jetzt noch welche bekommen werde.«

»Unwahrscheinlich, aber nicht unmöglich.« Vampire hatten ab dem Zeitpunkt ihrer Verwandlung ein Zeitfenster von etwa zweihundert Jahren, währenddessen sie Kinder zeugen konnten. Diese Nachkommen waren sterblich. Noel war vor zweihundertzwanzig Jahren verwandelt worden, und Nimra hatte von ein oder zwei Kindern gehört, die noch nach diesem Zeitraum empfangen worden waren. »Möchtest du ein Kind zeugen?«

»Nur wenn es aus Liebe entsteht.« Er schloss die Hand in ihrem Haar zur Faust. »Und ich habe bereits Kinder, die ich als meine Familie betrachte.«

»Richtig.« Bei dem Gedanken an Kinderlachen, das über dem Moor tanzte, wurde ihr leichter ums Herz. »Ich glaube, es würde mir gefallen, Zeit mit ihnen zu verbringen.«

»Ich nehme dich mit, wenn du möchtest«, bot er mit einem Lachen an. »Aber ich warne dich – sie sind ein sehr wilder Haufen. Die Kleinen werden dich höchstwahrscheinlich an den Flügeln ziehen und unter allen möglichen Vorwänden geknuddelt werden wollen.«

»Die reinste Folter.«

Wieder ein Lachen, bei dem seine Brust an ihrer Wange vibrierte.

»Du schläfst nicht, Noel«, sagte sie nach langen, schweigsamen Augenblicken, in denen er sie an sein gleichmäßig schlagendes Herz drückte und sein großer Körper sich warm gegen ihren schmiegte. »Ich höre dich nachts durch die Gänge laufen.«

In der ersten Nacht hatte sie sich gefragt, warum er nicht den Flügel verließ und in den Garten hinausging. Erst später war sie darauf gekommen, dass er sich wie das Wesen verhielt, als das sie ihn bezeichnet hatte: ein Wolf. Ein Attentäter hätte an Noel vorbeigemusst, um zu ihr zu gelangen. Obwohl sie die Mächtigere von ihnen war, gab ihr diese Tatsache ein Gefühl von Vertrauen zurück, das ihr das Mitternachtsgift genommen hatte.

»Vampire brauchen nur wenig Schlaf«, entgegnete er. Seine Stimme klang weit entfernt, aber er löste seine Umarmung nicht.

Dass dies nicht der Grund dafür war, warum er wie ein eingesperrtes wildes Tier durch die Gänge strich, wusste sie. Dennoch beschloss sie, nichts dazu zu sagen. An diesem Abend waren bereits zu viele Grenzen überschritten worden, und das würde Konsequenzen nach sich ziehen, denen gegenüberzutreten sie beide noch nicht bereit waren.

Schon am nächsten Tag sollte Nimras Herz von Neuem brechen.

Sie saß in der Bibliothek und durchsuchte ihre Verträge nach Hinweisen darauf, wer an ihrem Hof Verbindungen zu Personen mit Zugang zu Mitternacht haben konnte. Sie hatte diese Überprüfung schon einmal ohne Ergebnis vorgenommen, aber Noel hatte sie gebeten, sie zu wiederholen – nur für den Fall, dass in der Zwischenzeit etwas Neues an die Oberfläche gekommen war. Plötzlich kam Violet ins Zimmer gelaufen. Das Gesicht des Mädchens war tränenüberströmt. »Mylady, Mimosa ...«

Noch bevor Violet es ausgesprochen hatte, eilte Nimra schon hinter ihrem Tisch hervor. »Wo?«

»Im Garten, vor dem Balkon.«

Es war der Lieblingssonnenplatz der betagten Katze. Nimra sauste durch die Gänge und rannte auf den Balkon hinaus, wo sie Noel und Christian am Fuß der Treppe kauernd vorfand. Noel hielt etwas im Arm, und Nimras Herz zog sich zusammen, als sie erkannte, welche Last er trug. Einzig das Wissen, dass Mimosa ein erfülltes und glückliches Leben gelebt hatte, konnte ihren Schmerz dämpfen.

Dann erblickt Christian sie, er schwang sich in die Luft und landete vor ihr auf dem Balkon. »Mylady, es ist besser, wenn du nicht …«

Nimra flog bereits mit weit ausgebreiteten Flügeln über ihn hinweg. Dass er sie davon abzuhalten versuchte, zu Mimosa zu kommen, verwandelte ihren Schmerz in eine seltsame Art von Panik. Als sie vor Noel landete, sah sie als Erstes den leblosen grauen Schwanz, der über seinen Arm hing. »Ich bin zu spät.«

Dann hörte sie ein schwaches Miauen und stürzte auf ihn zu, um Mimosa aus seinen Armen entgegenzunehmen. Wortlos reichte er ihr die Katze. Sie schien sich zu beruhigen, sobald sie in den Armen ihrer Herrin lag; ihr Kopf lehnte schwer an Nimras Brust, während diese in ihr Ohr summte. Fünf schweigsame Minuten später war ihre geliebte, langjährige Gefährtin von ihnen gegangen.

Ein Engel mit ihrer Macht und ihren Verpflichtungen durfte nicht bei einem Zusammenbruch gesehen werden, deshalb kämpfte sie gegen die Tränen an, als sie den Kopf hob und in blaue Augen blickte, die vor Wut steinhart geworden waren. »Gibt es etwas, das ich wissen müsste?«

6

Er deutete mit dem Kinn auf ein Stück Fleisch, das neben der Stelle auf dem Boden lag, wo Mimosa so gern in der Sonne gelegen hatte. »Es muss untersucht werden, aber ich glaube, es wurde vergiftet.« Er lenkte ihre Aufmerksamkeit auf den Fleck, an dem sich Mimosa übergeben hatte, nachdem sie von dem Fleisch gefressen hatte. »Violet.«

Das Dienstmädchen kam mit einer Plastiktüte herbeigeeilt. Noel nahm sie entgegen und packte das Fleisch hinein. »Ich werde mich darum kümmern«, sagte er zu Violet, als sie ihm die Tüte abnehmen wollte.

Sie nickte und zögerte kurz, ehe sie die Treppen wieder hinauflief. »Ich werde Mylady einen Tee kochen.«

Kein Tee der Welt hätte den Zorn in Nimras Herzen besänftigen können, doch Mimosas Geist sollte davon unberührt bleiben. Ihr liebes, altes Haustier in den Armen haltend, wandte sie sich ab und ging in den südlichen Teil des Gartens – ein wildes Wunderland, das Mimosas liebster Spielplatz gewesen war, bevor das Alter ihr die Flügel gestutzt hatte. Sie vernahm die beiden tiefen Männerstimmen hinter sich, und als Noel an ihrer Seite auftauchte, wusste sie, dass er den Streit, worum er auch gegangen sein mochte, gewonnen haben musste.

Er sagte kein Wort, bis Christian mit einer kleinen Schaufel in der Hand neben ihnen landete und sie Noel reichte. Sie hörte, wie Noel dem Engel etwas zuraunte, bevor dieser mit rauschenden Flügeln davonflog, gab sich jedoch keine Mühe, das Gesagte zu verstehen, denn sie hatte ihre ganze Aufmerksamkeit darauf gerichtet, Mimosa so sanft wie möglich hin- und herzuwiegen. »Du warst eine treue Begleiterin«, erklärte sie der Katze, und die Kehle wurde ihr eng. »Ich werde dich vermissen.« Manch einer – ob sterblich oder unsterblich – hätte es für dumm gehalten, einem Wesen mit einer so kurzen Lebensspanne so viel Liebe zu schenken, aber sie verstanden es einfach nicht.

»Unsterbliche«, sagte sie zu Noel, als sie sich dem südlichen Teil des Gartens näherten, »leben so lange, dass sie mit der Zeit abstumpfen und ihre Herzen hart werden. Für manche sind Grausamkeit und Schmerzen die einzige Möglichkeit, Emotionen hervorzurufen.« Nazarach, der Herrscher über Atlanta und die angrenzenden Gebiete, war einer dieser Engel, von den Wänden seines Hauses hallten die Schreie der Gepeinigten wider.

»Tiere sind unschuldig«, sagte Noel, »ohne Arglist und verborgene Absichten. Die Liebe zu einem Tier nährt die Sanftheit des eigenen Herzens.«

Es überraschte sie nicht, dass er um diese leise Wahrheit wusste. »Sie hat mich so vieles gelehrt.« Durch den geschwungenen, steinernen Bogengang betrat Nimra den verborgenen Teil des Gartens, den Mimosa so geliebt hatte. Sie hörte, wie Noel den Atem anhielt, als er das Gewirr von Rosen, Wildblumen, Pekanuss- und Obstbäumen erblickte, die sich unter den Früchten bogen. Die Wege waren beinahe bis zur Unpassierbarkeit überwuchert.

»Davon wusste ich gar nichts.« Er streckte die Hand aus, um über eine außergewöhnliche weiße Rose zu streichen.

Sie wusste, dass er keine Empörung, sondern Staunen empfand. Ebenso wie das kleine Kätzchen, das Mimosa einmal gewesen war, trug auch er eine Spur von Wildheit in sich. »Ich glaube, es wird ihr gefallen, ein Teil dieses Gartens zu sein.« Ihre Kehle fühlte sich rau an, als wäre sie mit Sandpapier überzogen.

Schweigend folgte ihr Noel über die verwilderten Wege zu

einer Stelle unter den schützenden Armen einer Magnolie, die Sturm, Wind und Zeit überdauert hatte. Als sie stehen blieb, setzte er die Schaufel an und begann zu graben. Es dauerte nicht lange, bis das Loch tief genug für Mimosas Leichnam war, doch anstatt Nimra mit einem Nicken zu verstehen zu geben, sie solle die Katze hineinlegen, ging Noel zu einem Strauch in der Nähe, der in voller Blüte stand. Mit beiden Händen pflückte er die Farbenpracht, ehe er zurückkam und sie auf dem Grund des winzigen Grabes auslegte.

Nimra konnte die Tränen nicht länger zurückhalten. Lautlos liefen sie über ihr Gesicht, während Noel noch zweimal zu dem Strauch zurückging. Als er fertig war, lag im Grab ein samtiger Teppich aus rosa, weißen und gelben Blütenblättern, so weich wie frisch gefallener Schnee. Nimra ließ sich auf die Knie sinken, drückte ihrem Haustier einen flüchtigen Kuss auf den Kopf und legte es hinein.

Die Blüten strichen über ihre Handrücken, als sie sich von Mimosa löste. »Ich hätte etwas mitbringen sollen, um sie einzuhüllen.«

»Ich glaube, so wäre es ihr lieber«, sagte Noel und ließ weitere Blüten über Mimosa rieseln. »Es ist ein passendes Begräbnis für eine Katze, die so gern umhergestreift ist, findest du nicht?«

Sie nickte und griff hinter sich, um einige Federn aus ihrem Flügel zu zupfen. »Als sie noch ganz jung war«, erzählte sie Noel, »war sie von meinen Federn fasziniert. Sie hat immer versucht, welche zu stibitzen, wenn ich nicht hinsah.«

»Hatte sie damit je Erfolg?«

»Ein oder zwei Mal«, sagte sie, und ihr entschlüpfte ein tränennasses Lachen. »Und dann lief sie so schnell davon, als wäre sie der Wind höchstpersönlich. Ich habe nie herausgefunden, wo sie meine Federn versteckt hat.« Mit diesen Worten legte sie die Federn neben Mimosa ab und bedeckte die Katze anschließend mit einer weiteren Schicht Blütenblätter. »Adieu, meine Kleine.«

Schweigend schüttete Noel das Grab wieder zu, und sie platzierte weitere Blüten und einen großen Stein darauf, den Noel im Garten gefunden hatte. Minutenlang standen sie schweigend am Grab, bis Nimra sanft wie ein Seufzen einen zarten Windhauch verspürte. Lautlos atmete sie aus, wandte sich um und machte sich auf den Rückweg, Noel an ihrer Seite.

Er legte ihr die Hand auf die Schulter. »Warte.« Die Schaufel gegen sein Bein gelehnt, wischte er Nimra mit beiden Daumen die Tränen aus dem Gesicht. »So«, flüsterte er, »jetzt bist du wieder Nimra. Stark, grausam und unbarmherzig.«

Sie schmiegte sich in seine Berührung, und als er ihr Gesicht umfasste, ihre Lippen mit den seinen berührte, da rief sie ihm nicht in Erinnerung, dass seine Rolle die ihres Wolfs und nicht die ihres Geliebten war. Sie ließ ihn von ihren Lippen kosten und die stürmische Hitze seiner Männlichkeit die kalte Stelle in ihrem Herzen wärmen.

Als er seinen Mund von ihrem löste, grub sie die Finger in sein Hemd. »Mehr, Noel.« Es klang wie ein Befehl.

Er schüttelte den Kopf und strich ihr mit einer Zärtlichkeit, die sie noch nie bei einem Liebhaber gespürt hatte, die Haare zurück. »Ich werde die Gelegenheit nicht ausnutzen. Heute bin ich dein Freund.«

»Fen ist seit Jahrzehnten mein Freund«, sagte sie und hakte sich bei ihm unter, als er ihr den Arm anbot. »Und er hat sich nie angemaßt, seinen Mund auf meinen zu legen.«

»Offensichtlich werde ich eine andere Art von Freund für dich sein.«

Seine fröhlichen Worte brachten es fertig, sie zu beruhigen, und als sie den normalen Teil des Gartens betraten, war sie wieder der Engel, der über New Orleans und die Umgebung herrschte – hart und mächtig und unverwundbar. »Du wirst herausfinden, wer Mimosa das angetan hat«, sagte sie zu Noel. »Und du wirst es mir mitteilen.« Für den Täter würde es keine Gnade geben.

Nachdem Noel Nimra in ihr privates Arbeitszimmer begleitet hatte, führte ihn sein erster Weg nach draußen, um Violet ausfindig zu machen. Das Dienstmädchen hatte ihm einen flüchtigen, aber vielsagenden Blick zugeworfen, als es ihm die Plastiktüte gebracht hatte. Den Inhalt hatte er zuvor an Christian übergeben, damit er selbst während Mimosas Beerdigung an Nimras Seite hatte bleiben können.

Er hatte jedoch noch keine drei Schritte aus dem privaten Flügel getan, als Violet mit einem Teetablett in den Gang trat. »Ich habe Lady Nimra zurückkehren sehen«, sagte sie mit Sorgenfalten um die Augen. »Soll ich …?«

»Ich werde es hineinbringen. Warten Sie hier auf mich.«

Das junge Mädchen nickte flüchtig mit dem Kopf, und Noel schlüpfte ins Zimmer. Nimra stand am Fenster, den Rücken zur Tür gewandt. Nachdem er das Tablett auf einem Couchtisch abgestellt hatte, trat er hinter sie und legte ihr die Hände auf die Schultern. »Du solltest etwas essen.«

»Noch nicht, Noel.«

Diese starke Frau, die das Herz hatte, eine so kleine und schutzlose Kreatur zu lieben, musste für sich allein trauern; das wusste er, und deshalb strich er ihr nur flüchtig übers Haar, ehe er sie allein ließ.

Mit ängstlichem Blick verbarg sich Violet in einer Wandnische. »Wenn sie mich sieht, wird sie Bescheid wissen, Noel.«

»Wer?«, fragte er, obwohl er sich das ziemlich gut denken konnte.

»Amariyah.« Das Mädchen schlang die Arme fest um seinen

Körper. »Sie muss geglaubt haben, dass sie allein in der Küche war. Ich verstecke mich nämlich immer, wenn sie kommt – sie ist so gehässig.« Sie schnappte nach Luft. »Ich sah, wie sie das Fleisch nahm, und fand es seltsam, machte mir aber keine weiteren Gedanken darüber.«

»Vielen Dank, Violet.« Er war überzeugt, dass sie die Wahrheit sagte. »Niemand wird erfahren, dass ich diese Information von Ihnen habe.«

Das Dienstmädchen zog die Schultern hoch. »Wenn es nötig ist, werde ich es vor dem gesamten Hof unter Eid bezeugen. Es muss Mylady das Herz gebrochen haben, dass Mimosa so kurz nach Queen gestorben ist. Manche behaupten, sie habe keines, aber ich weiß es besser.«

Nachdem Violet gegangen war, blieb Noel noch einige Minuten lang im Flur stehen und dachte über die Aussage des Dienstmädchens nach. Davon abgesehen, dass er ihr glaubte, stand ihr Wort gegen das einer Vampirin. Und diese Vampirin war noch dazu das Kind einer der höchstgeachteten Personen an Nimras Hof. Amariyah konnte den Spieß einfach umdrehen und Violet der gleichen Tat bezichtigen.

Als er sich für eine Vorgehensweise entschieden hatte, brach gerade die Abenddämmerung an. Er ließ den privaten Flügel hinter sich. Statt zum Hauptspeisesaal lenkte er seine Schritte zu Fens kleinem Landhaus. Wie er erwartet hatte, war Amariyah zu Hause bei ihrem Vater. Auf Fens Einladung hin trat Noel ein und setzte sich neben den alten Mann, um sich eine Weile mit ihm über alles und nichts zu unterhalten.

Als das Thema Mimosa aufkam, achtete er darauf, Amariyah direkt in die Augen zu sehen. »Ich habe eine ziemlich klare Vorstellung davon, wer hinter dieser feigen Tat steckt«, sagte er, ohne auch nur zu versuchen, seine Verachtung zu verbergen. »Es ist nur noch die Frage, wie schwer es uns derjenige machen will.«

Daran, wie Amariyah das Blut aus dem Gesicht wich, erkannte Noel deutlich, dass sie die Drohung verstanden hatte. Und wenn es etwas an diesem Vampirmädchen gab, das wahrhaftig und gut war, dann war es die Liebe zu ihrem Vater. Sie flehte Noel mit Blicken an, das Thema nicht vor Fen zur Sprache zu bringen. Da Noel den alten Mann nicht verletzten wollte – und seine unausgesprochene Drohung nie in die Tat umgesetzt hätte –, entschuldigte er sich einige Minuten später.

»Ich werde Noel ein Stück begleiten, Vater.« Die Vampirin erhob sich, wobei leuchtend violetter Stoff, leicht und luftig wie der Wind, fließend an ihr herabfiel. Das schlichte Gewand ließ ihre Arme frei und umspielte kokett ihre Knöchel.

»Geh nur, geh.« Fen kicherte. »Aber vergiss nicht, dass er einem Engel gehört. In diesem Gebiet solltest du nicht wildern.«

Die Steifheit von Amariyahs Lächeln verriet, dass ihr die Erinnerung an ihren Platz in der hierarchischen Ordnung nicht gefiel. Doch ihr Tonfall war mild, als sie sagte: »Du könntest mir ruhig ein paar Gehirnzellen zutrauen.«

Das entlockte Fen ein gebrochenes Lachen, begleitet von einem Rasseln in der Brust, das Noel Sorgen machte. Sofort war Amariyah an der Seite ihres Vaters. »Papa.«

Fen wischte ihr Hilfsangebot mit einer Handbewegung fort. »Geh schon, Amariyah.«

»Wir sollten einen Arzt rufen«, sagte Noel, dem Fens schwer gehender Atem nicht gefiel.

Fens Antwort war ein Lachen, bei dem seine dunklen Augen funkelten. »Es gibt nichts, was ein Arzt gegen das Alter tun könnte. Ich bin ein alter Mann mit alten Knochen.«

Als Amariyah zögerte, drängte Fen Noel, sie mit hinauszunehmen. Noel hätte gern auf einen Arzt bestanden, doch ein Blick in Fens Gesicht verriet ihm, dass er diesen Kampf verlieren würde.

Der Körper des betagten Mannes mochte gebrechlich geworden sein, doch sein Wille war noch immer unbeugsam wie Stahl. Einem solchen Willen gebührte Respekt.

»Bis zu unserem nächsten Gespräch«, sagte er zu Fen, ehe er ihn mit einem Nicken verließ und Amariyah mitnahm.

Fens Tochter war sehr still, als sie gemeinsam durch das tiefe, ausgedehnte Grün des Gartens schritten. Ihre Schritte wirkten unstet, ihr Rücken steif. »Woher wusstest du, dass ich es war?«, fragte sie, als sie eine abgelegene Stelle unter den Zweigen eines knorrigen, alten Baumes mit tiefbrauner Rinde erreichten.

»Das spielt keine Rolle. Wichtig ist das Warum.«

Ihr Schulterzucken war anmutig, doch ihre verdrießliche Miene verunzierte ihre Schönheit. »Was interessiert dich das? Die *Gnädige Frau* wird mich dafür hinrichten, dass ich dieses entsetzlich alte Ding von seinem Elend erlöst habe, und in ihrer perfekten Welt wird alles wieder gut sein.«

Schon bald nach ihrer ersten Begegnung war ihm Amariyahs unerklärliche Feindseligkeit gegenüber Nimra aufgefallen, doch diese Abgebrühtheit kam für ihn unerwartet. »Warum, Amariyah?«, fragte er erneut und fing ein zu Boden gleitendes Blatt aus der Luft.

Zischend stieß die Vampirin die Luft aus und zeigte mit zitterndem Finger auf ihn. »Sie wird ewig leben, während ich mitansehen muss, wie mein Vater stirbt.« Sie schlug sich mit der Faust vor die Brust. »Er hatte sie darum gebeten, ihn zu verwandeln, aber sie hat ihn abgewiesen! Jetzt ist er ein alter Mann, der bald seinen letzten Atemzug tut und ständig Schmerzen erleidet.«

Noel wusste nicht, nach welchen Kriterien die Engel auswählten, wen sie verwandelten, aber er hatte lange genug in Raphaels höchster Wache gedient, um zu wissen, dass es mit einer bestimmten Art von biologischer Kompatibilität zu tun hatte. Nach allem, was er von der Beziehung zwischen Nimra und Fen zu sehen bekommen hatte, war er sicher, dass der Engel Fen verwandelt hätte, wäre er dazu in der Lage gewesen. »Weiß dein Vater, dass du so darüber denkst?«, fragte er und rieb mit dem Daumen über die glatte, grüne Oberfläche des Blattes in seiner Hand.

Ihr Gesicht wurde zu einer Maske des Zorns. »Er verehrt sie – was ihn angeht, ist dieses Miststück unfehlbar. Er gibt ihr nicht einmal die Schuld daran, dass er stirbt! Er sagte mir, es gäbe Dinge, von denen ich nichts wüsste. Das war seine Rechtfertigung für sie.«

Es war unmöglich, kein Bedauern für das Leid zu empfinden, das Amariyah zu einer so abscheulichen Tat getrieben hatte, doch das minderte in keiner Weise ihr Verbrechen oder seine Wut darüber. »Und was ist mit Mitternacht?«

»Um Mitternacht habe ich überhaupt nichts getan.« Eine scharfe Antwort. »Das Fleisch habe ich der Katze gleich nach Sonnenaufgang gegeben. Da hast du dein Geständnis. Und jetzt bring mich zu der Frau, die deine Leine hält.«

Die Stichelei blieb wirkungslos. Im Gegensatz zu Amariyah wusste Noel, wer er war und dass ein Engel nicht ganz auf sich gestellt sein konnte – auch wenn Nimra ihm da widersprechen würde. Raphael hatte seine Sieben, und Nimra würde Noel haben. Denn allen Geheimnissen zum Trotz war er immer mehr davon überzeugt, dass das, was er hier am Hofe sah, die Wahrheit war und Nimras grausamer Ruf eine äußerst geschickte Täuschung.

Anstatt Fens Tochter in den privaten Flügel zu begleiten, führte er sie in die untere Bibliothek und bat Christian, den er dort vorfand, sie zu bewachen.

»Sehe ich aus wie dein Diener?« Eine frostige Frage.

»Das ist jetzt nicht der richtige Zeitpunkt, Christian.«

Die listigen Augen des Vampirs zogen sich zusammen, bevor er nickte. »Ich werde auf sie aufpassen.«

Ungläubig schüttelte Nimra den Kopf, als Noel ihr die Identität des Täters nannte. »Ich wusste, dass sie ein wenig verbittert ist, aber so etwas hätte ich ihr nicht zugetraut.«

»Ich bin überzeugt, dass sie nichts mit dem Mitternachtsgift zu tun hatte«, fuhr Noel fort. Sein Tonfall war pragmatisch, doch in seinen Augen sah sie den schwärzesten Zorn aufblitzen. »Sie wirkte ehrlich verwirrt, als ich davon sprach.«

Nimra kroch langsam die Kälte durch ihre Adern. »Also gibt es an meinem Hof zwei Personen, die mich hassen – das rückt die Frage in den Blickpunkt, wie gut ich meine Leute durchschaue, nicht wahr?«

»Dieser Hof hat ein Herz, das den meisten anderen fehlt.« Leidenschaftliche Worte aus dem Mund ihres Wolfs. »Lass dir von Amariyah und ihresgleichen nicht nehmen, was du dir hier aufgebaut hast.« Er hielt ihr die Hand hin.

Und wartete.

Ich darf niemals schwach erscheinen.

Und doch streckte sie die Hand aus und schob sie in die raue Wärme der seinen. Sie wollte sich *menschlich* fühlen, und wenn es nur für ein paar wenige Augenblicke war, bevor sie zum Monster werden musste. In einer kleinen, besitzergreifenden Geste schlossen sich seine Finger um ihre. Sie fragte sich, ob er jetzt, wo sie es nicht gestatten konnte, nachdrücklich versuchen würde, seinen Anspruch geltend zu machen. Doch sobald sie den Bereich des Hauses betraten, in dem sie anderen begegnen konnten, ließ er ihre Hand los und beobachtete aus seinen wachen blauen Augen, wie sie wieder Nimra die Herrscherin wurde.

»Weiß Fen davon?« Sie wollte ihrem Freund diesen Schmerz ersparen.

»Ich habe ihm nichts gesagt.«

Nimra nickte. »Gut.«

Bis sie die Bibliothek erreichten, sagte keiner von ihnen mehr ein Wort. Christian und Noel tauschten ein steifes Nicken aus, bevor der Engel sie allein ließ. Noel schloss die Türen und blieb mit dem Rücken zu ihnen stehen, während Nimra das Zimmer durchquerte, um einer missmutigen Amariyah gegenüberzutreten. Die Vampirin stand vor einem unbenutzten Kamin, den Violet mit Kiefernzapfen und getrockneten Blumen verziert hatte.

In trotzigem Tonfall ergriff Amariyah das Wort, bevor Nimra etwas sagen konnte. »Mein Vater hat nichts damit zu tun.«

»Deine Loyalität zu Fen ehrt dich.« Nimra war darauf bedacht, dass ihre Stimme sie nicht verriet. »Aber eine solche Tat kann ich nicht vergeben, nicht einmal um seinetwillen.« Sie wollte nicht grausam sein, doch sie durfte auch keine Gnade zeigen, denn ein Vampir wie Amariyah würde in dieser Gnade eine Schwäche sehen, die sie zu noch verkommeneren Taten verführen würde. »Du hast ein Leben ausgelöscht, Amariyah. Ein kleines Leben zwar, ein winziges Licht, aber dennoch ein Leben.«

Amariyahs Hände ballten sich neben ihrem durchscheinenden Gewand zu Fäusten und zogen den Stoff über den Oberschenkeln straff. »Dann darfst du ihm meinen Tod erklären.« Ein bitteres Lachen. »Ich bin sicher, er wird dir vergeben, so wie er dir auch vergeben hat, dass du der Grund für seinen eigenen Tod bist.«

Nimras Brustkorb verhärtete sich vor Kummer, doch sie ließ nicht zu, dass sich diese Gefühle in ihrer Miene spiegelten; sie hatte jahrhundertelange Erfahrung darin, ihr wahres Ich zu verbergen, wenn es nötig war. »Du wirst nicht sterben«, sagte sie in eisigem Ton, der tief aus ihrem dunklen, machtvollen Herzen kam. »Es sei denn, du hast noch weitere Taten begangen, von denen wir nichts wissen.«

Zum ersten Mal flackerte echte Angst in Amariyahs Augen auf. Ihr brach der Schweiß aus. »Was wirst du mir antun?« In dieser Frage lag die plötzliche Erkenntnis, dass Nimra nicht ohne Grund selbst von den brutalsten Wesen gefürchtet wurde.

Nimra trat zu ihr hinüber und legte ganz sacht ihre Fingerspitzen auf die Hand der Vampirin. Doch gerade in dieser Sanftheit lag eine Waffe, die so grausam war, dass nur ein flüchtiger Eindruck davon ihre Feinde in zitternde Wracks verwandelte. »Dies.«

Obwohl Noel nichts sah und nichts spürte, begann Amariyah zu zittern und sich zu verkrampfen, und in einer Kakophonie aus klappernden Gliedern und Zähnen sackte ihr Körper zu Boden. Als sie schließlich zur Ruhe kam, blieben ihre Augen fest geschlossen, und wimmernde Laute drangen aus ihrem Mund, während ihre Gliedmaßen schlotterten, als herrschte tiefste Kälte.

»Jedes Mal, wenn ich das tue«, sagte Nimra mit gequältem Blick, als sie auf die am Boden liegende Frau hinabsah, »kostet es mich ein Stück von mir selbst.«

Noel hob die heftig zitternde Amariyah vom Boden auf, legte sie aufs Sofa und deckte sie mit einer Kaschmirdecke zu, die über der Lehne gehangen hatte. »Sie blutet ein wenig, offenbar hat sie sich auf die Lippe gebissen.« Er zog ein Taschentuch aus einer Schachtel, die neben ihm auf dem Tisch stand, und wischte ihr das Blut ab. »Aber ansonsten scheint es ihr körperlich gut zu gehen.« Für einen kurzen Augenblick glaubte er, einen Blick auf die Ursache von Nimras Ruf erhascht zu haben, doch das Bild entwischte ihm, bevor sein Geist es richtig zu fassen bekam.

Schweigend trat Nimra vor die großen Fenster, die den Blick auf den Garten freigaben, ihre juwelenbestäubten Flügel streiften dabei über die glänzend lackierten Holzböden. Er konnte –

wollte – sie nicht so allein dort stehen lassen, also folgte er ihr. Doch als er seine Hand an die Seite ihres Halses legte und sie an sich ziehen wollte, sperrte sie sich dagegen. »Aus diesem Grund fürchtet Nazarach mich«, murmelte sie, mehr sagte sie jedoch nicht.

Er hätte sie drängen können, doch stattdessen beschloss er, neben ihr stehen zu bleiben. Er wusste, dass sie nicht zerbrechen und nicht nachgeben würde, bevor diese Sache vorüber war. Sie leistet selbst Buße, dachte er, obwohl es Amariyah gewesen war, die einen nicht wiedergutzumachenden Schaden angerichtet hatte.

7

Es dauerte zwei Tage, bis Amariyah wieder aufwachte. Aus Respekt gegenüber Fen hatte Nimra verfügt, dass er niemals auch nur ein Wort von dieser Sache erfahren sollte, und sowohl Violet als auch Christian Geheimhaltung schwören lassen. Noel hatte keine Befürchtungen, dass einer von beiden sein Wort brechen könnte. Violet war mehr als loyal, und Christian war trotz seiner Eifersucht ehrenhaft bis ins Mark. Fen hatte man gesagt, dass Amariyah in Nimras Auftrag außerhalb des Staates zu tun hatte und bei ihrer Rückkehr voraussichtlich müde sein würde.

Als die Vampirin schließlich erwachte, war Noel bei ihr. Ihre Augen wirkten hohl, und unter ihrer stumpf und leblos gewordenen Haut traten die Knochen hervor. »Jeder andere, der so etwas versucht hätte«, sagte er, »säße jetzt auf der Straße. Aber da dein Vater nicht weiß, was du getan hast, darfst du bleiben.«

»Aber«, fügte er hinzu, »wenn du noch eine falsche Bewegung machst, werde ich persönlich für deinen endgültigen Tod sorgen.« Es war eine harte Äußerung, doch seine Loyalität galt Nimra. Darüber hinaus hatte das Raubtier, das er wie jeder Vampir in sich trug, eine perverse Dunkelheit in Amariyah erblickt. Diese dunkle Seite hatte Freude daran, anderen Schmerzen zuzufügen, wenn sie hilflos waren und sich nicht wehren konnten.

Was die Vampirin in seiner Stimme auch gehört haben mochte – oder vielleicht waren es auch die Nachwirkungen ihrer Bestrafung –, ließ Furcht in ihr aufsteigen. »Mein Vater ist der einzige Grund, weshalb ich noch hier bin«, flüsterte sie mit rauer

Stimme. »In der Sekunde, in der er mich verlässt, werde ich aus dem Haus dieses Monsters verschwunden sein.«

Vom Fenster ihres privaten Wohnzimmers aus beobachtete Nimra, wie Amariyah sich in der Dämmerung unsicher dem kleinen Landhaus näherte. Christian hatte dafür gesorgt, dass Fen nicht zu Hause war, damit Amariyah Zeit hatte, sich zurechtzumachen. »Fen ist sehr klug«, sagte sie zu dem Mann, der ohne anzuklopfen ihr Zimmer betreten hatte. »Ich weiß nicht, ob er die Geschichte mit der Geschäftsreise glaubt, wenn er erst einmal gesehen hat, wie eingefallen sie aussieht.« Blut und Schlaf würden Amariyah wieder auf die Beine bringen, doch das würde Stunden dauern.

»Christian hat mir gerade eine Nachricht geschickt, die besagt, dass er in der Stadt eine Verzögerung eingefädelt hat – sie werden dort übernachten.«

»Gut.« Sie stand mit dem Rücken zu ihm, wissend, dass er auf seine Fragen Antworten verdiente. Nicht, weil er ihr Wolf war, sondern weil er langsam mehr für sie wurde – etwas, das sie nie erwartet hätte.

Jetzt sagte er: »Ich habe dir etwas zu essen gebracht.«

Als Amariyah aus ihrem Blickfeld verschwand, drehte sie sich um und sah ihm in die Augen, die im dämmrigen Licht des ausklingenden Tages aufregend hell strahlten. »Glaubst du, du könntest mich einfach mürbe machen, damit ich die Dinge auf deine Weise angehe?«

»Natürlich.« Sein unerwartetes Lächeln ließ die Kälte schmelzen, die sich seit der Bestrafung in ihren Adern eingenistet hatte, und ihr Körper erinnerte sich wieder daran, dass sie nicht nur eine Kreatur mit einer entsetzlichen Macht war, sondern auch ein weibliches Wesen. »Immerhin bin ich ein Mann.«

Ihr war bewusst, dass sie seinem Charme erlag, doch sie konnte nicht widerstehen, und so folgte sie ihm in ihr privates Speisezimmer, wo er ein Tablett mit Obst, Sandwiches und Keksen angerichtet hatte. »Das ist keine Mahlzeit, die einem Engel angemessen wäre«, sagte sie, als er ihr einen Stuhl zurechtrückte.

»Ich sehe dein Lächeln, Lady Nimra.« Er drückte ihr einen Kuss in den Nacken. Eine so aufreizende Intimität hatte sie ihm nicht gestattet.

»Du bewegst dich auf gefährlichem Terrain, Noel.«

Mit festem, sicherem Griff ließ er seine Daumen über die Sehnen an ihrem Hals gleiten. »Ich war noch nie der Typ für den bequemsten Weg.« Sie spürte seine Lippen an ihrem Ohr und seinen Körper groß und fest an ihrem, während er die Hände sinken ließ und sie auf den Armlehnen ihres Stuhls abstützte. »Aber zuerst musst du essen.«

Als er sich neben sie setzte und ein saftiges Stück Pfirsich an ihre Lippen führte, hätte sie ihn daran erinnern sollen, dass sie kein Kind war. Ein Engel konnte lange Zeit ohne Nahrung auskommen, ohne gesundheitliche Folgen fürchten zu müssen. Doch die vergangenen Tage hatten schartige Wunden hinterlassen, und Noel berührte mit seiner rauen Zärtlichkeit einen Teil von ihr, der schon vor Eitriel jahrhundertelang nicht mehr ans Licht gekommen war.

Es war ihr unerklärlich, dass dieser Vampir, der selbst so tief verletzt worden war, eine so gravierende Wirkung auf sie haben sollte ... oder vielleicht auch nicht. Denn hinter den Schatten im Blau seiner Augen erkannte sie die vorsichtige Hoffnung eines verwilderten Wolfs.

Sie ließ zu, dass er sie mit dem Pfirsich fütterte, dann mit Birnenscheiben und Happen von einem Sandwich, gefolgt von einem köstlichen Schokokeks. Irgendwann hatte sie sich so gedreht und ihm zugewandt, dass ihre Knie zu beiden Seiten von seinen Beinen umfangen wurden und gegen seinen Stuhl drückten. Ihre Hände lagen auf seinen Oberschenkeln, die sich steinhart und wunderschön unter ihrer Berührung spannten.

Auch andere Teile von ihm waren hart.

Doch auch wenn sein Blick auf ihren Lippen verweilte und er mit dem Daumen Krümel fortwischte, die überhaupt nicht da waren, versuchte er nicht, sie ins Bett zu bekommen. Dieser Wolf war dabei, sich einen Platz in ihrem Leben zu sichern, wie es kein Mann zuvor zu versuchen gewagt hatte.

In dieser Nacht schlief Noel wieder nicht, sein Kopf war ausgefüllt von den Echos des Bösen und dem Gelächter derer, die ihn schlimmer als ein Tier erniedrigt hatten.

»Es ist vollbracht«, hatte Raphael gesagt, als alles vorüber gewesen war, und in seinem Gesicht hatte sich sein gnadenloses Urteil gespiegelt, seine Flügel hatten vor Macht geleuchtet. »Sie wurden hingerichtet.«

In jenem Augenblick hatte Noel mit grausamer Freude gesagt: »Gut.« Doch heute wusste er, dass Vergeltung allein nicht ausreiche. Seine Angreifer hatten Spuren an ihm hinterlassen, die vielleicht nie wieder verblassen würden.

»Noel.«

Beim Klang der vertrauten weiblichen Stimme hob er den Kopf und sah, dass Nimra auf den Flur hinausgetreten war, wo er in dem vergeblichen Versuch, dem Gelächter zu entkommen, auf und ab lief. »Ich habe dich geweckt«, sagte er. Es war weit nach Mitternacht.

»Für mich ist Schlaf ein Luxus, keine Notwendigkeit.« Ihre strahlenden, von schimmerndem Bernstein durchzogenen Topasaugen hoben sich lebhaft vor dem Cremeweiß ihres fließenden Kleides ab, das an den Schultern von Spangen zusammengehalten wurde. Sie sagte: »Ich möchte im Garten spazieren gehen.«

Noel begleitete sie. Schweigend gingen sie nebeneinander her, bis sie die schönen, gespenstischen Schatten der Wälder erreicht hatten, aus denen der Fluss entsprang. »Ein Unsterblicher hat viele Erinnerungen.« Ihre Stimme klang wie eine intime Zärtlichkeit in der Nacht, in ihren Worten lag der Schmerz uralten Wissens. »Selbst die schmerzlichsten unter ihnen verblassen mit der Zeit.«

»Manche Erinnerungen«, sagte er, »sind festgewachsen.« So wie das Glas in seinem Fleisch festgewachsen war, wie … andere Dinge in seinem Körper festgewachsen waren. Seine Hände ballten sich zu Fäusten.

Nimras Flügel streifte seinen Arm. »Aber möchtest du, dass diese Erinnerung wie ein Diamant strahlt und immer im Vordergrund bleibt?«

»Ich kann es nicht steuern«, gab er zu, sein Kiefer so fest angespannt, dass das Geräusch der aneinanderreibenden Knochen die flüsternden Geheimnisse der warmen Nacht über Louisiana auslöschte.

Unter dem silbrigen, zarten Licht des Mondes sah ihm ein Engel mitfühlend in die Augen. »Du wirst es lernen.« In ihrer Stimme lag absolute Zuversicht.

Er lachte schroff auf. »Wirklich? Warum bist du dir da so sicher?«

»Weil es das ist, was dich ausmacht, Noel.« Sie trat auf ihn zu und hob die Hand, um sie an seine Wange zu legen, hinter ihr wölbten sich ihre Flügel.

Er zuckte unter der Berührung zusammen, doch sie zog die Hand nicht zurück. »An dem, was man dir angetan hat, wären andere zugrunde gegangen. Du nicht.«

»Ich bin nicht mehr derselbe wie vorher.«

»Ich ebenfalls nicht.« Als sie die Hand sinken ließ, musste er feststellen, dass er die Nachtluft auf seiner Haut nicht mehr spüren wollte, nachdem er Nimras Sanftheit gefühlt hatte. »Das Leben verändert uns. Sich etwas anderes zu wünschen, wäre sinnlos.«

Die pragmatische Wahrheit in ihren Worten traf ihn mehr als alle sanften Versicherungen. »Nimra.«

Sie sah ihn aus ihren unmenschlichen Augen an. »Mein Wolf.«

So atemberaubend, dachte er. So gefährlich. »Es gibt noch andere Möglichkeiten, den Einfluss der Erinnerungen zu mindern.« Es war eine plötzliche, instinktive Entscheidung. Er hatte sich zu lange im Dunkeln versteckt, viel zu lange.

Nimra wusste, was Noel wollte, und sie wusste auch, dass er kein einfacher Liebhaber sein würde, wenn sie sich darauf einließ. Weder währenddessen noch danach. »Schon seit vielen Jahren«, murmelte sie, den Blick auf die rauen Kanten seiner Gesichtszüge gerichtet, »hatte ich keinen Liebhaber mehr.«

Noel schwieg.

»Also gut.«

»Wie romantisch.«

Es lag ein Hauch Schwärze in diesen Worten, doch Nimra nahm es nicht persönlich. Sie nannte ihn ihren Wolf, und als solcher konnte er ihr auch die Zähne zeigen. Vertrauen war ein kostbares Gut, eines, das Zeit brauchte, um zu wachsen. Geduld war etwas, das Nimra schon vor langer Zeit gelernt hatte. »Romantik«, sagte sie, indem sie sich umdrehte und sich auf den Rückweg zum Haupthaus machte, »ist eine Frage der Interpretation.«

Von dem Mann an ihrer Seite kam kein Wort, bis sie sich hinter den geschlossenen Türen ihrer Suite befanden. »In welcher Interpretation auch immer«, warnte er sie, und die starre Beherrschung in seiner Körperhaltung verriet ihr, dass er sich auf einem haarfeinen Grat bewegte, »es ist nicht das, was du heute Nacht von mir bekommen wirst.«

Sie legte die Fingerspitzen an sein Kinn und ließ zu, dass sich das Verlangen, das so schwer und betörend durch ihre Adern floss, auf ihrem Gesicht spiegelte. »Und es ist nicht das, was ich brauche.« Was sie Amariyah angetan hatte, war gerecht gewesen, doch wie immer hatte es Spuren auf ihr hinterlassen. Heute Nacht wollte sie sich wie eine Frau fühlen, nicht wie das unmenschliche Monster, als das Amariyah sie bezeichnet hatte.

Eine starke Hand packte ihr Handgelenk. »Einfach nur Sex?« Noels Zorn war scharf wie ein reißendes Messer, doch Nimra war aus härterem Holz geschnitzt. »Wenn ich das wollte, hätte ich schon längst Christian in mein Bett geholt.«

Eisblau verfärbte sich zu Mitternachtsschwarz. Er griff fester zu. Plötzlich schlug ihr das Herz bis zum Hals, und sie spürte ihren Puls überall auf ihrer Haut. »Du hast Hunger«, flüsterte sie; ihr Blut verzehrte sich nach dem unvergesslichen Kuss, den die Berührung dieses Vampirs versprach.

Sein Blick wanderte zu dem Pulsschlag an ihrem Hals, mit dem Daumen rieb er über das Pochen in ihrem Handgelenk. »Seit Monaten habe ich nicht mehr aus einer Arterie getrunken.« Ein schroffes Eingeständnis. »Ich würde dir die Kehle herausreißen.«

»Ich bin unsterblich«, erinnerte sie ihn, als er den Griff an ihrem Handgelenk löste, um die Hand an besagte Kehle zu legen. »Du kannst mir nichts anhaben.«

Sein Lachen klang wie zerbrochenes Glas. »Es gibt Arten, eine Frau zu verletzen, die mit so einfachen Dingen wie Schmerz nichts zu tun haben.«

Und dann wusste sie es. Mit einem Mal war ihr klar, was sie tun musste. Sie löste sich von ihm und ging in ihr Ankleidezimmer, um mit einem langen Seidenschal zurückzukehren. »Dann«, sagte sie, als sie ihm das pfauenblaue Band reichte, »werde ich dir vertrauen müssen.« Indem sie diese Worte aussprach, fand sie ihre Menschlichkeit – dieses Angebot kam von der Frau in ihr, nicht von dem Wesen mit der schrecklichen Gabe.

Noels Hand krampfte sich um den weichen Stoff. Es war ein Symbol, nichts weiter. Nimras Macht war groß genug, um ihm mühelos entkommen zu können, wenn sie wollte. Doch dass sie es ihm gegeben hatte, bedeutete, dass sie die zerbrochenen Teile in ihm gesehen hatte, die er vor allen hatte verbergen wollen … und dennoch sah sie ihn mit der sehnsüchtigen Bewunderung einer Frau an. »Keine Fesseln«, er ließ den blauen Schal in einem anmutigen Schwung zu Boden gleiten. »Keine Fesseln, niemals.«

»Wie du wünschst, Noel.« Sie sah ihm verheißungsvoll in die Augen, legte die Hände auf die Spangen an ihren Schultern und ließ sie aufschnappen. Schimmernd fiel das Gewand an ihrem Körper hinab und landete zu ihren Füßen. Alle Luft entwich aus seiner Lunge.

Obwohl sie zierlich gebaut war, hatte ihr Körper üppige Kurven und war die pure weibliche Verlockung. Das gleichmäßige Braun ihrer Haut wurde nur am Scheitelpunkt ihrer Schenkel von einem Dreieck aus Spitze unterbrochen. Die Brüste an ihrem schmalen Brustkorb waren voll und schwer, ihre Brustwarzen dunkel und in diesem Moment zu festen Knospen zusammengezogen. Mit erwartungsvoll ausgebreiteten Flügeln wartete sie.

Er hatte die Wahl.

Wie du wünschst, Noel.

Eine so einfache Aussage. Ein so großes Geschenk.

Er streckte die Hand aus, umfing das erotische Gewicht ihrer Brust und genoss die Befriedigung, zu spüren, wie ein Zittern über ihre Haut jagte. Es erweckte den Teil von ihm zum Leben, der in einen gefühllosen Schlaf verfallen war, nachdem seine Schänder nichts als ein zerschlagenes, gebrochenes Stück

Fleisch von ihm übrig gelassen hatten. In dieser Nacht kam der Abenteurer in ihm an die Oberfläche, der Berge erklomm und Frauen vor Lust aufseufzen ließ.

Instinktiv schob er eine Hand in ihr Haar und presste seinen Mund auf ihren, um Einlass zu fordern. Dunkel, heiß und süß öffnete sie sich ihm, ihre Macht züngelte so köstlich weiblich an seinen Sinnen, wie sich ihr Körper unter seiner Berührung anfühlte. Er zog sie enger an sich, löste die Hand von ihrer Brust und ließ sie zu ihrem Kinn hinaufwandern, um es festzuhalten, während er jeden Zentimeter ihres Mundes erkundete. So lange schon hatte er davon geträumt, von diesem Mund zu kosten – länger, als es ihm bewusst gewesen war.

Er wollte sich Zeit lassen, wollte sich jede Rundung und jeden Lustpunkt ihres Körpers merken, aber ihr Puls prasselte so verführerisch auf seine Sinne ein und forderte ihn auf, sich zu nehmen, was er sich seit Monaten verwehrt hatte. Er legte die Hand an ihren Hals und rieb mit dem Daumen über das einladende Pochen. Ihre Hände schlossen sich fest um seine Taille, doch sie erhob keine Einwände, als er sich auf einem Pfad aus Küssen zu der Stelle bewegte, die den Vampirismus in ihm wie der Gesang einer Sirene anzog – und dieser Teil gehörte ebenso zu ihm wie sein Verlangen nach ihr.

Ihre Lippen an seinem Ohr. »Trink von mir, Noel. Es ist ein Geschenk aus freiem Willen.«

Er hatte nie wahllos getrunken. Wenn er keine Geliebte hatte, wandte er sich an Freunde. Das Trinken war nicht zwangsläufig ein sexueller Akt. Seit dem Angriff hatte er solche Nähe zu einem anderen Wesen nicht mehr ertragen. Selbst jetzt, mit dieser Frau, die in ihm Hunger und Verlangen jeder Art weckte, und obwohl seine Erektion sich als harter Grat gegen seine Hose drängte, sagte er: »Ich kann dir dabei keine Lust bereiten.« Nicht, weil er die Fähigkeit dazu verloren hätte, sondern weil die von seinem Kuss ausgelöste sexuelle Ekstase eine Verbindung hervorbringen konnte, für die er noch nicht bereit war ... Eine Verwundbarkeit, die dadurch entstand, dass er einem anderen Wesen Zugang zu sich gewährte.

Statt einer Antwort bog sie ihm ihren Hals entgegen.

Er schlang die Arme um sie, und sein Blut hämmerte im gleichen Takt wie ihres. Seine Finger strichen über ihre Flügel, als er zärtlich an der Stelle saugte, bevor er die zarte Haut mit seinen Reißzähnen durchstach. Ihr Blut war ein erotischer Ansturm auf seine Sinne, die Wucht ihrer Macht brachte ihn ins Schwanken. Der Hunger in ihm, diese Dunkelheit, die sich während der Ereignisse in der Zufluchtsstätte in reißenden Zorn verwandelt hatte, stieg an die Oberfläche und kostete Nimras Geschmack. Sie sättigte seine Sinne und überschwemmte ihn mit Emotionen – und seinen eigenen Worten zum Trotz war er Manns genug zu wollen, dass sie dasselbe empfand.

Aus bloßem Instinkt heraus pumpte er Lust in ihren Körper, während er das Blut daraus trank und spürte, wie sich ihr Körper aufbäumte und erbebte – er hatte nichts zurückgehalten, hatte nicht bei einfacher Erregung aufgehört. Als sie in seinen Armen zum Höhepunkt kam, verlieh die Lust ihrem Blut ein erdiges Aroma. Wie betäubt von diesem wilden Verlangen bemerkte er, dass er seinen Schenkel zwischen ihre gestoßen hatte und seine Hände auf ihrem Rücken lagen, wobei er mit den Fingern die Innenkanten ihrer Flügel berührte und ihren Busen gegen seine Brust presste.

Doch als er seine Völlerei unterbrach, um die kleinen Wunden mit seiner Zunge zu verschließen, stellte er fest, dass es ihn nicht erschreckte, sie so nah bei sich zu spüren – und nicht nur auf der körperlichen Ebene. Vielleicht lag es daran, dass sie ihm die Kontrolle überlassen hatte, die er brauchte ... oder vielleicht lag es einfach nur daran, dass sie Nimra war.

Kraftlos lag Nimra in Noels Armen und spürte, wie er mit der Zunge über die Haut an ihrem Hals fuhr, um die Male zu schließen, die seine Reißzähne verursacht hatten. Sie sagte ihm nicht, dass er sich darum nicht zu kümmern brauchte – die Einstichstellen würden binnen Minuten von selbst verheilen –, denn sie genoss das unerwartete Gefühl, dass er sie umsorgen wollte. Dieser Mann hatte ihren Körper vor Wonne erbeben lassen, wie sie es nie zuvor erlebt hatte, während sein eigenes Fleisch straff und ungesättigt gegen ihren Bauch drängte.

Ehe er den Kopf hob, rieb er seine Nase an ihrem Hals. Mit einer solchen Zärtlichkeit hatte sie nicht gerechnet, offenbarte sie doch den Mann, der sich hinter den Schatten seines Albtraums verbarg. Während sie dieses Gefühl genussvoll auskostete, strich er mit einer Hand an ihrem Rückgrat hinunter und berührte dabei ganz leicht die empfindlichen Ränder, an denen die Flügel aus ihrem Rücken wuchsen. »Fühlt sich das gut an?«, raunte er. Etwas an ihm hatte sich verändert, und dieses Etwas ließ eine Spannung in ihr entstehen und brachte sie dazu, die Beine fest um seinen Oberschenkel zu schließen, der sich so grob dazwischengeschoben hatte.

»Ja.« Eine solche Intimität gestatteten Engel nur äußerst vertrauten Liebhabern. »Hast du keine Angst?«, fragte sie, als sich ölig und finster die Echos ihrer eigenen Vergangenheit durch die Nachbeben der Lust schlängelten. »Du hast gesehen, was ich Amariyah angetan habe.«

Noel setzte seine köstlich zarte Liebkosung fort. »Was du getan hast, hast du überlegt und bewusst getan. Du bist keine unberechenbare Frau.«

Sie hatte ihm ihr Blut und ihren Körper hingegeben, doch diese Worte waren genauso kostbar. »Ich bin froh, dass du mich so siehst.« Es war seltsam, unbekleidet in den Armen eines Mannes zu sitzen, der selbst noch seine Rüstung aus Baumwolle und Jeans trug. Und dennoch empfand sie – wenn auch keine Zufriedenheit – doch ein merkwürdiges Gefühl von Ruhe.

Dann stellte Noel eine Frage, und seine Worte versprachen, diese Ruhe zu zerstören. »Wirst du mir erzählen, was es mit deiner Macht auf sich hat?«

8

»Was wäre, wenn ich dir sagen würde, dass ich dieses Geheimnis für mich behalten muss?«

In seinem Gesichtsausdruck veränderte sich nichts. »Ich habe Geduld.«

Sie lachte über seinen Hochmut, als in ihr etwas sehr Altes zur Ruhe kam. Sie wollte sein Gesicht berühren, ließ die Hand jedoch auf halbem Wege sinken. »Ich könnte es dir zeigen, Noel – aber lieber nicht.« Diesem Mann hatten die Monster, deren Verbrechen die Zufluchtsstätte entweiht hatten, jede Entscheidungsmöglichkeit genommen, und diese Demonstration wäre ein weiterer Übergriff auf ihn. Auch wenn er dabei keine Schmerzen spüren würde, sondern nur die gleiche, alles zerschmelzende Lust, die er ihr bereitet hatte. »Ich gebe zurück«, flüsterte sie. »Ich gebe das zurück, was man anderen zugefügt hat.«

»Freude für Freude«, sagte Noel, der sofort begriff. »Schmerz für Schmerz.«

Ein ernstes Nicken. »Nicht die Tat selbst, sondern die *Absicht* dahinter entscheidet, was jemand empfindet, wenn ich meine Kraft einsetze.«

Bei diesen Worten zog er sie schützend an sich. Ja, sie war ein mächtiger Engel, aber was es auch war, das ihre Gabe ihr abverlangte, es quälte sie. »Deshalb lässt Nazarach dich in Ruhe.« Der Engel war für seine Bösartigkeit bekannt.

Als Nimra sprach, klang ihre Stimme hart. »Wir hatten eine Begegnung, als ich dieses Territorium übernommen habe. Er glaubte, mich unter seine Kontrolle bringen zu können. Seitdem hat er meine Ländereien nie wieder betreten.«

Noel spürte, wie sich seine Lippen zu einem ungezähmten Lächeln verzogen. »Gut.«

Noch am nächsten Tag wirkte Nimras Geschmack in Noels Körper nach. In ihrem Blut lag so viel Kraft, dass er eine Woche lang kein Verlangen mehr nach Blut verspüren würde. Aber es gab unterschiedliche Arten von Verlangen, dachte er, als er gerade den Ordner durchzusehen begann, den Nimra ihm an diesem Morgen hatte bringen lassen. Es war eine Liste von Personen, die Zugang zu Mitternacht hatten und ihr möglicherweise schaden wollten.

Nach allem jedoch, was Noel über die Personen auf der Liste wusste – und was er von Dmitri erfuhr, als er den Anführer von Raphaels Sieben anrief –, hätte keiner von ihnen irgendetwas dem Zufall überlassen, insbesondere wenn man berücksichtigte, wie schwer Mitternacht zu beschaffen war. Die Tatsache, dass Nimras Katze gestorben und die Sache damit aufgeflogen war, sprach für einen Amateur. Und natürlich gab es da noch die alte Redensart, Gift sei die Waffe der Frauen.

Amariyah hatte ihn mit ihrer Verwirrung überzeugt, und Asirani schien trotz ihrer unerwiderten Gefühle für Christian loyal zu sein. Dennoch hatte Noel nicht vor, sie ohne weitere Ermittlungen von der Liste zu streichen. Da er wusste, dass die Vampirin gewöhnlich schon früh morgens in ihrem kleinen Büro im unteren Stockwerk erschien, beschloss er, dort nach ihr zu sehen. Im Flur vor ihrem Büro hörte er ein leises, wütendes Flüstern. Instinktiv schritt er vorsichtiger und langsamer weiter.

»... nur zuhören.« Weich, weiblich. Asirani.

»Es wird nichts daran ändern.« Christians steife Stimme. »Ich will dir nicht wehtun, aber ich erwidere deine Gefühle nicht.«

»Sie wird dich niemals so ansehen, wie du es dir wünschst.« Das klang nicht bitter, eher ... traurig.

»Das geht dich nichts an.«

»Natürlich tut es das. Sie ist zwar unsere Herrin, aber sie ist auch meine Freundin.« Ein Ausatmen, das Frustration vermittelte. »Sie spielt mit Noel, aber nur, weil er ein Vampir ist. Es gibt keine Aussicht auf eine ernsthafte Beziehung.«

»Ich werde da sein, wenn sie für eine solche Beziehung bereit ist.«

Noel ging einige Schritte weiter, bis er die beiden in einem antiken Spiegel auf der anderen Seite des Flurs sehen konnte. Asirani, die mit ihrem smaragdgrünen Etuikleid und den im Nacken hochgesteckten Haaren sofort ins Auge stach, schüttelte mit ernster Miene den Kopf, während Christian, ganz in Schwarz gekleidet, seine Interpretation einer römischen Statue abgab. Schließlich drehte sich die Vampirin um, als wollte sie das Büro betreten, woraufhin Noel seine Schritte wieder in eine andere Richtung lenkte und das Paar hinter sich ließ.

Asiranis Ansicht über seine Beziehung zu Nimra war kaum überraschend. Viele Engel ließen sich mit vampirischen Liebhabern ein, doch langfristige Beziehungen entstanden daraus nur selten. Einer der schlagkräftigsten Gründe dafür war die Tatsache, dass Vampire und Engel keine Kinder miteinander bekommen konnten. Doch ungeachtet dessen, was Asirani denken mochte, spielte Nimra sicher keine Spielchen mit ihm. Im Moment gehörte sie Noel. Was die Zukunft anbelangte, lag seine erste Priorität darin, für ihre Sicherheit zu sorgen.

Dieser Gedanke brachte ihn wieder zu Asirani.

Als sie von Nimra sprach, hatten unverhohlene Fürsorge und deutliche Anteilnahme aus ihrer Stimme geklungen. Auch Enttäuschung und eine Spur von Wut waren herauszuhören – beides gegen Christian gerichtet –, jedoch keine Feindseligkeit, die sie hätte empfinden müssen, wenn sie Nimra den Tod gewünscht hätte. Im Moment stand Noel noch ohne einen echten Verdächtigen da.

Christian war vielleicht manchmal ein Mistkerl, doch wenn es um Nimras Interessen ging, schluckte er seine Feindseligkeit meist hinunter und arbeitete mit Noel zusammen. Exeter hatte Jahrhunderte an ihrer Seite verbracht, Fen viele Jahrzehnte. Er konnte sich nicht vorstellen, dass einer dieser Männer einen so tiefen Hass gegen Nimra entwickelt haben könnte, ohne dass ihr eine Veränderung aufgefallen wäre. Was die beiden älteren Diener anging, so hatte sich zudem herausgestellt, dass sie Nimra still ergeben waren.

Stirnrunzelnd trat er hinaus in den anbrechenden Tag, um Nimra zu suchen – denn es gab eine Sache, die sie noch nicht bedacht hatten, und genau darin konnte die Antwort liegen. Er rechnete fast damit, sie an Mimosas Grab zu finden, doch auf halbem Weg zu dem verwilderten Teil des Gartens, in dem Nimras Haustier begraben lag, ließ ihn irgendetwas aufsehen … und was er erblickte, nahm ihm den Atem.

Vor dem schiefergrauen, vom Gold, Orange und Rosa des Sonnenaufgangs überzogenen Himmel sah Nimra überwältigend aus. Feuriges Licht ließ ihre Flügel von hinten erstrahlen, und ihr Körper offenbarte seine geschmeidige Perfektion in einem mehrschichtigen, bronzefarbenen Gewand, das sich im Wind zart an ihre Haut schmiegte. An den glatten Stamm einer jungen Magnolie gelehnt, betrachtete Noel den Engel und genoss seine Schönheit. Ihr Anblick, wie sie die Flügel zu ihrer vollen Spannweite ausbreitete und der Wind ihr das Haar aus dem Gesicht peitschte, während sie auf den Luftströmen dahinglitt, erinnerte ihn an die Zufluchtsstätte, an jene ferne Stadt, die so lange sein Zuhause gewesen war.

In diese Engelsfestung war er versetzt worden, als er nach

dem Ablauf seines hundertjährigen Vertrags beschlossen hatte, in Raphaels Diensten zu bleiben. Als Teil der Wache hatte er dort mitgeholfen, die Besitztümer des Erzengels zu verwalten und die verwundbaren Engel zu beschützen, wegen denen es diese verborgene Stadt in den Bergen überhaupt gab. Schon bald jedoch war er in eine mobile Truppe eingezogen worden, die Aufgaben auf der ganzen Welt erledigte.

Für einen Burschen, der aus der ungezähmten Weite der Moore stammte, war New York, wo Raphaels Turm stand, ein einziges Wunder. Die himmelhohen Gebäude und die vor Menschen nur so wimmelnden Straßen hatten ihn sofort überwältigt und berauscht. Kinshasa hatte den Abenteurer in ihm angesprochen, jenen Teil seiner Persönlichkeit, der ihn überhaupt erst dazu gebracht hatte, das Wagnis auf sich zu nehmen, ein Vampir zu werden. Paris, Beirut, Liechtenstein, Belize – all diese Orte hatten ihn auf unterschiedliche Weise angesprochen, aber keiner von ihnen hatte eine so weiche, sinnliche Melodie in seinem Herzen gespielt, wie sie Nimras Gebiet in ihm hervorlockte.

Mit atemloser Leichtigkeit durchschnitten die zarten Bewegungen juwelenbestäubter Flügel die Luft vor dem wie gemalt aussehenden Himmel. Noels Herz zog sich zusammen, und er fragte sich, ob sie wusste, dass er ihr zusah, während sie über ihn hinwegflog. Einen Sekundenbruchteil später erblickte er ein weiteres Flügelpaar, und seine Laune verfinsterte sich.

Christian tauchte unter Nimra hindurch und umkreiste sie, als wollte er sie zum Tanz auffordern. Seine Spannweite war größer als ihre, sein Flugstil weniger anmutig, dafür aggressiver. Nimra ging nicht auf seine Aufforderung ein, doch sie setzte auch nicht zur Landung an. Stattdessen flogen die beiden Engel vor Noels Augen über den gleichen, weiten Himmel, gelegentlich kreuzten sich ihre Wege, und manchmal schienen sie ihre Wendungen und Sturzflüge so abzupassen, dass sie einander nur um Haaresbreite verfehlten.

Wut strömte durch seine Adern.

Keine kalte, harte Wut, wie sie es so lange Zeit gewesen war, sondern eine heiße Flamme aus roher, männlicher Eifersucht. Er besaß keine Flügel und würde Nimra nie auf dieses Spielfeld folgen können. Mit zusammengebissenen Zähnen verschränkte er die Arme und sah den beiden weiter zu. Vielleicht konnte er ihr nicht folgen, aber wenn Christian glaubte, dass ihm das einen Vorteil bescherte, dann kannte er Noel nicht.

So tiefgreifend aufgewühlt war Nimra seit Jahrzehnten nicht mehr gewesen – seit sie von Eitriels Betrug erfahren hatte. Deshalb war sie aufgebrochen, um am Himmel Trost zu suchen. In den endlosen Weiten des Sonnenaufgangs hatte sie jedoch keine Antworten finden können, und nun entdeckte sie, dass sie von ebenjenem Mann beobachtet wurde, der für ihre Unruhe verantwortlich war. Es war wie ein Zwang, für ihn zu fliegen, ihm ihre Macht und ihre Stärke zu zeigen.

In der heißen Intimität der vergangenen Nacht hatte Noel nur ihr Blut genommen, nicht ihren Körper, und dennoch hatte er sie viel zu tief berührt. Sie hatte eine Ruhepause einlegen wollen, um ein wenig Frieden zu finden. Aber irgendwie hatte er mit der Kraft eines Wolfes ein Band direkt um ihr Herz geschlungen. Nimra war nicht sicher, ob ihr diese Verwundbarkeit willkommen war. Es hatte nichts mit den Narben zu tun, die Eitriel hinterlassen hatte, sondern nur damit, wie stark sie sich zu diesem Vampir hingezogen fühlte, der ihr immer näher kam, als sie zur Landung ansetzte.

»Guten Morgen, Noel«, sagte sie, als ihre Füße schließlich den Boden berührten und sie die Flügel auf dem Rücken zusammenlegte.

Statt einer Antwort überwand er mit großen Schritten den Abstand zwischen ihnen, und dann küsste er sie. Heiß und wild und alles verzehrend brannten seine Lippen auf ihren, rau rieb sein Kiefer sich an ihrer Haut. »Du gehörst mir«, sagte er, als er sie endlich wieder zu Atem kommen ließ, und fuhr mit den Daumen über ihre Wangenknochen. »Ich teile nicht.« Diese Besitzerklärung kam aus den Tiefen des Mannes, der er in Wirklichkeit war, die dünne Schicht der Zivilisation war von ihm abgefallen.

Seine urwüchsige Intensität steckte ihre Sinne in Brand, doch sie hüllte ihre Stimme in Eis. »Glaubst du, ich würde dich betrügen?«

»Nein, Nimra. Aber wenn dieser Lackaffe nicht aufhört, mit dir zu flirten, wird es Blutvergießen geben.«

Sie schob seine Hände von sich und trat einige Schritte zurück. »Als Herrscherin über dieses Territorium muss ich mich mit vielen Männern befassen.« Wenn Noel glaubte, er habe das Recht, ihr Grenzen zu setzen, war er nicht der Mann, für den sie ihn gehalten hatte.

»Die meisten dieser Männer wollen nicht mit dir schlafen«, führte er unverblümt als Gegenargument an. »Ich behalte mir das Recht vor, meine Faust im Gesicht derer zu platzieren, die es doch wollen.«

Ihre Mundwinkel drohten sich zu heben. Roh, offen und echt – einen solchen Besitzanspruch konnte sie akzeptieren. Damit griff er nicht nach der Macht, sondern markierte sein Revier. Und Nimra war alt genug, um von einem Vampir in Noels Alter kein moderneres Verhalten zu erwarten. »Kein Blutvergießen«, sagte sie und beugte sich vor, um seine Wange zu fassen und seinen Mund mit einem zarten Kuss zu erobern. »Christian ist ein nützliches Mitglied an meinem Hof.«

Zwanzig Minuten später lehnte Noel mit dem Rücken an der Wand neben Nimras Schreibtisch und sah zu, wie sie zu dem Schrank hinüberging, in dem sie das Mitternachtsgift aufbewahrte. Ihre Flügel waren eine exotische Versuchung, die Hand auszustrecken und sie zu berühren, und er widerstand diesem Impuls nur, weil keinem von ihnen im Moment nach Liebesspielen zumute war.

Selbst in ihrer feingliedrigen Hand wirkte die Phiole mit Mitternacht klein und zerbrechlich, als Nimra sich kurz darauf zu ihm umdrehte. Sie trat ans Fenster und hielt das Fläschchen gegen das Licht. Langsam legte sich ein dunkler Schatten über ihr Gesicht. »Ja«, sagte sie. »Du hast recht. Es ist nicht so viel Mitternacht darin, wie es sein sollte.«

Er hätte gerne nicht recht gehabt. »Bist du sicher?«

Ein Nicken, bei dem fließendes Sonnenlicht auf ihren blauschwarzen Locken reflektierte. »Die Phiole ist von goldenen Ringen umgeben.« Sie strich mit dem Finger über diese Linien und zeichnete sie nach. »Es ist nur hübsches Zierwerk, aber ich entsinne mich, wie ich die Flasche zum ersten Mal ansah, als ich sie bekam, und mich fragte, was jemand wohl für eine solch winzige Menge Mitternacht tun würde – damals reichte es bis über die dritte goldene Linie.«

Noel ging neben dem Fenster in die Hocke, als sie die Phiole auf der Fensterbank abstützte, um sie gerade zu halten. Es dauerte nur einige Augenblicke, bis die zähe Flüssigkeit zur Ruhe kam. Als es so weit war, zeichnete sich ab, dass der Pegel jetzt *zwischen* der zweiten und der dritten Linie lag. Er stieß die Luft aus.

»Ich wünschte, du hättest dich geirrt, Noel.« Sie überließ ihm das Fläschchen Mitternacht und ging quer durch den Raum, wobei ihre Flügel über das von bernsteinfarbenen Wirbeln durchsetzte Blau des Teppichs schleiften. »Dass der Attentäter in meine Gemächer gekommen ist und es genommen hat, bedeutet zweierlei.«

»Erstens«, sagte Noel, der die Phiole in den Tresor legte und ihn wieder verschloss, »wusste der- oder diejenige, dass es hier ist.«

»Genau. Und diejenigen, die das wissen, kann ich an einer Hand abzählen.« In jedem ihrer Worte lag eine verzweifelte Traurigkeit. »Und zweitens heißt es, dass kein anderer mächtiger Engel daran beteiligt war. Dieser Hass stammt nur von einem Täter aus meinen Reihen.«

Noel versuchte nicht, sie zu trösten, denn er wusste, dass es keinen Trost gab – nicht bevor die Wahrheit ans Licht gekommen und die Motive des Attentäters bekannt sein würden. »Wir brauchen hier jemanden von der Spurensicherung, um herauszufinden, ob es an der Phiole oder dem Tresor Fingerabdrücke gibt, die dort nicht hingehören.«

Nimra sah ihn an, als spräche er eine ihr unbekannte Sprache. »Die Spurensicherung?«

»Wir leben tatsächlich im einundzwanzigsten Jahrhundert«, neckte er sie sanft, doch die Brust wurde ihm eng bei dem Gedanken an den Schmerz, den sie bald würde verbergen müssen, wenn sie einmal mehr der Engel sein musste, der unbarmherzig und unmenschlich über sein Territorium herrschte. »So etwas gibt es.«

Ihre Augen verengten sich. »Du machst dich auf eigene Gefahr über mich lustig.« Doch sie sträubte sich nicht, als er sie in seine Arme zog.

Er ließ die Hände über ihren Rücken und die schwere Wärme ihrer Flügel gleiten. »Ich kenne da jemanden, dem wir vertrauen können.«

»Es ist mir nicht angenehm, so jemanden in meinem Hause zu haben.« Als sie den Kopf hob, lag stählerne Entschlossenheit in ihrem Blick. »Aber es muss sein, und zwar bald. Christian fängt an, Fragen über deine Anwesenheit zu stellen, die sich nicht mehr mit Eifersucht erklären lassen, und Asirani beobachtet dich zu genau.«

Mistkerl oder nicht, Christians Intelligenz hatte Noel nie infrage gestellt. Das einzig Überraschende daran war, dass der männliche Engel so lange gebraucht hatte, um hellhörig zu werden. Zweifelsfrei hatten seine Gefühle für Nimra sein Urteilsvermögen getrübt. Was Nimras Privatsekretärin anging … »Asirani beobachtet mich, um sicherzugehen, dass ich dir nicht wehtue.«

Nimra stieß sich von seiner Brust ab, und ihre Stimme klang weit entfernt, als sie sagte: »Und du hast keine Angst, *ich* könnte dir wehtun?«

Doch. Unwiderstehlich und gefährlich, hatte sie ihn aus dem gefühllosen Zustand erweckt, in dem er sich seit seiner Folterung befunden hatte. Seine Gefühle waren roh, neu und äußerst verletzlich. »Ich bin dein Schutzschild«, sagte er, anstatt die Tiefe seiner Schwäche für sie einzugestehen. »Wenn das bedeutet, dass ich einen Schlag einstecken muss, um dich zu beschützen, werde ich es ohne jedes Zögern tun.« Denn Nimra hatte etwas, das Engel in ihrem Alter und mit ihrem Ausmaß an Macht nur selten hatten: Stärke, ein fühlendes Herz und ein intaktes Gewissen.

Sie umfing sein Gesicht mit den Händen, und ihr Blick war so intensiv, dass er einer Liebkosung gleichkam. »Ich verrate dir eine geheime Wahrheit, Noel. In all den Jahrhunderten meiner Existenz hat sich noch nie ein Liebhaber für mich eingesetzt.«

Es war wie ein Schlag, der ihn mitten ins Herz traf. »Was ist mit Eitriel?«

Sie ließ die Hände sinken und wandte sich zum Fenster. »Er ist ein Niemand.« Ihre Worte klangen endgültig, der leise Befehl eines Engels, der Gehorsam gewohnt ist.

Noel hatte nicht die Absicht, sie die Grenzen ihrer Beziehung diktieren zu lassen. »Dieser Niemand«, sagte er und schob die Hände in ihr volles, seidiges Haar, damit sie ihn ansehen musste, »steht zwischen uns.«

Nimra tat, als wollte sie sich ihm entziehen. Er hielt sie fest. Mit vor Ärger düsterer Miene sagte sie: »Du weißt, dass ich mich losmachen könnte.«

»Und doch stehen wir hier.«

9

Er war unmöglich, dachte Nimra. Ein solcher Mann würde niemals einen kontrollierbaren Partner abgeben – nein, er würde fordern und drängen und sich Freiheiten nehmen, die ihm nicht zustanden. Er würde sie höchstwahrscheinlich nicht mit der Ehrfurcht behandeln, die ihr aufgrund ihres Standes und ihres Alters zustanden.

Zur Überraschung jenes Teils von ihr, in dem ihre jahrhundertealte Arroganz wohnte, fand sie diese Vorstellung eher verlockend als abstoßend. Der Wille dieses Vampirs war in einer Feuerprobe gestählt worden, in der andere Männer unrettbar zerstört worden wären. Sich der Herausforderung zu stellen, sich mit ihm zu messen, um den ältesten aller Tänze mit ihm zu tanzen ... *oh ja*.

»Eitriel«, sagte sie, »war das, was man bei den Menschen als meinen Ehemann bezeichnet hätte.« Engel heirateten nicht, wie es Sterbliche taten, sie banden sich nicht auf diese Art aneinander. »Wir kannten uns fast dreihundertfünfzig Jahre lang.«

Eine Gewitterfront zog über Noels Miene. »Dann ist er wohl kaum ein ›Niemand‹.«

»Als wir uns kennenlernten, war ich gerade zweihundert ...«

»Ein Baby«, unterbrach Noel sie, seine Hände ballten sich in ihren Locken zu Fäusten. »Engel dürfen nicht einmal die Zufluchtsstätte verlassen, bevor sie hundert Jahre alt sind.«

Sie hob eine Braue. »Lass mein Haar los, Noel.«

Sofort löste er die Hände aus ihren Haaren. »Entschuldige.«

Sanft strichen seine Finger über ihre Kopfhaut. »Wie verdammt unzivilisiert von mir.«

Es überraschte sie, dass er sie zum Lächeln bringen wollte, während sie kurz davor war, ihm die schrecklichste Zeit ihres Lebens zu offenbaren. »Wir wissen beide, dass du nie wie Christian sein wirst.«

Seine Augen glühten. »Wer bewegt sich jetzt auf gefährlichem Terrain?«

Ihre Mundwinkel hoben sich, als sie sagte: »Kein Baby mehr, nein, aber eine sehr junge Frau.« Wegen ihrer langen Lebensspannen wurden Engel langsamer erwachsen als Sterbliche. Mit zweihundert Jahren jedoch hatte sie nicht nur die Figur und das Gesicht einer Frau gehabt, sondern auch begonnen, ihre Flügel auszubreiten und ein Gefühl dafür zu entwickeln, wer sie eines Tages sein würde.

»Zu Anfang war Eitriel mein Mentor. Ich habe bei ihm gelernt, er brachte mir bei, was es bedeutet, ein Engel zu sein, der eines Tages herrschen wird – obwohl mir das zu jenem Zeitpunkt noch nicht bewusst war.« Erst später hatte sie begriffen, dass Raphael ihre aufkeimende Stärke erkannt und die entsprechenden Schritte eingeleitet hatte, damit sie die richtige Ausbildung erhielt.

Fest und grob legte sich Noels Hand um ihren Nacken. »Du hast dich in deinen Lehrer verliebt.«

Die Erinnerungen drohten in einer vernichtenden Welle über sie hereinzubrechen, doch es war nicht die Erinnerung an ihren früheren Geliebten, die ihre Brust mit einem solchen Schmerz erfüllte, wie ihn keine Frau, ob sterblich oder unsterblich, jemals erfahren sollte. »Ja, aber erst später, als eine solche Beziehung legitim war. Ich war vierhundertneunzig Jahre alt. Eine Zeit lang waren wir glücklich.« Aber ihre Beziehung blieb stets die zwischen einem Lehrer und seiner Schülerin. »Nach dreißig Jahren

Beziehung begann meine Macht exponentiell zu wachsen, und mir wurde das Gebiet um Louisiana zugewiesen. Es dauerte zehn weitere Jahre, bis sich meine Stärke gefestigt hatte, doch als es so weit war, hatte ich Eitriel bei Weitem überholt. Er war ... unzufrieden.«

Noel, der nicht aufhörte, ihren Nacken zu streicheln, schnaubte. »Einer meiner sterblichen Freunde ist Psychologe. Er würde sagen, dieser Eitriel hatte einen Minderwertigkeitskomplex. Ich würde meine Reißzähne darauf verwetten, dass er einen winzigen Schwanz hatte.«

Über diese dreiste Bemerkung musste sie lachen, doch es verging ihr schnell wieder. »Seine Unzufriedenheit vergiftete unsere Beziehung«, sagte sie und dachte an sein endloses Schweigen zurück, das ihr damals das Herz gebrochen hatte. Später allerdings hatte sie es als die bockige Trotzreaktion eines Mannes erkannt, der nicht mit einer Frau umzugehen wusste, die nicht mehr jede seiner Handlungen mit verehrender Bewunderung betrachtete. »Es war keine Überraschung für mich, als er mir sagte, er habe eine andere gefunden.« Schwächer und jünger. »Er sagte, ich wäre zu einer ›Kreatur‹ geworden, deren Berührung er nicht länger ertragen könne.«

Noels Miene verfinsterte sich. »Dreckskerl.«

»Ja, das war er.« Sie hatte es schon vor langer Zeit akzeptiert. »Wir haben uns getrennt, und ich wäre wohl darüber hinweggekommen, nachdem der Schmerz vergangen war. Aber«, ihr wurde innerlich kalt, »das Schicksal beschloss, mir ins Gesicht zu lachen. Drei Tage nachdem er gegangen war, stellte ich fest, dass ich schwanger war.«

In Noels Blick sah sie das Wissen um den Wert dieses unvergleichlichen Geschenks. Geburten waren bei Engeln selten – sehr, sehr selten. Jedes einzelne Kind wurde geschätzt und behütet – selbst von jenen, die normalerweise verfeindet waren. »Eine solche Freude wollte ich Eitriel nicht vorenthalten, aber ich brauchte Zeit, um mit mir ins Reine zu kommen, bevor ich es ihm sagen konnte. Doch so weit ist es nie gekommen«, flüsterte sie, die Hand flach auf ihren Bauch gelegt. »Mein Baby war sehr schwach. Im ersten Monat, nachdem mir klar wurde, dass ich ein Leben in mir trug, war Keir oft bei mir.« Er war der meistverehrte Heiler unter den Engeln. »Doch an jenem Abend war er fortgerufen worden, und ich bekam Blutungen. Nur ganz leicht ... aber ich wusste, was es bedeutete.«

Noel murmelte tief und unwirsch etwas vor sich hin, wandte sich dann ab und fuhr sich mit den Händen durch die Haare, bevor er sich mit einer seiner abrupten Bewegungen wieder umdrehte und sie in seine Arme zog. »Sag mir, dass du nicht allein warst. *Sag es mir.*«

»Fen«, sagte sie. Der Gedanke daran, dass ihr alter Freund so furchtbar gebrechlich geworden war und sein Lebenslicht in der leichtesten Brise flackerte, machte ihr das Herz schwer. »Fen war bei mir. Er hat mich in der schrecklichen Dunkelheit jener Nacht in den Armen gehalten, bis Keir kommen konnte. Wenn ich Fen verwandeln könnte, würde ich es ohne zu zögern tun, aber ich vermag es nicht.« Tränen erstickten ihre Stimme. »Er ist mein engster Freund.«

Noel verharrte regungslos. »Er kann sich frei in diesen Räumen bewegen?«

»Natürlich.« Seit jener stürmischen Nacht, in der sie ihr Baby verloren hatte, waren sie und Fen nicht länger nur Herrin und Lehnsmann gewesen.

Noels Hände schlossen sich fest um ihre Arme. Sie runzelte die Stirn und wollte ihn gerade drängen, ihr seine Gedanken preiszugeben, als die Bedeutung seiner Frage sie wie ein Schlag traf. »Nicht Fen.« Sie wand sich aus seiner Umarmung. »Er könnte mir ebenso wenig etwas zuleide tun, wie er Amariyah töten würde.«

»Ich habe keine Ahnung davon«, sagte Noel, »wie dieser Tresor funktioniert, erst recht nicht von der Kombination. Ich wüsste nicht einmal, wo ich anfangen sollte. Aber Fen ... er weiß so vieles über dich. Zum Beispiel das Datum, an dem du dein Baby verloren hast, oder den Tag, an dem dein Kind auf die Welt gekommen wäre.«

Die behutsamen Worte bohrten sich wie Dolche in ihr Herz. Er hatte recht. Vor fünfzig Jahren hatte sie die Kombination auf das Datum geändert, das der Geburtstag ihres verlorenen Babys gewesen wäre. Es war keine bewusste Entscheidung gewesen – das Datum war ihr als Erstes in den Sinn gekommen, weil es so fest in ihrem Bewusstsein verankert war. »Ich weigere mich, das zu glauben.« Ihre Stimme klang eisig, als sie gegen die seelischen Qualen ankämpfte, die sie zu zerbrechen drohten. »Und ich werde nicht zulassen, dass jemand von der Spurensicherung herkommt.«

»*Nimra.*«

Bevor er noch etwas sagen konnte, schnitt sie ihm das Wort ab. »Ich werde mit Fen sprechen. Allein.« Wenn ihr alter Freund diese Tat begangen hatte, musste sie wissen, warum. Wenn er es nicht gewesen war – und sie brachte es einfach nicht über sich, zu glauben, dass er eines solchen Verrats fähig sein sollte –, gab es keinen Grund, ihn mit dieser hässlichen Verdächtigung zu verletzen. »Es sei denn, du glaubst, er würde mich abstechen, wenn ich vor ihm sitze.«

Noel gab sich keine Mühe, seinen Ärger zu verbergen, aber er hielt Nimra auch nicht auf, als sie zur Tür ging. Am Fuß der Treppe warteten Exeter und Asirani darauf, sie zu sprechen, doch Nimra wies beide mit einem energischen Kopfschütteln zurück, weil sie ihrer Stimme nicht traute. Nichts in ihrer Welt würde wieder gut sein, solange sie nicht die Wahrheit ans Licht gebracht hatte, so furchtbar sie auch sein mochte.

Fen war nicht zu Hause, aber sie kannte seine Lieblingsplätze ebenso gut wie er die ihren.

»Ach«, sagte er, als sie ihn auf einer sonnenbeschienenen Steinbank am Rand des Seerosenteichs fand, seine beinahe schwarzen Augen blickten ernst. »Auf deinen Schultern lastet wieder Traurigkeit. Ich dachte, der Vampir würde dich glücklich machen.«

Sobald Fen in Sichtweite gekommen war, hatte Noel sich zurückfallen lassen, um ihr die Ungestörtheit zu geben, die sie brauchte. Schweren Herzens nahm sie neben ihrem alten Freund Platz, ihre Flügel hingen hinter ihnen ins Gras. »Ich habe dir etwas verheimlicht, Fen«, sagte sie, den Blick auf eine Libelle gerichtet, die über die Seerosen surrte. »Queen ist nicht an Herzversagen gestorben, sondern daran, dass sie Gift getrunken hat, das eigentlich für mich bestimmt war.«

Fen schwieg für einen langen Augenblick, unberührt vom Wind lag der Teich glatt wie Glas unter den großen, grünen Seerosenblättern. »Du warst so traurig«, sagte er schließlich. »So furchtbar traurig, tief in deinem Inneren, wo es kaum jemand sehen konnte. Aber ich wusste es. Selbst während du gelächelt, während du geherrscht hast, hast du getrauert. So viele Jahre lang hast du getrauert.«

Tränen brannten hinter ihren Augen, als er seine faltige Hand um ihre schloss, die zwischen ihnen auf der Bank lag. »Ich habe mich darum gesorgt, wer ein Auge auf dich haben soll, wenn ich nicht mehr da bin.« Seine Stimme war schwach vom Alter, und in seinen Fingern lag ein Zittern, bei dem sich ihr das Herz zusammenzog. »Ich fürchtete, du würdest in deiner Trauer ertrinken und dadurch zu einer leichten Beute für die Aasfresser werden.«

Eine einzelne Träne lief über ihr Gesicht.

»Ich wollte dir nur Frieden schenken.« Er versuchte, ihre

Hand zu drücken, doch seine Kraft war nicht mehr dieselbe wie damals, als er als junger Mann mit einem unerschöpflichen Vorrat an Energie an ihren Hof gekommen war. »Es brach mir das Herz, zu sehen, wie du des Nachts, wenn alle schliefen, durch die Gärten gegeistert bist und so viel Schmerz in dir hattest. Es ist hochmütig von mir, einen solchen Anspruch zu erheben, sogar lächerlich, aber ... du bist ebenso sehr meine Tochter wie Amariyah.«

Sie hob den Kopf und schloss die Finger um seine. »Hältst du mich für so zerbrechlich, Fen?«

Er seufzte. »Ich fürchte, ich habe von meiner anderen Tochter die falschen Lektionen gelernt. Sie ist nicht stark, das wissen wir beide.«

»Wenn ich nicht mehr wäre, gäbe es niemanden mehr, der sie beschützt«, sagte Nimra.

»Nein. Und dennoch konnte ich deine Traurigkeit nicht ertragen.« Er schüttelte den Kopf, ehe er sich ihr zuwandte. »Dass ich einen furchtbaren Fehler gemacht hatte, wurde mir am nächsten Tag klar, als du der Welt wieder mit Kraft und Mut entgegengetreten bist, doch da war Queen schon tot.« Auf jedem seiner Worte lastete schwere Reue. »Es tut mir leid, Mylady. Ich werde jede Strafe annehmen, die dir angemessen erscheint.«

Sie drückte seine Hand, ihre Gefühle schnürten ihr die Kehle zu. »Wie könnte ich dich dafür bestrafen, dass du mich liebst, Fen?« Die Vorstellung, ihm wehzutun, war ihr ein Gräuel. Er war kein Meuchelmörder, sondern nur ein alter Mann, der Angst um die beiden Töchter hatte, die er zurücklassen musste. »Ich werde Amariyah nicht untergehen lassen«, versprach sie ihm. »Solange ich atme, werde ich über sie wachen.«

»Für eine Frau, die über so viel Macht gebietet, hattest du schon immer ein zu großes Herz.« Er machte ein schnalzendes Geräusch mit der Zunge und bewegte einen arthritischen Finger hin und her. »Gut, dass dein Vampir aus härterem Holz geschnitzt ist.«

Diesmal war es Nimra, die den Kopf schüttelte. »So kann nur ein Sterblicher denken«, sagte sie. Das Wissen um den Verlust, der mit jedem Herzschlag näher kam, machte ihr das Herz schwer. »Ich brauche keinen Mann.«

»Nein, aber vielleicht täte es dir gut.« Sein Lächeln war ihr so vertraut, dass es sie zerreißen würde, es nicht mehr sehen zu können. »Dir kann nicht entgangen sein, dass die Engel, die ihre ... Menschlichkeit über die Zeiten bewahrt haben, jene sind, die Gefährten oder Partner an ihrer Seite haben.«

Eine scharfsinnige Aussage. »Stirb nicht, Fen«, flüsterte sie, als sie ihren Kummer nicht mehr zurückhalten konnte. »Du hättest ewig leben sollen.« Drei Jahre, nachdem Fen an ihren Hof gekommen war, hatte sie sein Blut testen lassen, denn schon damals hatte sie gewusst, dass sie diesem Mann vertrauen konnte und er sie im Laufe der Zeit nicht hintergehen würde. Doch das Ergebnis war negativ gewesen – Fens Körper würde sich dem Prozess, der Sterbliche in Vampire verwandelte, so heftig widersetzen, dass er entweder daran sterben oder unheilbar wahnsinnig werden würde.

Fen lachte. Seine Haut fühlte sich unter ihrer Hand wie Papier an. »Ich freue mich sogar auf den Tod«, stieß er mit einem Kichern hervor, bei dem seine Augen funkelten. »Endlich werde ich etwas erfahren, das du nie erlebt hast und vermutlich auch niemals erleben wirst.«

Das brachte sie zum Lächeln. Und während die Sonne über das schwere Blau des Himmels wanderte und der Duft von Jasmin in der Luft lag, saß sie neben diesem Mann, der ihr Mörder hätte sein können, und dachte mit Trauer an den Tag, an dem er nicht mehr mit ihr an diesem Seerosenteich sitzen würde, über dem die Libellen surrten.

Dieser Tag kam schneller als erwartet. Am nächsten Morgen wachte Fen einfach nicht mehr auf; mit einem friedlichen Lächeln auf dem Gesicht war er entschlafen. Sie ließ ihn mit höchsten Ehren in einem Grab neben seiner geliebten Frau beisetzen. Selbst Amariyah legte für diesen Tag ihre Feindseligkeit ab und benahm sich äußerst anmutig, wenngleich ihr Gesicht von Trauer gezeichnet war.

»Lebewohl«, sagte sie zu Nimra, nachdem Christian mit reiner und schöner Stimme ein tiefempfundenes Abschiedslied für einen Sterblichen gesungen hatte, der den Engeln ein guter Freund gewesen war.

Nimra blickte der Vampirin in die Augen, die denen ihres Vaters so ähnlich waren – und doch so anders. »Wenn du jemals irgendetwas brauchst, musst du es mich nur wissen lassen.«

Amariyah lächelte sie angespannt an. »Es gibt keinen Grund, sich zu verstellen. Er war die einzige Verbindung zwischen uns. Jetzt ist er nicht mehr da.« Mit diesen Worten wandte sie sich ab und ging, und Nimra wusste, dass sie Fens Tochter zum letzten Mal gesehen hatte. Es spielte keine Rolle. Sie hatte Vorsorge getroffen – Amariyah würde stets Freunde und Hilfe finden, wenn sie sie brauchte. Das hatte Nimra für Fen getan ... für ihren Freund, dessen Weisheit kein Sterblicher hätte besitzen dürfen und der ihr nun nie wieder mit seinem Rat zur Seite stehen würde.

Eine große, raue Hand schob sich in ihre. »Komm mit«, sagte Noel. »Es ist Zeit, zu gehen.«

Erst, als er mit dem Daumen über ihre Wange strich, bemerkte sie, dass sie weinte. Ihr waren die Tränen gekommen, nachdem alle anderen das Grab verlassen hatten. »Er wird mir so unendlich fehlen, Noel.«

»Ich weiß.« Er strich über ihren Arm, legte ihr die Hand um die Schulter und zog sie an sich; sein Körper bildete einen sicheren Hafen für den Kummer, der in einem schmerzhaften Strom aus ihr hervorbrach.

In den Tagen nach Fens Tod fand Noel nach und nach heraus, wie viel der alte Mann wirklich für Nimra getan hatte. Obwohl er sich stets im Hintergrund gehalten hatte, war Fen doch das Zentrum aller politischen Aktivitäten gewesen, hatte gegenüber der vampirischen Einwohnerschaft von Louisiana Nimras Interessen vertreten und dafür gesorgt, dass das Gleichgewicht bei Hofe nicht aus den Fugen geriet. Als er fort war, begann eine Zeit der Unordnung, in der jeder seinen Platz in der neuen Konstellation zu finden versuchte.

Natürlich bemühte sich Christian, Fens Part zu übernehmen, doch es war von Anfang an klar, dass er zu hochmütig war, um die raffinierten politischen Spielchen zu spielen, die dieser mit solcher Leichtigkeit bewältigt hatte ... und die Noel im Stillen abzuwickeln begann. Er war kein Politiker, aber er hatte kein Problem damit, seinen Rang hintanzustellen, um etwas durchzusetzen. Was sein Recht anging, überhaupt weiterhin am Hof zu bleiben, hatte er weder Nimra noch sonst jemanden um Erlaubnis gefragt.

Er hatte lediglich Dmitri angerufen und gesagt: »Ich bleibe.«

Der Vampir – mächtiger als alle anderen Vampire, die Noel kannte – war nicht gerade erfreut gewesen. »Du warst für den Einsatz im Turm eingeplant.«

»Plan mich wieder um.«

Schweigen. Dann düstere Erheiterung. »Wenn Nimra beschließt, dass du ihr zu viel Ärger machst, wartet hier eine Stelle auf dich.«

»Danke, aber das wird nicht nötig sein.« Selbst wenn Nimra versuchen sollte, ihn loszuwerden, würde Noel nichts davon wissen wollen. Im Augenblick war sie so furchtbar verwundbar, und da Fen ihre Geheimnisse nun nicht mehr vor jenen behüten konnte, die ihre Trauer ausnutzen würden, um ihr zu schaden, brauchte sie jemanden, der ihr den Rücken freihielt. Beruhigt begann er damit, genau das zu tun: die Mitglieder des Hofs, die alten wie die jungen, zu Nimras Vorteil einzusetzen.

Die schlaue, treue Asirani begriff es als Erste. »Ich habe die ganze Zeit gewusst, dass wir nicht den wahren Noel kennengelernt haben«, sagte sie mit einem Glitzern in den Augen, ehe sie ihm einen dünnen Ordner reichte. »Darum solltest du dich kümmern.«

Es handelte sich um einen Bericht über eine Gruppe junger Vampire in New Orleans, die über die Stränge schlugen, nachdem sie Wind davon bekommen hatten, dass Nimra durch ihre Trauer abgelenkt war. Bei Einbruch der Nacht war Noel in der Stadt. Die Vampire waren allesamt unter hundert und ihm nicht annähernd gewachsen – selbst in der Gruppe. Er war nicht nur älter als sie, sondern für sein Alter auch unglaublich stark. Bei Vampiren verhielt es sich wie bei den Engeln: Einige gewannen mit zunehmendem Alter an Macht, während andere ein bestimmtes Niveau erreichten, von dem aus sie sich nicht mehr weiterentwickelten.

Noel war seit seiner Erschaffung immer stärker geworden, einer der Gründe dafür, dass er in der Wache direkt unter Raphaels Sieben aufgestellt worden war. Da die Vampire dumm genug waren, zu glauben, sie könnten es mit ihm aufnehmen, ließ er seine aufgestaute Energie und seinen Beschützerzorn darüber, dass er Nimra nicht vor dem Schmerz über Fens Verlust bewahren konnte, an diesen Idioten aus.

Als sie blutend und abgeschlagen vor ihm auf einer verfallenen Straße lagen, die nur notdürftig vom schwachen, gelben Licht einer Straßenlaterne erhellt wurde, verschränkte er die Arme vor der Brust und hob eine Augenbraue. »Habt ihr etwa geglaubt, niemand würde euch beobachten?«

Der Anführer der kleinen Bande stöhnte, als sein Auge eine hübsche lila Farbe annahm. »Scheiße. Keiner hat etwas von einem beschissenen Vollstrecker gesagt.«

»Pass auf, was du sagst.« Mit Befriedigung sah Noel, wie der Mann erbleichte. »Das war eine Warnung. Beim nächsten Mal werde ich mich nicht zurückhalten. Verstanden?«

Die jungen Vampire nickten allesamt.

In den frühen Morgenstunden, während die Welt noch still und dunkel war, kehrte Noel in sein Zimmer zurück, duschte, schlang sich ein Handtuch um die Hüften und ging in sein Schlafzimmer, um sich etwas zum Anziehen zu holen. Eigentlich wollte er zu Nimra. Seit Fens Tod hatte sie nicht mehr geschlafen, und er vermutete sie im Garten, aber der verblassende Bluterguss auf seiner Wange – einer der Vampire hatte es geschafft, ihm einen Schlag mit dem Ellbogen zu versetzen – hätte sie auf sein Unternehmen aufmerksam machen können. Er wollte sich erst noch einige Zeit in seine neue Rolle einfinden, bevor er …

»Nimra.«

Die Flügel hinter sich ausgebreitet, saß sie auf seiner Bettkante. Sie trug ein langes, fließendes Gewand in tiefstem Blau, in dem sie so majestätisch wirkte wie seit Tagen nicht mehr. Ein Engel, der über ein Territorium herrscht. »Wo bist du gewesen, Noel?«

10

»New Orleans.« Er würde sie nicht anlügen.

Sie zog die Brauen zusammen. »Verstehe.«

»Willst du die Einzelheiten wissen?«

»Nein, nicht heute Nacht.« Ihr Blick blieb an den Konturen seines feuchten Körpers hängen, bevor sie sich vom Bett erhob, wobei ihre Flügel über die Laken strichen. »*Bonne nuit.*«

Seit der Nacht, in der er von ihrem heißen, süßen Blut getrunken hatte, war es zwischen ihnen nicht mehr zu intimen Berührungen gekommen, doch nun durchquerte er das Zimmer, um sie aufzuhalten, indem er die Hände auf ihre seidig warmen Oberarme legte und seine Brust an ihren Rücken presste – und an ihre Flügel. »Nimra.« Als sie reglos stehen blieb, schob er ihre lockigen, ebenholzfarbenen Haare beiseite, um seine Lippen auf ihren Puls zu drücken.

Sie streckte den Arm hinter sich und legte die Hand an seine Wange. »Hast du Hunger?«

Eine einfache Frage, deren Großzügigkeit ihm den Atem verschlug, ihn jedoch nicht mehr überraschte. Nicht mehr, seit er die Wahrheit über die Frau in seinen Armen kannte. »Bleib bei mir.« Einen Kuss nach dem anderen drückte er auf ihren schlanken Hals, ein köstlicher Genuss, bei dem sich seine Haut spannte und sein Puls schneller ging. »Ich möchte dich heute Nacht in meinen Armen halten.«

Einen Augenblick lang sagte sie nichts, und er wusste, dass sie abwog, ob sie ihm die Tiefe ihrer Verletzlichkeit anvertrauen konnte. Als sie sich umdrehte, ihn ansah und zuließ, dass er sie an sich zog und sie mit in sein Bett nahm, drehte sich in dem Schloss zu einem dunklen, verborgenen Teil seines Herzens ein Schlüssel. Dieser Teil war nicht mehr zum Vorschein gekommen, seit er an jenen Ereignissen in der Zufluchtsstätte beinahe zerbrochen wäre. Aber nur beinahe. Und jetzt war er erwacht.

Nimras Verlangen nach Noel war ein tiefer, unerbittlicher Schmerz, doch sie kämpfte den Drang nieder, diesen betörenden Mann zu bedrängen, dessen Wunden noch lange brauchen würden, um endgültig zu verheilen. Dann blickte er ihr in die Augen, als er sich über ihr abstützte und die empfindliche Wölbung ihres Flügels streichelte; zwischen ihnen entstand eine Intensität, die sie nie zuvor erlebt hatte. »Berühre mich, Nimra.« Ein Befehl.

Einer, den sie mit Freuden befolgte. Als sie mit dem Fuß über seine Wade strich, rutschte ihr Gewand an ihrem Bein entlang, und sie machte sich daran, die Hügel und Täler seines festen, männlichen Körpers zu erkunden. Er zitterte unter ihrer Berührung und nahm ihr Kinn zwischen die Zähne. Heiß strich sein Atem über ihre Haut, und sein Glied drängte sich unverhohlen fordernd gegen ihren Bauch.

Er war kein zivilisierter Liebhaber.

»Du bist ein schöner Mann«, flüsterte sie, als sie ihre Hand um den steifen Beweis seiner Begierde schloss.

Seine Wangen färbten sich dunkel. »Oh, alles, was du sagst.«

»So fügsam, Noel?« Sie fasste ihn fester und genoss das Gefühl der samtzarten Haut, die den kraftvollen Stahl umschloss. »Ich bin nicht sicher, ob ich dir glauben soll.«

Er stöhnte. »Du hast die Hand an meinem Schwanz. Ich würde dir auch zustimmen, wenn du mich einen hässlichen Idioten nennen würdest. Nur. *Hör. Nicht. Auf.*«

Seine schamlose Lust ließ ihren Körper dahinschmelzen. Sie setzte ihre intimen Liebkosungen fort und begann zudem, an seinem Hals zu saugen und ihn zu küssen, bis er seinen Mund auf den ihren presste und sich seine zärtliche Beherrschtheit in ungezügelten Sex verwandelte. Fordernd und aggressiv stieß er seinen Schwanz in ihre Hand, während er im gleichen Rhythmus seine Zunge in ihren Mund stieß.

Dann packte er ihr Gewand und zog es hoch, bis sich der Stoff an ihrer Taille bündelte. Im nächsten Augenblick waren seine Finger unter die verhüllende Spitze geglitten und brachten Nimra dazu, sich aufzubäumen und an seinem Mund aufzuschreien. Diesen Schrei nahm er als seinen Lohn, ehe er die Spitze zerriss und Nimra streichelte, bis sie zitternd und erwartungsvoll unter ihm lag und er ihre Hand von seinem Glied löste. »Genug.« Rau traf das Wort auf ihre Lippen, als seine kräftigen Beine die ihren auseinanderschoben.

Sie schlang die Schenkel um seine Hüften, als er sich nach vorn schob und sie mit einem einzigen Stoß in Besitz nahm. Mit durchgebogenem Rücken drängte sie sich ihm entgegen und grub die Fingernägel in seine schweißfeuchten Rückenmuskeln. Als sie spürte, wie er die Lippen auf ihre Halsschlagader legte, fuhr ein Zittern durch ihren Körper, so unerträglich empfindlich war diese Stelle. *Ja*. Sie griff in sein Haar und zog ihn an sich. »Jetzt, Noel.«

Seine Lippen krümmten sich auf ihrer Haut. »Jawohl, Lady Nimra.«

Ausgehend von der Stelle, von der er trank, breitete sich alles durchdringende Lust in ihr aus, während er sie mit Körper und Händen näher und näher an den Rand der Klippe brachte. Dann trafen sich die beiden Ströme ihrer Lust, und Nimra fiel ins Bodenlose … um sich in den Armen eines Mannes wiederzufinden, der sie mit einer solch rasenden Zärtlichkeit anblickte, dass sie Gefahr lief, an eine Ewigkeit zu glauben, die nicht von Einsamkeit durchdrungen war.

Drei Tage später stand sie stirnrunzelnd vor Asirani. »Und sonst gab es keine Probleme?« Zwar glaubte sie durchaus, dass ihre Engelskollegen dem Tod eines Sterblichen keine weitere Aufmerksamkeit schenken würden, doch die Vampire in der Gegend hatten lange genug mit Fen zu tun gehabt, um zu wissen, welche Rolle er gespielt hatte. Es fiel ihr schwer zu glauben, dass sie nichts versucht haben sollten, während sie von ihrer Trauer geplagt worden war.

Asirani wich ihrem Blick aus. »Das kann man so nicht direkt sagen.«

Nimra wartete.

Und wartete.

»*Asirani.*«

Ein widerwilliges Seufzen. »Da sprichst du mit dem falschen Vampir.« Anstatt den richtigen sofort aufzutreiben, beschloss sie, ihre eigenen Nachforschungen anzustellen. Wie sie herausfand, hatte sich »jemand« so geschickt um die Folgen von Fens Ableben gekümmert, dass es nur wenige, kleine Wellen geschlagen hatte, die binnen weniger Stunden geglättet worden waren. Für die Außenwelt waren die Jahrzehnte, die Fen in ihrem Dienst gestanden hatte, so schnell vergessen, wie er verschwunden war. Sein Tod war nicht mehr als eine Unannehmlichkeit – im Gegensatz zu den scharfen Splittern aus Schmerz, die Nimras Brust täglich zerrissen und ihre Augen mit Tränen füllten.

Später an diesem Tag stellte sie fest, dass ihr Ruf als Engel, dem man besser nicht in die Quere kam, sich sogar noch *verfestigt* hatte, während sie um ihren Freund getrauert hatte. »Warum liegt mir ein Entschuldigungsschreiben vom Oberhaupt der Vampire in New Orleans vor?«, fragte sie Christian. »Er scheint zu glauben, ich wäre kurz davor, seine ganze Bande auf mächtig üble Weise hinzurichten.«

»Seine Vampire haben sich schlecht benommen«, war die Antwort. »Das ist erledigt.« Sein säuerliches, verschlossenes Gesicht verriet ihr, dass sie von ihm nicht mehr erfahren würde.

Von diesem offenen Ungehorsam ebenso fasziniert wie von der Tatsache, dass Christian und Noel offenbar zu einer Übereinkunft gefunden hatten, trieb sie nun endlich den Mann in die Ecke, der für diesen politischen Schachzug verantwortlich war. Wenngleich in diesem Zug allem Anschein nach nichts von Fens Raffinesse lag, hatte er doch ausgezeichnete Ergebnisse erzielt. »Wie kommt es«, fragte sie, als sie ihn im verwilderten südlichen Teil des Gartens entdeckte, »dass du den Titel als mein Vollstrecker trägst?«

Mit unverkennbar schuldbewusstem – und jugendlichem – Blick sprang er aus seiner knienden Stellung auf. »Es hörte sich gut an.«

Als sie den Kopf an ihm vorbeischieben wollte, um zu sehen, was er dort im Schatten eines Strauches voller winziger rosa und weißer Blüten verbarg, trat er einen Schritt zur Seite und versperrte ihr den Blick. Ihre Miene verfinsterte sich, und sie klopfte mit dem Entschuldigungsschreiben gegen ihre Beine. »Was hast du in New Orleans gemacht?«

»Die Vampire haben ihre Lektion nicht gleich beim ersten Mal gelernt.« Kalte Augen. »Ich musste kreativ werden.«

»Erkläre das.«

»Hast du schon mal etwas von ›Delegieren‹ gehört?« Entschlossen sah er sie an.

Ihre Mundwinkel hoben sich, und die Herrscherin in ihr erkannte vor sich eine Art von Stärke, die selten war ... und die jede Frau gern an ihrer Seite hatte. »Wie stehen meine Aktien heute?«

»Frag Christian. Er hat ein Gehirn wie ein Computer – und ich musste ihm etwas zu tun geben.«

Sie hatte nicht damit gerechnet, dass er seine Macht teilen

würde, nachdem er sie so schnell und ohne Blutvergießen erlangt hatte. »Gibt es irgendetwas, das ich wissen müsste?«

»Nazarachs Spürhunde haben vor etwa einer Woche hier herumgeschnüffelt, aber wie es aussieht, sind sie nach Hause zurückgekehrt.« Ein Schulterzucken, als ginge ihn das nichts an.

»Verstehe.« Und was sie verstand, war ein Wunder. Dieser starke Mann, der eine solche Führungspersönlichkeit war, hatte sich in ihren Dienst gestellt. Anders als Fen hatte Noel intimen Kontakt zu ihr, und dennoch hatte es selbst in ihren verletzlichsten Momenten kein listiges Flüstern in den Wogen der Dunkelheit gegeben, sondern nur herrliche Lust, die den Schmerz des Verlustes gedämpft hatte.

Bevor sie die Gefühle, die auf ihr Herz einstürmten, in Worte fassen konnte, vernahm sie ein deutliches und neugieriges »Miau«. Ihr Herz schlug Purzelbäume, als sie abermals versuchte, an diesen breiten Schultern vorbeizusehen, doch Noel versperrte ihr erneut die Sicht, als er sich umdrehte und in die Hocke ging. »Ihr solltet doch leise sein«, murmelte er, dann erhob er sich und drehte sich zu ihr um.

Die beiden winzigen, possierlich schwarz-weiß gemusterten Fellknäule in seinen Armen legten den Kopf an seine Brust, ganz offensichtlich wussten sie, dass dieser Wolf keine Unschuldigen biss.

»Oh!« Sie streckte die Hand aus, um einen der winzigen Köpfe zu kraulen, und er legte ihr die beiden Kätzchen in die Arme. Sich drehend und windend machten es sich die beiden bei ihr gemütlich. »Noel, die sind hinreißend.«

Er schnaubte. »Es sind Mischlinge aus dem örtlichen Tierheim.« Doch in seiner Stimme lag zärtliche Belustigung. »Ich dachte mir, du hast nichts gegen zwei weitere Streuner.«

Sie rieb ihre Wange an einem der Kätzchen und lachte über das eifersüchtige Nörgeln des anderen. Dass so winzige, zerbrechliche Lebewesen so viel Freude spenden konnten. »Gehören sie mir?«

»Sehe ich wie ein Katzenmann aus?«, fragte er mit reiner männlicher Brüskierung und vor der Brust verschränkten Armen. »Ich werde mir einen Hund zulegen. Einen richtig großen Hund. Mit scharfen Zähnen.«

Lachend warf sie ihm einen Kuss zu und fühlte sich so jung wie seit Jahrhunderten nicht mehr. »Danke.«

Seine mürrische Miene glättete sich. »Selbst Herr Lackaffe musste grinsen, als eine der beiden versucht hat, seinen Schuh zu zerkratzen.«

»Oh nein, das haben sie nicht getan.« Christian war so eitel, wenn es um seine glänzenden Stiefel ging. »Ihr scheußlichen Geschöpfe.« Sie stupsten die Köpfchen gegen Nimras Kinn und wollten spielen. »Es wird mir guttun, wieder Haustiere um mich zu haben«, sagte sie, als sie an die junge Mimosa und an Queen zurückdachte. Die Erinnerungen waren bittersüß, aber kostbar.

Noel trat näher und streckte die Hand aus, um dem Kätzchen, das ein schwarzes und ein weißes Ohr hatte, den Rücken zu reiben. Ihr fiel auf, dass das andere zwei weiße Ohren mit schwarzen Spitzen hatte. »Ich fürchte, an dieses Geschenk ist eine Bedingung geknüpft.«

Als sie den düsteren Ton in seiner Stimme hörte, setzte sie die Kätzchen auf dem Boden ab; sie wusste, sie würden sich nicht weit von dem Pappkarton entfernen, in dem sie offenbar geschlafen hatten. »Welche?«, flüsterte sie und blickte in sein markantes, männliches Gesicht.

»Ich fürchte«, er öffnete die Hand, in der ein sonnengoldener Ring mit einem Bernsteinherzen lag, »der archaische, menschliche Teil von mir fordert trotz allem diesen einen Bund.«

Bernstein trugen viele Menschen und Vampire, wenn sie in einer Beziehung waren. Nimra hatte noch nie für einen Mann

Bernstein getragen. Doch jetzt hob sie die Hand und ließ ihn den Ring an ihren Finger stecken. Es war ein kaum spürbares Gewicht, und doch bedeutete es alles. »Ich hoffe, du hast ein passendes Gegenstück gekauft«, murmelte sie, denn wie es schien, war auch sie nicht so zivilisiert, dass sie überhaupt keinen Bund gebraucht hätte.

Nicht, wenn es um Noel ging.

Sein Lächeln war ein wenig schief, als er in seine Tasche griff und einen dickeren, maskulineren Ring hervorholte. Ein grobes Stück Bernstein war an der Stelle eingefasst, an der bei ihrem Ring eine zarte Filigranarbeit mit einem polierten Stein saß. »Perfekt.«

»Wir werden keine Kinder haben können.« Er sprach diese ernsten Worte, während er von tiefem Glück erfüllt den Ring an seinen Finger schob. »Es tut mir leid.«

Ein melancholisches Gefühl rührte sich in ihr, doch es war kein Kummer. Nicht, wenn die Ewigkeit in durchscheinendem Blau gemalt war. »Es wird immer jemanden wie Violet geben, der ein Zuhause braucht«, sagte sie, während sie mit dem Daumen über seinen Ring fuhr. »Sie sind vielleicht nicht mein Fleisch und Blut, aber mein Herz und meine Seele, das sind sie.«

Sie standen dicht voreinander, und Noel strich mit den Fingern an ihrem linken Flügel hinab, eine langsame, besitzergreifende Bewegung. Ebenso besitzergreifend strich sie an seiner Brust hinauf, um ihm dann die Arme um die Schultern zu legen. Keiner von beiden sagte etwas, und sie brauchten auch keine Worte. Warm spürte sie das Metall seines Rings an ihrer Wange, als er ihr Gesicht in beide Hände nahm.

Ihr Wolf. Ihr Noel.

ENGELSTANZ

Gilde der Jäger

1

Vor vierhundert Jahren

Sie hatte den Aufstieg und Fall von Imperien und Königreichen bezeugt, hatte Königinnen kommen und gehen sehen und miterlebt, wie Erzengel im Kampf aufeinandertrafen und die Welt mit Strömen von Blut übergossen. Sie hatte die Geburt des Erzengels Raphael festgehalten, ebenso wie das Verschwinden seiner Mutter Caliane und die Hinrichtung seines Vaters Nadiel.

Jahrhundert um Jahrhundert hatte sie zugesehen, wie ihre Schüler in die Welt hinausflogen, mit Träumen im Herzen und einem zögerlichen Lächeln auf den Lippen. Sie las die Briefe, die sie ihr aus den entlegensten Ländern und Urwäldern schrieben, aus Gebieten mit strömendem Regen, endlosen Wüsten und erbarmungslosen Winden. Und sie feierte die seltenen, freudigen Ereignisse, wenn ihre Schüler selbst Eltern eines kleinen Engels wurden.

All dies erlebte sie von den zerklüfteten Gipfeln und der schimmernden Schönheit der Zufluchtsstätte aus, denn sie war ein erdgebundener Engel, dessen Flügel nie zum Fliegen bestimmt gewesen waren. Das erste Jahrtausend nach ihrer Entstehung war hart gewesen, das zweite herzzerreißend. Jetzt, nachdem mehr als die Hälfte des dritten vorübergezogen war und das Gespenst eines weiteren, verheerenden Krieges als verstohlener Schatten am Horizont lauerte, spürte sie nur noch Resignation.

»Jessamy! Jessamy!«

Sie wandte sich von der Felskante ab, wo sie gestanden und in den kristallklaren blauen Himmel geblickt hatte – einen Himmel, den sie niemals berühren würde. Mit schnellen Schritten lief sie auf dem felsigen Untergrund dem kleinen Mädchen entgegen, dessen Flügel über den Boden schleiften, als es auf sie zueilte. »Vorsichtig, Saraia.« Sie ging in die Knie und fing die kleine, stämmige Gestalt auf, deren Körperbau von dunklen, schokoladenbraunen Flügeln dominiert wurde. Bronzefarbene Fasern durchzogen die Federn und ließen sie im gleißenden Licht der Gebirgssonne glitzern.

In dem Bronzeton spiegelte sich die Farbe von Saraias Haut wieder und auch die ihrer Haare, die ihr zerzaust ins Gesicht fielen. Das glänzende Band, mit dem ihre Mutter sie an diesem Morgen gewiss sorgfältig zusammengebunden hatte, hing ihr lose über die Schulter.

Unbeeindruckt schlang das kleine Mädchen in liebevollem Überschwang die Arme um Jessamys Hals. »Sie müssen mitkommen!« Gerötete Wangen, funkelnde Augen, der Geruch von klebrigen Süßigkeiten und schillernder Aufregung. »Das müssen Sie sehen!«

Seit über zweitausend Jahren war Jessamy nun Lehrerin für junge Engel, und noch immer hatte das Lächeln eines Kindes die Kraft, ihre Sinne in freudiges, strahlendes Licht zu tauchen. Eine schwere Melancholie hatte sich auf ihr Gemüt gelegt, während sie die Engel bei ihren Sturz- und Segelflügen über der zerklüfteten, widerhallenden Schlucht beobachtet hatte. Doch dieses Gefühl schüttelte sie nun ab und drückte Saraia einen Kuss auf ihre weiche, pralle Wange, ehe sie sich aufrichtete und das Kind auf den Arm nahm.

Seidig und warm hingen Saraias Flügel über ihrem Arm, aber Jessamy konnte das Gewicht des Mädchens mit Leichtigkeit tragen. Nur ihr linker Flügel war verdreht und nutzlos, eine fremdartige Hässlichkeit an diesem Ort der Macht und gefährlichen Schönheit. Ansonsten war sie so stark wie alle anderen Engel auch. »Was muss ich mir ansehen, mein Spatz?«

Saraia dirigierte sie zu Raphaels Teil der Zufluchtsstätte und zu dem Bereich, in dem sich die Waffenhalle und der Kampfübungsplatz befanden. Jessamy legte die Stirn in Falten. »Saraia, du weißt, dass du nicht hier sein darfst.« Für einen Babyengel, der seine Flügel und seine Balance noch nicht unter Kontrolle hatte, konnten die Gefahren hier tödlich sein.

»Illium hat gesagt, wir dürften dieses eine Mal bleiben.« Die Erklärung sprudelte nur so aus ihr heraus. »Ich habe gefragt, versprochen.«

Da Jessamy wusste, dass Illium niemals ein Kind in Gefahr bringen würde, ging sie weiter.

Sie bog um die Ecke und steuerte auf die fensterlose hölzerne Halle und den davorliegenden Übungsplatz aus festgestampfter Erde zu. Dort erblickte sie jedoch nicht die markanten Flügel des jungen Engels, die ein überraschend unversehrtes Blau aufwiesen, sondern die dunkelgrauen Flügel eines Fremden. Dieser besaß einen viel muskulöseren Körper und so leuchtend rotes Haar, dass es wie Feuer aussah. In der Hand hielt er ein massives Breitschwert. Mit dem lauten Klirren von Stahl traf sein Schwert auf jenes, das Raphaels Stellvertreter Dmitri in den Händen hielt.

Instinktiv drückte Jessamy Saraia fester an sich.

Dmitri war zwar kein Engel, aber er war *mächtig*; als Berater war er Raphaels engster Vertrauter und seine tödlichste Waffe. Und mit diesem Vampir ließ sich der große Engel auf einen brutalen Kampf ein. Als er die Flügel zur besseren Balance ausbreitete, erinnerten sie mit ihrer weißen Maserung auf grauem Grund an die eines großen Raubvogels.

Füße und Oberkörper beider Kämpfer waren nackt, und ihre

Haut glänzte vor Schweiß. Dmitri trug eine Hose aus fließendem, schwarzem Stoff, während der Aufzug des Engels sie an den Kleidungsstil erinnerte, den die Gefolgsmänner des Erzengels Titus bevorzugten. Der grobe schwarze Stoff bedeckte drei Viertel der Oberschenkel und wurde an der Hüfte von einem breiten, ledernen Messergurt in derselben Farbe gehalten. Erst als er sich bewegte, fiel ihr auf, dass der Stoff schwer war, so als lägen Platten aus geschlagenem Metall unter der ersten Stoffschicht ... es war ein Teil einer Kriegerrüstung. Nur die metallene Brustplatte und die Arm- und Beinschützer hatte er weggelassen.

Es war unmöglich, nicht auf diese Beine zu sehen, nicht zu beobachten, wie sich die groben Muskeln unter der leicht gebräunten Haut zusammenzogen und entspannten und die vereinzelten Haare in der Sonne glänzten. Bei seiner nächsten Bewegung glitt ihr Blick zu seinen umwerfend breiten Schultern. Seine urwüchsige Kraft, die er erbittert unter Kontrolle hielt, weckte eine wilde, unerwartete Faszination in ihr.

»Wer ist das?«, fragte sie Illium, als der Engel mit den goldenen Augen ihr Saraia aus den Armen nahm, um das Mädchen zu seinen Freunden auf den Zaun vor ihnen zu setzen. »Und warum legt er sich mit Dmitri an?« Selbst während sie sprach, wandte sie den Blick nicht von diesem Engel ab, der aussah, als wäre er im Hinterzimmer einer heruntergekommenen Vampirkneipe zu Hause.

Illiums Flügel streiften die ihren, als er sich mit den Armen auf dem Zaun abstützte. Es war eine überaus intime Bewegung, doch Jessamy wies ihn nicht zurecht. In dieser Berührung lag kein Hintergedanke, nichts außer einer in der Kindheit verwurzelten Zuneigung: Für ihn würde sie immer die Lehrerin sein, die gedroht hatte, ihn an einem Stuhl festzubinden, wenn er nicht aufhörte herumzuzappeln, anstatt seine Geschichtsbücher zu lesen.

»Galen« sagte er, »ist einer von Titus' Männern.«

»Das überrascht mich nicht.« Titus war ein kriegerischer Erzengel, der sich nirgends so sehr zu Hause fühlte wie inmitten des Blutes und dem Wüten einer Schlacht, und auch dieser Galen war wie für den Kampf geschaffen: nichts als geschmeidige Muskeln und rohe Kraft.

Als eindeutigen Beweis für seine Stärke fing er gerade einen Hieb ab und trat im selben Augenblick nach Dmitris Knie. Der Vampir grunzte, fluchte und konnte nur knapp einem Schlag mit der Breitseite von Galens Klinge ausweichen, die ihm mit Sicherheit einen schweren, dunklen Bluterguss eingebracht hätte. Offenbar versuchten sie also nicht ernsthaft, sich gegenseitig umzubringen.

Als Saraia in die Hände klatschte, legte Illium einen Arm um sie, um ihr Halt zu geben, ehe er fortfuhr: »Er möchte in Raphaels Territorium überwechseln.«

Jetzt verstand sie. Raphael war erst vor hundert Jahren Erzengel geworden. Unter diesen Umständen war sein Hof noch im Entstehen begriffen, eine Einheit, die gerade ihre Form annahm. Es gab folglich noch Raum, um starke Engel zu integrieren, die sich an ihren älteren Höfen langweilten oder nicht ausgelastet fühlten. »Hat Raphael keine Bedenken, dass er ein Spion sein könnte?« Die Erzengel, die im Kader der Zehn über die Welt herrschten, gingen bei der Verfolgung ihrer Ziele ohne Skrupel vor.

»Auch wenn Raphael nicht selbst Spione hätte, die sich für Galen verbürgen«, sagte Illium mit seinem ansteckenden Grinsen, bei dem sie beinahe unmöglich hatte ernst bleiben können, wenn sie ihn als Kind zurechtgewiesen hatte, »ist er nicht der Typ, der gut lügen könnte. Ich glaube kaum, dass er die Bedeutung des Wortes ›subtil‹ kennt.«

Ein dröhnender Schlag mit der flachen Klingenseite auf Dmitris Wange, ein Tritt in den Bauch, und plötzlich hatte Galen die Oberhand, die Spitze seines Breitschwerts saß an Dmitris Kehlkopf, während der Vampir schwer atmend auf dem Rücken am Boden lag. »Ergib dich.«

Dmitri blickte Galen ohne zu blinzeln in die Augen, und das gnadenlose Raubtier, das unter der kultivierten Oberfläche des Vampirs lebte, war nun deutlich zu erkennen. Doch als er sprach, war seine Stimme ein behäbiges Schnurren, so träge wie ein Sommernachmittag. »Du hast Glück, dass die Kleinen zugucken.«

Galen zuckte mit keiner Wimper, er war vollkommen konzentriert.

Dmitris Lippen verzogen sich. »Verdammter Barbar. Ich ergebe mich.«

Galen trat einen Schritt zurück und wartete, bis Dmitri auf die Füße gekommen war, ehe er sein Schwert erhob und zum Zeichen des Respekts unter Kriegern höflich den Kopf neigte. Dmitris Entgegnung war unerwartet feierlich und vermittelte Jessamy den Eindruck, dass dieser neue Engel mit dem Körperbau eines Rammbocks und den großen, machtvollen Schwingen irgendeine Art von Test bestanden haben musste.

»Ich glaube, du hast mir die Rippen gebrochen.« Dmitri rieb sich den gefleckten Bluterguss, der sich auf der dunklen Honigfarbe seiner Haut herausbildete.

»Die werden wieder heilen.« Galen hob den Kopf, ließ den Blick über die Zuschauer schweifen … und bei Jessamy verweilen.

Blassgrün und beinahe durchscheinend, ließen diese Augen alle Luft aus ihrem Körper entweichen; mit unerschütterlicher Entschlossenheit blickte Galen sie an. Die Wucht seiner beherrschten Macht war überwältigend, aber was die Knöchel ihrer Finger weiß hervortreten ließ, waren seine Lippen. Als das einzig

Weiche in diesem schroffen Gesicht, das nur aus Kanten zu bestehen schien, ließen sie erschreckende, wilde Gedanken auf ihren Geist einstürmen. Erst als Dmitri etwas sagte und Galen sich abwandte, konnte sie wieder atmen. Seine zerzausten, seidig roten Haare bewegten sich im Wind.

Galen sah der großen, beinahe zu dünnen Frau nach, als sie mit zwei der kleinsten Kinder aus dem Publikum an der Hand davongingen. Um sie herum rannten weitere Kinder, deren Flügel über den Boden schleiften, wenn sie vergaßen, sie anzuheben. Nie zuvor hatte er einen so zierlichen Engel gesehen. Eine einzige falsche Bewegung mit einer seiner großen Fäuste und er würde sie in hundert Stücke zerbrechen.

Bei diesem Gedanken verdüsterte sich seine Miene und er wandte den Blick von ihrem Rücken ab, der sich von ihm entfernte – einer ihrer Flügel wirkte aus der Entfernung seltsam deformiert. Er folgte Dmitri in die hallende Leere des Waffensaals, wo sie ihre Schwerter reinigten und verstauten. Kurz darauf kam Illium herein, seine Flügel waren so makellos blau, wie Galen es noch nie zuvor gesehen hatte. Der Engel war noch jung, nur hundertfünfzehn im Gegensatz zu Galens zweihundertfünfundsiebzig Jahren, und wirkte wie ein wunderschönes Stück Leichtfertigkeit – der Typ Mann, der sich einzig und allein wegen seines dekorativen Werts an Höfen aufhielt.

»Du schuldest mir den goldenen Dolch, den du aus Nehas Territorium mitgebracht hast.« Illiums Worte waren an Dmitri gerichtet, seine Augen glühten.

Dmitris Brauen senkten sich, als er murmelte: »Du kriegst ihn.« Er hob den Blick und sah Galen an. »Er hat gewettet, du würdest mich besiegen.«

Galen fragte sich, ob der jüngere Engel nur deshalb auf einen Unbekannten gesetzt hatte, weil er Dmitri ärgern wollte, oder ob er über Informationen verfügte, von denen andere nichts wussten. Nein, dachte er beinahe sofort, Illium konnte nicht Raphaels Meisterspion sein – davon abgesehen, wie unwahrscheinlich es war, in seinem Alter bereits das erforderliche Kontaktnetzwerk aufgebaut zu haben, erschien er für eine solche Aufgabe einfach viel zu auffällig.

»Du warst ein guter Gegner«, sagte er zu Dmitri, während er sich einen gedanklichen Vermerk machte, Illium sorgfältiger zu beobachten – Männer wie Dmitri gaben sich nicht mit hübschen, nutzlosen Schmetterlingen ab. »Normalerweise kann ich meine Gegner mit bloßer, roher Gewalt einschüchtern.« Dmitri hingegen hatte sich nicht einschüchtern lassen und darüber hinaus mit erfahrener Anmut gekämpft.

Der Vampir neigte den Kopf und seine dunklen Augen wirkten träge – solange man nicht unter die Oberfläche blickte. »Wahrlich ein Kompliment von einem Waffenmeister, über dessen Verlust Titus mit Sicherheit erzürnt ist.«

Galen schüttelte den Kopf. »Er hat bereits einen Waffenmeister – und Orios hat sich seine Stellung verdient.« Für Galen hatte es dort keinen Platz gegeben, außer als Orios' Untergebener. Mit dieser Position war er nicht unzufrieden gewesen, als er gerade erwachsen geworden war, hatte er doch gewusst, dass Orios der bessere Kämpfer und die bessere Führungspersönlichkeit war. Aber als Galen älter und erfahrener wurde, hatten sich die Dinge geändert, seine Macht hatte sich erheblich schneller entwickelt als die seiner Altersgenossen. »Orios war froh, als ich ihm von meinem Wunsch berichtete, Titus' Hof zu verlassen.«

»Die Männer sind allmählich verwirrt, in wem sie ihren Anführer sehen sollen«, hatte der Waffenmeister gesagt, seine beinahe schwarze Haut hatte im Licht der afrikanischen Sonne geglänzt. »Es würde auf meine Kosten gehen, wenn wir gezwungen wären, die Dinge in einem Kampf auszutragen.« Eine große

Hand drückte Galens Schulter. »Ich hoffe, dass wir einander nie in einer Schlacht gegenübertreten müssen. Von all meinen Schülern hast du es am weitesten gebracht.«

Nie hatte Orios seinem Schüler Wissen vorenthalten, obwohl dieser seine Position gefährdet hatte. Dafür brachte Galen ihm großen Respekt entgegen, und er hatte dafür gesorgt, dass Orios das wusste. Sie hatten sich im Guten getrennt. »Titus versucht nur, sich in eine gute Position zu bringen, um Zugeständnisse von Raphael zu gewinnen.«

»Wie idiotisch von ihm«, sagte Illium und ließ die Hand über die Schneide der Klinge gleiten, mit der Dmitri gekämpft hatte. »Raphael ist zwar vielleicht das neueste Mitglied im Kader, aber er ist trotzdem ein Erzengel.« Er schnitt sich in die Handfläche, stieß zischend die Luft aus und ballte die Hand zur Faust. »Warum hast du keine Stellung an Charisemnons oder Urams Hof ins Auge gefasst? Beide sind älter und stärker und haben viel mehr Männer unter ihrem Kommando.«

Galen strich sich das schweißfeuchte Haar zurück und dachte daran, dass er es unbedingt schneiden lassen musste – er konnte es sich nicht leisten, dass seine Sicht beeinträchtigt wurde. »Lieber bleibe ich eine zweitrangige Wache an Titus' Hof, als unter Uram oder Charisemnon zu arbeiten.« Titus mochte zwar gelegentlich grausam sein, schnell zu verärgern und noch schneller mit einer Kriegserklärung bei der Hand, aber er besaß Ehrgefühl.

Wenn seine Soldaten in eine Schlacht marschierten, durften sie keine Frauen vergewaltigen oder Kindern etwas zuleide tun. Wenn ein Mann nur kämpfte, um sein Haus zu verteidigen, musste man ihm Gnade gewähren, denn Titus bewunderte Mut. Jeder Krieger, der die Regeln des Erzengels brach, wurde kurzerhand vorgeführt und geviertelt, und die Fleischklumpen, die einst sein Körper gewesen waren, wurden für alle sichtbar an den Bäumen aufgehängt.

Raphaels Herrschaftsstil hingegen war ganz anders, sein Zorn war wie eine kalte Klinge, die im Vergleich zu Titus' manchmal blinder Wut äußerst präzise Schnitte setzte. Aber auch Raphael hatte in den hundert Jahren seiner Zugehörigkeit zum Kader schon bewiesen, dass seine Ehre es nicht gestattete, Schwächere und Hilflose zu knechten.

»Gibt es an diesem Hof einen Platz für mich?«, fragte Galen unverblümt, wie es seine Art war. Er war als Kind zweier Krieger zur Welt gekommen und an einem kriegerischen Hof aufgewachsen. Die Zierden der Zivilisation hatten nicht zu seiner Erziehung gehört, und obwohl er die Wirksamkeit sprachlicher Gewandtheit durchaus kennengelernt hatte, würde diese Fähigkeit ebenso gut zu ihm passen wie ein zierliches Florett in seine Hand.

»Raphael unterhält keinen Hof«, sagte Dmitri. Er zog eine kleine, schimmernde Klinge aus einer Wandhalterung und warf sie ohne Vorwarnung an die hohe Decke der Halle.

Wie von einem Katapult geschossen, flog Illium hinauf, fing das Messer mit einer Hand aus der Luft und warf es in derselben Bewegung nach Dmitri. Der Vampir fing das Messer am Griff auf, kurz bevor es sein Gesicht treffen konnte. Er bleckte die Zähne und schickte ein wildes Grinsen in Illiums Richtung: »Ich sehe nicht ein, warum hübsche Leute sich nur treiben lassen und nichts tun sollten.«

Galen sah Illium mit einer Präzision landen, wie er sie noch bei keinem anderen gesehen hatte; die Flügel des Jungen waren nicht nur schön, sondern besaßen auch die Muskelkraft, die für dieses Manöver nötig war. Nun ging Galen auf, dass der andere Engel absichtlich den Eindruck erweckte, er sei nur eine hübsche, unterhaltsame Dekoration. Niemand würde in ihm gefährliche Absichten vermuten.

Illiums Antwort auf diese offenherzige Begutachtung war eine

Verbeugung, so anmutig und kunstvoll, dass sie einem von Lijuans spießigen Höflingen zur Ehre gereicht hätte. Atemberaubend entfalteten sich seine Flügel. »Hätten Sie heute zum Frühstück gern einen Dolch in Ihrer Kehle, mein Herr?« Der Tonfall war rein aristokratisch, mit einer Prise goldäugiger Koketterie.

»Lässt du ihn allein nach draußen?«, fragte er Dmitri, während er bereits die möglichen Vorzüge von Illiums Fähigkeiten abwog.

»Selten.«

2

Erst am nächsten Morgen, in der verschwiegenen Zeit kurz nach Sonnenaufgang, sah er die große, dünne Engelsfrau wieder. Sie ging allein auf dem marmorgepflasterten Weg, der zu den Türen der großen Bibliothek der Zufluchtsstätte führte. Hinter einer Reihe von Säulen, die das Gebäude säumten, verschwand sie immer wieder im Nebel, um dann plötzlich wieder aufzutauchen.

In ihren Armen trug sie etwas, das wie ein schweres Buch aussah, die glänzenden, kastanienbraunen Haare fielen ihr zu einem langen Zopf geflochten über den Rücken und ihr Gewand – aus einem feinen, himmelblauen Stoff, in dem sich der Nebel widerspiegelte – umspielte sanft flüsternd wie ein vertrauter Liebhaber ihre Knöchel. Ohne recht zu wissen, warum, änderte er seine Flugbahn, um sie abzufangen. Frisch und kühl fuhr ihm der Wind bei seinem steilen Sinkflug über die Haut.

Ein wortloser Schrei entfuhr ihr, ein erschrockenes Keuchen, als er vor ihr landete.

Er legte die Flügel zusammen. »Ich werde das für Sie tragen«, sagte er und nahm ihr den goldverzierten Wälzer aus den Händen, bevor sie zu Atem kommen und Einspruch erheben konnte.

Sie blinzelte, dichte, geschwungene Wimpern senkten sich über ihre tiefbraunen Augen. Die Wärme in dieser Farbe erinnerte ihn an die kunstvoll gemischten Pigmente, die einst ein Künstler bei seinem Besuch an Titus' Hof verwendet hatte. »Danke.« Ihre Stimme war gleichmäßig, obwohl der Puls in ihrem Hals hämmerte – ein zartes Klopfen unter ihrer cremefarbenen, von der Sonne zart verwöhnten Haut. »Ist Ihnen nicht kalt?«

Er trug nur eine schlichte Hose aus beständigem Material, in der er gut kämpfen konnte, und dazu robuste Stiefel. Das Schwert hatte er sich auf den Rücken gebunden, sodass sich die Ledergurte vor seiner Brust kreuzten. »Nein.« Ihm war bewusst, dass er wie der Barbar aussah, als den Dmitri ihn bezeichnet hatte – erst recht neben ihrer ätherischen Schönheit. »Sie stehen früh auf, gnädige Frau.«

»Jessamy.« Das einfache Wort lenkte seine Aufmerksamkeit auf ihre Lippen. Weich und gerade voll genug, um verführerisch zu sein, hätten sie ihr Gesicht dominiert, wären da nicht ihre fesselnden Augen gewesen, in denen ein unausgesprochenes Geheimnis lag. »Wann habe ich dich unterrichtet, Galen? Ich kann mich nicht erinnern.«

Er hatte die Hand zur Faust geballt, um nicht dem Drang zu erliegen, sie auszustrecken und die Falten zwischen ihren Brauen glattzustreichen. Sie war ein zu zartes Geschöpf für ihn, seine Berührung wäre zu grob. Und doch ging er nicht fort. »Warum solltest du mich in irgendetwas unterrichtet haben?«

Wieder ein Blinzeln, weitere Falten. »Ich unterrichte all unsere Kinder, schon seit Jahrtausenden. Du musst mein Schüler gewesen sein – du bist noch so jung.«

In seinen zweihundertfünfundsiebzig Jahren auf der Welt war er in Schlachten marschiert und hatte in Blut gebadet, hatte den heißen Kuss einer Peitsche auf seinem Rücken und den kalten Stoß eines Messers in seinen Eingeweiden gespürt – doch bis zu diesem Augenblick hatte ihn noch nie jemand als Kind bezeichnet. »Ich habe meine Kindheit an Titus' Hof verbracht.« Nur selten wuchsen Kinder außerhalb der Zufluchtsstätte auf, aber niemand hätte es gewagt, dem Sohn zweier Krieger etwas zuleide zu tun – noch dazu einem Jungen, der unter Titus' höchstpersönlichem Schutz stand. »Ich hatte einen Hauslehrer«, fügte er

247

hinzu, weil er nicht wollte, dass sie ihn für einen ungebildeten Wilden hielt.

»Jetzt erinnere ich mich.« Jessamys Stimme strömte wie flüssige Seide über ihn – eine unbeabsichtigte Zärtlichkeit. »Dein Hauslehrer war einer meiner ehemaligen Schüler, den ich für die Stelle empfohlen hatte. Er sagte mir, dass du allein unterrichtet wurdest.«

»Ja.« Titus hatte verhindern wollen, dass Galens Entwicklung durch die feminine Sanftheit seiner Töchter beeinflusst wurde.

»Ein einsames Leben.«

Er zuckte die Schultern, schließlich hatte er überlebt und war groß und stark geworden. In einem Alter, in dem die meisten Engel noch als Kinder galten, war er schon ein tüchtiger Kämpfer gewesen. Vielleicht hatte er nicht die üblichen Spielkameraden gehabt, aber er hatte es nicht anders gekannt, und dieses Leben hatte ihn zu dem Mann gemacht, der er heute war. Ebendieser Mann wollte sich nun am liebsten vorbeugen, um den Duft an Jessamys eleganter Halsbeuge zu schnuppern. »Ich werde dich den Rest des Weges begleiten«, sagte er, anstatt dem primitiven Drang nachzugeben.

Jessamy schritt neben dem großen Engel mit seinem übermächtigen Körper. Die mühelose Leichtigkeit, mit der er seine Flügel über dem Boden hielt, verriet ihr, dass es keine bewusste Handlung, sondern das Ergebnis des stählenden Trainings eines Kriegers war. Niemand könnte diesen Mann, der das Buch in seinen Händen wie ein fremdartiges Objekt betrachtet hatte, mithilfe seiner eigenen Flügel zu Fall bringen. »Liest du?«, fragte sie ohne nachzudenken.

Als er den Kopf schüttelte, glitzerten im unglaublichen, erlesenen Rot seiner Haare feine Dunsttröpfchen, die sich darin verfangen hatten, und Jessamy fragte sich, ob die Farbe abfärben und einen prächtigen Sonnenuntergang auf ihrer Haut erschaffen würde, wenn sie mit den Fingern durch die dichten Strähnen fuhr.

»Ich kann es«, sagte er beinahe schroff, »aber in meiner Welt gibt es nicht viel Verwendung dafür.« Zu ihrer Überraschung erhitzten sich seine Wangenknochen. »Meine Lesekenntnisse sind ... bestenfalls eingerostet.«

Jessamy konnte nicht verstehen, wie jemand ohne Wörter, ohne Geschichten leben konnte ... aber auf der anderen Seite war sie seit Jahrtausenden in der Zufluchtsstätte eingeschlossen. Wenn sie so schöne Flügel gehabt hätte wie Galen, hätte sie sich vielleicht auch nicht so sehr für Wörter interessiert – obwohl ihr diese Vorstellung gänzlich unmöglich erschien. »Ich kann nicht fliegen«, hörte sie sich sagen; sie hatte ihn in Verlegenheit gebracht, und das war nicht ihre Absicht gewesen. »Dadurch habe ich viel Zeit zum Lesen.«

Galen drehte sich nicht um und starrte nicht auf ihren verdrehten Flügel, der verhinderte, dass sie sich jemals würde in die Lüfte schwingen können. Im Laufe der Jahre hatte Keir, der größte Heiler der Engel, tausendfach versucht, sie zu heilen. Aber obwohl seine Kräfte in der Zwischenzeit immer größer geworden waren, nahm ihr linker Flügel immer wieder seine gleiche verdrehte Form an, so oft er auch gebrochen und gerichtet wurde, so oft er auch abgetrennt wurde, um neu nachzuwachsen. Bis sie irgendwann gesagt hatte, dass es reichte. Nie wieder. *Nie wieder.*

»Deine Flugunfähigkeit«, sagte Galen, als sie gerade das schmerzhafte Echo dieser Entscheidung niederrang, die ihr einst das Herz gebrochen hatte, »ist offensichtlich.«

Ihr Mund klappte auf. Noch nie war jemand in Bezug auf ihre Behinderung so unhöflich gewesen. Die meisten taten lieber so, als gäbe es sie überhaupt nicht, und Jessamy drängte sie nicht, es zur Kenntnis zu nehmen. Welchen Sinn sollte es haben, den Engeln um sie herum Unbehagen zu bereiten? Ihre Schützlinge – und jene, die es wie Illium einmal gewesen waren – kannten sie nur als Jessamy, die einen verdrehten Flügel hatte und bei der sie sich benehmen mussten, weil sie ihnen nicht am Himmel hinterherjagen konnte. Sie brauchte nur vor den Klassenraum zu treten und den Arm zu heben, und sofort kamen selbst die unartigsten Kinder wieder auf die Erde zurück.

Dieser hier allerdings hätte genau das getan, wonach ihm der Sinn gestanden hätte, dachte sie, während sie den großen Mann skeptisch von der Seite betrachtete. Sie konnte sich ihn so gar nicht als einsamen Jungen an einem vom Schwerterklirren und Kampfgeschrei erfüllten Hof vorstellen.

»Bist du schon so zur Welt gekommen?«, fragte er ziemlich direkt.

Jessamy kam zu dem Schluss, dass er nicht unhöflich war, jedenfalls nicht absichtlich. Wie Illium gesagt hatte, gehörte das Wort »subtil« offenbar nicht zu Galens Wortschatz. »Ja.«

»Man sagt, Keir ist ein begabter Heiler.«

»Das ist er … Er hat sein Bestes versucht.« Und hatte sich selbst die Schuld gegeben, als er gescheitert war. Jessamy gab Keir keine Schuld. Und auch nicht ihrer Mutter, die den Anblick ihres eigenen Kindes nur schwer hatte ertragen können – wenn auch nicht aus fehlender Liebe.

»Ihre Schuldgefühle sind zu groß«, hatte Keir damals zu Jessamy gesagt. Seine Augen wirkten dabei jung und alt zugleich, und seine Stimme war von starken Emotionen erfüllt gewesen. »Sie will es nicht hören, wenn ich ihr sage, dass es dafür keinen Grund gibt. Nichts, was sie getan oder unterlassen hat, ist dafür verantwortlich, dass sich dein Flügel auf diese Weise geformt hat.«

Auch ihrer Tochter hatte sie eine ganze Zeit lang nicht zuhören wollen. Selbst jetzt noch lag ein quälender Schmerz auf Rhoswens zierlichem Gesicht, wenn sie den missgestalteten Flügel ihres Kindes betrachtete. Das war nur selten der Fall ... und wurde immer seltener, denn die herzzerreißende Stille zwischen ihnen, entstanden aus all den unausgesprochenen Dingen, war zu einer undurchdringlichen schwarzen Mauer angewachsen.

In diesem Moment tauchten die schweren Holztüren der Bibliothek aus dem Nebel auf, eine ebenso undurchdringliche Masse. Die Türen waren mit erlesenen Schnitzereien versehen, in denen Einlegearbeiten aus Gold nur darauf warteten, unter dem Kuss des Sonnenlichts zu erstrahlen. Galen streckte die Hand aus und zog eine der Türen auf. Die Art, wie sich die Muskelstränge in seinem Arm spannten und wölbten, ließ ihren Mund trocken werden und ihr Herz heftig gegen ihre Rippen trommeln.

Davon erschüttert, wie heftig und prompt ihre Reaktion ausfiel – unmissverständlich körperlich und sinnlich –, wandte sie den Blick ab und streckte die Hand nach dem Buch aus.

Er ließ es in ihre Hände gleiten. »Isst du nicht?«, fragte er, während er den Blick mit einem verwunderten Ausdruck darin über ihren Körper schweifen ließ.

Der dunkle Impuls der Anziehung verwandelte sich in heftigen Zorn. Als junge Frau hatte sie alles in ihrer Macht Stehende versucht, um mehr Fleisch auf die Rippen zu bekommen, ohne Erfolg. Offenbar sollte sie einfach so sein. »Nein«, sagte sie mit eisiger Stimme. »Ich ziehe es vor, zu hungern.« Mit diesen Worten stolzierte sie in die Bibliothek, fest davon überzeugt, dass dieser ungehobelte Kerl von Wölfen aufgezogen worden sein musste.

Nicht lange nachdem die Sonnenglut den Nebel vertrieben und den Blick auf die Partikel kostbarer Metalle freigegeben hatte, die in den Marmorgebäuden der Zufluchtsstätte glänzten, sah Galen Illiums unverwechselbare Flügel über die Schlucht hinweggleiten. Der jüngere Engel flog in die Wolken und über Berge, in denen nichts und niemand lebte.

»Eine Frau«, sagte Dmitri neben ihm; der Wind wehte ihm das schwarze Haar aus dem Gesicht und enthüllte seine »gefährliche, männliche Schönheit«, wie Galen schon viele Frauen, Engel wie Vampire, hatte sagen hören. Galen hingegen sah in ihm eine unbarmherzige Stärke, die Respekt verlangte.

»Sterblich«, fügte der Vampir hinzu.

Galen wusste vielleicht nicht, wie man mit Frauen sprach, die keine Kriegerinnen waren, aber niemand hätte ihm Dummheit vorwerfen können. »Du machst dir Sorgen um ihn.«

Dmitris Blick ruhte auf den Wolken, in denen der Engel verschwunden war. »Sterbliche sterben irgendwann, Galen.«

Galen zuckte die Schultern. »Wir auch.« Die Sterblichen nannten sie unsterblich, aber Engel und Vampire konnten auch sterben – es war nur ein beträchtlicher Aufwand nötig. »Macht sie ihn glücklich?«

»Ja. Zu sehr.«

Galen fragte nicht nach weiteren Erklärungen. Er selbst hatte schon Unsterbliche gekannt, die sich in Sterbliche verliebt hatten. Und er hatte sie trauern sehen, wenn diese Leben wie Glühwürmchen gleich nach dem kurzen Aufleuchten erloschen. Er selbst hatte nie so tiefe Liebe empfunden, aber er wusste dennoch, was Kummer war. »Jessamy«, setzte er an – die Frau, bei der seine Gedanken weilten, war zwar nicht sterblich, doch ihre schmale Gestalt schien so verletzlich, dass es ihm keine Ruhe ließ. »Hat sie einen Geliebten?«

Unter Dmitris kultivierter Eleganz kam äußerstes Erstaunen zum Vorschein. »Wie bitte?«

»Jessamy«, wiederholte er geduldig. »Hat sie einen Geliebten?«

»Sie ist *die Lehrerin*.«

»Sie ist auch eine Frau.« Und wenn die Männer um sie herum zu dumm waren, um das zu bemerken, hatte Galen nicht vor, sich deswegen den Kopf zu zerbrechen.

Nach einer verblüfften Pause schüttelte Dmitri den Kopf, blauschwarz funkelte sein Haar in der Sonne. »Nein«, antwortete der Vampir schließlich. »Soweit ich weiß, hat sie keinen Geliebten.«

»Gut.«

Dmitri hörte nicht auf, ihn anzustarren. »Dir ist klar, dass sie über zweitausendfünfhundert Jahre alt ist, mindestens hundert Sprachen spricht und über ein so umfangreiches Wissen verfügt, dass der Kader sie um Rat fragt und Informationen bei ihr einholt?«

Galen zweifelte nicht daran, dass all das der Wahrheit entsprach. »Ich habe nicht vor, in einem Intelligenztest gegen sie anzutreten.« Nein, er wollte etwas viel Primitiveres von ihr.

Dmitri stieß die Luft aus. »Das dürfte interessant werden.«

Einige Engel kamen aus den Wohnquartieren geflogen, die wie Raubvogelnester in die Hänge der Schlucht eingelassen waren. Galen und Dmitri blickten ihren Flügeln hinterher, die im Sonnenlicht schimmerten und glänzten. »Vertrauen«, sagte Dmitri, als der letzte von ihnen in den azurblauen Himmel emporgestiegen war, »muss man sich verdienen.«

»Verstehe.«

»Für den Moment wirst du in der Zufluchtsstätte bleiben und die jungen Engel trainieren, die sich Raphael angeschlossen haben.«

»Es heißt, Lijuan mag ihn.« Er sprach von einem der ältesten Kadermitglieder.

»Auch wenn sie nicht wie Neha eine Kobra um den Hals trägt«, raunte Dmitri in einer Stimme, von der jede Spur der

Zivilisation abgefallen und nur noch eine blanke Klinge übrig war, »ist Lijuan keineswegs weniger giftig.«

Galen überlegte, was er über Lijuan wusste, und kam zu dem Ergebnis, dass es nicht viel war. »Solche Informationen habe ich an Titus' Hof nicht erhalten. Wenn ich ein richtiger Waffenmeister werden soll, muss ich über die politischen Verhältnisse Bescheid wissen, die sich eventuell auf die Taktik auswirken können.«

Langsam breitete sich ein Lächeln auf Dmitris Gesicht aus. »In diesem Fall solltest du mit Jessamy sprechen.«

Galen verschränkte die Arme und erwiderte den unschuldigen Blick des Vampirs. »Sollte ich das?«

»Viele wissen nicht, dass Jessamy nicht nur unsere Lehrerin ist, sondern auch unsere Geschichtsschreiberin. Ich würde sagen, wenn du etwas über die Feinheiten der politischen Beziehungen erfahren willst, die dem Machtgefüge des Kaders zugrunde liegen und es im Gleichgewicht halten, gibt es dafür niemand Besseren als Jessamy.«

Galen war klar, dass Dmitri sich einen Spaß daraus machte, ihn an Jessamy zu verweisen, aber immerhin hatte er jetzt einen Grund, ihre Gesellschaft zu suchen. Trotzdem sagte er: »Hast du vergessen, dass ich dich gut und gerne töten könnte?«

»Das war nur ein Glückstreffer, Barbar.« Der Vampir fuhr sich mit der Hand durchs Haar. »Deine Fähigkeiten als Waffenmeister werden vielleicht früher gebraucht, als dir bewusst ist«, sagte er in weitaus ernsterem Tonfall. »Alexander hat begonnen, seine Armee zusammenzuziehen. Er war immer dagegen, dass Raphael schon so jung in den Kader kommen sollte, und jetzt sieht es so aus, als wollte er seiner Meinung gewaltsam Nachdruck verleihen.«

Alexander war der Erzengel von Persien und herrschte bereits seit Tausenden und Abertausenden von Jahren. »Er ist stärker als

Raphael«, bemerkte Galen. Das Alter hatte Alexanders Macht zu durchdringendem Glanz verholfen.

Dmitris Miene war unergründlich. »Wir werden sehen.«

Galen fragte sich, ob Dmitri ihm von dem heraufziehenden Krieg nur deshalb erzählt hatte, weil im Volk bereits darüber gemunkelt wurde. Es war ein offenes Geheimnis. Aber andererseits hatte der Vampir es deutlich genug gesagt: Vertrauen musste man sich verdienen. Nichts anderes hatte Galen erwartet. »Er wird Spione in Raphaels Territorium haben, sowohl in der Zufluchtsstätte als auch außerhalb.«

»Natürlich. Also halte die Augen offen.«

Als Galen an diesem Nachmittag über die schimmernden weißen Gebäude hinwegflog, die in die felsige Landschaft der Bergfestung eingebettet waren, hielt er die Augen besonders weit offen, denn er war Jessamy zu einem kleinen Haus an den Klippen gefolgt, das am äußersten Rand von Raphaels Gebiet in der Zufluchtsstätte lag. Sie lebte ziemlich abgeschieden für eine Frau, die nach allem, was er heute erfahren hatte, von Kindern und Erwachsenen gleichermaßen geliebt wurde. Ihr Haus war durch eine zerklüftete Felswand von den anderen abgetrennt und nur über die Luft und einen einzigen schmalen Pfad erreichbar.

Er flog hinunter und landete auf dem kleinen Hof vor ihrem Haus. Der Boden war mit Fliesen in funkelndem Blau und zartem Grau ausgelegt und von irdenen Töpfen umgeben, die vor robusten Bergblumen in Weiß, Gelb, Rot und Indigo geradezu überquollen. Als er die Flügel zusammenlegte, kam er sich wie ein großes, schwerfälliges Tier vor. Doch dass er sich fehl am Platze fühlte, reichte nicht aus, um ihn davon abzuhalten, sich dieser Engelsfrau mit ihrer zierlichen Schönheit und den geheimnisumwobenen Augen zu nähern.

Was den körperlichen Aspekt anging – den konnte er nicht

leugnen. Er war ein Mann mit zügellosen Gelüsten, und Jessamy sprach sie samt und sonders an. Ein selbstsüchtiges Bedürfnis hatte ihn zu der Frage veranlasst, die sie so verärgert hatte. Er hatte sichergehen wollen, dass sie nicht unter der Kraft seiner Berührung zerbrechen würde. Sicher hätten es manche für vermessen gehalten, dass er annahm, sie würde sein Werben nicht nur akzeptieren, sondern auch zulassen, dass er ihre cremefarbene Haut mit seinen rauen, von der ständigen Arbeit mit Waffen abgehärteten Händen streichelte. Aber Galen hielt nichts davon, in einen Kampf zu ziehen, wenn man nicht die Absicht hatte, ihn zu gewinnen.

Mit großen Schritten ging er auf ihre Tür zu und wollte gerade Jessamys Namen rufen, als er ein Krachen hörte, gefolgt von dem verängstigten Schrei einer Frau. Das Blut in seinen Adern gefror zu Eis. Er rannte ins Haus und zog gleichzeitig sein Schwert. Das Geräusch war aus dem hinteren Teil des Hauses gekommen, und als er den Windzug auf seiner Haut spürte, wusste er, dass auf der Rückseite eine Tür geöffnet war – eine Tür, die auf einen steilen, von grausamen Felsspitzen gesäumten Abhang hinausführte.

Bei einem anderen Engel wäre es nicht so schlimm gewesen ... aber Jessamy konnte nicht fliegen.

3

Er trat ein und sah, wie sie mit entschlossenem, vorgeschobenem Kinn gegen einen Vampir kämpfte, der sie beinahe bis zur klaffenden Leere der offenen Tür zurückgedrängt hatte. Dunkle, rote Tropfen liefen seitlich an ihrem Gesicht hinunter.

Plötzlicher, kalter Zorn durchfuhr Galen.

Er stieß einen Kampfschrei aus, stürzte sich auf den Angreifer und riss ihn von der Engelsfrau fort, um ihn so heftig gegen die Wand zu schleudern, dass etwas in ihm mit einem hörbaren Knacken brach. In Sekundenschnelle packte er mit dem anderen Arm Jessamy, zog sie zu sich und trat die Tür zu. Er setzte sie auf einen Tisch und befahl: »Bleib hier!« Dann holte er mit dem Schwert aus, weil er einen Luftzug in seinem Rücken gespürt hatte.

Der Vampir hatte seine Reißzähne entblößt, einer seiner Schulterknochen ragte aus dem T-Shirt und schimmerte rostigweiß in der Luft. In blutrünstigem Trotz schrie der Vampir auf und versetzte Galen mit seinem schweren Jagdmesser einen Schnitt, der sich wie eine Linie aus Feuer über seine Brust zog. Galen ignorierte den Kratzer, und dem anderen Mann kullerte der Kopf vom Hals, um im nächsten Augenblick mit einem feuchten Plumpsen auf dem Boden aufzukommen. Blut strömte hervor und spritzte an die Wand, während sich der Körper des Mannes kurz verkrampfte und dann erschlaffte.

Verdammt.

Jessamy würde ihn vermutlich zwingen, das aufzuwischen, dachte er, während sich der Körper vor seinen Augen noch immer wand. Vampire waren Beinahe-Unsterbliche, aber eine Enthauptung überlebten sie nicht – auch wenn der Körper noch sporadisch zuckte. Dennoch ging Galen auf Nummer sicher, indem er zu dem toten Vampir ging, ihm das Schwert durchs Herz stieß und es in seiner Brust in winzige Stücke zerschnitt.

Dann erst wandte er sich der Frau zu, die mit kalkweißem Gesicht und aufgerissenen Augen auf dem Tisch saß. Nachdem er sein Schwert an der Kleidung des Vampirs abgewischt und es in die Scheide auf seinem Rücken geschoben hatte, ging er zu ihr und stützte die Hände links und rechts von ihr auf dem Tisch ab. »Sieh mich an.«

Nervös blickte sie ihn mit ihren braunen Augen an. »Du bist blutverschmiert.«

Innerlich fluchte er über dieses Zeugnis roher Gewalt, die für ihn ein wesentlicher Teil des Lebens war, für sie jedoch gewiss etwas Fremdes. Deshalb wollte er sich zurückziehen, um es zu beseitigen, doch Jessamy löste bereits eine Art seidigen Schal von ihrer Taille und machte sich daran, sein Gesicht abzuwischen. Der Schal duftete nach ihr.

Galen spannte all seine Muskeln an und rührte sich nicht von der Stelle. Sein Blick fiel auf die elegante Biegung ihres Halses und auf die Träger, die das Korsettoberteil ihres Gewandes hielten – sie waren im Nacken zu einem Knoten gebunden und deren Enden fielen in anmutigen Stoffbändern über ihren Rücken. Ein einziger Blutstropfen beschmutzte das Blau, doch ansonsten war das Gewand unversehrt geblieben.

»Fertig?«, fragte er, als sie die Hand sinken ließ, und fasste ihr Kinn, um ihr Gesicht ins Licht zu drehen und die Schnittwunde an ihrer Schläfe begutachten zu können. Sie heilte bereits. Gut. Dennoch borgte er sich ihren Schal und wischte die roten Streifen fort, die ihn rasend machten. Denn selbst innerhalb dieses Gemetzels stach der Geruch ihres Blutes deutlich hervor.

Als er ihr das Tuch zurückgab, nahm sie es entgegen und fuhr damit über seine Brust. »Besitzt du überhaupt Hemden?«

Er genoss ihre zärtliche Berührung, die so ganz anders war als die der Krieger, wenn sie ihm eine gefährliche Wunde nähten, damit er weiterkämpfen konnte. »Ja. Für formelle Anlässe.« Obwohl an Titus' Hof selbst bei solchen Anlässen meist kein Hemd nötig gewesen war.

Jessamy lachte ... doch gleich darauf verzog sich ihr Gesicht. Er zog sie an sich und streichelte ihr über den Rücken, als sie schluchzend die Arme um seinen Hals schlang. Vorsichtig achtete er darauf, den empfindlichen Bereich zu meiden, an dem die Flügel aus ihrem Rücken wuchsen. Hier hatten die Federn ein tiefes, sinnliches Magenta, bevor sie zu verlegenem Rot verblassten und im Großteil der Flügel den Ton von Creme annahmen. Eine solche Intimität einfach einzufordern, würde ihre Kostbarkeit entwerten. Er würde warten, bis Jessamy ihm diese Berührung gestattete.

Heiß und stoßweise strich ihr Atem über seine Haut, als sie versuchte, ihm noch näher zu kommen. Er bahnte sich einen Weg zwischen ihre Knie, die vom hauchdünnen Rock ihres Gewandes umspielt wurden, zog sie fest an sich und wiegte sie hin und her. Sie war so schmal gebaut, so erschreckend zerbrechlich. Aber trotz ihres beinahe schmerzlich dünnen Aussehens war sie nicht knochig, wie er jetzt feststellte. Es war, als wäre ihr Körperbau selbst so filigran, dass er nur dünnste Schichten brauchte. Sie hatte eine sinnliche Anmut an sich, erlesen und wunderschön.

»Er kann dir jetzt nichts mehr tun«, flüsterte er in ihr Ohr, und allmählich legten sich ihre Schluchzer.

Nach einem letzten stockenden Atemzug richtete sie sich wieder auf und baute ihre Würde wieder wie einen Schild um sich herum auf. »Vielen Dank.« Als sie den Blick senkte und ihre Knie sah, die um seine Schenkel herum geöffnet waren, errötete sie.

Er trat einen Schritt zurück, damit sie die Beine schließen und ihren Rock zurechtziehen konnte. Barbar oder nicht, er wusste, dass Jessamy ihren Stolz brauchte wie ein Krieger seine Waffe. »Wer war das?«

»Ich weiß es nicht«, sagte sie und wischte sich die Tränen aus dem Gesicht, bis keine Spuren mehr von dem gerade vorübergezogenen Sturm der Gefühle zu sehen waren. »Er ist ins Haus gekommen, als ich in der Küche war – ich dachte, es wäre einer meiner Schüler. Sie wissen, dass sie anklopfen sollen, aber die ganz Kleinen vergessen es manchmal.«

»Hat er irgendetwas gesagt?«

»Dass ich zu viel wüsste«, sagte Jessamy, die sich zwang, sich an den Albtraum zu erinnern. »Das Risiko sei zu groß.« Bevor sie die Bedeutung seiner Worte hatte erfassen können, war der Vampir schon über sie hergefallen. Von ihrem Instinkt getrieben, hatte sie ihm mit dem kleinen Küchenmesser, das sie in der Hand gehabt hatte, einen Schnitt versetzen können, doch dann hatte er die Tür aufgerissen und Jessamy gewaltsam in Richtung der Kante geschleudert. Vom Aufprall war sie so benebelt gewesen, dass er es beinahe geschafft hätte, sie auf die erbarmungslosen Felsen hinunterzustoßen.

Jessamy war über zweitausend Jahre alt, und wenn sie auch nicht die Stärkste ihrer Art war, so war sie doch alles andere als schwach. Der Sturz hätte sie nicht umgebracht, aber er hätte sie in so viele Stücke zerschellen lassen, dass es Jahre, vielleicht sogar ein Jahrzehnt gedauert hätte, bis sie vollends wiederhergestellt gewesen wäre. In der Zwischenzeit hätte sie wie tot dagelegen – stumm und reglos. Und jemand, der seine Pläne geheim halten wollte, hätte ausreichend Zeit gehabt, diese in die Tat umzusetzen. »Du hast mich vor furchtbaren Schmerzen bewahrt.«

Während sie sprach, rechnete sie damit, dass Galen ihr Vorhaltungen machen würde, weil sie trotz ihrer Flugunfähigkeit ein Haus auf einer Felsklippe bewohnte. Wie sollte sie ihm erklären, dass sie dieselbe herzzerreißende Sehnsucht nach dem Himmel verspürte wie ihre Brüder und Schwestern? Dass sie das gleiche Bedürfnis hatte, sich in die Lüfte zu schwingen? In ihrem Haus war sie den Wolken so nah, wie sie ihnen nur kommen konnte. Doch von diesem Krieger, der sie mit so erschreckend zarten Händen gestreichelt hatte und dessen Stimme an ihrem Ohr so leise und tief geklungen hatte, bekam sie keine Schuldzuweisung zu hören. Stattdessen richtete er seine Aufmerksamkeit stirnrunzelnd auf ihren Angreifer. Als er vom Tisch zurücktrat, musste sie sich auf die Lippe beißen, sonst hätte sie ihn angefleht, bei ihr zu bleiben.

Es erschütterte sie, wie heftig dieser Drang war. Schon bevor sie die Hundertjahresgrenze erreicht hatte, mit der bei Engeln das Erwachsenenalter begann, war sie jahrzehntelang auf sich allein gestellt gewesen. Es war höchst ungewöhnlich für einen Engel, als Heranwachsender auf eigenen Beinen stehen zu wollen, aber die allgegenwärtigen Schuldgefühle ihrer Mutter hatten Jessamy wie ein Leichentuch zu ersticken gedroht. Keir hatte an ihrer Stelle mit Caliane gesprochen, in deren Abschnitt der Zufluchtsstätte sie zur Welt gekommen war. Er hatte den Erzengel davon überzeugt, dass Jessamy erwachsen genug war, um sich selbst überlassen zu werden.

Mit den Jahren hatte sie sich mit dem Alleinsein angefreundet, es gehörte ebenso zu ihr wie ihr verdrehter Flügel und die braunen Augen. Aber heute wünschte sie sich nichts sehnlicher, als im Arm gehalten und von diesem großen Fremden beschützt zu werden, der im Augenblick mit grimmiger Effizienz die Taschen ihres Angreifers durchforstete. Sie hätte von ihrem Tisch herunterspringen sollen, wo er sie mit dem Befehl »Bleib hier« abgesetzt hatte, als wäre sie ein Haustier oder ein Sack Kartoffeln. Aber wenn sie ehrlich war, wusste sie wirklich nicht recht, ob ihre Beine sie tragen würden.

»Was hast du gefunden?«, fragte sie, als er etwas aus der Tasche des Vampirs zog.

Er erhob sich, kam zu ihr herüber und reichte ihr ein Stück Papier. Als sie es auseinanderfaltete, begann ihr Herz zu flattern. »Ein Ort und eine Zeit. Mein Haus, um diese Tageszeit: Bevor ich zum Arbeiten in die Bibliothek gehe, komme ich oft nach Hause, um etwas zu essen.« Vormittags unterrichtete sie normalerweise, aber manchmal verlegte sie die Stunden auch auf den Nachmittag, insbesondere dann, wenn die Tage dunkel und kalt wurden und die Kinder überhaupt nicht wach werden wollten.

»Also«, sagte Galen, seine Schultermuskeln spannten sich, als er die Hand neben ihrer Hüfte auf dem Tisch abstützte, und sie spürte seine natürliche Körperwärme – fremd, aber nicht unerwünscht, »entweder kannte jemand deinen Tagesablauf, oder er hat dich lange genug beobachtet, um ihn in Erfahrung zu bringen.«

Ihr Blick blieb an der Leiche des Vampirs hängen. »Was für eine Verschwendung.«

»Er hat seine Wahl getroffen.« Mit diesen mitleidslosen Worten löste Galen seinen Blick von der Leiche und sah zu der Wand, auf der die roten Spritzer langsam schwarz wurden und erstarrten. »Ich werde hier saubermachen, aber zuerst muss ich Dmitri benachrichtigen. Wir fliegen zu ihm.«

»Nein.« Sie stieß seine Schultern von sich, als er sie auf den Arm nehmen wollte.

Galen blickte so finster, dass das blasse Grün seiner Augen aussah wie die See bei Sturm. »Ich werde dich schon nicht fallen lassen.«

»Das ist es nicht.« Ihre Abneigung dagegen, mit anderen Engeln zu fliegen, war aus einer schmerzhaften Erkenntnis entstanden, die sie vor Kurzem gewonnen hatte: dass jede kleine Kostprobe vom Himmel nur die Qual des Verlusts verschlimmerte. Nicht einmal ihre besten Freunde hätten so lange mit ihr fliegen können, wie es nötig gewesen wäre, um ihre Sehnsucht zu stillen. »Ich fliege mit niemandem.«

»Ich werde dich nicht allein hier zurücklassen.« Er sprach mit tiefer Stimme – eine Wand aus eisernen Muskeln.

»Ich komme schon zurecht.« Sie vermied es, die blutigen Überreste der Leiche anzusehen, und musste gegen die Galle ankämpfen, die in ihrer Kehle brannte. »Ich warte im Hof vor dem Haus auf dich.«

Galen schnaubte, legte die Hände um ihre Taille und hob sie hoch, bis ihre Zehen über dem Boden schwebten. Sie ergriff seine Schultern, spürte die brennende Hitze seines Körpers unter ihren Händen. Mit atemloser Stimme fragte sie: »Was machst du da?«

Statt einer Antwort trug er sie aus der Küche – wofür sie im Stillen dankbar war – und brachte sie auf den gepflasterten Vorplatz mit den bunten, vor Blüten überquellenden Töpfen. Dort stellte er sie endlich wieder auf den Boden und funkelte sie an: »Warte.«

»Bleib hier. Warte«, maulte sie seinem breiten Rücken hinterher, als er ins Haus ging. Sie gab sich alle Mühe, beleidigt zu sein – aber in Wirklichkeit hatte er mehr getan, als sie nur vor unvorstellbaren Schmerzen zu bewahren. Er hatte ihr ein so sicheres Gefühl vermittelt, dass ihr die Tränen gekommen waren … und er hatte sie mit einer süßen, rauen Zärtlichkeit im Arm gehalten. Wut war nicht das vorherrschende Gefühl, das sie für Galen empfand.

Schließlich kehrte er mit ihren Sandalen zurück und ließ sich auf ein Knie niedersinken, um sie an ihre Füße zu streifen. Dabei hob sich das tiefe, dunkle Grau seiner Flügel vor den Pflastersteinen ab. Sie wollte einwenden, dass sie das schon selbst konnte, aber wenn Galen etwas wollte, das begriff sie allmählich, war er eine unaufhaltsame Kraft. Nur wenige Augenblicke später steckten ihre Füße schon in den Sandalen. Die Berührung seiner wettergegerbten Hände fühlte sich so intim an, dass sich ihr Unterleib zusammenzog. Er stand auf und ergriff ihre Hand. »Komm mit.«

Weil durch ihre Blutbahn noch immer die kalten, schmierigen Überreste des Grauens krochen, das sie bei ihrem Kampf gegen den Vampir empfunden hatte, die Angst vor dem Sturz in die zerklüftete Schlucht, löste sie sich nicht aus seinem beschützenden Griff. »Meine nächste Nachbarin, Alia, wohnt dort drüben.« Sie deutete auf den schmalen Pfad, der vor ihnen zwischen den Felsen hinaufführte. »Ich bleibe bei ihr, während du Dmitri holst.«

Galen hatte seine starken Finger mit ihren verschränkt und hob nun den Arm, dabei breitete er schützend einen Flügel aus. In den weißen Streifen glitzerten verborgene weißgoldene Fasern.

Wunderschön.

In diesen staunenden Gedanken hinein sagte Galen: »Ist dein Vater früher mit dir geflogen?«

Schmerz durchbohrte ihr Herz, und in dem vergeblichen Versuch, der Frage zu entkommen, beschleunigte sie ihre Schritte. »Frag mich nicht solche Sachen.«

»Soll ich einfach ignorieren, dass dein Flügel verdreht ist?«

»Titus hat wenigstens Manieren«, sagte sie. Es machte sie rasend, wie leichtfertig er seinen Pfeil in die älteste und schmerzhafteste aller Wunden auf ihrer Seele geschossen hatte. »Warum du nicht?«

Schwer und warm strich Galens Flügel über ihren Rücken, doch seine Worte waren gnadenlos. »Ich glaube, dass die Leute sich wegen deines Flügels nur auf Zehenspitzen in deiner Nähe bewegen. Und du lässt es zu.«

Der Versuch, ihre Hand aus seiner zu ziehen, war so Erfolg versprechend, als wäre sie unter einem Felsen eingeklemmt. »Ich kann den Rest des Weges allein gehen.« Das Haus ihrer Nachbarin war bereits in Sichtweite. »Geh schon, sag Dmitri Bescheid.«

Statt zu gehorchen, ging er einfach weiter, und sie musste mitgehen, wenn sie nicht riskieren wollte, hinterhergeschleift zu werden. »Ich hätte dir mehr Courage zugetraut, Jessamy.«

Sie wollte ihn schlagen. Treten. Ihn verletzen. Der Drang war so untypisch für sie, dass sie sich zwang, im Geiste einen Schritt zurückzutreten und in tiefen Zügen die kühle Bergluft einzuatmen. »Ich habe mehr Courage, als du jemals begreifen wirst«, sagte sie mit stolz aufgerichtetem Rücken, als sie vor Alias Haus anhielten.

Wie kann er es wagen, so etwas zu mir zu sagen? Wie kann er es nur wagen?

Als sie erneut versuchte, die Hand wegzuziehen, ließ er diese los und sie ging auf die Tür zu. Es bereitete ihr fast körperliche Schmerzen, dass er eine so perfekte Aussicht auf den Flügel hatte, der sie schon zur Tapferkeit gezwungen hatte, als die meisten anderen Engel noch lachende Kinder gewesen waren. Aber sie zögerte nicht, blieb nicht stehen. Und sie sah sich nicht noch einmal um.

Dmitri warf einen Blick auf die Leiche und dann auf die rotschwarzen Blutspritzer an der Wand. »Wie geht es Jessamy?«

»Gut.« Sie war so wütend auf ihn, dass die Knochen unter ihrer goldbestäubten Haut hervorgetreten waren. Das Verlangen, ebendiese Haut mit seinen Lippen zu kosten, war ebenso primitiv und ungestüm wie der Wunsch, über die üppige Wölbung ihrer Flügel zu streichen. Ihre weichen Federn hatten ihn so sehr in Versuchung geführt, dass er eine von ihnen in ihrem Haus vom Boden aufgehoben und sorgfältig in seiner Hand verborgen hatte. »Wenn die Schockwirkung des Angriffs nachlässt, wird sie wissen wollen, was dahintersteckt.«

»Das ist die Frage, nicht wahr?« Konzentriert betrachtete Dmitri das Gesicht des toten Vampirs. »Er gehört nicht zu Raphael, aber irgendjemand wird ihn vielleicht erkennen. Ich werde eine Skizze in Umlauf bringen.«

Galen nickte und ging mit Dmitri hinaus. »Jessamy wird in ihr Haus zurückkehren wollen.« Dieser Ort trug überall ihre Handschrift, von den Blumenkaskaden über die dicken, cremeweißen Teppiche bis zu den Kinderzeichnungen, die sie liebevoll gerahmt und aufgehängt hatte. Einen Ort, den sie sich so zu eigen gemacht hatte, ließ eine Frau nicht ohne Weiteres zurück. »Ich habe ihr versprochen, hier sauber zu machen.«

»Ich werde mich darum kümmern, aber es wird erst morgen fertig sein.« Er sah Galen aus seinen dunklen Augen an. »Jemand muss bei ihr bleiben.«

»Ja.« Er brauchte sich nicht für diese Aufgabe zu melden, denn sie beide wussten, dass er keinen anderen Krieger in ihrer Nähe dulden würde, wenn sie so verwundbar war. »Hast du keine Bedenken, dass ich hinter all dem stecken könnte?« Er war die Unbekannte in dieser Gleichung, der Fremde.

»Nein.« Ein einziges, entschlossenes Wort. »Du bist nicht der Typ Mann, der eine schutzlose Frau angreifen würde. Und«, fügte der Vampir hinzu, »wenn du das hier eingefädelt hättest, würde sie jetzt nicht mehr atmen, sondern hinge in blutige Fetzen gerissen am Hang dieser Schlucht.«

Galen wand sich innerlich, aber Dmitri hatte in beiden Punkten recht. »Ich werde dafür sorgen, dass ihr niemand zu nahe kommt.« Ob sie diesen Schutz nun begrüßen würde oder nicht.

4

Die Sonne kroch gerade über den Horizont, als Galen zu Jessamy zurückkehrte. In der Hand trug er eine kleine Tasche mit einigen ihrer Sachen. »Mein Quartier«, schlug er vor, »wäre der sicherste Platz für dich.« Die Lage ihrer derzeitigen Behausung verursachte ein Kribbeln in seinem Nacken.

Sie jedoch schüttelte den Kopf und sagte: »Alia hat mir bereits ein Zimmer angeboten.«

»Sie hat ein Kind.« Er hatte die Spielsachen gesehen, die auf dem Dach verstreut lagen – der perfekte Spielplatz für einen neugierigen kleinen Engel.

Schnell und düster senkte sich das Verstehen auf Jessamys Gesicht und ließ ihre tiefbraunen Augen noch finsterer aussehen. »Ja, natürlich. Ich würde nie ein Kind in Gefahr bringen.«

»Und Erwachsene sind Freiwild?«

Sie hielt die Luft an und ballte die Hand vor ihrem Bauch zur Faust. »Du glaubst wirklich, dass es einen weiteren Anschlag auf mein Leben geben wird?« Es war als Frage formuliert, doch er wusste, dass sie die Antwort bereits kannte. Ihre nächsten Worte bestätigten seine Vermutung. »In der Bibliothek gibt es ein kleines Zimmer mit einem Bett. Dort kann ich bleiben.«

Er nickte ihr knapp zu. »Gut.«

Galens sofortige Zustimmung kam Jessamy verdächtig vor, aber er drängte sie nicht, ihre Meinung zu ändern, sondern begleitete sie als stummer, kampfbereiter Schatten zur Bibliothek. Sein Blick nahm jedes winzige Detail der Umgebung in sich auf, bis sie seine beschützende Wachsamkeit regelrecht auf ihrer Haut zu spüren glaubte.

»Siehst du?«, fragte sie, als sie das Zimmer in der Bibliothek erreichten. Ihre Brust war wie zugeschnürt, als hätte jemand ihren Atem gestohlen. »Keine großen Fenster und nur eine einzige Tür.« Wenn sie diese Tür von innen verriegelte, würde niemand zu ihr vordringen können.

Nachdem er die Wände auf Dicke und Stabilität überprüft hatte, nickte er stumm und gestattete ihr, die Tür hinter sich zu schließen. Zitternd ließ sie sich auf dem schmalen Bett nieder, in dem sich sonst ihre Schüler ausruhen konnten. Es mussten die Nachwirkungen vom Schreck des Angriffs sein, dachte sie. Sie war zu alt und zu vernünftig, um mit dieser seltsamen Mischung aus Angst und freudiger Erregung auf einen Mann zu reagieren – noch dazu auf einen Mann, der sie erst vor Kurzem beinahe blind vor Wut gemacht hatte.

Erleichtert über diese Erklärung, nahm sie ein Buch von dem Tisch neben dem Bett und schlug die erste Seite auf. Schon im nächsten Augenblick hörte sie Galens Stiefel über den Boden schleifen, als dieser draußen seine Position veränderte, und erst mit Verspätung wurde ihr klar, dass er die ganze Nacht über vor ihrer Tür bleiben würde. Das nämlich war die einzige Möglichkeit, jemanden in diesem Zimmer zu beschützen – die Bibliothek hatte zu viele Aus- und Eingänge, um an irgendeinem anderen Punkt Wache halten zu können.

Sie wusste, dass es ihm nichts ausmachen würde. Er war ein Engel und mächtig für sein Alter. Bei manchen Engeln nahm die Macht nach Erreichen der Volljährigkeit überhaupt nicht mehr zu, während sie bei anderen, wie bei Jessamy, schrittweise zunahm. Galen hingegen gehörte zu denen, deren Macht sich in riesigen Sprüngen steigerte – was einer der Gründe war, warum er einen so guten Kandidaten als Waffenmeister eines Erzengels abgab. Eine Nacht auf den Beinen und ohne Schlaf würde ihm nichts ausmachen. Und doch regten sich in ihr hartnäckige Schuldgefühle. Er hatte ihr das Leben gerettet, hatte sein Blut für sie vergossen. Und sie stellte sich so kindisch an, wenn sie vorübergehend bei ihm wohnen sollte, wo er sich besser erholen könnte. Aber sie hatte noch nie in irgendeiner Form mit einem Mann zusammengelebt.

Nach mehr als zwei Millennien hatte sie noch nie einen Mann so nah an sich herangelassen.

Anfangs war es keine bewusste Entscheidung gewesen, sondern einfach so geschehen. Wegen ihres missgestalteten Flügels war sie schüchtern und unsicher gewesen und hatte sich deshalb in der Bibliothek versteckt. Später, als sie genug Vertrauen in ihre Fähigkeiten gewonnen hatte, um sicherer aufzutreten, *waren* Männer auf sie zugekommen. Natürlich nicht viele, aber genug, dass sie mehr als einen zur Auswahl gehabt hatte.

Damals war sie jung und trotz ihres Auftretens noch immer unerträglich empfindlich wegen ihres Flügels. Sie nahm an, die Männer wollten aus Mitleid mit ihr ausgehen und würden die Rolle des freundlichen Verehrers nur so lange spielen, bis sie ihr Gewissen beruhigt hätten. Also wies sie die Verehrer ab, bevor sie selbst abgewiesen werden konnte.

Zumindest bei einem der Männer, die sich um sie bemühten, behielt sie mit ihrer Vermutung über seine Motive recht. Bei den anderen ... bestand die Möglichkeit, dass sie sich geirrt hatte. Aber eines war sicher: Nach kurzer Zeit sprach sich herum, dass Jessamy am liebsten in Ruhe gelassen werden wollte. Man sah in ihr eine Gelehrte und eine Lehrerin, aber alle hatten vergessen, dass sie außerdem auch eine Frau war, die hoffte und träumte, einmal einen Partner und eine Familie zu haben. Und ein Zuhause, das nicht so endlos still war, wenn sich sanft die Nacht herabsenkte. Auch sie selbst hatte sich alle Mühe gegeben, die

Wahrheit zu vergessen, weil dann die Schmerzen leichter zu ertragen waren.

»*Ich hätte dir mehr Courage zugetraut, Jessamy.*«

Sie presste ihre Fingernägel in die Handflächen. In diesem Augenblick hasste sie ihr Leben, das sie sich Stein für Stein aufgebaut und in dem sie sich irgendwann selbst eingemauert hatte. Sie stand auf und griff nach der kleinen Tasche, in der Galen – wie unerwartet und verwirrend – ihre Sachen zusammengepackt hatte. Dann öffnete sie die Tür und fragte, bevor der Mut sie verlassen konnte: »Wäre dein Zuhause leichter zu bewachen?«

Galen nickte knapp, wobei ihm sein leuchtend rotes Haar in die Stirn fiel. Mit einer ungeduldigen Geste strich er es zurück. »Es liegt am Hang der Schlucht. Ein Eingang, keine Treppen.«

Also würde sie ihm erlauben müssen, sie in seinen Armen dorthin zu fliegen.

Ohne den Blick von ihr abzuwenden, fuhr Galen fort: »Es ist nicht weit.« Die stürmische See in seinen Augen verriet ihr, dass er sie zu genau betrachtete. »Nur einen Herzschlag oder zwei zu fliegen.«

Auf ihrem Rücken brach Schweiß aus, und sie musste zweimal schlucken, bevor sie heiser hervorbrachte: »In Ordnung.«

Galen schwieg, bis sie den Rand der Felsklippe erreicht hatten, die in die wundervoll gefährliche Schlucht hineinragte. »Halt dich fest«, brummte er. Dann hob er sie hoch und zog sie an sich, mit einem Arm stützte er ihren Rücken, den anderen schob er unter ihre Beine. »Und denk an all die Schimpfwörter, die dir für mich einfallen.«

Vor Überraschung und Freude stieg Lachen in ihr auf ... und in diesem Moment machte er einen Schritt von der Klippe und flog mit ihr hinunter zu seinem Quartier. Über ihnen schlugen in einem atemberaubenden Spiel aus Licht und Schatten seine Flügel. Der Wind zerrte an ihrem Gewand und spielte mit ihrem

Haar, und für den winzigen Augenblick, den sie in der Luft waren, fiel ihr Magen ins Bodenlose. Nach der Landung hob sie noch immer lächelnd den Blick und sah, dass Galen sie mit dem Anflug eines bedächtigen Lächelns betrachtete. »Du hattest keine Angst«, stellte er fest.

»Was?« Während sie darauf wartete, dass er sie absetzte, ließ sie ihre Tasche auf den Boden fallen. Nur knapp konnte sie dem Drang widerstehen, die Nähe zwischen ihnen auszunutzen und ihm die zu langen Haare zurückzustreichen, die ihm wieder bis auf die Wimpern fielen. »Nein. Das ist nicht der Grund, weshalb ich nicht fliege.«

Ein Hauch von Eis und Frühling lag in Galens Augen, und er blickte sie so lange an, bis ihr nichts anderes übrig blieb, als ihm zu antworten, ihm ein Geheimnis zu offenbaren. Dieses Geheimnis war so furchtbar und so tief, dass sie nie zuvor mit jemandem darüber gesprochen hatte, nicht einmal mit Keir, den sie seit Jahrtausenden kannte. »Es ist, weil ich es zu sehr liebe.«

Direkt nach diesem Geständnis traf die Verwundbarkeit sie wie ein Schlag in die Magengrube, unter dem sie sich zusammengekrümmt hätte, wenn nicht Arme aus heißem, lebendigem Eisen sie festgehalten hätten. »Lass mich runter.« Sie könnte es nicht ertragen, das Mitleid auf den harten Konturen seines Gesichts zu sehen.

»Jetzt, wo ich dein Geheimnis bereits kenne …«, sagte er stattdessen und rieb sein Kinn sanft an ihrem Haar. »Möchtest du eine Runde fliegen?«

Jessamy blieb das Herz stehen. »Es würde die Sehnsucht nur verschlimmern«, flüsterte sie und hob eine Hand, um ihm das dichte, seidige Haar zurückzustreichen, dessen Farbe an das strahlende Herz eines Sonnenuntergangs in den Bergen erinnerte.

»Ich kann stundenlang ohne Pause fliegen.« Er zog sie noch

fester an sich, seine wilde Hitze brannte sich in ihre Haut und drang ihr bis ins Blut. »Außerdem«, murmelte er, ohne den Blick von ihr abzuwenden, »bist du in der Luft viel sicherer als überall sonst.«

Was er ihr anbot, versetzte sie in Angst und Schrecken. Nicht nur seine Flügel ... sondern auch glutheiße Emotionen, die zu verbergen er sich keinerlei Mühe gab. Es hatte nichts mit Mitleid zu tun. »Galen.«

Er senkte den Kopf und sprach so dicht an ihrer Haut, dass es beinahe ein Kuss war, nur einen Atemhauch waren seine Lippen von ihren entfernt. »Halte dich gut fest.« Und dann machte er vom Rande des Felsvorsprungs vor seinem Wohnquartier einen Schritt zurück.

Sie schrie auf, als er in die Tiefe fiel – teils vor Freude, teils vor fassungsloser Überraschung. »Ich habe noch gar nicht ›Ja‹ gesagt.« Sie schlang die Arme fest um seinen Hals.

Galen stellte sich taub, stürzte sich in die Tiefe und schraubte sich wieder in die Höhe, all das vor den Felswänden derselben Schlucht, die ihr vorhin noch Angst und Schrecken durch den ganzen Körper gejagt hatten. Aber nicht jetzt. Nicht in Galens festem Griff. Ein schwindelerregendes Gefühl fuhr ihr durch die Glieder, und wieder musste sie lachen. Er benahm sich wie einer ihrer Schützlinge. Auch diese ignorierten sie manchmal, weil sie hofften, Jessamy würde sie dann nicht tadeln. Und vermutlich hatte er damit recht – denn Galen *konnte vielleicht fliegen*!

Nachdem er sich in die Tiefe gestürzt hatte, sauste er mit ihr dicht über den tosenden Fluss am Grund der Schlucht hinweg und streifte dabei die Wasseroberfläche. Die Spritzer trafen ihre Füße und ihr Gesicht, und in spontaner Zuneigung rieb sie dieses Gesicht an seinem Hals. Er neigte den Kopf und sah sie mit einem Berserkergrinsen an, bevor er wieder in die Höhe flog, höher und immer höher, bis sie sich hoch in der substanzlosen Watte der Wolken befanden. Die glitzernden, mineraldurchsetzten Gebäude der Zufluchtsstätte lagen nun hinter einer Bergkette verborgen – eine unüberwindliche Barriere für Wesen ohne Flügel. Unter ihnen lag das Land wie ein wildes, buntes Bild, das sie zuletzt vor langer Zeit gesehen hatte, als sie noch ein Kind gewesen war und ihr Vater sie in den Himmel hinaufgetragen hatte.

»*Danke, Vater.*«

»*Du bist mein Kind, Jessamy. Ich würde alles tun, um dich lachen zu hören und dein wunderschönes Lächeln dabei zu sehen.*«

Ihr Vater liebte sie. Ebenso wie ihre Mutter. Aber wenn sie zur Erde zurückgekehrt waren, war hinter ihren fröhlichen Gesichtern stets eine solche Traurigkeit versteckt, dass Jessamy es irgendwann nicht mehr ertragen konnte und sich deshalb selbst *geerdet* hatte. Es war eine schmerzhafte Entscheidung gewesen, nicht mehr durch die Lüfte zu fliegen, aber das war vorübergegangen. Jetzt konnten Jessamys Eltern ihre Behinderung manchmal vergessen und sie einfach nur als ihre Tochter ansehen, die sie liebten und deren Erfolge sie vor Stolz glühen ließen.

Ein Strom aus Licht, gleißend hell wie juwelenbesetzte Kieselsteine, zerstreute diese freudlosen Erinnerungen.

Sie sah nach unten und erblickte einen spiegelglatten See, der die untergehende Sonne in all ihrem verstörenden Glanz reflektierte. Das Wasser wurde zu einem feurigen Kessel, der Himmel eine züngelnde Flamme.

Lippen und ein warmer Atemhauch streiften ihr Ohr. »Möchtest du landen?«

Sie schüttelte den Kopf; nie wieder wollte sie die Erde berühren. Galen tauchte ab, um sich von einem gemächlichen Wind tragen zu lassen, und flog mit ihr weiter hinaus, bis sie über Gegenden hinwegglitten, die sie noch nie mit eigenen Augen gesehen hatte, sondern nur aus den Erzählungen anderer kannte. Ihre Seele sog diesen Anblick und die Empfindungen in sich auf – die frische Luft auf ihren Wangen, den verspielten Wind –, bis der ausgedörrte Boden in ihr seinen Durst allmählich gestillt hatte. Die Schönheit und Erhabenheit raubten ihr den Atem, als Galen sie auf seinen unermüdlichen Flügeln immer weiter trug, um ihr Wunder über Wunder zu zeigen.

Als Jessamy schließlich so von Freude erfüllt war, dass sie glaubte, bald platzen zu müssen, war kein Licht mehr am Himmel zu sehen und über ihnen glitzerten die Sterne wie geschliffene Diamanten. Sie seufzte: »Ja. Jetzt können wir nach Hause fliegen.«

Galen trug sie auf seinen Schwingen zurück zu seinem Wohnquartier. Ruhig lag die Zufluchtsstätte unter ihnen, nur in wenigen Fenstern brannte goldenes Licht. Sein Herzschlag ging gleichmäßig.

Er landete und stellte sie auf die Füße. Weil ihre Knie nachgaben, hielt sie sich an ihm fest. Sein großer Körper fühlte sich nicht mehr fremd und einschüchternd an – die Behauptung, er hätte keine Wirkung auf sie, wäre allerdings eine ausgemachte Lüge gewesen. Es gab keinen Zentimeter an ihrem Körper, mit dem sie nicht jeden seiner Atemzüge, jede seiner Bewegungen bewusst registriert hätte. »Vielen Dank«, flüsterte sie, die Hände noch immer flach auf seine männliche Brust gelegt, die sie so gern liebkost und gestreichelt hätte.

Kopfschüttelnd wies er ihren Dank zurück: »Ich will eine Bezahlung.«

Das war das Letzte, was sie zu hören erwartet hatte. »Was?« Seine Haut war so heiß, dass sie sich wie eine Katze an ihm reiben wollte.

»Für den Flug« – er hatte seine Hände auf ihre gelegt und zog sie näher an sich – »will ich eine Bezahlung.«

So fest. Er war so fest und stark gebaut. »Und wenn ich mich weigere?« Das Sprechen und Atmen fiel ihr zunehmend schwerer.

Ein bedächtiges Lächeln verlieh seinen brutalen, männlichen Gesichtszügen etwas mehr Weichheit. »Weigere dich nicht, Jessamy.«

Das schmeichelnde Raunen schlug sie in einen undurchdringlichen Bann, grollend vibrierten seine Worte unter ihren Handflächen. Verwirrt wollte sie ihre Hände zurückziehen, mit denen sie seine kraftvoll gespannte Brust streichelte, aber er ließ sie nicht los. »Einen Kuss«, sagte er mit leiser, tiefer Stimme, die sich wie kostbarste Seide auf ihrer Haut anfühlte. Ein klein wenig rau ... aber sehr exquisit. »Nur einen.«

Sie war so verzaubert von seiner Stimme, dass es einen Moment dauerte, bis seine Worte zu ihr durchdrangen. Schreck, Schmerz und Wut, all das drang tosend an die Oberfläche. »Ich brauche dein Mitleid nicht.« Sie zerrte an ihren Händen.

Er rührte sich nicht.

»Lass mich los.«

»Du hast mich beleidigt, Jessamy.« Den Tonfall, in dem er jetzt sprach, hatte sie noch nie von ihm gehört. »Aber weil ich dich vorhin verletzt habe, würde ich sagen, wir sind jetzt quitt.« Mit diesen Worten ließ er sie los und betrat sein Quartier. Er wartete, bis sie ihm gefolgt war, ehe er eine Lampe entzündete und die schwere Holztür zuzog.

Mit muskulöser Anmut ging er durchs Zimmer und zündete weitere Laternen an, bis das Quartier warm erleuchtet war und ein goldener Schimmer auf Galens Haut und seinen Haaren lag. Während sie ihm dabei zusah, begriff sie, dass sie sich schlecht benommen hatte – getrieben von einem Selbstschutzinstinkt, der zu einer zweiten Haut für sie geworden war. Galen meinte, was er sagte, und sagte, was er meinte. Es stand ihr nicht zu, ihn an Maßstäben zu messen, die schwächere, wertlose Männer gesetzt hatten.

Die Hand um den Griff ihrer Tasche geklammert, suchte sie nach einer Möglichkeit, das wiedergutzumachen. Doch sie fand nicht die richtigen Worte und beschloss deshalb herauszufinden, ob er zu wütend war, um mit ihr zu reden. »Du hast nicht viele Sachen.« Der Hocker zu ihrer Linken, ein kleiner Tisch und in einer Ecke ein dicker Teppich mit gemütlich aussehenden Kissen auf dem polierten Steinfußboden.

»Ich brauche nicht viel«, bemerkte er. Es lag keine Kälte in seinem Tonfall. »Aber dort drüben ist ein Bett.« Während er weitere Lampen entzündete, deutete er mit dem Kinn auf den hinteren Teil des Quartiers. Sie trat näher und sah, dass das »Schlafzimmer« ebenfalls eine Ecke desselben Zimmers war, die jedoch für mehr Privatsphäre mit einem schweren Vorhang abgeteilt werden konnte. Das Bett war groß, wie es sich für jemanden von Galens Ausmaßen gehörte.

»Ich nehme dein Bett«, sagte sie. Ein seltsames Unbehagen floss durch ihre Adern, und es hatte nichts damit zu tun, dass sie ihm seine Ruhestätte wegnahm.

Er zuckte die Schultern. »Ich hatte nicht vor, zu schlafen.« Damit ließ er sie neben dem Bett stehen und kehrte in den Wohnbereich zurück, wo er sein Schwert und die Gurte ablegte. Die Bewegung des Leders auf seiner sonnenverwöhnten Haut zog ihren Blick an und hielt ihn fest. Das Muskelspiel unter seiner ...

Sie errötete, als er den Blick hob und sie dabei ertappte, wie sie ihn anstarrte. Schnell zog sie den Vorhang zu und streifte ihre Sandalen ab, ehe sie sich aufs Bett setzte. Sie konnte sich nicht erinnern, jemals so stark auf einen Mann reagiert zu haben. Sie erkannte sich selbst nicht mehr wieder in dieser Frau, deren Verstand von blanken Emotionen überwältigt wurde, deren Blut so heiß brodelte und die noch immer Galens feste, männliche Brust unter ihren Handflächen spürte.

Vielleicht hatte sie so etwas als junges Mädchen empfunden, auch wenn sie es nicht für wahrscheinlich hielt. Damals war sie stets mit gesenktem Kopf umhergelaufen und war sich – voller Wut und zerrissen vor Neid – wie ein hasserfülltes Wesen vorgekommen.

Ihre Brust schmerzte.

Sie wünschte, sie könnte zu diesem einsamen, unsicheren Mädchen zurückgehen und ihr sagen, dass alles gut werden würde, dass sie sich ein eigenes Leben aufbauen und zufrieden sein würde. Sie ballte die Hand zur Faust. Nein, vielleicht wollte sie doch nicht zurückkehren – welches Mädchen wollte schon etwas von »Zufriedenheit« hören, wenn es von himmelhohem Glück und schillernder Leidenschaft träumte?

Diese Sehnsucht war nicht direkt abgestorben, sondern vielmehr unter dem Gewicht der Realität erdrückt worden. Als sie älter wurde, hatte sie erkannt, dass sie durchaus einen Liebhaber finden könnte, wenn sie wollte. Jemanden, der sie in die Geheimnisse einweihen würde, die sie in den Augen und auf den Lippen der anderen Frauen sah. Aber sie hatte auch gelernt, dass jede solche Beziehung – selbst wenn sie aus echtem Begehren entstand – nur vorübergehend sein konnte. Sie würde in dem Augenblick ein Ende finden, in dem ihr Liebhaber begriff, dass sie an die Zufluchtsstätte gefesselt war.

Im Gegensatz zu ihm würde sie nie über die Berge hinwegfliegen und nie in der Welt da draußen leben können, denn Engel durften niemals schwach erscheinen. Die Sterblichen empfanden Ehrfurcht vor allen Engeln, und das hielt sie davon ab, einen Aufstand zu wagen, der Tausende das Leben kosten würde. Ein so unvollkommener Engel wie Jessamy würde diese Ehrfurcht in ihren Grundfesten erschüttern. Das könnte zu Blutvergießen führen, denn die Menschen würden durch sie ihre Sichtweise über die Engel ein für alle Mal verändern. Jessamy war ein Unikat.

Aus dieser Sorge heraus hatte sie vor langer Zeit beschlossen, ihre schmerzliche Sehnsucht dadurch zu stillen, dass sie die Welt hauptsächlich durch die Bücher kennenlernte. Denn das war besser, als Sterbliche dazu zu verleiten, mit einem Tumult oder Aufstand den Erdboden tiefrot zu färben. Was Intimität anging ... Sie grub die Hand in die Bettlaken dieses Engels, der so anders war als die anderen, der an Dinge in ihr rührte, an die man nicht rühren durfte – wenn sie die nächsten Millennien überleben wollte.

Und sie war sicher, dass auch ihr schöner Barbar eines Tages davonfliegen und sie zurücklassen würde. Trotzdem stand sie auf, schob den Vorhang beiseite und tapste auf bloßen Füßen in den Wohnbereich hinüber ... wo Galen, der nichts außer seiner Hose aus kräftigem, braunem Stoff am Leib trug, mit eng an den Rücken angelegten Flügeln flach auf dem Boden lag. Sein Körper bildete eine vollkommen gerade Linie. Als er sich ihrer Blicke bewusst wurde, stemmte er sich hoch, sodass die Muskeln seiner Oberarme sich spannten und die Adern hervortraten. Dann senkte er die Arme wieder und begann seine Liegestütze von vorn.

»Du bist schon stark genug«, bemerkte sie. Ihr Blick ruhte auf seinem unverschämt kraftvollen Körper, der sich spannte und entspannte und ihr Schmetterlinge im Bauch bescherte. »Warum machst du das?«

»Ein Krieger, der sich selbst für den Besten hält«, sagte er, ohne seine Übungen zu unterbrechen, »ist ein Narr und bald tot.«

Eine direkte Antwort von einem direkten Mann. Er war nicht wie die Gelehrten, mit denen sie den Großteil ihrer Zeit verbrachte, und auch nicht wie die tödlichen Erzengel. Raphael, der seine Macht zu einer grausamen Klinge geschliffen hatte, war von diesem Mann so verschieden wie Jessamy von Michaela. Diese intrigante, intelligente Engelsfrau herrschte über ein kleines Territorium, aber ihre Kraft war so intensiv geworden, dass die atemberaubende Unsterbliche gewiss schon sehr bald in den Kader aufgenommen werden würde.

»Du solltest dich ausruhen«, sagte er, als sie nichts mehr erwiderte.

Sie schaute ihn finster an. »Ich bin älter als du, Galen.« Obwohl sie zerbrechlich wirkte, konnte sie lange ohne Schlaf auskommen. »Vielleicht bist du derjenige, der sich nach diesen Strapazen ausruhen sollte.«

Ein Ruck ging durch den gleichmäßigen Rhythmus der Muskeln und Sehnen, eine kurze Pause, in der er ihren Blick auffing. Seine Augen wirkten wie seltene, kostbare Juwelen und schienen direkt in ihre Seele zu blicken. »Möchtest du, dass ich das Bett mit dir teile, Jessamy?«

5

»*Nein!*« Das kam wie ein Krächzen raus, und weil sie sich ärgerte, dass er sie so aus dem Konzept gebracht hatte, behauptete sie: »Ich habe keine fleischlichen Gelüste.« Doch dieses träge innere Feuer, das sie in genau diesem Moment erhitzte, strafte ihre Worte Lügen.

Galen stemmte sich hoch, kam mit einer geschmeidigen Bewegung, die man seinem massigen Körper kaum zugetraut hätte, auf die Füße und strich sich das Haar zurück. Dann trat er einen Schritt auf sie zu. Noch einen. Und noch einen. Bis sie glaubte, er wollte sie gegen die Wand drängen. Doch als nur noch ein Lufthauch zwischen ihnen war, blieb er stehen. Sein dunkler, heißer, potenter Duft überwältigte ihre Sinne. »Bist du sicher?« Er streckte die Hand aus und ließ sie über die Wölbung ihres rechten Flügels gleiten; ihre langen Haare verdeckten den verformten linken Flügel.

»Selbst an Titus' Hof«, sagte sie und kämpfte gegen das quälende Behagen an, das sich auf ihrer Haut langsam ausbreitete, »wäre dein Verhalten inakzeptabel.« Diese Berührung war nur einem Geliebten gestattet.

Er ließ die Hände sinken und hob eine Braue. »Wenn du keine fleischlichen Gelüste hast« – eine Herausforderung – »hat es nichts zu bedeuten.«

»Die Empfindlichkeit dieses Körperteils entspringt nicht ausschließlich den niederen Trieben.« Es machte ihr Angst, welch heftiges Verlangen er in ihr schürte und wie mühelos er die Abwehr niederriss, die sie in der endlosen Ewigkeit ihrer Existenz aufgebaut hatte. Er hatte ja keine Ahnung, was er da von ihr verlangte.

Zweitausendsechshundert Jahre lang war sie allein gewesen, gefangen in der Zufluchtsstätte. Sie hatte für sich einen Weg finden müssen, um zu überleben, um mehr zu sein als nur ein Gespenst, das am Rand des Lebens anderer dahinvegetierte. Sie hatte etwas aus sich gemacht – eine Frau, die von Erwachsenen respektiert und von ihren Schülern geliebt wurde. Es war kein ruhmreiches Leben, aber es war um vieles besser als die qualvolle Existenz ihrer Jugendzeit.

Sollte sie dieses kleine Glück, das sie gefunden hatte, riskieren und den Sprung ins Ungewisse wagen? Sollte sie darauf vertrauen, dass dieser Krieger – dieser Fremde, der auch gleichzeitig kein Fremder war – sie auffing? Es war eine ungeheuerliche Bitte ... Und doch wusste sie, noch während sie das dachte, dass sie vielleicht bereit wäre, diesen Preis zu zahlen, wenn sie dafür die Chance bekam, Galen mit Leib und Seele kennenzulernen. Denn dieser Mann sah sie nicht einfach nur an, er *sah in sie hinein*.

»Und trotzdem«, sagte er und ging damit auf ihr Argument ein, als sie ihre Worte schon beinahe vergessen hatte, »wird diese Zärtlichkeit nur zwischen Liebenden ausgetauscht.« Daraufhin ging er zu dem Hocker hinüber, neben dem er sein Schwert abgelegt hatte, setzte sich und nahm die Waffe zur Hand, um sie mit einem weichen Tuch zu reinigen.

Sie wollte ihn schütteln, diesen großen Brocken von einem Mann, der glaubte, in allem recht zu haben. »Denkst du, du hast gewonnen?« *Weißt du, was du mir antust? Welche Wunden du mir zufügst?*

Langsam und gleichmäßig strich er über das schimmernde Metall. »Ich glaube, wir sollten herausfinden, was an deinem Wissen so wichtig ist, dass dir jemand deswegen nach dem Leben trachtet.«

Die Kälte, die sie beinahe hinter sich gelassen hatte, drang ihr wieder in die Knochen. Sie rieb sich die Arme, die von ihrem schlichten Gewand nicht bedeckt wurden, und ging in die winzige Küchenecke, wo sie einen Schrank nach dem anderen öffnete. Ob Galen nun selbst kochte oder nicht, einer der Engel, der für die Versorgung der Kriegerquartiere zuständig war, musste sich um eine Grundausstattung gekümmert haben. Sie fand Mehl, Honig und Butter in einem Kühlgefäß. Nach einigem weiteren Suchen fand sie Trockenobst und Eier. »Hast du Holz für den Ofen?«

Statt einer Antwort stand Galen auf und ging zur gegenüberliegenden Ecke des Quartiers. Dort nahm er zwei kleine Holzscheite aus einem Korb und legte sie in den Ofen. Ein wenig Zunder, und das Feuer brannte. Er schloss die Tür. Der Ofen war speziell auf diese luftigen Quartiere ausgelegt und so konstruiert, dass der Qualm in die Schlucht abzog, die Wärme jedoch im Zimmer blieb. Engel spürten die Kälte nicht wie Sterbliche, aber hier in den Bergen war Wärme stets willkommen.

Galen kehrte zu seinem Schwert zurück und fuhr fort, die ohnehin schon makellose Klinge zu polieren, dabei beobachtete er sie – das spürte sie beinahe so deutlich wie eine körperliche Berührung. »Was kochst du?« Der leise Hauch einer sanfteren Emotion.

Sehnsucht?

Sie wollte den Gedanken von sich weisen, doch dann zögerte sie. Er war an einem Hof von Kriegern aufgewachsen – war er jemals verwöhnt worden? Oder hatte man ihn von der Wiege auf als einen Krieger im Training behandelt, der nichts als Disziplin und Kriegskunst zu beherrschen hatte? »Einen Kuchen mit Trockenfrüchten«, antwortete sie und schüttelte diesen Gedanken ab. Sicher hatte ihn seine Mutter mit Zuneigung verwöhnt, denn wenn Jessamy eines wusste, dann war es, dass Engel ihre Kinder wirklich liebten. Auch wenn Jessamy mit Rhoswens Schuldgefühlen nicht hatte leben können, an der Liebe ihrer Mutter hatte sie nie gezweifelt.

»Er wäre besser, wenn die Früchte über Nacht einweichen könnten«, fuhr sie fort, während ihr Herzklopfen etwas nachließ. »Aber ich möchte nicht warten.« Sie nahm den Kessel vom Herd und goss etwas von dem inzwischen heißen Wasser über die getrockneten Aprikosen, Beeren und Orangenspalten. »Ich weiß ziemlich viel, Galen.« Sie zwang sich, dem Albtraum ins Gesicht zu sehen, weil er nicht einfach verschwinden würde. »Ich bin die Hüterin unserer Geschichte.« In ihrem Kopf befanden sich eine Million Zeitfragmente und noch mehr.

Nachdem er aufgestanden war und sein Schwert an eine Wandhalterung gehängt hatte, begann Galen damit, sich in der Mitte des Zimmers langsam zu strecken, während sie weiterredeten. Offenbar hatte sie ihn vorhin unterbrochen, und darüber war sie froh, denn so konnte sie ihm nun bei den Übungen zusehen. Trotz all ihrer Argumente für die sichere Seite war sie doch eine Frau und sehnte sich nach etwas, an dem sie vielleicht für immer zerbrechen würde ... und er war ein schöner Mann.

»Aber«, sagte er, während er sich in einer Übung drehte, bei der sich sein Bauch fest zusammenzog und die weißgoldenen Fasern seiner Flügel im Licht der Lampen glitzerten, »wir brauchen unsere Aufmerksamkeit nur auf die Dinge zu richten, die im Augenblick etwas Wichtiges beeinflussen könnten.«

Konzentrier dich, Jessamy. »Unter den Mächtigen spielen sich zu jeder Zeit Tausende kleiner politischer Aktivitäten ab.« Nur wer sich in diese Welt vertiefte, konnte die labyrinthischen Tiefen der Vorgänge dort nachvollziehen. Was sie auf einen Gedanken brachte ... »Wenn du Raphaels Waffenmeister werden sollst, musst du alles darüber wissen.« Der Erfolg würde ihn ihr wegnehmen, ihn aus der Zufluchtsstätte führen, aber sie würde sich diesem wundervollen Geschöpf niemals in den Weg stellen.

»Dmitri hat mir auch geraten, mich an dich zu wenden.«

»Damit hatte er recht«, meinte sie, während sie sich fragte, ob Galen das, was sie zu berichten hatte, auch würde verstehen können. Sie beging nicht den Fehler, ihn für dumm zu halten, oh nein. Gleich nachdem sie zum ersten Mal die Wirkung dieser Augen gespürt hatte, die sie an einen ungewöhnlichen grünen Edelstein namens Heliodor erinnerten, hatte sie, von Neugier getrieben, mit einigen Leuten aus Titus' Herrschaftsgebiet gesprochen.

Mit ein wenig geschickter Gesprächsführung hatte sie in Erfahrung gebracht, dass Galen nicht nur als meisterlicher Taktiker galt, sondern zudem ein Mann war, der Loyalität schaffen und Armeen in Feindesgebiet führen konnte – und als Sieger zurückkehrte. Titus war außer sich vor Wut darüber, ihn verloren zu haben. Auf Orios hingegen traf das nicht zu, er wäre über kurz oder lang vom aufstrebenden Galen als Waffenmeister ersetzt worden. Daher war es eher als Kompliment von Orios zu werten, dass er über Galens Weggang nicht traurig war. Und Orios galt schon als der Beste seines Kaders.

Wie sie jedoch erfahren hatte, war Galens Denkweise geprägt von klaren Linien, von Gut und Böse mit nur gelegentlichen Grauschattierungen. Er würde sein Blut für jene geben, denen er die Treue geschworen hatte, und eine einmal besiegelte Zugehörigkeit würde von Dauer sein.

Die Frau, die er für sich erwählt, wird nie fürchten müssen, betrogen zu werden.

Ganz bewusst fasste sie den Stiel des Holzlöffels, mit dem sie gerade die Zutaten umrührte, etwas lockerer und holte tief Luft, doch bevor sie etwas sagen konnte, ergriff er das Wort. »Auf die kleinen Intrigen brauchen wir uns nicht zu konzentrieren.« Er breitete die Flügel aus und legte sie sorgfältig wieder zusammen. »Deine persönlichen Beziehungen zu anderen Engeln kannst du allesamt außen vor lassen. Deine Position als solche ist unantastbar; man denke sich nur, welche Auswirkungen es auf die Kinder hätte, wenn dir etwas zustoßen würde. Selbst Feinde würden sich verbünden, um dich zu rächen. Wenn jemand solche Vergeltungsmaßnahmen riskiert, muss viel auf dem Spiel stehen.«

Sie wollte den Teig gerade in einen kleinen Topf geben – das einzige Gefäß, das sie zum Backen gefunden hatte –, da hielt sie inne. »Du hast recht.« Sie trug so viel Wissen in sich, dass sie sich manchmal darin verlor und das Offensichtliche nicht sah. »Alexanders geplanter militärischer Angriff auf Raphael ist fraglos das Wichtigste, was im Augenblick vor sich geht.«

»Aber es ist kein Geheimnis.« In Galens Bewegungen lag eine wilde Eleganz, die sie bei einem so großen, kräftigen Mann nicht erwartet hätte. »Wenn dein Wissen also etwas mit Alexander zu tun hat, muss es sich auf einen verborgenen Aspekt beziehen.«

»Wenn das zutrifft, kann Alexander selbst nichts von dem geplanten Anschlag gewusst haben«, sagte sie ohne eine Spur von Zweifel. »Er würde es als Verletzung seiner Ehre verstehen, mich in meinem Haus so brutal in die Ecke zu drängen.« Hätte Alexander sie tot oder arbeitsunfähig sehen wollen, hätte sich einer seiner Auftragsmörder leise und effizient darum gekümmert – sie hätte keine Sekunde lang Angst gehabt.

Galens Nicken war entschlossen. »Einverstanden. Wer noch?«

»Ich denke drüber nach.« Die aus der Ofentür strömende Hitze versengte ihr die Haut, als sie den Topf hineinstellen wollte, aber viel gefährlicher war die leise pochende Wärme in ihrem Inneren – denn *das hier*, mit Galen zusammen zu sein und mit ihm zu sprechen, als hätten sie schon so manche Nacht auf ebendiese Weise verbracht, das war genau die Art von emotionaler Intimität, nach der sie sich verzehrte. »Alexanders

Unnachgiebigkeit gegenüber Raphael überrascht mich.« Ein Erzengel zu sein, hieß, zum Kader zu gehören. So einfach war das, so unabänderlich. »Nie zuvor ist er in solchem Maße unvernünftig gewesen.«

»Raphael ist weitaus stärker, als er es in seinem Alter sein sollte«, stellte Galen fest. Er hob den Schwertgurt auf, den er neben seinem Hocker liegen gelassen hatte, und hängte ihn an die Wand. »Titus hat offen ausgesprochen, er habe das Potenzial, den Kader anzuführen.«

»Und Alexander betrachtet das als *seine* Position.« Zwar war der Erzengel ein großer Anführer, dennoch trug er auch den Hochmut eines uralten Machtwesens in sich und hätte jedes Gerücht in diese Richtung als Herausforderung aufgefasst.

»Aber«, sagte sie, als sie heißes Wasser für Tee aufgoss, nachdem sie alles andere aufgeräumt hatte, »wir dürfen Lijuan nicht außer Acht lassen.« Zhou Lijuan, nach Alexander die älteste Erzengelsfrau, hatte solche Gräueltaten begangen, dass Jessamy das Blut in den Adern gefroren war, als sie darüber in ihren geheimen Geschichtsbüchern berichten musste. »Sie scheint eine Vorliebe für Raphael zu haben, aber ihre Intrigen greifen tief.«

»Ihre Soldaten sind derzeit über ihr gesamtes Herrschaftsgebiet verteilt, trotzdem gibt es keine Anzeichen dafür, dass sie sich zu einem Angriff sammeln würden.«

Während der Tee zog, blickte sie auf und sah, wie Galen sich gerade wieder die Haare zurückstrich. »Du musst sie abschneiden.«

»Ich wollte es gestern Abend schon tun.« Er zog ein Messer aus seinem Gürtel und schnitt ein dickes Büschel ab.

»Galen!«

Fragend blickte er sie an.

Erzürnt riss sie ihm das Messer aus der Hand. »Setz dich hin, bevor du diese herrlichen Haare komplett ruinierst.« Die Farbe war so strahlend, dass sie eine geradezu lebendige Leuchtkraft besaß.

Er gehorchte mit verdächtiger Demut und sprach kein Wort, während sie sorgfältig seine Haare stutzte. Erst als sie zur Hälfte fertig war, bemerkte sie, dass sie genau zwischen seinen gespreizten Schenkeln stand und sein Atem sie durch den dünnen Stoff ihres Gewandes wärmte. Heftige Hitze stieg in ihr auf, und ihr Unterleib spannte sich an. Sie vollendete den Haarschnitt und trat zurück. »So«, sagte sie mit heiserer Stimme. »Du kannst jetzt auffegen.«

Stattdessen stand er auf – seine Gesichtszüge wirkten hart und männlich – und strich mit dem Daumen über ihre Unterlippe. Die Berührung verursachte ein Ziehen, so tief in ihrem Körper, dass es schmerzte und ihr Atem zu einem leichten Keuchen wurde.

Galen hatte sich Jessamy gegenüber viel länger zurückgehalten, als er es für möglich gehalten hätte. Er war mit ihr geflogen, und sie hatte dabei so vertrauensvoll und glücklich in seinen Armen gelegen. Er hatte sich vorgestellt, wie sie in seinem Bett schlief, und hatte sich in ihrer Anwesenheit gesonnt, während sie seine Küche mit Wärme erfüllte. Als sie zwischen seinen Schenkeln stand, kostete es ihn seine gesamte Willenskraft, nicht die Hände auf ihre Hüften zu legen und sie auf seinen Schoß zu ziehen.

Und nun …

Unter seiner rauen Haut fühlt sich die ihre so zart an, ihr Atem schmeckte süß, und ihre Lippen öffneten sich mit einem leisen Keuchen, als er sie küsste. Die Hand hinter ihrem Rücken verkrampft, musste er sich mühsam beherrschen, um nicht die Zunge in ihren Mund zu stoßen, nicht über sie herzufallen. Ein Teil von ihm erwartete, dass sie ihn wegstieß, und als sie das nicht tat, musste er sich zwingen, nicht in wilder Befriedigung aufzuheulen. Stattdessen drückte er ihr Kinn nach unten und legte seinen Mund ganz auf ihren; seine harte Männlichkeit drängte sich gegen den Stoff seiner Hose und in die sanfte Wölbung ihres Bauches.

Er nahm eine zarte Bewegung auf seiner Brust wahr. Jessamy hatte ihre schmale Hand auf seine Haut gelegt und stellte sich nun auf die Zehenspitzen, um ihren Mund an seine Lippen zu schmiegen. Als ihre kleinen, festen Brüste seinen Oberkörper streiften, fuhr er mit der Zunge über ihre Lippen, um sicherzugehen, dass er willkommen war, bevor er in sie eindrang, sie verschlang und auskostete. Ihre Fingernägel gruben sich in seine Haut, ein winziges Stechen, das seinen ganzen Körper pulsieren ließ ... ehe sie ihn abrupt von sich stieß und im gleichen Moment den Kopf abwandte.

Er erstarrte, ließ die Hand von ihrer Wange sinken und trat einen Schritt zurück, ohne den Versuch zu unternehmen, seine hervorstehende Erregung zu verbergen. »Sollte ich mich entschuldigen?«

Jessamy blickte ihn mit vor Lust verschleierten Augen ungläubig an ... Und dann erfüllte ihr Lachen sein Quartier mit leuchtenden Farben und drang ihm bis ins Mark. Doch von einem Atemzug zum nächsten verebbte es, und ihre Miene verriet völlige Trostlosigkeit. Dann blinzelte sie, und er sah sich wieder ihrer warmen Eleganz gegenüber. So zart, so vollkommen untadelig. »Ich bin diejenige, die sich entschuldigen sollte«, murmelte sie und richtete ihr Gewand, obwohl es eigentlich nichts zu richten gab.

Seine Augen verengten sich. »Ist es, weil ich nicht gebildet bin?«

»Nein!« Sie streckte die Hand aus, ließ sie aber auf halber Strecke wieder fallen. »Nein, Galen.« Schmerz verdüsterte ihre Augen und ließ ihr Gesicht blass werden.

Da war es. Eine Schwäche, ein Spalt in ihrer Abwehr, den er ausnutzen konnte, um sich seinen Weg hindurchzuschlagen. Aber manchmal war es besser, seinen Gegner in dem Glauben zu lassen, er habe gewonnen. »Ich bin vielleicht nicht gebildet«, sagte er, während er rasch die abgeschnittenen Haare zusammenfegte, »aber ich weiß, dass ich alles lernen muss, was du mir beibringen kannst. Wirst du es versuchen?«

Seit ihrer Kindheit war Jessamy nicht mehr so durcheinander gewesen. »Ich … natürlich«, antwortete sie automatisch. »Vielleicht abends, nachdem du dich um deine eigenen Schüler gekümmert hast.«

Er nickte zustimmend. »Also, Alexander und vielleicht Lijuan. Sonst noch jemand, für den dein Wissen ein Problem sein könnte?«

Schweigend sah sie zu, wie er zu den Kissen im Wohnbereich hinüberging, sich mit hinter dem Kopf verschränkten Armen auf dem Boden ausstreckte und den Blick an die Decke richtete, an der die im Stein eingeschlossenen Minerale glitzerten. Einfach so, dachte sie. Wut brodelte in ihren Adern. Einfach so war er über dieser Kuss hinweggegangen, der in ihr ein ungeheures Verlangen und Begehren geweckt hatte. Noch eine weitere Berührung seiner Zunge, und sie hätte ihm gestattet, sie bis auf die Haut auszuziehen, sie mit seinen großen Händen überall zu streicheln, wo es ihm gefiel, und sie nach Belieben gegen die Steinwand zu drängen … Aber offenbar hatte dieser Kuss nur eine von ihnen so tief berührt.

Sie wollte ihn schütteln und gleichzeitig seine breite, muskulöse Brust mit Küssen bedecken; ihre Gefühle sprangen von einem Extrem zum anderen. Als sie sich gerade auf einen Hocker setzen wollte, sagte er mit einem tiefen Schnurren: »Hier ist es gemütlicher.«

Kein Zweifel, das war eine Herausforderung.

Mit gestrafften Schultern und leicht zusammengekniffenen Augen ging sie zu ihm hinüber und setzte sich mit dem Rücken zur Wand auf den Boden. So saß sie zwar in einer Ecke, hatte aber dennoch mehr als genug Platz, um sich nicht eingeengt zu fühlen. Während der würzig-süße Geruch des Kuchens das Quartier erfüllte, hielt sie den Blick starr geradeaus gerichtet, anstatt den Mann neben sich anzusehen.

»Da wäre noch Michaela«, nahm sie den Faden wieder auf. Die Schönheit dieser Engelsfrau war so legendär, dass sie andere für Michaelas Launenhaftigkeit und die pure Macht in ihren Gliedern blind machte. »Wenn sie eine verwundbare Stelle hat, wird sie so kurz vor ihrem Eintritt in den Kader nicht wollen, dass sie bekannt wird.« Jessamy fiel nichts ein, was Michaela in dieser Hinsicht Sorgen bereiten könnte, aber sobald der Tag anbrach, würde sie ihre Akten daraufhin durchgehen. »Deine Theorie hat einen Schwachpunkt.«

Sie nahm eine Bewegung wahr, und der zarte Hauch eines heißen, maskulinen Dufts ließ ihr den Atem stocken.

»Kein Erzengel«, sagte sie, »und kein mächtiger Unsterblicher hätte einen einzelnen Vampir geschickt, um mich zu töten. Es wäre viel effektiver gewesen, mich von einer Gruppe von Engeln auf dem Nachhauseweg aufgreifen und in die Schlucht werfen zu lassen.«

Galen verharrte vollkommen regungslos – als hätte sein Atem einfach ausgesetzt. Da erst bemerkte sie, dass sie ihn wieder ansah, ihn bewunderte. Dieser wunderschöne Mann, der sie zur Weißglut brachte, der sie küsste, um es im nächsten Augenblick wieder vergessen zu haben – während auf ihrer Haut noch immer der sinnliche Nachhall seiner Berührung brannte und sein Geschmack – so wild und so *männlich* – noch an ihren Lippen hing.

»Jessamy?«

Ergriffen von seinem ruhigen, intensiven Timbre, fragte sie: »Ja?«

»Ich sage dir das jetzt, weil du eine faire Chance haben sollst.« Seine Stimme drang in Teile von ihr vor, die zu tief verborgen lagen, als dass er sie hätte erreichen dürfen. »Ich bin ein sehr guter Taktiker. Ich weiß, wann ich mich zurückziehen und meinen Gegner in Sicherheit wiegen muss … und wann ich zum finalen Siegesschlag ausholen muss.«

6

Zitternd sog sie die Luft ein und erhob sich – unter dem Vorwand, nach dem Kuchen zu sehen. »Ich bin keine Schlacht, die es zu gewinnen gilt, Galen.«

Einmal abgesehen von ihrem Ärger über ihr eingeschränktes Leben und von ihrer tief gehenden Reaktion auf Galen, war allein schon der Gedanke, sich auf sein Angebot einzulassen, der reine Irrsinn. Denn wenn Galen irgendwann seine Flügel entfaltete und in Raphaels Auftrag für ein Jahrzehnt oder Jahrhundert aus der Zufluchtsstätte flöge, würde es wehtun. Das hatte sie gewusst, als sie aus dem Schlafzimmer gekommen war, und sie war dennoch bereit gewesen, es zu riskieren. Aber sein Kuss ... oh, dieser sündige, süchtig machende Kuss hatte ihre Balance empfindlich gestört.

Wenn sie zuließ, dass sich zwischen ihnen etwas entwickelte, würde sein Abschied ihr nicht nur wehtun; sie würde daran zerbrechen. »Verschwende deine Bemühungen nicht an mich.« *Ich werde eine Ewigkeit als das verbringen müssen, was ich bin: ein erdgebundener Engel. Zeige mir nicht ein flüchtiges Bild von etwas, das sein könnte, nur um es mir dann wieder wegzunehmen.*

Galen erwiderte nichts darauf, aber als sie den Kuchen für fertig erklärte, aß er ihn mit unverhohlener Anerkennung. Anschließend saß er schweigend da, während sie aus dem Buch vorlas, das er ihr in die Tasche gepackt hatte – woher hatte dieser kriegerische Barbar gewusst, dass sie ohne Bücher, ohne Worte nicht leben konnte? Später begann sie, ihm die komplexen Machtstrukturen des Kaders – und damit die der Welt – zu erklären.

Es war eine ungewöhnliche, wunderschöne Nacht. Ein schemenhafter Traum.

Gegen Jessamys Willen brach schließlich mit einem spektakulären Farbenspiel am Himmel der Tag an. Galen flog sie nach Hause und begleitete sie bis in ihre Küche. Während ihrer Abwesenheit war hier so gründlich sauber gemacht worden, dass sie beinahe geglaubt hätte, sich den Schwall aus tiefstem Rot nur eingebildet zu haben.

»Möchtest du hierbleiben, Jessamy?«

»Ja.« Die Nacht war vorüber, und mit ihr eine Illusion, die ihren Untergang bedeuten konnte. Dieses Zuhause war ihr Hafen, sie hatte Jahre hierfür investiert und würde nicht zulassen, dass jemand es ihr verdarb oder wegnahm.

Galen nickte, wandte sich ab und wollte wieder in den Hof hinausgehen. »Es lässt sich verteidigen, wenn du mit deinem Wachposten zusammenarbeitest.«

»Sicher.« Gemeinsam traten sie wieder in den Morgen hinaus, und Jessamy spürte die warmen Pflastersteine unter ihren Füßen. Ein kühler Windhauch streifte sie, als ein schwarzgeflügelter Engel in der Nähe landete. »Jason.«

Galen wechselte einige leise Worte mit Jason, bevor er Jessamy wieder seine Aufmerksamkeit zuwandte. »Er wird heute auf dich aufpassen. Ich sage dir Bescheid, sobald du wieder gefahrlos in der Schule unterrichten kannst.« Mit diesen Worten breitete er die Flügel aus und schwang sich in den Himmel. Dieses Geschöpf aus reiner, roher Macht jagte nun jene, die sie auf grausamste Weise hatten zum Schweigen bringen wollen.

Sie vernahm das Rascheln von Flügeln.

Sie riss ihre Aufmerksamkeit vom leeren Himmel los und sagte an Jason gewandt: »Ich habe ein Buch für dich zurückgelegt.« Auch dieser Engel gehörte zu den wenigen, die sie nicht unterrichtet hatte – er war einfach eines Tages als ausgewachsener junger Mann in der Zufluchtsstätte aufgetaucht.

Jessamy hatte Jason nie nach seinem Leben vor seiner Ankunft in der Zufluchtsstätte gefragt, aber sie wusste, dass es Narben auf ihm hinterlassen hatte. Seine emotionale Entwicklung war derart beeinträchtigt, dass er Schwierigkeiten hatte, persönliche Bindungen einzugehen. Er strahlte eine durchdringende Einsamkeit aus, die sich in ihrer eigenen widerspiegelte. Doch dieser rätselhafte Engel wahrte sogar Jessamy gegenüber seine Distanz und zog es vor, sich mit Schatten zu umgeben, obwohl sie früher nur eine leise Ermutigung gebraucht hätte, um sich ihm hinzugeben.

»Danke.« Das Licht schimmerte auf seinem glänzenden, schulterlangen Haar, die stufig geschnittenen, ebenholzfarbenen Strähnen beschatteten seine klaren Gesichtszüge und das verwirbelte, mysteriöse Tattoo, das seine linke Gesichtshälfte bedeckte. »Der Vampir, der dich angegriffen hat, wurde zu Alexanders Hof zurückverfolgt. Seine Leute bestreiten, irgendetwas über die Taten des Mannes gewusst zu haben.«

»Was hältst du davon?«, fragte sie, denn trotz seiner Narben – oder gerade deswegen – besaß Jason die Gabe, den Kern der Dinge zu erkennen, ohne sich durch Vorurteile oder Gefühle blenden zu lassen. In vielerlei Hinsicht war er das Gegenteil von Galen, er war so subtil und gewandt wie Galen unverblümt und direkt war.

Ich weiß, wann ich mich zurückziehen und meinen Gegner in Sicherheit wiegen muss ... und wann ich zum finalen Siegesschlag ausholen muss.

Sie hatte gesagt, er solle sich nicht um sie bemühen, aber tief in einem sehr geheimen Teil von ihr rief eine Stimme, er solle dranbleiben, sich durchsetzen und sich gewaltsam durch die Barrieren schlagen, die sie ihm in den Weg gestellt hatte. Es wäre gefährlich, herzzerreißend gefährlich, sich auf ihn einzulassen. Aber so sehr begehrt zu werden – das war die späteren Qualen vielleicht wert.

»Ich glaube«, wie dunkler Rauch drang Jasons Stimme in ihr Bewusstsein, »dass Alexanders Hof in diesem Punkt die Wahrheit sagt. Er hat einen ganzen Stall voller Auftragsmörder. Selbst der schlechteste von ihnen ist besser als der Vampir, den Galen hingerichtet hat.«

»Weiß Raphael, dass er sich vorsehen sollte?« Als Hüterin der Geschichte hätte Jessamy in dem drohenden Krieg eine neutrale Position einnehmen sollen, aber sie hatte eine Schwäche für den jüngsten Erzengel. Er hatte als Kind so fröhlich gelacht ... zumindest vor dem unaufhaltsamen Wahnsinn seines Vaters und der entsetzlichen Entscheidung seiner Mutter, ihren Gefährten umzubringen, den sie mit jedem Atemzug geliebt hatte.

Selbst als sich bei ihm in sehr jungen Jahren abgezeichnet hatte, dass er Jessamy an Macht weit überlegen war, hatte Raphael sie immer, *immer* mit Respekt behandelt. Aber auch er veränderte sich. Vielleicht war diese kühle Arroganz bei einem so großen Ausmaß an Macht unumgänglich. Jedes Mal, wenn er in die Zufluchtsstätte zurückkehrte, sah sie in ihm weniger von dem Jungen von einst und mehr von der tödlichen Kreatur, einem Mitglied des Kaders.

»Dmitri hat dafür gesorgt«, antwortete Jason auf ihre Frage, »dass kein Spion nahe genug herankommt, um Anlass zur Besorgnis zu geben.«

»Und du hast dafür gesorgt, dass Raphael selbst Spione an Alexanders Hof hat.«

Jason schwieg zu diesem Punkt. Keine Regung zeigte sich auf seinem Gesicht unter den unheimlichen Windungen und Linien einer Tätowierung, deren Herkunft er nie erklärt hatte. Sie konnte ebenso gut eine Ehrung sein wie eine unter außerordentlichen Schmerzen geschaffene Mahnung. Aber Jessamy kannte ihn schon zu lange, um sich davon täuschen zu lassen.

Ohne ihrem Blick auszuweichen, sagte er: »Galen hat keine Frau und keine Geliebte, er hat niemandem gegenüber ein Versprechen einzuhalten.«

Schon vor langer Zeit hatte sie aufgehört, sich darüber zu wundern, woher Jason wusste, was er wusste, und doch stockte ihr bei seinen Worten der Atem und ihr Herz schlug schneller. »Bin ich so leicht zu durchschauen?« Sie fühlte sich verwundbar und bloßgestellt.

»Nein.« Eine Pause. »Aber Galen hat seinen Anspruch deutlich kundgetan.«

Während er mit dem Finger über die entwendete cremefarbene Feder strich und dabei zart errötete, dachte Galen darüber nach, was er von Dmitri über die Zugehörigkeit des toten Vampirs erfahren hatte. Dass Alexander selbst etwas damit zu tun hatte, war unwahrscheinlich, aber jemand an dessen Hof hatte anscheinend mit Jessamy ein Hühnchen zu rupfen. Das Problem war natürlich, dass Alexanders Herrschaftsgebiet riesig war und sein Hof einem ausfernden Bienenkorb glich. Es würde nicht leicht werden, das Ziel einzukreisen – aber Jessamy war nun in Sicherheit und würde so lange weiterhin unter Schutz stehen, wie es nötig war.

Galen vertraute anderen nicht schnell, aber Jason hatte er bereits gekannt, bevor er in die Zufluchtsstätte gekommen war. Schon früher hatte er den in Schatten gehüllten Engel mit seinem seltsamen schwarzen Schwert wie einen tödlichen, grausamen Sturm kämpfen sehen. Nur deshalb hatte er Jessamy in der Obhut dieses Engels gelassen. Und er war fest entschlossen, die Nachtschicht wieder selbst zu übernehmen.

Kein anderer Mann sollte in ihrer Küche sitzen und ihr dabei zusehen, wie sie mit sparsamen, anmutigen Bewegungen kochte ... und mit aller Kraft versuchte, ihn nicht anzusehen. Jeder Blick, den er erhaschen konnte, war wie eine zarte Berührung, ein Riss in ihrem Schutzwall. Er wollte seinen steifen Schwanz an ihr reiben und ihr sagen, dass sie ihn anfassen durfte, sooft es ihr gefiel, und dass er ihr Sklave sein wollte, wenn sie ihn auch mit ihrem Mund berührte.

Überall.

Er schwor sich, dass er diese zarten Kurven und diese seidige Haut eines Tages streicheln würde, während sie sich hilflos vor Lust unter ihm wand. Dann verstaute er die Feder sorgfältig, ehe er seine Flügel entfaltete. In Kürze musste er einen Flug mit einer Gruppe von Kriegern unternehmen, die Raphael in der Zufluchtsstätte stationiert hatte. Es war der erste Schritt, um ihre Kampfbereitschaft auszuloten.

Doch bevor er sich in die Luft erheben konnte, landete auf dem Weg vor ihm eine hochgewachsene, anmutige Engelsfrau. Ihre Haut hatte die tiefe Farbe von Ebenholz und ihre Flügel erinnerten mit ihrer orangen und schwarzen Zeichnung an die eines Schmetterlings. »Sir.« Der Engel legte die Flügel zusammen und senkte den Kopf in einer kleinen, respektvollen Verbeugung. Die dichte Lockenmähne war direkt über der Kopfhaut zu Zöpfen geflochten.

»Ich bin nicht mehr dein Kommandant, Zaria.«

Kleine weiße Zähne blitzten in einem schelmischen Lächeln auf, und auf ihren Wangen zeichneten sich Grübchen ab. »Du bist mein Kommandant, ob nun in Raphaels Territorium oder in Titus'. Augustus sieht das auch so.«

Er hatte insgeheim gehofft, dass ihm einige von denen, die er angeführt hatte, folgen würden. Von zwei so erfahrenen Kriegern, die in Titus' Armee hohe Positionen bekleideten, hatte er es jedoch nicht erwartet. »Ihr seid willkommen«, sagte er und ergriff zum Gruß ihren Unterarm. »Aber ihr werdet Raphael eure Loyalität beweisen müssen.«

Eine erhobene Braue. »Du hältst mich für einen Spion?« Es lag keine Beleidigung in dieser Frage, nur die Neugier, die sie zu einer so fähigen Kundschafterin machte.

»Ich habe den Eindruck, Waffenmeister zu sein, hat viel mehr Facetten, als ich mir je vorstellen konnte.« Mit einem Nicken forderte er sie auf, ihm zurück in die Festung zu folgen – ihre Stärke machte sie so gefährlich, dass er sie unverzüglich mit Dmitri bekannt machen musste. »Wie geht es Orios?«

»Zufrieden. Stolz wie ein Papa.« Noch ein strahlendes Lächeln. »Titus ist wie ein verwundeter Keiler, zerrissen zwischen seinem Stolz und der Wut darüber, dass er deine Fähigkeiten einbüßen musste. Aber die Flatterbienchen wissen ihn schon zu besänftigen.«

Kinder waren selten bei den Unsterblichen, so selten, dass Titus, der keine eigenen Kinder hatte, die seiner im Kampf gefallenen Krieger adoptierte. Er ermöglichte ihnen ein Leben, aus dem sie als verwöhnte, nachsichtige – und doch liebenswerte – Erwachsene hervorgingen. »Sie sind tatsächlich zu etwas zu gebrauchen.« Erst als er und Zaria sich innerhalb der kühlen Wände der Festung befanden, fragte er: »Und meine Eltern?«

»Dein Vater behält Alexanders Streitkräfte im Auge.«

Nichts anderes hatte Galen erwartet; sein Vater war der zweite Mann an Titus' Hof.

»Deine Mutter«, Zaria strich absichtlich mit ihrem Flügel über den Stein, als wolle sie dessen Struktur prüfen, »hat angefangen, die nächste Riege Rekruten zu trainieren.«

Tanae musste von Zarias Entscheidung, überzulaufen, gewusst haben – solche Reaktionen auf den Weggang eines Kommandanten waren nicht ungewöhnlich und wurden im Auge behalten – und doch hatte sie der Kundschafterin keine Nachricht mitgegeben. Von seinem Vater hatte Galen nie etwas anderes als eine Erziehung zum Krieger erwartet, aber er hatte jahrzehntelang darum gekämpft, sich ein anerkennendes Wort von seiner Mutter zu verdienen ... und dabei immer gewusst, dass es ein hoffnungsloses Unterfangen war.

Tatsache war, dass Tanae eine Anomalie unter den Engeln darstellte. Als talentierte und stolze Kriegerin hatte sie nie ein Kind gewollt. Man musste ihr zugutehalten, dass sie Galen mit gewissenhafter Fürsorge aufgezogen hatte, und obwohl die Flatterbienchen ihn wie ein Schoßtier hätscheln wollten – was er stets mit kindlicher Wildheit zurückgewiesen hatte –, war es immer nur Tanae gewesen, die er hatte beeindrucken wollen. Bis er schließlich begriffen hatte, dass sie ihre Gleichgültigkeit nicht vortäuschte, um ihn zu größeren Höhen anzuspornen. Das war ihm bis ins Mark gegangen.

Die Erkenntnis hatte dem Jungen von damals das Herz gebrochen.

»Ich muss an Titus' Hof zurückkehren, um meinen Abschied offiziell zu machen«, sagte Zaria. Ihr Ton verriet ihm, dass sie an seinen Fragen nichts Seltsames fand. »Ich kann deinen Eltern einen Brief von dir bringen.«

Den verletzten Jungen von damals gab es schon lange nicht mehr, an seiner Stelle stand nun ein Mann, der sich nie vor etwas versteckt hatte, so verheerend es auch sein mochte. »Nein, dazu besteht kein Anlass.« So weit von dem Hof entfernt, den seine Mutter ihr Zuhause nannte, konnte er Tanae endlich das geben, was sie immer gewollt hatte – die Freiheit, zu vergessen, dass ihr jemals die abscheuliche Schwäche aufgezwungen worden war, ein Kind in ihrem Leib zu tragen.

»Keir kommt«, verkündete Jason, und im nächsten Augenblick erschien das Gesicht des Heilers in der Tür zu dem Bibliotheksraum, in dem Jessamy arbeitete. Keir hatte alte Augen in seinem jugendlichen Gesicht, die schlanke, anmutige Figur eines Tänzers und war der begabteste Heiler unter den Engeln. Seine Gesichtszüge waren so zart, dass sie beinahe weiblich wirkten ... aber niemand hätte ihn versehentlich für eine Frau gehalten.

Auf leisen Füßen – so leise wie die der Katze, die um seine Beine strich – trat er ein und setzte sich ihr gegenüber auf einen Stuhl, seine goldbraunen Flügel strichen leicht über den dichten, kupferfarbenen Teppich. »Hallo Jason«, sagte er. Währenddessen sprang die Katze auf den Tisch und ließ sich darauf nieder wie eine kleine, rauchgraue Sphinx mit Augen aus strahlendem Gold.

»Keir.« Der schwarzgeflügelte Engel huschte nach seinem Gruß davon, verließ das Zimmer und zog die Tür hinter sich zu.

»Ich mache mir Sorgen um unseren schönen Jason.« Keirs Blick ruhte auf der schweren Holzplatte, hinter der Jason Wache stand. »Wenn man das überlebt hat, was ich bei ihm vermute, hat man nichts mehr zu fürchten.«

Jessamys Hand grub sich in den blassgelben Stoff ihres Gewands, ihre Gedanken kreisten noch um die stumme Panik, die ihre Begegnungen mit Galen begleitet hatte. »Ist das nicht ein Geschenk, vor nichts Angst zu haben?«

Keir schüttelte den Kopf, und sein seidiges Haar streifte seine Schultern. »Wir alle sollten etwas haben, das wir fürchten, Jessamy.« Die Katze schnurrte, als er mit seinen schlanken Fingern durch ihr Fell strich. »Ebenso wie wir alle etwas haben sollten, auf das wir hoffen können. Jason hat keines von beidem.«

»Und so jemand«, flüsterte Jessamy, »hat keinen Grund, weiterzuleben.« Die Sorge um diesen Engel schnitt ihr ins Herz; seine Stimme war so unvergesslich, dass sie Calianes Konkurrenz machte, und sein Gesang rührte ihr Herz zu Tränen. »Raphael«, sagte sie mit vor Erleichterung zitternder Stimme. »Jason hat ihm die Treue geschworen. Und Raphael wird ihn nicht gehen lassen.«

»Richtig. Die Arroganz dieses jungen Erzengels hat etwas für sich.« Der Anflug eines Lächelns zeigte sich auf seinem Gesicht, denn auch Keir hatte seinen Liebling. »Also, wie ich höre, macht dir der große Grobian, den Raphael als seinen Waffenmeister angenommen hat, den Hof?«

Jessamys Kopf fuhr hoch. »Dass Jason es weiß, ist mir klar, auch wenn ich es nicht erklären könnte. Aber du hast doch tagelang auf der Krankenstation gearbeitet.« Ein schwaches Neugeborenes, nach fünf langen Jahren das erste Kind, das in der Zufluchtsstätte zur Welt gekommen war, hatte nach Keirs Aufmerksamkeit verlangt. »Wie geht es dem Baby?« Keir hatte Besuche strikt verboten – weil die Hallen der Heilung sonst unter unzähligen Flügeln begraben worden wären.

»Mit ihrem wütenden Geschrei hat sie mich mitten in der Nacht zu sich gerufen. Sie mag zwar winzig sein, aber es gefällt ihr nicht, ignoriert zu werden. Ich glaube, unsere kleine Elfe wird mal ein Krieger.« Mit dem funkelnden Leuchten in seinen Augen, das so typisch für ihn war, beugte sich Keir nach vorn und stützte sich auf die glänzende Tischplatte. »Und was deinen Grobian angeht – du hast ihm erlaubt, dich zu fliegen. Hast du geglaubt, das würde niemand bemerken?«

Jessamy schluckte. »Es ist unmöglich, Keir.«

»Warum?«

Sie zwang sich, ihre Faust zu lösen und dem warmen Blick aus seinen schräg stehenden, braunen Augen standzuhalten, während sie an der Kruste ihrer schlimmsten Wunde riss. »Ich glaube, er will mich wirklich«, sie musste an seine harte Erektion an ihrem Bauch denken, an seinen hungrigen Mund auf ihrem, an seine Hand, die mit männlicher Besitzgier nach ihrem Kinn griff, »und ich werde nicht leugnen, wie tief auch ich mich zu ihm hingezogen fühle.« Was für ein farbloses Wort, um die Wildheit dessen auszudrücken, was Galen in ihr erregt hatte.

»Und doch hält dich etwas zurück.«

»Ich weiß, dass ich zu weit vorausdenke«, sie rieb sich mit der Hand übers Herz, ein vergeblicher Versuch, den Schmerz darin zu stillen, »ich kann nicht anders, als mir seine Verbitterung vorzustellen, wenn er erkennt, was es bedeutet, mit mir zusammen zu sein: dass ihm die Flügel gestutzt werden und seine Erblinie ein Ende nimmt.« Denn Jessamy würde niemals das Risiko eingehen, ein Kind derselben schmerzhaften Existenz auszusetzen, die sie hatte ertragen müssen. »Ich will nicht das Gewicht sein, das ihn an den Boden bindet.«

Als Keir antwortete, war sein Ton sanft, seine Worte jedoch erbarmungslos. »Galen sieht mir nicht wie ein Mann aus, dem es an Mut fehlt. Dass du so etwas über ihn sagst, lässt dich in meinem Ansehen sinken, meine alte Freundin.«

Eiskalt lief es ihr den Rücken hinunter, denn Keirs Worte waren das schmerzhafte Echo dessen, was Galen auf dem Felsvorsprung vor seinem Quartier gesagt hatte. »Du nennst mich einen Feigling«, flüsterte sie heiser. »Du behauptest, ich würde mich hinter meinem Flügel verstecken.«

7

»Das habe ich nicht gesagt, aber du hast es so gehört.« Keir streckte die Hand über den Tisch und schloss sie um Jessamys. Seine Haut war so weich, so ganz anders als die raue Berührung eines anderen Mannes. »Siehst du dich selbst so?«

Gefühle schnürten ihr die Kehle zu, zerrissen ihr die Brust und ließen ihre Stimme heiser klingen. »Ich treffe die richtige Entscheidung; das musst du verstehen. Ich könnte es nicht ertragen, wenn ich mich ihm öffne und zurückgewiesen würde.« Nicht bei diesem Barbar, der sie wahnsinnig machte, sie zur Weißglut trieb und einfach so großartig war, der sie ansah, als wäre sie wunderschön. Denn er weckte Träume in ihr, die sie tief begraben hatte, damit sie überleben und zufrieden sein konnte, anstatt zu einer verbitterten, von Neid zerfressenen Kreatur zu werden.

Mit liebevoller Miene sah Keir sie an. »Wir alle lernen, mit einem gebrochenen Herzen zu leben.« Er ließ ihre Hand los, um aufzustehen und sich hinter ihren Stuhl zu stellen. Dann beugte er sich vor, nahm sie in die Arme und schmiegte seine Wange in ihr Haar. »Dein Nachteil ist, dass du dem nicht in jungen Jahren ausgesetzt warst, als du noch widerstandsfähiger warst. Jetzt, liebe Jessamy, glaube ich, hast du Angst.«

Sie schluckte den Knoten in ihrer Kehle herunter, als sie die Hand auf seine geschmeidigen Armmuskeln legte. »Wie sollte ich denn keine Angst haben? Mein Leben ist anders verlaufen als das der anderen, die einfach nach Lust und Laune den Himmel berühren konnten.« Sie hatte lernen müssen, mit dieser Trostlosigkeit zu leben, mit einem schmerzhaften Verlust, den kein anderer Engel nachempfinden konnte; und diese Zeit hatte sie innerlich mürbe gemacht. »Habe ich meinen Frieden denn nicht verdient?«

Keirs Lippen streiften ihren Hals, und sein Duft streichelte schwach über ihre Sinne. »Du hast niemals Frieden gewollt, meine Liebe. Die Frage ist nur: Bist du stark genug, um das, was du willst, zu ergreifen, auch wenn auf das Glück furchtbarer Kummer folgen könnte?«

Während seine letzten Worte noch in der Luft hingen, ging die Tür auf und davor stand nicht etwa Jason, sondern Galen, dessen meergrüne Augen vor Wut glühten. »Du kannst jetzt wieder an der Schule unterrichten«, sagte er. »Illium und Jason werden dabei sein, um deine Sicherheit und die deiner Schüler zu gewährleisten.« Nach dieser knappen Bekanntmachung war er auch schon wieder verschwunden.

Ihre Hand schloss sich fester um Keirs Arm. »Er denkt, wir sind zusammen.« Nur zu leicht hätte sie ihn in dem Glauben lassen können, sie sei eine Lügnerin und zudem eine Frau, die ihren Geliebten mit einem glutheißen Kuss und Hunderten verstohlener Blicke betrogen hatte.

Ihr Magen zog sich zusammen und ihre Eingeweide gerieten in Aufruhr. »Lass mich aufstehen, Keir.« Als ihr Freund sie losließ, stand sie auf und schüttelte ihre Röcke aus. »Die Angst liegt mir wie Blei auf der Zunge – ich kenne ihn erst seit so kurzer Zeit, und doch bin ich sicher: Sollte ich mich auf sein Werben einlassen, wird es einen Teil von mir zerstören, wenn er geht.«

Keir streckte die Hand aus, um ihr eine Haarsträhne hinters Ohr zu streichen. »Wir alle tragen etwas Zerbrochenes in uns.« Ruhig. Kraftvoll. »Niemand geht mit einem unversehrten Herzen durchs Leben.« In seinen Augen lag eine so tiefgründige Weisheit, wie sie ein Mann, der nur dreihundert Jahre älter war als sie, eigentlich nicht besitzen konnte. Es war eine Weisheit, die in ihre Seele blickte und das Salz ihrer Einsamkeit schmeckte.

Doch eines sahen Keirs Augen nicht, dachte sie, als sie die Bibliothek verließ und Jason sie als lautloser Schatten begleitete, dass ihr Herz nämlich nicht unversehrt war. Es war vor langer, langer Zeit gebrochen worden – als sie zum ersten Mal zum Himmel aufgesehen und erkannt hatte, dass er für alle Zeit außerhalb ihrer Reichweite lag. Der Mut, den es sie kostete, noch einmal nach den Sternen zu greifen, war ein enges, raues Gefühl in ihrer Brust, an den Rändern schartig von den Scherben Tausender zerplatzter Träume.

Mit einer rasenden Folge von Fußtritten und harten Schwerthieben brachte Galen beide Vampire zu Boden. »Ihr habt den gleichen Fehler zweimal gemacht«, sagte er, sobald sie nach dem scharfen Schlag mit der Klinge wieder klar sehen konnten. »Ich habe euch gewarnt.« Zweite Warnungen gab es in seiner Welt nicht.

Die beiden kamen mühsam auf die Füße und nickten. Einer wischte sich Blut aus dem Mundwinkel. Doch keiner erhob Einwände, als Galen sie aufforderte, die Übung noch einmal durchzugehen. Diesmal waren sie so sehr damit beschäftigt, ihren ersten Fehler nicht zu wiederholen, dass sie einen anderen begingen. Weil Galen merkte, dass beide Männer erschöpft waren, hielt er sich zurück und ordnete eine Pause an. »Geht«, sagte er. »Morgen arbeitet ihr einzeln und gegeneinander weiter. Übermorgen treten wir zum nächsten Übungskampf gegeneinander an.«

Der jüngere Vampir zögerte. »Wir wollen uns verbessern.« Sein Partner nickte.

Es beeindruckte ihn, dass sich die beiden nach der Abreibung, die er ihnen verpasst hatte, nicht schnellstmöglich aus dem Staub machten. Deshalb zwang er sich zu sprechen, obwohl in seinem Körper ein gewaltiger Sturm der Wut tobte. »Das werdet ihr. Geht die Schritte, die ich euch zu Beginn gezeigt habe, wieder und wieder durch, bis euch die Bewegungen in Fleisch und Blut übergegangen sind.« Galen hatte selbst unzählige Stunden damit zugebracht, solche Übungen zu absolvieren, und kannte ihren Wert. »Es ist ein wichtiger Bestandteil des Kämpfens, dass ihr reagiert, ohne darüber nachzudenken – ihr müsst eure Muskeln darauf trainieren, sich die Bewegungen einzuprägen.«

Die Vampire stellten noch einige kluge Fragen und gingen dann; die Entschlossenheit war deutlich auf ihren Gesichtern abzulesen.

Schon vor einer ganzen Weile hatte eine Zuschauerin in einem eleganten Kleid in kühlem Gelb die Halle betreten, doch er schenkte ihr noch immer keine Beachtung. Stattdessen hob er sein Breitschwert auf und absolvierte ein kompliziertes Programm, das seinen Gegner im Handumdrehen in winzige Stücke zerlegt hätte. Weil er so groß und schwer aussah, unterschätzten viele seine Schnelligkeit. Tatsächlich glaubte er, dass von Raphaels Männern nur Illium schneller war als er.

»Wenn du mich zwingst, noch länger zu warten, wird mich eine Klasse voller enttäuschter Engelskinder erwarten.« Ihre Stimme war ruhig, doch sie zerschnitt die Luft in der Halle und schabte über Galens Haut.

»Sag, was du zu sagen hast, und dann geh.« Er zwang sich, seine Bewegungen so weit zu verlangsamen, dass er sie trotz der peitschenden Schläge seines Schwerts hören konnte.

Stille.

Wenn sie geglaubt hatte, er würde ihretwegen eine Pause einlegen, hatte sie sich schwer geirrt.

»Also«, ein leises Raunen, »das ist also die Kehrseite deiner Entschlossenheit und Loyalität. Absolute, hartnäckige Sturheit.«

Ein perlendes Lachen. »Ich bin froh zu sehen, dass du eine Schwäche hast.«

Galen presste die Kiefer aufeinander. Sie hatte recht, er *war* stur. Zwar hatte er seine Hartnäckigkeit zu seinem Gewinn eingesetzt, aber in seiner Kindheit hatte sie ihn auch oft genug in Schwierigkeiten gebracht. Außerdem neigte er wirklich dazu, an seiner Wut festzuhalten – aber diesmal war er im Recht. Obwohl sie einem anderen Mann gehörte, hatte Jessamy ihn von ihren Lippen kosten lassen, hatte ihn glauben machen, er dürfe vielleicht um sie werben.

Nur eine Haaresbreite war die Schneide seines Schwerts von ihrem Hals entfernt, als er innehielt und knurrte: »Das war eine unglaubliche Dummheit.« Hinter ihm aufzutauchen, war nie eine gute Idee.

Weder Angst noch eine Entschuldigung lag in diesen tiefbraunen Augen, die er vor Lust verschleiert in seinem Bett sehen wollte. »Ich weiß, dass du mich gehört hast.«

Er ließ die Klinge sinken und entfernte sich ein Stück von ihr, denn ihr warmer, erdiger Duft drohte seine Ehre von Neuem zu gefährden. »Was haben Sie mir zu sagen, Lady Jessamy?«

Angesichts der nackten Wut auf Galens Gesicht begann Jessamys Herz heftig zu klopfen. Er schien aus nichts als schweren Muskeln und glänzender Haut zu bestehen und weckte Gedanken in ihr, die nicht das kleinste bisschen zivilisiert waren. Und ihre Angst ... ja, sie hatte tatsächlich Angst, aber nicht vor ihm, sondern vor dem, was sie zu tun gedachte. Es konnte sich gut und gerne als der schlimmste Fehler ihres Lebens erweisen, aber sie wusste, dass ihr keine andere Wahl blieb. Nicht, wenn ihr der Gedanke, Galen könne sie für untreu halten, so zusetzte.

»Keir«, sagte sie und sah die hellgrünen Augen vor Glut funkeln, »ist mein Freund. Mein bester Freund, und das schon seit Tausenden von Jahren.« Als Galen nicht einmal blinzelte, geschweige denn eine sanftere Miene aufsetzte, fuhr sie fort: »Einmal, vor sehr langer Zeit, wollte er mich in sein Bett holen. Er wollte, dass ich die Chance habe, diese Intimität zwischen Männern und Frauen kennenzulernen.« Es war eine rührende Geste von dem jungen Heiler gewesen, der keinen Weg fand, um seine Freundin zu heilen. »Aber ich habe Nein gesagt – wenn ich das Bett mit einem Mann teile, soll es nur aus Leidenschaft geschehen.«

Noch immer keine Reaktion von diesem wütenden, störrischen Mann, der sie so sehr faszinierte. Als sie erkannte, dass er zu tief in seinem Zorn versunken war, um sie zu hören – ja, dieser Zorn war eine weitere Schwäche –, wandte sie sich zum Gehen. Das Letzte, was sie hörte, war das Surren seines Schwerts, das wieder mit brutaler Präzision durch die Luft schnitt.

Als Illium schließlich die Halle betrat, blieb Galen endlich stehen. Er war schweißgebadet, und seine Schultermuskeln schmerzten, weil er die Flügel zu dicht an den Rücken angezogen hatte.

Der blaugeflügelte Engel pfiff durch die Zähne. »Will ich wissen, worum es geht?« Er blickte vielsagend auf die Messer, die in den Wänden steckten.

»Ich habe meine Wurftechnik trainiert.« Eine nach der anderen zog er die Klingen heraus und stapelte sie auf dem Tisch. »Du bist schnell. Ich muss üben, dich zu treffen.«

»Du brauchst nur zu fragen«, sagte der Engel ohne zu zögern. »Bisher hat es noch keiner geschafft.« Er flog zu einigen der höher in den Wänden steckenden Messern hinauf, zog sie heraus und ließ sie auf den Tisch fallen. »Jessamy ist mit ihrem Unterricht fertig, also begleitet Jason sie nach Hause. Wahrscheinlich sind sie inzwischen angekommen. Er wird Wache halten, bis er abgelöst wird. Ich könnte ...«

»*Nein.*«

Goldene Augen blickten Galen unter schwarzen, in Blau getauchten Wimpern an, als Illium plötzlich direkt vor ihm landete.

»Ich mag dich, Galen. Aber Jessamy liebe ich. Wenn du ihr wehtust, reiße ich dir die Eingeweide raus.«

Galen sah den Engel von oben bis unten an. »Bluebell, du würdest mich nicht einmal zu fassen kriegen, wenn mir die Augen verbunden und die Hände auf dem Rücken gefesselt wären.«

»Bluebell?« Illium kniff die Augen zusammen. »Das reicht.« Er warf Galen zwei Messer zu und nahm sich selbst ebenfalls zwei.

Dann setzten sie sich in Bewegung. Galen hatte recht gehabt, Illium *war* schneller als er. Viel schneller. Außerdem konnte der blaugeflügelte Engel in der Luft Dinge tun, die eigentlich nicht möglich waren – aber die Schnittwunden auf Galens Rücken und die Quetschungen auf seiner Brust bewiesen, dass dem doch so war. Doch Galen konnte mehr, als nur wacker standzuhalten … Er wartete ab, bis Illium ein allzu selbstbewusstes Manöver zu viel flog, und spießte die Flügelspitze des Engels mit einem Messer in den Boden. Die Wunde würde bis zum Morgen wieder verheilt sein.

Unter unerwartet einfallsreichen Flüchen für eine so hübsche Person funkelte Illium Galen wütend an. »Du hast mich reingelegt.«

»Ich musste einschätzen, wie schnell du bist und welchen Nutzen du für Raphaels Streitkräfte hast.« Er befreite den anderen Engel und kam auf die Füße. »Es sollte ausreichen.«

Illium schleuderte ihm ein Schnellfeuer griechischer Beschimpfungen entgegen. Galen antwortete in ebenso derbem Französisch und bestellte ihn zu weiteren Übungsstunden, um seine Technik zu verbessern, die verdammt nah an einwandfrei war – bis auf eine Sache: »Du bist zu übermütig. Dir muss ein wenig Vernunft eingebläut werden.«

Illium fauchte, willigte jedoch ein, wiederzukommen ... »Damit ich dir den Arsch aufreißen kann.«

An der Klippe trennten sich die beiden Engel, und Galen flog in sein Quartier, um aufzuräumen und sich umzuziehen. Dann flog er wieder hinauf, als gerade in unzähligen Schattierungen von Gold und Orange und einem unendlich zarten Hauch von Rot die Strahlen der untergehenden Sonne über den Himmel loderten. Das erinnerte ihn an die Feder, die er so sorgsam versteckt hatte und die er selbst in dem Moment nicht hatte wegwerfen können, als er Jessamys liebreizendes Gesicht für das einer Lügnerin gehalten hatte.

Noch immer brodelte in ihm die Wut über diesen Anblick, wie die Lippen des Heilers ihre Haut berührten und sie ihn mit absolutem Vertrauen ansah. Es stand Galen nicht zu, ein so tiefes Vertrauen von ihr zu erwarten, nachdem sie sich erst so kurz kannten – aber diese Logik war unwichtig, denn er tat es trotzdem.

Nach seiner Landung auf den grauen und blauen Pflastersteinen, in denen verborgene Partikel im dunkelorangen Licht schimmerten, entließ er Jason mit einem knappen Nicken und wartete, bis der andere Engel abgeflogen war. Als sich dessen tiefschwarze Flügel in einer dramatischen Silhouette vor dem Farbverlauf am Himmel abzeichneten, betrat er Jessamys Haus und verriegelte die Tür hinter sich.

»Jason, hast du ...« Sie sah von der Harfe auf, hinter der sie saß. Ihr dichtes, seidiges Haar fiel ihr fließend über die Schulter, und sie trug jetzt ein graugrünes Gewand, das tiefer ausgeschnitten war als das von vorher. Als sie Galen sah, verblasste ihr einladendes Lächeln und ein zurückhaltender, ernster Ausdruck legte sich auf ihr Gesicht. »Galen.«

Etwas in ihm zog sich zusammen, denn er wusste, dass er der Grund für diesen Gesichtsausdruck war. »Ich bin aufbrausend«, sagte er. »Schrecklich aufbrausend.«

Mit herrlicher Anmut tanzten ihre Finger über die Saiten der Harfe und erfüllten die Luft mit den klaren, süßen Tönen dahinplätschernder Musik. »Ich habe dich bei den Übungskämpfen gesehen – du kämpfst, als hättest du überhaupt keine Gefühle, als hättest du dich vollkommen unter Kontrolle. Ist das der Grund?«

Er blieb stehen und hielt die Hände hinter dem Rücken zusammen, weil ihn der Drang überwältigen wollte, sie in ihren Haaren zu vergraben. Er wollte ihren Kopf zur Seite beugen, um ihren Mund auf primitivste Art in Besitz zu nehmen, wollte die zierlichen Hügel erobern, die sich unter ihrer Kleidung andeuteten. »Als ich jung war, sagte mir mein Vater, dass es mich verschlingen würde, wenn ich nicht lerne, damit umzugehen.«

»Dein Vater war ein weiser Mann.« Eine weitere melodische Tonfolge. »Setz dich. Oder willst du dich über mir auftürmen, bis ich mich ergebe?«

Niemand, der seinen Zorn kannte, hatte es bisher gewagt, ihn aufzuziehen. Er war sich nicht sicher, was er davon halten sollte, aber da sie ihn nun in ihrer Nähe akzeptiert hatte, erlaubte er sich, seinen Schutzwall herunterzulassen. Nachdem er sein Schwert und den Gurt abgelegt hatte, setzte er sich in den großen Sessel links vor ihr. »Die Tiefe meiner Selbstbeherrschung ist legendär. Seit über einem Jahrhundert hat mich niemand mehr zornig gesehen.«

Die Musik geriet durcheinander und verstummte.

»Du sagst solche Dinge, Galen ... und ich weiß nicht, was ich darauf erwidern soll.« Schmerzliche Verwundbarkeit schlang sich um Jessamys Herz. Dieser Mann würde Spuren bei ihr hinterlassen. So tiefe und wahrhaftige Spuren, dass Narben daraus entstehen würden. Aber sie hatte ihre Entscheidung getroffen, und keine Angst dieser Welt würde sie davon abbringen. »Es ist Zeit für die nächste Lektion über den Kader.« Während sie weiterspielte und die gefühlvollen Klänge durch die Luft zogen, merkte sie, wie sich seine Schultern entspannten.

Er nickte, während er geistesabwesend seinen Schwertgurt überprüfte. »Mir wird allmählich klar, wie viel ich noch zu lernen habe.«

Er war ein interessierter Schüler mit einem schnellen, flexiblen Verstand. In ihrem Gespräch stellte sich heraus, dass er nicht nur Griechisch und Französisch so fließend wie seine Muttersprache beherrschte, sondern auch die unzähligen Sprachen Persiens und Afrikas. Er faszinierte sie. Um ihre Unterhaltung nicht weiter zu stören, hörte sie auf zu spielen und setzte sich auf einen Stuhl am Esstisch. Sofort setzte er sich neben sie und stellte eine scharfsinnige Frage nach der anderen. Die meisten unterschätzten seine Intelligenz wahrscheinlich gewaltig, zum einen, weil er so selbstverständlich mit Waffen und dem Krieg umging, und zum anderen wegen seiner Art, sich auszudrücken und zu kleiden – oder *nicht* zu kleiden.

Wenn er so nahe bei ihr saß, dass sein Flügel über ihre Stuhllehne ragte und seine schwere Wärme sich wie eine lautlose Berührung anfühlte, war es ihr schlicht unmöglich, die Erhebungen und Vertiefungen seines Oberkörpers nicht mit ihren Blicken zu liebkosen. Die besitzergreifende Note seiner Haltung entging ihr nicht, aber sie entfaltete ihren eigenen Flügel ebenfalls ein kleines Stück, bis er seinen ganz zart streifte.

»Ich bin auch nur ein Mann.« Ein brummendes Raunen, sein Blick hing an ihren Lippen. »Wenn du weiter so mit mir spielst, vergesse ich noch, dass ich hergekommen bin, um mich für mein Verhalten zu entschuldigen. Und dann werde ich sicher etwas tun, was dich wieder wütend auf mich macht.«

Ihre Lippen fühlten sich geschwollen an, und ihr wurde eng um die Brust, doch sie fand den Esprit, zu sagen: »Und wann werde ich diese Entschuldigung zu hören bekommen?«

Er hob den Blick und sah sie an. Selbst wenn sie zehntausend Jahre alt werden würde, seine Augen würde sie nie mehr vergessen. »Es tut mir leid, dass ich an deiner Ehre gezweifelt habe, Jessamy.« Eine Pause. »Es tut mir nicht leid, dass ich Keir den Kopf abreißen wollte.«

»Galen!« Lachen sprudelte aus ihr hervor, hell und unerwartet und so echt, dass ihr die Tränen in die Augen traten. »Oh, du *bist* ein Barbar.«

Seine Wangen legten sich in Falten, und er hob die Hand, um mit ihrem Haar zu spielen und eine Strähne davon um seinen kräftigen Finger zu wickeln. Als er daran zupfte, schwirrten Schmetterlinge in ihrem Bauch, aber trotzdem beugte sie sich ein Stück vor. Sie erwartete, seinen Mund auf ihrem zu spüren, doch er neigte das Gesicht zur Seite und streifte mit seinen Lippen ihren Wangenknochen. Ein Zittern überlief sie, und sie schloss die Hand um seinen Nacken. Das Spiel der Muskeln und Sehnen unter der Hitze seiner Haut fühlte sich verführerisch vertraut an, während er den Rand ihres Gesichts mit Küssen bedeckte, bis er bei ihrem Hals angelangt war.

»*Oh.*«

8

Er rieb die Nase an der Stelle am Hals, die er soeben geküsst hatte. Ihre Haut dort war so empfindlich, dass sein warmer Atem ihr einen Schauer über den Rücken jagte. Einen Sekundenbruchteil später spürte sie anstelle des Behagens und seiner körperlichen Präsenz nur noch Schrecken und einen Luftzug – Galen riss sich von ihr los und zog mit einer einzigen, wilden Bewegung sein Schwert. Während sie versuchte, ihren keuchenden Atem zu beruhigen, spähte sie an seiner kampfbereiten Gestalt vorbei, konnte jedoch nichts erkennen. Im nächsten Augenblick hörten sie Schritte auf dem Weg vor dem Haus, gefolgt von einem Klopfen.

»Warte«, sagte Galen, als sie aufstehen wollte. »Es könnte eine Falle sein.«

Im nächsten Moment war er verschwunden, um mit raubtierhafter Anmut dem Besucher entgegenzutreten, der ihr womöglich etwas antun wollte. Sie stand auf und suchte nach einer Waffe, um ihm zu helfen, wenn es nötig sein sollte. Gerade hatte sie sich für eine kleine Statuette entschieden, da vernahm sie zwei männliche Stimmen, die miteinander sprachen. Als sie die zweite Stimme erkannte, stellte sie die Statuette an ihren Platz zurück und trat in den Flur hinaus. »Raphael.«

Der Erzengel mit seinen unglaublich blauen Augen und Haaren, die aussahen wie schwarze Seide, war die reine, männliche Verkörperung von Schönheit. Neben ihm wirkte Galen, als würde er nur aus harten, rauen Kanten bestehen – ein Krieger, der im Angesicht von Raphaels Stärke nichts von seiner rohen

Energie einbüßte. Mit kühlen Augen sah er zu, wie der Erzengel vortrat, um ihre ausgestreckten Hände zu ergreifen.

»Haben sich meine Leute gut um dich gekümmert, Jessamy?«

»Immer.« Sie streckte sich und gab ihm einen flüchtigen Kuss auf die Wange, ehe sie besorgt fragte: »Was machst du hier?« Alexander war durchaus fähig, Raphaels Abwesenheit auszunutzen, um sich gewaltsam einen Weg in dessen wildes, neues Territorium zu bahnen.

»Alex – wie Illium den vielgerühmten Alexander nennt« – ein Funken Humor – »hat sich gerade mit seiner Lieblingskonkubine zurückgezogen und scheint nicht ansatzweise gewillt, seinen Palast zu verlassen. Man wird mich warnen, wenn er oder seine Armee Anstalten machen, sich in Bewegung zu setzen.«

Etwas an dem Bericht über Alexander erzeugte in ihren Ohren einen Missklang wie von einer beschädigten Harfensaite, aber sie kam nicht dahinter, was es war. Für den Augenblick ließ sie den Gedanken fallen, da er sich ihrem Zugriff hartnäckig entzog, und ließ Raphaels Hände los. »Ich freue mich über deinen Besuch. Komm rein und erzähl mir von deinem Land.«

Während sie dasaßen und sich unterhielten, hielt Galen an der Tür Wache. Weder durch Blicke noch durch Worte verriet er dem Erzengel, was sich zwischen ihm und Jessamy entwickelte ... und in ihr keimten Zweifel auf. Seine Zurückhaltung konnte zahlreiche Gründe haben, unter anderem die Tatsache, dass Raphael aus dem Grund hier war, den Mann zu beurteilen, der sein neuer Waffenmeister werden würde. Aber ihre Gedanken kreisten immerfort um eine einzige, furchtbare Schlussfolgerung.

Scham.

Er war mit ihr geflogen, ja, aber das konnte man als ein Geschenk aus Mitleid erklären. In der Öffentlichkeit hatte er bisher noch nichts, *überhaupt nichts* getan, was anderen Anlass gegeben hätte, über sie zu reden oder sie als Paar anzusehen. Und ohne die Scheuklappen der Hoffnung betrachtet, gaben sie ein hässliches Bild ab: sie mit ihrem deformierten Flügel und ihrer dünnen Figur neben Galens urwüchsiger Kraft und roher Männlichkeit.

Nein, dachte sie, außer sich vor Wut auf sich selbst, *nein!* Sie musste den Selbstzweifeln ein Ende machen. Galen hatte es nicht verdient, dass sie ihm solche, aus Angst geborene Verdächtigungen anhängte. Er hatte sie nie angelogen, nicht einmal, was seine aufbrausende Art anging. Vor Erleichterung wurde ihr beinahe schwindelig, und sie wollte fast laut auflachen. Sie schwor sich, ihren Barbaren dafür zu entschädigen.

Schweigend sah Galen zu, wie Raphael Jessamy eine gute Nacht wünschte und ihm anschließend zunickte, ehe er zwischen den funkelnden Sternen am klaren, ebenholzschwarzen Nachthimmel verschwand. Galen verstand den unausgesprochenen Befehl. Ein Waffenmeister verfügte über beträchtliche Macht und Einfluss am Hof eines Erzengels, und eine solche Position würde Raphael niemandem geben, dem er nicht auf jeder Ebene vertraute – morgen würde sein Urteil über Galen fallen.

Er verspürte keine Furcht. Er kannte seine Stärke und wusste, dass er nicht versagen würde. Und er wusste auch, dass er seinerseits Raphael beurteilen würde, denn das war der Mann, für den er in den nächsten Jahrhunderten sein Schwert ziehen würde, vielleicht sogar bis zum Ende seines unsterblichen Lebens. Das war keine leichte Entscheidung für einen Krieger.

Jessamy folgte dem Erzengel mit den Blicken, bis seine Flügel hinter den Bergen verschwanden, und Galen konnte ihre heftig drängende Sehnsucht beinahe schmecken. Es ärgerte ihn, dass sie ihm nicht sagte, was sie brauchte, doch er zügelte seine Reaktion – sie brauchte Zeit, um zu begreifen, dass er sie an jeden Ort ihrer Wünsche fliegen würde, ob zwischen ihnen nun schroffe Worte gefallen waren oder sanfte.

Er streckte die Hand aus. »Komm mit.«

Sie zögerte.

Mit dieser Frau, die für ihn ein so fesselndes Rätsel war, wollte er jede Minute auskosten und nichts unversucht lassen. Er trat auf sie zu. »Hast du mir meinen Zorn noch nicht vergeben?«

»Du hast dich entschuldigt.« Ein Lachen zuckte um ihre Lippen, die er so gerne liebkosen wollte, doch sie kam nicht in seine Arme.

»Aber? Ich bin nicht der sensibelste aller Männer«, diese Schwäche hatte er schon vor Langem erkannt, »also wirst du es mir erklären müssen.«

Verwundert sah sie ihn an. »Bist du immer so direkt?«

»Nein.« Er verstand sich auch aufs Taktieren – schließlich war er am Hof eines Erzengels aufgewachsen. »Aber ich mag keine Spielchen und würde es vorziehen, mit dir niemals welche spielen zu müssen.«

Sie streckte die Hand aus und legte sie auf sein Herz, eine Berührung, die ihn sofort erregte. »Du hast ein Talent, mich in meinen Grundfesten zu erschüttern.« Mit sinnlicher Konzentration ließ sie ihre Finger an seinem Oberkörper hinuntergleiten, ihre ausdrucksstarken Augen lagen hinter ihren Wimpern verborgen, und sie trat so dicht an ihn heran, dass ihre Körper sich berührten.

Sein steifes Glied drückte fordernd gegen die Wölbung ihres Bauchs.

»*Galen!*«

»Jessamy.« Als sie sich nicht aus der intimen Berührung löste, sondern sich noch näher an ihn schmiegte, schob er die Finger in ihr Haar und wollte sie ungeduldig dazu drängen, ihn mit ihren Lippen zu berühren. »Du verführst mich dazu, alles zu tun, was du willst.«

Jessamy lachte heiser auf. »Das ist äußerst vergnüglich.« Noch eine liebevolle Streicheleinheit. »Ich glaube, ich sollte öfter so schlimme Gedanken haben.«

Als ihm klar war, dass er sich geschlagen geben musste, entschied er sich für einen strategischen Rückzug, zumindest für diesen Abend. »Also gut, behalte deine Geheimnisse, meine Jessamy.« Ohne Vorwarnung veränderte er seine Haltung und hob sie auf seine Arme.

»Galen!«

Drei kraftvolle Flügelschläge später waren sie in der Luft, Jessamy hatte die Arme fest um seinen Hals geschlungen und ihren Körper eng an seine Brust gedrückt. »Du kannst mich nicht jedes Mal zum Fliegen überlisten«, sagte sie, doch sie lachte dabei.

»Ich werde dich immer fliegen. Ganz egal, was geschieht.«

Statt einer Antwort rieb sie ihr Gesicht an seinem Hals. Die Berührung war ihm angenehm, dass sie seiner Aussage auswich, allerdings nicht. Aber die Nacht war zu schön, um sie mit Diskussionen zu verderben, und so glitten sie in Richtung Osten über die glitzernde Landschaft der Zufluchtsstätte hinweg. Als er mit ihrem leichten Gewicht in den Armen auf den Luftströmungen dahinritt, empfand er etwas, für das er keinen Namen hatte. Es war einfach da, ein ruhiges, tiefes Wissen, dass sich gerade alles absolut und vollkommen richtig anfühlte.

Viel später setzte er auf einem Vorgebirge zur Landung an, von dem aus man die Zufluchtsstätte überblicken konnte. Die Lichter in den Häusern sahen im Dunkeln wie tausend Glühwürmchen aus, die meisten Einwohner waren noch wach. »Dies ist mein Lieblingsaussichtspunkt«, sagte er, als er sich hinter sie stellte und die Arme um ihre Schultern legte. Ihre Flügel lagen weich und warm zwischen ihren Körpern, seidig strichen die Federn über seine Haut.

Mit einem Arm hielt er sie weiterhin fest, während er mit der anderen Hand begann, die verdrehte Kontur des Flügels nachzufahren, der sich nie richtig ausgebildet hatte. Er spürte, wie sie sich versteifte. »Ich habe mal ein Bein verloren«, erzählte er ihr, ohne die Berührung zu unterbrechen. »Ich war noch jung – es dauerte Jahre, bis es nachgewachsen war. Dasselbe könnte mir in einer Schlacht wieder passieren. Würdest du mich dann zurückweisen?«

Ihre Steifheit löste sich nicht. »Das ist nicht dasselbe, Galen.« Roher Schmerz lag in ihren Worten. »Die Ewigkeit ist eine lange Zeit, wenn man gebrochen und missgestaltet ist.«

Er wusste, dass es eine Beleidigung gewesen wäre, das Leiden, das sie geprägt hatte, nicht anzuerkennen. »Viele hätten sich für den Schlaf entschieden.« Jahrzehnte, Jahrhunderte, sogar Jahrtausende konnten vergehen, während ein Engel sich in einem solchen Schlaf befand. »Aber du hast dich entschieden, zu leben.«

»Ich bin nicht tapfer«, flüsterte sie. »Ich wollte nur denen, die mich bemitleidet haben, nicht die Befriedigung gönnen, mich am Leben verzweifeln zu sehen.« Sie drehte sich in seiner Umarmung um, schlang die Arme um seine Taille und drückte ihre Wange an seine Brust. »Ich wollte nicht schwach wirken.«

Eine Hand unter dem warm herabfallenden Haar in ihrem Nacken, die andere in ihrem Kreuz, beugte er sich so weit vor, bis seine Lippen beim Sprechen ihr Ohr streiften. »Mit genau derselben Motivation sind schon viele junge Krieger in den Kampf gezogen. Angst, die einen antreibt, ist nichts, dessen man sich schämen muss.« Vielleicht hatte sie ihm gerade einen geheimen Teil von sich offenbart, dachte er, als er die Beine etwas weiter öffnete, um Jessamy noch näher an sich ziehen zu können. Und dann offenbarte er ihr ebenfalls ein Geheimnis: »Ich war ein solcher jungen Krieger.«

Tanae war stets so unerschrocken und mutig gewesen, und

Galen hatte sie nicht beschämen wollen. »Als ich über das viele Blut und das Grauen meiner ersten Schlacht meinen Mageninhalt von mir geben musste, hat meine Mutter mich angewidert angesehen. Ich wusste nicht, wie ich ihr erklären sollte, dass ich bis zu diesem Moment nicht gewusst hatte, was echte Angst ist. Stattdessen lernte ich, härter, besser und stärker zu werden.«

»Deine Mutter ... scheint ein harter Lehrmeister gewesen zu sein.« Eine zögerliche Stellungnahme.

»Sie ist eine Kriegerin.« Galen brauchte keine weiteren Worte, denn was er gesagt hatte, beschrieb Tanaes Seele genau.

Nun strich Jessamys Hand zärtlich und vorsichtig über seinen Flügel, und überrascht stellte er fest, dass sie ihn trösten wollte. Es war ein fremdartiges Gefühl. Seit er in dem festen Entschluss, härter zu werden, die Flatterbienchen angefaucht hatte, war er von niemandem mehr in den Arm genommen worden.

Jessamy würde sein Fauchen wahrscheinlich nicht gut aufnehmen, also musste er das sanfte Streicheln ertragen. »Jessamy?«

»Hmm?«

Er griff in ihr Haar und zog ihren Kopf nach hinten. »Ich werde dich jetzt küssen.«

Während über ihnen das kalte Feuer der Sterne wie eisige Diamanten funkelte, küsste er sie, wie er es von Anfang an gewollt hatte. Er begehrte Einlass, und sie öffnete sich ihm, überließ ihre Zartheit seiner Eroberung. Sie schmeckte nach Geheimnissen, seine Jessamy. Süß und dunkel und voller Tiefen, die zu erkunden ein Mann ein ganzes, unsterbliches Leben aufwenden könnte. Mit seiner freien Hand umfasste er ihr Kinn und brachte sie in genau den richtigen Winkel, um sie zu verschlingen.

Ein winziges Drängen, eine leise Berührung mit den Zähnen.

Er horchte auf und ließ ihr einen winzigen Augenblick zum Atmen, bevor er sich wieder über ihren Mund hermachte. Angetrieben von einer köstlichen Sinnlichkeit wie langsam schwelende Kohle, grub sie die Fingernägel in seinen Nacken und ließ ihre Zunge in sinnlicher Neugier über seine gleiten.

Er stöhnte und drehte seinen Körper ein wenig, sodass seine ausgebreiteten Flügel die Sicht auf die Zufluchtsstätte blockierten, während er die zarte Kurve ihres Pos umfasste und sie anhob, um sie auf dem harten Grat seines Verlangens zu wiegen.

»Galen.« Atemlos.

Es ging zu schnell. Aber als sie mit ihren Lippen über seine strich und mit ihrer Zunge von ihm kostete, da hätte es einen stärkeren Mann als Galen gebraucht, um ihr zu widerstehen.

Am nächsten Morgen war Galen nicht überrascht, Raphael in der Übungshalle anzutreffen. Er hatte sich bis auf eine weite, schwarze Hose entkleidet, die von einem dicken Stoffgürtel mit einem Knoten an der Seite gehalten wurde. Die Hose erinnerte Galen an die Montur, die Lijuans Männer trugen, wenn sie gelegentlich zum Training mit Titus' Leuten vorbeikamen. Die beiden Erzengel unterhielten in diesem Jahrhundert eine verhältnismäßig herzliche Beziehung.

Er selbst hatte heute eine Hose aus robustem, braunen Stoff angezogen und dazu seine eingetragenen Lieblingsstiefel, das Schwert trug er wie üblich senkrecht auf dem Rücken. Jetzt legte er Stiefel und Schwert ab. »Wirst du mich hinrichten, wenn ich dich zu Boden ringe?«

Bei dieser pragmatischen Frage krümmten sich Raphaels Lippen. »Ich bin nicht Uram, Galen. Ich schätze, in dieser Hinsicht bin ich eher wie Titus – meine Männer sollen nicht zu viel Angst vor mir haben, um mir die Wahrheit zu sagen.«

Soviel hatte Galen vermutet. Deswegen war er hier. »Mann gegen Mann, keine Waffen.«

»Einverstanden.«

Eine Spur von Blau flackerte am Rande von Galens Blickfeld,

als Illium in die Halle trat. Er breitete seine Flügel aus, flog unter die Decke und hockte sich auf einen Balken. Dmitri war nicht mehr in der Zufluchtsstätte – er befand sich, wie Galen nun klar wurde, auf dem Weg in Raphaels Territorium, um dort die Stellung zu halten, während der Erzengel hier war. Auch Jason war verschwunden. Er hatte Galen eine Nachricht hinterlassen, in der stand, welchen Kriegern er Jessamys Sicherheit anvertrauen konnte.

Sie war ihm so wichtig, dass Galen nicht einmal Jasons tiefblickenden Beurteilungen Vertrauen geschenkt hätte, wenn er sich nicht selbst schon längst für die Hälfte der Männer und Frauen auf dieser Liste entschieden hätte. Ihnen gestattete er, über Jessamy zu wachen, während er seinen Pflichten nachkam.
»Bereit?«

Raphael nickte einmal.

In der Mitte der Halle trafen die beiden Männer mit ihren vollkommen unterschiedlichen Kampfstilen aufeinander. Galen war pure, rohe Gewalt und besaß gerade genug Anmut, um seine Kontrahenten überraschen zu können, während Raphael die reine, tödliche Eleganz war. Da er diesmal nicht gegen einen unerfahrenen Gegner antrat, setzte Galen seine Flügel ein, und Raphael tat es ihm gleich. Es kostete unglaubliche Kraft, einen kurzen, senkrechten Aufstieg zu meistern, ohne dabei verwundbare Körperteile zu exponieren, aber Galen hatte es durch stetiges und unerbittliches Training gelernt. Raphael hingegen schien es einfach instinktiv zu tun.

Galens Respekt für den Erzengel vertiefte sich, als dieser ihn beinahe zu Boden brachte, herumfuhr, um einen Hieb abzufangen und dann seinen Angriff neu kalkulierte. Raphael war kaltblütig genug, um strategisch zu denken, und Krieger genug, um Freude an diesem Tanz zu empfinden. Wenn das der wahre Raphael hinter der Fassade zivilisierter Kultiviertheit war, dachte

Galen plötzlich, würde er für diesen Erzengel mehr tun, als nur für ihn zu arbeiten; er würde ihm dienen.

Er rammte Raphael in den Boden, doch als er ihn festhalten wollte, war dieser bereits wieder verschwunden, hatte sich zur Seite gerollt und in die Luft erhoben, um sich nun von hinten auf Galen zu stürzen … doch der wirbelte herum, um den Angriff abzufangen. Zwei Armpaare fuhren in die Höhe, um sich gegenseitig zu blockieren, Ellbogen und Bizepse ineinander verkeilt.

»Patt!«, rief Illium aus.

Erheiterung färbte Raphaels Miene, doch er hielt die anstrengende Pose weiterhin aufrecht. »Ich wäre einverstanden.«

Galen nickte und trat im selben Moment wie der Erzengel zurück. »Schöner Kampf.«

»Du bist besser, als Titus' Leute mir weismachen wollten.« Ein Schimmer im unerbittlichen Blau. »Er hofft sicher, dass du an seinen Hof zurückkehrst.«

»Ich habe meine Wahl getroffen.« Galen begann mit seinen Dehnübungen, und Raphael tat es ihm gleich. »Ich werde nicht an Titus' Hof zurückgehen, wenn es hier keinen Platz für mich gibt.«

»Wohin dann?«

Galen durchdachte seine Möglichkeiten. »Es gibt nicht viele, für die ich mein Schwert erheben würde, und noch weniger, die stark genug sind, um in mir keine Bedrohung zu sehen. Elias stünde ganz oben auf der Liste.« Der Erzengel war älter als Raphael, doch er war nicht der Grausamkeit anheimgefallen, welche die Macht in so vielen hervorrief. »Allerdings hat er einen Waffenmeister, dem er vertraut und den er respektiert.«

»Du hättest das Potenzial, über ein Teilgebiet im Territorium eines Erzengels zu herrschen«, sagte Raphael, als er am Ende seiner Übungen die Flügel zusammenlegte. »Warum bittest du den Kader nicht, deinen Status zu ändern?«

Auch Galen hielt inne. »Ich bin ein Waffenmeister.« Das lag ihm im Blut.

Raphael griff nach einem Satz Wurfmesser und reichte ihn Galen, ehe er sich selbst ebenfalls einen nahm. Dann hob er die Brauen, und Galen blickte grinsend nach oben. »Dann wollen wir mal sehen, wie schnell du wirklich bist, Bluebell.«

»Bluebell?« Der Erzengel lachte, während Illium Rache schwor, und dann flog das erste Messer.

Zwanzig Messer später – zehn pro Mann – grinste Illium sie von seinem erhabenen Sitzplatz süffisant an. »Oh, ihr habt mich beide verfehlt.« Gespielte Enttäuschung, ausgeschmückt mit theatralischen Seufzern. »Arme, arme Liebchen.«

»Für den Fall, dass du es vergessen hast: Ich bin ein Erzengel«, ermahnte Raphael den respektlosen Engel in trockenem Tonfall.

Illium grinste reuelos. »Wollt ihr es noch mal probieren? Ich werde mich auch extra langsam bewegen – schließlich seid ihr beide so viel älter als ich.« Die letzten Worte waren ein verschwörerisches Flüstern.

Galen warf Raphael einen Blick zu. »Wie hat er so lange überlebt?«

»Keiner kriegt ihn zu fassen.«

Während Illium Raphael lachend zu einer Wette überreden wollte, überkam Galen ein vollkommenes Zugehörigkeitsgefühl. *Dies*, dies war der Ort, an den er gehörte. Zusammen mit diesen Kriegern, die mehr miteinander verband als Furcht oder Unterwürfigkeit, aber vor allem mit dieser Frau, die ihn mit dem erotischen Versprechen ihres Kusses für alle Zeiten geprägt hatte.

Er fragte sich, wann Jessamy merken würde, was er getan hatte.

9

In strengem Tonfall sagte Jessamy: »Saraia!«

»Entschuldigung, Fräulein Jessamy.« Saraia hob ihre herunterhängenden Flügel wieder an und sah lobheischend zu Jessamy.

Sie lächelte. »Braves Mädchen.«

Zufrieden fuhr Saraia fort, die ihr aufgetragene Textstelle vorzulesen.

Jessamy wusste, dass ihre Schützlinge sie wegen ihrer beständigen Ermahnungen, die Flügel anzuheben, für gnadenlos hielten, aber es war eine Tatsache, dass ihre Knochen sich noch entwickelten. Je mehr sie sich bei dieser Übung anstrengten, umso stärker würden sie werden, bis sie das schwere Gewicht ihrer Flügel kaum noch spüren würden.

Doch trotz dieser Korrektur war sie mit ihren Gedanken nicht ganz bei den Kindern. Ein Teil von ihr lag noch immer in Galens Armen, und auf ihren Lippen brannte noch die Erinnerung an seine. Als er angeboten hatte, sie zu fliegen, hatten sie furchtbare Schuldgefühle geplagt, weil sich kurz vorher dieser scheußliche Gedanke in ihren Kopf geschlichen hatte. Aber an ihrem Versuch einer wortlosen Entschuldigung hatte Galen ganz sicher nichts auszusetzen gehabt.

Du verführst mich dazu, alles zu tun, was du willst.

Auf ihrem Gesicht drohte sich ein albernes Grinsen breitzumachen, das eher zu einer Heranwachsenden gepasst hätte.

»Jessamy?«

Sie hob den Blick und sah, dass Saraia sie mit einem zögerlichen Lächeln ansah. Das Buch hatte sie bereits geschlossen.

»Gut gemacht«, sagte Jessamy und zwang sich, in die Gegenwart und zu diesen kostbaren Seelen zurückzukehren, die lernen mussten, was sie ihnen beizubringen hatte. »Du liest sehr schön.«

Als Saraia zu ihrem festen, aber bequemen Stuhl im Kreis der Kleinen zurückgekehrt war – Jessamys ältere Schüler hatten ihre Schulstunden bereits hinter sich –, fuhr sie fort: »Also, jetzt ist es an der Zeit für unsere Diskussion. Habt ihr euch ein Thema überlegt, über das ihr sprechen möchtet?«

Wild winkend schoss eine Hand in die Höhe.

»Ja, Azec?«

Die tiefweinroten Augen des Jungen blitzten, als er sie ansah; die Unartigkeit darin war so offenkundig, dass Jessamy ein Lachen unterdrücken musste. Er erinnerte sie an Illium – dem sie mehr als einmal furchtbare Konsequenzen hatte androhen müssen, weil er sich einfach nicht auf seine Aufgaben konzentrieren wollte. Anschließend hatte er sie stets auf die Wange geküsst und sich mit solcher Ernsthaftigkeit entschuldigt, dieser kleine Unruhestifter.

»Fräulein Jessamy«, sagte Azec, der vor Aufregung beinahe vibrierte, »mögen Sie den neuen Engel? Den großen?«

»Galen«, half das Mädchen neben ihm mit einem lauten Flüstern aus. »Meine Mutter sagt, er heißt Galen.«

Jessamy blinzelte. Sie war so verwirrt, dass sie nichts weiter herausbrachte als: »Warum?«

Azec stand auf, die Flügel ausgebreitet und die Hand wild in die Luft gereckt. »Weil Sie ihn geküsst haben!«

Überall im Raum kam Gekicher auf, während Azec sich mit einem breiten Grinsen wieder hinsetzte, äußerst zufrieden, all seine Klassenkameraden übertrumpft zu haben. Aber sein erhabener Rang war nicht von langer Dauer.

»Ich habe es auch gesehen«, schrie ein Mädchen. »Oben, auf den Klippen.« Mit den Beinen strampelnd strahlte sie Jessamy an; ihre wilden, sonnenhellen Locken wurden von einem hübschen, fliederfarbenen Band zusammengehalten. »Dass Sie es waren, habe ich an Ihrem Flügel erkannt«, sagte sie mit der ungeschminkten Ehrlichkeit der Jugend.

Ganz plötzlich fiel Jessamy wieder ein, wie Galen mit seinen Flügeln die Sicht verdeckt hatte, als es zwischen ihnen heißer geworden war – er hatte *gewusst*, dass ihre Silhouetten in bestimmten Bereichen der Zufluchtsstätte zu sehen gewesen waren. Ihm musste bewusst gewesen sein, dass ihr Kuss bis zum nächsten Morgen die Runde durch die gesamte Engelsstadt gemacht haben würde. Jetzt begriff sie, wie meisterhaft er sie überlistet hatte. Kein Wunder, dass sie an diesem Morgen so viele Leute mit einem heimlichen Lächeln auf den Lippen angesehen hatten. Kein süffisantes Grinsen, sondern ein Lächeln, in dem echte Freude lag.

Genau wie in den Gesichtern, die sie nun vor sich sah.

Dass sie sich so für sie freuten, zerstörte etwas in ihr – eine Art spröden, harten Schutzschild. »Ich habe Galen geküsst«, gab sie zu, denn sie konnte die Kinder nicht anlügen und zugleich erwarten, ihr Vertrauen nicht zu verlieren.

Azec und Saraia sprachen beide gleichzeitig, ihre Stimmen verhedderten sich in verspielter Unschuld. »Hat es Ihnen gefallen?«

»Ja.« So sehr, dass sie die leidenschaftliche, fordernde Fremde, in die sie sich verwandelt hatte, nicht mehr wiedererkannte.

Galen musste sich ein Lächeln primitiver Befriedigung verkneifen, als er auf seinem Weg durch das Handwerkszentrum der Zufluchtsstätte mehr als einen neugierigen Blick in seine Richtung auffing. Was Jessamy betraf, konnte nun niemand mehr an seinen Ansprüchen zweifeln.

Illium klopfte an die Tür des Hauses, zu dem er ihn geführt

hatte. Als sein Blick auf Galen fiel, verengten sich seine tiefgoldenen Augen. »Es könnte gesünder für dich sein, nicht ganz so selbstzufrieden auszusehen, wenn du Jessamy das nächste Mal triffst.«

Galen zeigte die Zähne. »Ein Mann hat das Recht, sein Werben öffentlich zu bekunden.« Und deutlich zu machen, dass jeder, der ihm in die Quere kam, ausgeweidet werden würde.

Der blaugeflügelte Engel schüttelte den Kopf. »Barbar, es gibt einen Unterschied zwischen ›öffentlich bekunden‹ und sich mit einer Keule verständlich machen.«

In diesem Moment hörten sie aus dem Inneren des Hauses die leisen Worte: »Es ist offen.«

Sie folgten einem verspielten Windhauch in den Flur und gelangten auf einen geländerlosen Balkon, der über die Schlucht hinausragte und einfach so im Azurblau des Himmels zu hängen schien. Ein Engel saß mit dem Rücken zum Haus, seine Hände und sein Gesicht waren mit roter, blauer und gelber Farbe verschmiert, und auf der Staffelei vor ihm stand eine farbendurchtränkte Leinwand.

Er schien aus Scherben zerbrochenen Lichts zu bestehen, seine Flügel waren diamanthell, und seine Haare hatten den gleichen blassen und doch seltsam überwältigenden Farbton. Als er den Kopf wandte, um ihnen über die Schulter hinweg einen Blick zuzuwerfen, sah Galen, dass seine Augen von den schwarzen Pupillen nach außen zu Scherben aus kristallklarem Blau und Grün zu zersplittern schienen. Er hätte eine Eisskulptur sein können, hätte in seiner Hautfarbe nicht eine goldene Wärme gelegen, die ihn wahrscheinlich bald zu einem Objekt der Begierde machen würde – aber jetzt war er noch sehr jung.

Als der Engel sah, dass Illium nicht allein war, erhob er sich und stellte sich respektvoll neben seiner Leinwand auf. Die blaue Farbe auf seiner Wange erinnerte an eine primitive Tätowierung.

»Galen, das ist Aodhan. Er dient Raphael.« Illium führte die Vorstellung mit einer höflichen Anmut aus, wie sie im Palast von Neha, der Königin der Gifte, angemessen gewesen wäre. »Aodhan«, fuhr der Engel fort, »darf ich vorstellen, das ist Raphaels neuer Waffenmeister.«

»Sir.«

Raphaels Gefolgsleute passten in kein vorhersagbares Schema, dachte Galen … bis auf eines. »Dein Quartier ist sehr schön gelegen«, sagte er, während er über die stille, unerbittliche Treue nachdachte, die er sowohl bei Dmitri als auch bei Illium gespürt hatte. Ein Erzengel, der in wirklich starken Männern solche Loyalität hervorbringen konnte, war in der Tat eine politische Kraft, die Alexander fürchten musste.

Aodhans Flügel raschelten, als er sich neben Galen an den Rand des Balkons stellte. »Das Licht«, sagte er mit einem schüchternen Lächeln in den Augen, »ist perfekt zum Malen.«

Schüchtern, dachte Galen, aber auch intelligent und, nach seinen Bewegungen zu urteilen, auch hochbegabt für bestimmte Kampftechniken. »Schwert«, murmelte er. »Ein Rapier?« Die zierliche, aber tödliche Klinge würde zu den anmutigen Schritten des Engels passen.

Aber Aodhan schüttelte den Kopf. »Zu leicht für mich. Ich ziehe eine solidere Klinge vor.« Er strich sich einige Haarsträhnen zurück, wobei er auf seiner Stirn und in den Haaren einen roten Streifen hinterließ. Die Farbe glitzerte.

»Du bist heute Morgen in die Zufluchtsstätte zurückgekehrt?« Er würde dem jungen Engel Zeit geben, sich auszuruhen, und danach wollte er ihn in der Halle sehen – als Waffenmeister musste er die Stärken und Schwächen aller Männer kennen, die Raphaels Vertrauen genossen.

»Ja. Seit diesem Jahr bin ich für den Sire als Kurier tätig.«

»Du bist sehr jung für eine solche Aufgabe.«

»Ich habe eine Sonderfreistellung bekommen«, begann Aodhan gerade zu erklären, als weiß-goldene Flügel vom Himmel hinabsausten. Raphael setzte zur Landung auf dem Balkon an und der Wind seines Sinkflugs blies Galen die Haare aus dem Gesicht.

»Ihr seid alle hier«, sagte der Erzengel, als er die Flügel auf dem Rücken zusammenlegte. »Gut.«

Vom Klang seiner Stimme angezogen, versammelten sie sich um ihn.

»Es wird Zeit, dass ich in mein Territorium zurückkehre«, sagte Raphael. »Wie es aussieht, rührt Alexander sich. Galen, du wirst mich begleiten.«

Kälte durchströmte seine Adern. Er hatte immer gewusst, dass er an Raphaels Seite gebraucht werden würde, sollte es zum Krieg kommen. Aber ... »Wir können Jessamy nicht ungeschützt zurücklassen.« Seine Wut entflammte aufs Neue, als er daran zurückdachte, wie seine starke Jessamy in diesem so intimen Moment an seiner Brust geweint hatte.

»Aodhan, Illium und Jason, der heute Abend zurückkehrt, werden dafür sorgen, dass sie keinen Augenblick in Gefahr ist.« Raphael sah die beiden anderen Engel an, und diese nickten unverzüglich. »Jessamy ist eine intelligente Frau. Sie wird sich nicht auf törichte Weise selbst in Gefahr bringen.«

Das wusste Galen. Aber er wusste auch, dass er sie persönlich beschützen musste. »Kann ich dich allein sprechen?«

»Illium, Aodhan.«

Auf diesen leisen Befehl hin schwangen sich die beiden Engel vom Balkon und versuchten, einander davonzufliegen. Vor dem zerklüfteten Fels der Schlucht boten ihre Flügel eine glänzende Show aus zerborstenem Licht und wildem Blau.

»Du machst Jessamy den Hof«, sagte Raphael, die Aufmerksamkeit ganz auf Galen gerichtet. Die erschütternde Kraft, die durch seine Adern floss, war beinahe körperlich zu spüren. »Sie begreift die Welt, wie es nicht viele tun, sie wird verstehen, warum du jetzt nicht in der Zufluchtsstätte bleiben kannst.«

Entschlossen, für diese Sache zu kämpfen, schüttelte Galen den Kopf. »Der Flug in dein Territorium ist lang, wir werden gezwungen sein, mit konstanter Geschwindigkeit zu reisen.« Anders als bei dem Spiel zwischen Illium und Aodhan würde es um Ausdauer gehen. »Eine leichte Person wird uns nicht aufhalten.«

Vor Überraschung verdunkelten sich Raphaels Augen. »Jessamy verlässt die Zufluchtsstätte nie.«

»Nein.« Hinter seinem Rücken hielt er seine Handgelenke fest umklammert. »Jessamy *kann* die Zufluchtsstätte nicht verlassen.«

Die Reglosigkeit des Erzengels hatte nichts Sterbliches an sich, nicht einmal ein gewöhnlicher Engel wäre dazu fähig. Es war etwas, das absolut und ausschließlich ihm gegeben war. »Du beschämst mich, Galen«, brachte er endlich hervor; in den goldenen Fasern seiner Flügel fing sich das Sonnenlicht. »So viele Jahrhunderte lang kenne ich sie nun schon, und nicht ein Mal habe ich sie gefragt, ob sie andere Länder besuchen möchte.«

»Jessamy«, sagte Galen, »ist nicht der Typ Frau, der seine innersten Gedanken mit der Welt teilt.« Es war ein Geschenk, hinter diesen hauchdünnen, undurchdringlichen Schleier aus beherrschter Anmut blicken zu dürfen.

Raphael sah ihn von der Seite an. »Aber mit dir teilt sie sie?«

»Nein, aber das wird sie noch.« Galen würde nicht weichen, würde niemals seine Meinung ändern, und er würde sie nicht zurücklassen. »Illium sagt, ich hätte die Subtilität eines Bären mit einer groben Keule. Aber Bären mit Keulen schaffen Ergebnisse.«

Raphael lachte, doch seine Worte waren pragmatisch. »Du bist der Einzige, von dem Jessamy sich fliegen lässt, seit sie erwachsen ist. Aber wenn du ihre Zustimmung gewinnen kannst, können wir uns abwechseln. Wir brechen beim nächsten Morgengrauen auf.«

Als Galen sich kurz darauf von dem Balkon aus in die Luft schwang und der Wind ihm durch die Haare strich, dachte er darüber nach, was er zu Raphael gesagt hatte – über jeden Aspekt seiner Worte. Jessamy war eine Frau mit geheimen Leidenschaften und Träumen, mit verborgenen Facetten und intimen Mysterien. Er fragte sich, ob er sie jemals wirklich kennen würde. Bei der Vorstellung, für immer davon ausgeschlossen zu sein, fuhr ihm der Schmerz in seine zusammengepressten Kiefer. Aber im Unterschied zu dem, was er Raphael gegenüber erwähnt hatte, war sie kein Feind, den er mit roher Gewalt besiegen konnte. Der Feldzug, mit dem er Jessamy gewinnen konnte, musste eine subtile Angelegenheit sein.

Als er vor der Schule landete, sah er an der verschlossenen Tür, dass der Unterricht wohl schon vorüber war. Gerade wollte er sich auf den Flug zur Bibliothek machen, als ein winziges, weibliches Geschöpf mit sonnenhellem Haar in einem schiefen Sturzflug vom Himmel fiel. Er fing sie auf, damit sie nicht auf den Boden prallte, fasste sie mit beiden Händen an der Taille und hielt sie stirnrunzelnd ein Stück von sich weg. »Mit deiner Flugtechnik stimmt etwas nicht.«

Große braune Augen mit Wimpern in der gleichen hellen Farbe wie ihre Locken starrten ihn an. »Du bist groß, Jessamys Engel.«

Jessamys Engel.

Er befand, dass er mit der Invasion winziger Geschöpfe – denn inzwischen waren noch zwei weitere Engelskinder mehr schlecht als recht neben ihm gelandet – fertig werden würde, und setzte das Mädchen neben ihren Freunden ab. »Warum seid ihr hier? Die Schule ist geschlossen.«

Einer der Jungen antwortete: »Wir dürfen im Park spielen.«

Mit einem Vertrauen, bei dem Galen ganz warm und eng in der Kehle wurde, schob der Junge die Hand in seine. Kinder waren eine unbekannte Spezies für ihn. Er hatte sein Leben unter Kriegern verbracht, auch als er selbst noch ein kleines Kind gewesen war.

»Spielst du mit uns?«, fragte das Mädchen und legte, um ihm in die Augen sehen zu können, den Kopf zurück ... so weit, dass das Gewicht ihrer Flügel sie hintenüberpurzeln ließ.

Mit einer Hand stellte er sie wieder auf die Füße. »Nein, aber ich denke, ihr könnt alle ein wenig Flugunterricht gebrauchen.«

Und so verbrachte er Zeit, die er nicht hatte, damit, drei aufgeregte Kinder zu drillen, die ihn Jessamys Engel nannten und seine Hand hielten, wenn sie gerade nicht mit Fliegen an der Reihe waren. »Ich werde die Zufluchtsstätte verlassen«, sagte er ihnen im Anschluss, denn ohne Vorwarnung zu verschwinden, würde bedeuten, ihr Vertrauen zu missbrauchen. »Und ich werde Jessamy mitnehmen.«

Traurigkeit trübte den Glanz ihrer strahlenden Augen. Die Unterlippe des kleinen Mädchens zitterte. »Wirst du sie zurückbringen?«

Er hatte sich vor ihnen niedergekauert und nickte nun ernsthaft, denn er wusste, was er ihnen zumutete. »Ja. Aber jetzt ist für Jessamy die Zeit zum Fliegen gekommen.«

Nachdem die Kinder eingewilligt hatten, ihm Jessamy für eine Weile »auszuborgen«, ging er in die Bibliothek. Er spürte, wie das Schweigen des Lesesaals ihn einhüllen wollte. Es riss und zerrte an ihm. Hier fühlte er sich ebenso fehl am Platze, wie er es in Jessamys Bett wäre – er, der große Grobian ... aber das spielte kaum eine Rolle. Denn nun sah sie von dem Buch auf, an dem sie gerade schrieb und dessen Seiten sie in anmutigen Schwüngen mit Tinte füllte. Sie lächelte. »Da bist du ja, du hinterhältiger Mann.«

333

Er vergrub die Hand in ihrem Haar und küsste sie fordernd, wild verschmolzen ihre Münder miteinander. »Ich muss dich etwas fragen«, sagte er und kostete abermals von ihren Lippen, als sie mit den Fingern über die empfindliche Innenfläche seiner Flügel fuhr.

»Hmm?«

Er erzählte ihr von der bevorstehenden Reise und sah, wie der Ausdruck in ihren vor Leidenschaft verschleierten Augen von schwindelerregender Freude zu Ungläubigkeit wechselte, und schließlich zu Verzweiflung.

10

»Es ist unmöglich«, flüsterte sie endlich. »Die Entfernung … selbst du kannst mich nicht so weit tragen.«

»Ich kann dich an jeden Ort deiner Wünsche tragen.« Deshalb war er so stark und so groß – er war für sie geboren. »Aber wenn es nötig sein sollte, lässt Raphael bitten, dass du auch ihm gestattest, dich zu fliegen.« Galen vertraute dem Erzengel – niemals würde er Jessamys Leben in die Hände eines Mannes legen, von dem er nicht glaubte, dass er es bis auf den Tod verteidigen würde.

Jessamys Kehlkopf bewegte sich, als sie schluckte, ihre Finger ruhten reglos auf seinem Flügel. »Niemand will dort draußen in der Welt einen missgebildeten Engel sehen.« Die Aussage war düster, das tiefe Braun ihrer Augen stumpf. »Vor den Sterblichen dürfen wir nicht als schwach erscheinen.«

Er fand es furchtbar, dass sie so von sich sprach, aber er hatte ihren Einwand vorhergesehen und mit Raphael über die Details in dessen Territorium gesprochen. »Es gibt eine Ansiedlung von Sterblichen in der Nähe von Raphaels Turm«, sagte er, »aber sie liegt so weit entfernt, dass sie die Sehkraft eines Adlers bräuchten, um dich zu erblicken. Im Turm selbst arbeiten keine Sterblichen, und er ist von genügend freiem Land umgeben, dass du nicht darin gefangen wärst.«

Jessamys Antwort war ein zögerndes Flüstern. »I… ich habe mich an die Zufluchtsstätte gewöhnt und auch an die Grenzen meiner Existenz.« Ihre vornehmen Gesichtsknochen zeichneten sich unter ihrer Haut ab und das Haar fiel ihr weich und voll über die Schulter, als sie gedankenversunken den Kopf zur Seite neigte. Er streckte die Hand aus und spielte mit ihren Haarsträhnen, wickelte sie sich um einen Finger, wie er sie um seine ganze Hand winden würde, wenn sie erst unter ihm lag.

Nein, wenn es um Jessamy ging, war er ganz und gar nicht zivilisiert. Das Erstaunliche daran war, dass er allmählich den Eindruck gewann, es mache ihr nichts aus.

Jessamy wollte sich in der wilden Hitze dieses Kriegers sonnen, der in ihr Allerheiligstes vorgedrungen war. Galens Oberschenkel mit seinen schweren Muskeln war ihr so nahe, dass sie ihn hätte berühren können, unter ihrer Handfläche spürte sie die verführerische Wärme seines Flügels und seine viel zu seidigen Federn. Selbst die panische Freude über das Geschenk, das er vor ihr ausgebreitet hatte, konnte nichts dagegen ausrichten, wie durchdringend sie die Gegenwart dieses Mannes wahrnahm. Eine Waffe von einem Mann, die inzwischen irgendwie zu ihr gehörte.

Ich kann dich an jeden Ort deiner Wünsche tragen.

Niemand hatte ihr je eine solche Freiheit geboten. Niemand hatte je darum gekämpft, ihr die Welt zu zeigen. Und dass er gekämpft haben musste, wusste sie, denn vor Galen hatte noch niemand hinter ihren verdrehten Flügel geblickt und die Sehnsucht in ihr gesehen. Was sie bei ihrem Entschluss, sich auf ihn einzulassen, nicht einen Augenblick lang berücksichtigt hatte, war die Tatsache, *dass er sie mitnehmen würde*, wenn er ging. Ihr ging das Herz auf. Als sie den Blick hob und feststellte, dass er sie ansah, krampfte sich ihr Magen zusammen. Doch sie scheute nicht zurück, sondern nahm die Hand von seinem Flügel und legte sie auf seinen strammen Oberschenkelmuskel.

Sein Körper versteifte sich.

Sie ließ den Blick über seinen urwüchsigen, festen Körper

gleiten und streichelte ihn einmal, ehe sie aufstand ... und sich zwischen seine Beine schob. Als er sich über sie beugte und seine großen, warmen Hände auf ihre Hüften legte, umfasste sie zärtlich sein Gesicht, und zum ersten Mal ging der Kuss von ihr aus. Das war nicht so schwierig, wie sie es sich vorgestellt hatte, nicht wenn ihr Partner sie so enthusiastisch mit seinen muskulösen Schenkeln umschloss und ihr den Atem raubte.

Es war berauschend und lähmend und ziemlich wundervoll.

Als Galen die Hand in ihrem Gewand vergrub, wusste sie, dass sie ihn bremsen sollte, denn tagsüber war die Bibliothek nicht gerade ein verlassener Ort – aber sie tat es nicht. Stattdessen schlang sie die Arme um seinen Hals, drängte ihren Busen gegen seine erhitzte, eisenharte Brust und rieb sich daran, um ein plötzliches, wildes Verlangen zu stillen. Galen stöhnte tief auf und seine Hand löste sich von ihrem Rock, um sogleich erneut zuzupacken. »Ist das ein Ja?«

Ihre Lippen erforschten die kräftige Kontur seines Halses, und in ihr erwachte die Faszination einer Frau, die jeden winzigen Teil von ihm erkunden wollte. Sie sog seinen dunklen, unveränderlich männlichen Duft in ihre Lunge. »Ja ... und danke.«

Galen verharrte reglos, dann schlossen sich seine Hände um ihre Arme und schoben sie von seinem wunderschön gemeißelten Körper fort.

»Galen?«

Mit fest angespanntem Kiefer sagte er: »Dir ist klar, dass wir vielleicht in den Krieg fliegen?«

Für diese Freiheit würde sie jeden Preis zahlen. »Ja.«

»Wir brechen morgen früh auf.«

»Die Kinder ...«

»Du musst doch jemanden kennen, der einspringen kann und ihre Ausbildung fortführt, solange du weg bist.«

»Natürlich. Aber um ihre Seelen mache ich mir Sorgen.« Es

wäre ihr unerträglich, ihren Traum zu verwirklichen, wenn sie dafür Kinder mit gebrochenen Herzen zurücklassen müsste.

»Sprich mit den kleinen Geschöpfen. Irgendetwas sagt mir, dass sie es verstehen werden.«

Mit diesen Worten verließ er die Bibliothek. Kein Abschied, kein Kuss. Arroganter, verwirrender Barbar von einem Mann. Und einer, nach dem sie schlicht und ergreifend verrückt war. »Mitsamt seiner schlechten Laune, seiner Arroganz und allem Drum und Dran.« Das Lachen kam aus der Tiefe ihres Wesens, von dem Mädchen, das sie einst gewesen war.

Dieses Lachen kehrte zurück, als sie mit den Kindern sprach. Die »kleinen Geschöpfe« hatten tatsächlich Verständnis. Und nicht nur das, sie ermahnten Jessamy, ihnen mit jedem Boten einen Brief zu schicken und sich vor Fremden zu hüten. Hundert süße, innige Umarmungen später ging sie den Weg zum Haus ihrer Eltern entlang ... und obwohl sie so sehr versuchte, es aufrechtzuerhalten, schwand das Lachen.

»Ist dieser Galen stark?«, fragte Rhoswen. Tiefe Sorge stand in ihren Augen, die sie ihrer Tochter vererbt hatte.

»Ja. Ich habe absolutes Vertrauen in ihn.«

»Verzeih mir, Jessamy.« Rhoswen strich über die Wange ihrer Tochter. »Eine Mutter hört nie auf, sich um ihr Kind zu sorgen. Ich wünschte, wir hätten dir mehr geben können ...«

»Ihr habt mir alles gegeben, was in eurer Macht stand. *Ich danke euch.*«

»Mein schönes Mädchen.« Rhoswen zögerte, als hätte sie noch etwas anderes sagen wollen, doch wie immer schwieg sie.

Das Herz voll von Liebe und Schmerz, ließ Jessamy sich von ihrer Mutter umarmen. Danach küsste ihr Vater sie auf die Schläfe und drückte sie so fest, dass es fast wehtat.

»Ich liebe euch«, flüsterte sie ihnen zu, dann wandte sie sich mit einem Kloß im Hals um und ging davon. Sie drehte sich nicht noch einmal um, denn sonst hätte sie vielleicht die Tränen gesehen, die hell wie Diamanten über Rhoswens Gesicht liefen.

Als Galen sich am nächsten Morgen mit Jessamy auf den Armen in die Luft erhob, war die Sonne kaum mehr als eine Luftspiegelung am Horizont. Ihre langen, schlanken Beine, die in dicken, tiefschwarzen Wollsocken steckten, lagen über seinem Arm; ihre Tunika in der Farbe von Herbstlaub endete kurz über den Knien. Es war seltsam, Jessamy in etwas anderem als ihren langen, eleganten Gewändern zu sehen, die beim Gehen ihren Körper umspielten; er wusste auch, dass sie sich in diesen Kleidern nicht so recht wohlfühlte, aber für den langen Flug war es praktisch.

Raphael und er nahmen nichts als ihre Waffen mit, die sie sich umgeschnallt hatten. Wie jeder Erzengel verfügte Raphael auf der ganzen Welt über Reiseraststätten, die mit allem Nötigen ausgestattet waren, von Nahrung über Kleidung bis hin zu Ersatzwaffen. Es war ein unausgesprochenes Gesetz, dass diese Orte niemals angegriffen oder für Hinterhalte missbraucht wurden, denn in diesen Stätten waren alle Engel willkommen. Dennoch hatte Raphael für seine Sicherheit gesorgt, indem er an den entfernten Außenposten Wachen aufgestellt hatte. Sie dienten dort jeweils ein Vierteljahr lang, ehe sie abgelöst wurden und in die Zufluchtsstätte zurückkehrten; auf diese Weise wurde dafür gesorgt, dass kein Team zu lange isoliert war.

Jessamy verlagerte leicht ihr Gewicht, wobei ihre Flügelmuskeln über seinen Arm strichen. Er hatte sie an diesem Morgen nicht geküsst und daraufhin die Enttäuschung gesehen, die sich in ihre Stirn gegraben hatte. Sie konnte nicht ahnen, was ihm diese Zurückhaltung abverlangt hatte, aber wenn er von Jessamy eines niemals annehmen würde, dann war es Dankbarkeit. Denn das wäre ein langsamer Tod für ihr Verhältnis zueinander.

»Stur.« Jessamys Atem strich luftig über seinen Hals. »Mit

furchtbarem Temperament ausgestattet, und noch dazu arrogant mit einem Hang zum Schmollen. Deine Schwächen häufen sich.«

Er drückte sie an sich und neigte die Flügel abwärts, woraufhin sie aufschrie und die Arme fester um seinen Hals schlang. »Hör auf damit.« Ein lachender Tadel, bei dem ihm ihr weicher Mund auf seiner Haut süße Qualen bereitete.

Vor ihnen stieß Raphael in die Tiefe und tauchte in ein frisches, grünes Tal ein, um die Umgebung auszukundschaften. Die Flügel des Erzengels glitzerten in der aufgehenden Sonne, und sein Flug war so mühelos und elegant, dass er keine einzige Luftverwirbelung zu verursachen schien. Dann war er verschwunden, und Galen und Jessamy waren sich selbst und dem Himmel überlassen. Wolken hingen wie weiße Wattebäuschchen in der Luft und Galen flog absichtlich mitten hinein.

Jessamy strich mit den Fingern durch die substanzlosen Fasern. »Oh Galen. Ich berühre die Wolken.« Ihr Staunen war all das wert, sogar den Schmerz, der ihm vielleicht bevorstand ... wenn Jessamy die Flügel ihres Herzens entdecken und ihm davonfliegen würde.

Er hätte vorausdenken sollen, hätte erkennen müssen, welche Konsequenzen es haben konnte, wenn sie erst mal echte Freiheit kostete. Natürlich würde sie dem Mann dankbar sein, der sie zum ersten Mal mit an den Himmel genommen hatte. Aber selbst wenn er es von Anfang an gewusst hätte, er hätte doch nicht anders gehandelt, sich sogar gegen einen Erzengel durchgesetzt, damit Jessamy die Wolken berühren konnte. Darin lag nur wenig Eigennutz – sie sollte ihn um seinetwillen brauchen und wollen. In seinem ganzen Leben war er noch niemandem einfach nur deshalb wichtig gewesen, weil er Galen war.

»Hast du vor, mich die ganze Reise über zu ignorieren, du störrisches Biest?«, raunte Jessamy, als sie wieder in das makellose Blau des Himmels eintauchten und unter ihnen eine frische, grüne Landschaft sichtbar wurde, durch die sich funkelndes Wasser schlängelte.

Da ihm klar wurde, dass er ihr nicht widerstehen konnte, wenn sie ihn mit so unerwarteter Zuneigung neckte, erwiderte er: »Es ist ein langer Flug.« Es war der Versuch, sie ebenfalls ein wenig zu necken, obwohl er so etwas noch nie zuvor getan hatte. »Wenn wir unseren Gesprächsstoff jetzt schon aufbrauchen, wird der Rest unserer Reise von tödlicher Stille beherrscht sein.«

Ihr Lachen umhüllte ihn auf eine Art und Weise, die sich gleichzeitig zärtlich und bedrohlich anfühlte. »Mir werden niemals die Worte ausgehen, Galen.«

»Dann erzähl mir etwas.« Er wollte diese Zeit mit ihr voll auskosten. Was auch geschehen mochte, wenn sie erst einmal Raphaels Territorium erreicht hatten – während dieser Reise gehörte sie nur ihm. Und er war nicht zu stolz, um sich der Vorstellung hinzugeben, dass er ihr tatsächlich so viel bedeuten könnte, wie er es sich wünschte. »Erzähl mir von Alexander. Ich habe mich mit ihm beschäftigt, bin ihm aber nie begegnet.«

»Alexander«, sagte sie nachdenklich, »ist der älteste aller Erzengel. Nur Caliane war älter als er, und sie verschwand, als Raphael noch ein Jüngling war.«

Nie würde Jessamy den tief bewegenden Klang von Calianes Lied vergessen, zu dem die Erzengelsfrau ihren geliebten kleinen Jungen gewiegt hatte. Sie hatte die reinste aller Stimmen gehabt ... so wunderschön, dass sie mit ihren Liedern die Einwohner zweier blühender Städte ins Meer gelockt hatte, um einen Krieg zu verhindern – was ihr auf diese Weise auch gelungen war. Aber gleichzeitig hatte es für jeden Bürger dieser Städte den Tod bedeutet und später auch den ihrer Kinder.

Es war, als hätten Schock und Trauer die Kleinen ausgehöhlt und sie in stumme, atmende Hüllen verwandelt – bis sie sich eines Tages zusammenrollten und starben. Niemals würde Jessamy vergessen, welch finstere Geschichte sie in jenem Jahr hatte niederschreiben müssen. Man hatte ihr Zeichnungen geschickt, die sie zwischen die Buchseiten gelegt hatte – als stummen Beleg für den furchtbaren Preis, den die Unschuldigen hatten bezahlen müssen. Zeichnungen von tausend kleinen Kindern, die für ihre Bestattung mit liebevoller Sorgfalt verhüllt worden waren.

Tod durch gebrochene Herzen, hatte Keir gesagt, als er mit gequältem Blick in die Zufluchtsstätte zurückgekehrt war. *Tod durch einen Kummer, den Unsterbliche nie begreifen werden.*

»Außerdem«, fuhr sie fort, die Kehle wie zugeschnürt von ihren Erinnerungen, die noch genauso schmerzten wie damals, »ist Alexander ein gut aussehender Mann.« Mit goldenen Haaren, silbernen Augen, einem kantigen Profil und einem vom Krieg gestählten Körper vermittelte Alexander den Eindruck physischer Vollkommenheit – und dann hatte man noch nicht die schiere Schönheit seiner Flügel aus reinem, metallischem Silber gesehen. »Er ist so atemberaubend, dass ich glaube, Michaela möchte ein Kind von ihm zur Welt bringen.«

Galen kicherte. »Sie versucht, einen Sohn oder eine Tochter nach dem Abbild der beiden schönsten Engel der Welt zu gebären?«

»Ja. Aber ich glaube nicht, dass ihr das gelingen wird. Davon abgesehen, dass Alexander bereits einen Sohn hat, ist er nicht wie ihre sonstigen Eroberungen.« Er war zu intelligent und konnte hinter Michaelas erlesenen Gesichtszügen ihr kaltes, ehrgeiziges Herz erkennen. »Er sagte einmal, es wäre, als würde man sich mit dieser schwarzen Spinne einlassen, die ihre Partner frisst.«

Jessamy hatte Alexanders Scharfsichtigkeit stets respektiert, auch wenn sie seine Ansicht in Bezug auf Raphael nicht teilte. »Warum hast du dich nicht um eine Stelle an Alexanders Hof beworben?«, fragte sie. Titus und Alexander unterschieden sich deutlich in ihrem Herrschaftsstil, aber beide waren sie kriegerische Männer.

»Sein Alter und seine Macht drohen ihn für die Realität und die Veränderungen der Welt blind zu machen«, antwortete Galen. »Sollte Alexander seine Ziele erreichen, würden wir für immer in der Zeit eingeschlossen bleiben wie Glühwürmchen in Bernstein.«

Dem konnte Jessamy nicht widersprechen. Bei seinem letzten Besuch hatte Alexander etwas Ähnliches gesagt.

Ich bin zu alt für diese Welt.

Seine Worte standen in verblüffendem Kontrast zu der alterslosen Perfektion seines Äußeren. Aber er hatte noch mehr gesagt. Mit gedankenvoll gerunzelter Stirn rief sie sich den Ursprung dieses Gesprächsfetzens in Erinnerung – eine Unterhaltung, die vor beinahe zwei Jahren stattgefunden hatte:

Ich bin es leid, Jessamy. Seine silbernen Augen waren so hell, dass sie keinem Sterblichen gehören konnten. *Den Krieg, das Blutvergießen, die Politik.*

Du hast die Wahl, dich für den Frieden zu entscheiden. Sie berührte ihn nicht, wie sie es bei Raphael vielleicht getan hätte. Alexander war viel, viel älter als sie, und trotzdem suchte er manchmal ihren Rat. *Es ist nicht nötig, eine Armee gegen Raphael aufzustellen, wie du es in Erwägung ziehst.*

Er lächelte schwach, aber es lag keine Heiterkeit darin. *Frieden ist eine Illusion ... aber ja, vielleicht liegst du mit deinem Rat richtig. Vielleicht ist Raphaels Zeit wirklich gekommen.*

Sie sog scharf die Luft ein, als ihr die Bedeutung dieser Erinnerung klar wurde. Sofort erzählte sie Galen davon. »Niemand ahnt oder erwartet, dass Alexander die Waffen niederlegen könnte.« Selbst sie hatte seine Worte für bedeutungslose Träumereien gehalten, die vergessen sein würden, sobald seine Kampfeslust wieder aufflammte.

Als der Wind ihm das dichte rote Haar aus dem Gesicht peitschte, drehte Galen seinen Körper so, dass die Böen ihr nichts anhaben konnten. »Und doch versammelt sich genau jetzt seine Armee.«

Jessamy ging jedes Detail dieser Erinnerung noch einmal durch, jede feine Veränderung in Alexanders Miene, aber letztendlich war es nur eine von Tausenden, Hunderttausenden von Erinnerungen und hatte vielleicht überhaupt nichts zu bedeuten. »Er ist ein Erzengel«, sagte sie. »Die können unberechenbar sein.«

In einem sanften Gleitflug begann Galen den Abstieg aus dem Himmel. »Wir haben die erste Station erreicht – Raphael wird von deiner Erinnerung erfahren wollen.«

Die Landung verlief dank Galens kraftvoller Flügel tadellos. Als Jessamy die Hände ausstreckte, um ihm die Schultern zu massieren, ließ er es geschehen. »Bist du müde?« Es war egoistisch von ihr, aber sie wollte von niemandem außer Galen in den Armen gehalten werden.

Er schüttelte den Kopf und wandte das Gesicht in die Richtung, in der Raphael mit den Wachen sprach. »Komm.«

Sie sprach erst, als sie mit Raphael und Galen allein in dem überkuppelten Haus war. Das sengende Blau seiner Augen ging ihr durch Mark und Bein, und sie fragte sich, ob die atemberaubende Kraft darin ein Vorbote dessen war, was die Zukunft bringen würde. Caliane hatte die Macht gehabt, den Geist anderer Engel zu zerstören, und Raphael war in vielerlei Hinsicht der Sohn seiner Mutter.

»Jason«, sagte der Erzengel, scheinbar aus dem Zusammenhang gerissen, »ist seit vielen Monaten erfolglos. Er konnte einen seiner Leute in Alexanders Stallungen unterbringen und in den Schenken einige Informationen aus den Gerüchten der Sklaven und Soldaten aufschnappen, aber er schafft es nicht, jemanden direkt in Alexanders Hof einzuschleusen. Nicht einmal in der Öffentlichkeit hat er Alexander zu Gesicht bekommen, um seine geistige Verfassung einschätzen zu können.«

Galens Flügel raschelten, als er sie zurechtrückte. »Das ist nicht ungewöhnlich. Es wäre unmöglich, Titus' Hof zu unterwandern, und Alexander ist ebenfalls ein Krieger.«

Kopfschüttelnd legte Jessamy eine Hand auf seinen Flügel. »Nein. Alexander hat es sich vor langer Zeit zum Grundsatz gemacht, an jedem fünften Tag mit seinen Soldaten zu marschieren und zu fliegen. Er tut es bei Regen und Sonne, bei Hagel und Schnee. Er hat stets selbst an vorderster Front gekämpft.«

»Die Ironie daran ist«, fuhr Raphael fort, »dass ich mir in dieser Hinsicht ein Beispiel an Alexander genommen habe. Und doch hat Jason ihn in jüngster Zeit nicht mehr seiner Pflicht nachkommen sehen.« Der Erzengel ging in der Hütte auf und ab. »Obwohl in den Schenken von seiner Lieblingskonkubine die Rede war, bin ich davon ausgegangen, dass er sich in Wirklichkeit mit seinen Generälen verkrochen hat, damit nichts von seinem Schlachtplan nach außen dringt.«

»Das ist auch eine Möglichkeit.« Galen rieb sich das Kinn. »Aber Alexander hat auch einen Sohn, Rohan. Er ist sein Waffenmeister.«

Raphaels Blick begegnete Galens. »Ja. Und Rohan ist durchaus in der Lage, einen Feldzug in die Wege zu leiten.«

Jessamys Blut wurde eiskalt, als ihr die Konsequenzen von Galens Andeutung bewusst wurden. Wenn Alexander tot war ... aber nein, wie sollte das möglich sein? Nur ein anderer Erzengel hätte ihn töten können, und so ein Tod war eine weitreichende Katastrophe, worunter die ganze Welt erbebte – Erzengel starben nicht einfach so. Sie nahmen Personen und ganze Städte mit sich. Kein Gift könnte das bewirken, kein heimlicher ...

Oh nein.

11

»Nur ein Erzengel kann einen anderen Erzengel töten«, flüsterte sie. »Aber wenn ihn jemand hintergangen hat, dem er vertraute, könnte er vergraben worden sein.« Etwas so Entsetzliches war bisher nur einmal geschehen, lange vor Lijuans Geburt.

Hinterrücks und im Schlaf war der Erzengel von jenen überfallen worden, die er für seine Freunde gehalten hatte. Sie hatten ihn zerstückelt und seine Einzelteile an den entlegensten Orten der Welt tief in der Erde vergraben. Doch Erzengel konnten sogar aus Asche wiederauferstehen. In diesem Fall war der Teil, aus dem sich der ganze Mann regeneriert hatte, in einem Gebirgszug begraben gewesen; die Region gehörte inzwischen zu Urams Herrschaftsgebiet.

Den Gebirgszug gab es nicht mehr und ebenso wenig irgendjemanden, der auch nur über einen einzigen Tropfen Blut mit denen verwandt gewesen war, die den Erzengel vergraben hatten. Das Blutbad war so verheerend gewesen, dass niemand, der bei Trost war, so etwas noch einmal wagen würde. Sie schluckte, ehe sie fortfuhr. »Ich glaube nicht, dass Rohan seinem Vater gegenüber illoyal geworden ist« – die beiden führten eine enge Vater-Sohn-Beziehung – »aber wenn Alexander verschollen ist, wird Rohan sicher an seiner Stelle den Feldzug anführen, weil er überzeugt ist, dass sein Vater bald wieder aufersteht.«

»Jessamy hat recht«, murmelte Raphael. »Aber wenn Alexander wirklich schon so lange verschollen ist, dann ist er wahrscheinlich tot.« Sonst regenerierte sich ein Erzengel mit einer solchen Geschwindigkeit, die einem gewöhnlichen Engel unbegreiflich war, und nichts konnte ihn dabei aufhalten, weder Erde noch Gestein noch Wasser. »Wenn er aus irgendeinem Grund in einen *Anshara* gefallen ist«, Raphael sprach vom tiefsten Heilungsschlaf der Engel, »und ihn jemand an einen verfeindeten Erzengel verraten hat, hätte selbst Alexander sich nicht gegen einen Stoß himmlischen Feuers direkt ins Herz zur Wehr setzen können.«

Die Fähigkeit, himmlisches Feuer zu erzeugen, war eine seltene Gabe, wie Jessamy wusste. Caliane hatte sie besessen, ihr Sohn jedoch nicht ... noch nicht zumindest. Seine Macht entwickelte sich zu schnell, als dass man irgendetwas hätte voraussehen können. »Meines Wissens können vier Mitglieder des Kaders das himmlische Feuer herbeirufen.«

»Hätte derjenige nach seinem Sieg nicht Alexanders Territorium für sich beansprucht?«, fragte Galen.

»Vielleicht ging es nicht um Territorien.« Raphael atmete tief aus. »Es gibt im Kader leider einige, die ein solches Spiel, das Töten und den anschließenden Zerfall erheiternd und unterhaltsam finden würden.«

Ein schreckliches Gefühl entfaltete sich in Jessamys Magengrube. Sie mochte Alexander, auch wenn er ein Uralter war und seinen Dünkel besaß. Er war intelligent und konnte – auf die geistesabwesende Art eines derart mächtigen Wesens – freundlich sein. Er hatte sein Volk gut geführt. Die Vorstellung, er könnte mit solch hinterhältiger Bosheit getötet worden sein, bereitete ihr Übelkeit. Aber das war noch nicht das Schlimmste: Wenn ein Erzengel tot oder verschollen war und niemand den gesamten Kader darüber informiert hatte, befand sich sein Territorium zurzeit unter der Herrschaft eines Engels, der nicht das Recht hatte, darüber zu herrschen.

Das war nicht nur eine politische Frage – es war eine furchtbare Tatsache. Die Herrschaft der Erzengel lag in ihrer grausamen Macht begründet, ihre Sklaven, die Vampire, unter Kontrolle zu halten. Ohne einen Erzengel am Steuer waren die Aussichten katastrophal, wenn die Gewalttätigeren unter den Verwandelten in ihrem gedankenlosen Blutrausch zu rasenden Wilden wurden. »Binnen weniger Tage könnte die gesamte sterbliche Bevölkerung seines Gebiets ausgelöscht sein.« Entsetzen hinterließ den dunklen Geschmack von Eisen auf ihrer Zunge.

»Das würde auch erklären, warum ein Vampir gekommen ist, um dich zu töten.« Der beherrschte Klang von Galens Worten verriet ihr, dass er gegen seinen Zorn ankämpfte. »Zumindest einige der Verwandelten müssten den wahren Grund für Alexanders Abwesenheit erkannt haben.«

Abermals sprangen Jessamys Gedanken zu der Erinnerung an dieses überraschende Gespräch mit Alexander zurück. »Bei seinem Besuch kam er in Begleitung einer Vampirin – sie blieb an der Tür stehen, während wir sprachen, war also in Hörweite. Eine große, blauäugige Frau mit ebenholzfarbener Haut.« Der überraschende Kontrast der eisblauen Augen zu ihrer dunklen Haut war der Grund gewesen, aus dem sie sich so fest in Jessamys Erinnerung verankert hatte.

»Sie war eine ranghohe Angehörige seines Hofes.« Und vielleicht gerade zu einer Verräterin geworden. »Wenn sie dahintersteckt, sieht sie es vielleicht als Rebellion gegen die Sklaverei an, die als Gegenleistung für die Verwandlung zum Vampir verlangt wird. Aber wenn sie diese Tür erst aufgestoßen hat ...«

Raphael setzte ihren Gedanken fort: »Dann wird sie erfahren, warum die Erzengel mit einigen ihrer Brüder und Schwestern so erbarmungslos sind.«

Galen und Raphael sprachen nun über die Möglichkeiten, Alexanders mutmaßlichen Tod zu bestätigen. Doch während Jessamy auf und ab lief, hatte sie noch immer das Gefühl, dass etwas nicht stimmte. Raphael hatte recht gehabt, die verstrichene Zeit machte ihr Szenario, dass Alexander vergraben worden sein könnte, unwahrscheinlich. Aber selbst wenn man ihn hinterrücks angegriffen hätte, wäre sein Tod nicht still vonstattengegangen. Er war ein *Uralter*.

Dennoch hatte niemand von Verwüstungen berichtet, und Jason hätten solche Zerstörungen in den Ländereien des Erzengels auffallen müssen. Ob Alexander nun schlief oder wachte ... »Er könnte beschlossen haben, sich schlafen zu legen.« Die Worte purzelten über ihre Lippen, noch bevor sie den Gedanken bewusst zu Ende gebracht hatte.

Die Männer hielten mitten im Wort inne und runzelten die Stirn, dann schüttelte Raphael den Kopf. »Er muss gewusst haben, dass es ein Chaos auslösen würde, wenn er so etwas ohne Vorwarnung täte, und zwar nicht nur in seinem Territorium, sondern auf der ganzen Welt.«

»Nicht, wenn er seinen Kommandanten vertraute, insbesondere Rohan.« Galen blickte finster zu Boden, in Gedanken war er eindeutig woanders. »Es ist gut möglich, dass er sich für den Schlaf an einen geheimen Ort zurückgezogen hat. Er könnte die Anweisung hinterlassen haben, den Kader zu informieren, sobald niemand mehr seinen Aufenthaltsort aufspüren kann.«

Ein Teil der Übelkeit in Jessamys Magengegend beruhigte sich, denn genau das konnte sie sich bei Alexander vorstellen. An schlafenden Engeln durfte man nicht rühren, das war eines der grundlegendsten Gesetze. Trotzdem würde kein Erzengel sich für seinen Schlaf einen Ort aussuchen, an dem ihn seine Feinde in diesem angreifbaren Zustand finden konnten.

»Rohan«, sagte Raphael und breitete seine Flügel aus, »ist stark, vielleicht so stark, dass er glaubt, selbst herrschen zu können, auch wenn Alexander andere Anweisungen hinterlassen hat.« Sein Zorn zeigte sich im Glühen seiner Flügel, einem eisigen Brennen, das nichts Gutes verhieß. »Sollte er tatsächlich dumm genug gewesen sein, das zu tun, wird sein Hochmut zur Folge haben, dass Alexanders Volk abgeschlachtet wird.«

Jessamy dachte an die Zeiten in der Geschichte zurück, als die Engel noch nicht erfasst hatten, welches Ausmaß an Blutdurst in den Verwandelten entstehen konnte. Den Preis dafür hatten Tausende Sterbliche mit ihrem Leben bezahlt.

»Der Kader muss informiert werden.« Kühle Worte. »Ich werde in die Zufluchtsstätte zurückkehren und Illium zu Titus und Charisemnon schicken.«

»Wünschst du, dass ich zu Neha und Lijuan fliege?«, fragte Galen. Er sprach von den beiden anderen Erzengeln in der Nähe von Alexanders Herrschaftsgebiet.

Raphael schüttelte den Kopf. »Nein, Lijuan wird es als Beleidigung auffassen, wenn ich sie nicht persönlich informiere. Ich möchte, dass du zu meinem Territorium weiterfliegst. Wenn wir uns irren, wenn Alexander doch am Leben und wach ist und eine Strategie entwickelt, müssen wir auf seinen Angriff vorbereitet sein.« Als sein Blick auf Jessamy fiel, ließ die Unbarmherzigkeit darin ihr das Blut in den Adern gefrieren, obwohl sie wusste, dass sie nicht ihr galt. »Du bist bei Galen sicherer als in der Zufluchtsstätte.«

»Ich werde ihn aufhalten. Ohne mich ist er schneller.« Sie dachte pragmatisch, denn in einer so ernsten Situation würde ihr Kummer sie nicht weiterbringen. Und Galen … Galen hatte versprochen, sie an jeden Ort ihrer Wünsche zu fliegen, also würde sie wieder die Gelegenheit bekommen, die Wolken zu berühren. »Ich kann hierbleiben. Diesen Ort kann kein Vampir erreichen.«

»Mit einer gewissen Wahrscheinlichkeit hat der Vampir, der dich angegriffen hat, für Rohan gearbeitet. Und Alexanders Sohn hat auch Engel unter seinem Kommando.« Galens Flügel strich über ihren eine schwere, intime Berührung. »Wir dürfen dich nicht in Gefahr bringen.«

»Er hat recht«, sagte Raphael. »Du bist zu wichtig für die Zufluchtsstätte.« Dann nickte er Galen zu. »Flieg so schnell du kannst. Dmitri hat die Situation unter Kontrolle, aber das Bild, das wir uns ausgemalt haben, gefällt mir nicht. Wenn Rohan Wind davon bekommt, dass der Kader über Alexanders Verschwinden Bescheid weiß, könnte er seine Schritte aus Panik beschleunigen.« Eine Pause, die tausend Dinge sagte. »Du hast mein Vertrauen, Galen.«

»Sire.« Ein einziges Wort, das Galens Loyalitäten kristallklar machte.

Galen hatte Jessamy ein Geschenk machen wollen, aber dieser Flug war ein harter, anstrengender Marsch über den Himmel. Als die Nacht sie in samtene Dunkelheit hüllte und die Sterne über ihnen glitzerten, wusste er, dass sie von Herzen gern gelandet wäre, um all das vom Erdboden aus bestaunen zu können. »Wenn diese Sache erledigt ist«, flüsterte er in ihr Haar, »werden wir den Flug noch einmal wiederholen.«

Zur Antwort gab sie ihm einen Kuss aufs Kinn, ihr Zopf strich über seinen Unterarm. »Du bist wunderbar, Galen.«

All seine Schwüre, dass er mehr von ihr wollte als nur eine Dankbarkeit, die ihn langsam, Tropfen für Tropfen zerstören würde, drohten von diesen Worten aufgehoben zu werden. »Das ist gestattet«, sagte er, anstatt den Finger in die Wunde zu legen, die sie ihm unwissentlich zugefügt hatte.

Während sie weiterflogen, rankte sich Jessamys Lachen um ihn. Sie segelten über Gebirgsketten, die unter dem Gewicht des ewigen Schnees ächzten, über Flüsse, in denen donnernd das Wasser floss. Über winzige Dörfer, die sich in die Felsen duckten, und über verstreute Siedlungen in weitläufigem Grasland. Über die wilde Schönheit des tosenden Meeres, mit einem Zwischenstopp auf einer der wenigen, winzigen Inseln im endlosen Blau und an den weißen Sandstränden einer unberührten Lagune. Über Urwälder und neue Wege hinweg, bis sie schließlich auf die durch die Wolken ragenden Umrisse eines Turms zuflogen, der sich aus dem wilden Land erhob.

Bei ihrer Ankunft brach gerade ein neuer Morgen an, und das Bauwerk aus Fels, Holz und Glas sah aus, als stünde es in Flammen – eine strahlende Säule, die aus jeder Himmelsrichtung zu sehen war. Es war eine eindrucksvolle handwerkliche Leistung und ein ebenso eindrucksvolles Statement. Raphael wusste sehr gut, dass Macht für manche eine physische Gestalt haben musste.

Nach der Landung auf dem großen, flachen Dach stellte er Jessamy auf die Füße und legte seine Flügel zusammen. Dann erst begegnete er dem dunklen Blick Dmitris, der sie in Empfang nahm. »Gibt es Neuigkeiten?« Galen wusste, dass Raphael eine Staffel eingerichtet haben musste, um Nachrichten mit einer Schnelligkeit zu übermitteln, die für Sterbliche unfassbar erscheinen musste.

»Der Kader nähert sich Alexanders Territorium.«

»So schnell?« Jessamys Augen weiteten sich, sie war gerade dabei, ihre Beine zu dehnen, nicht jedoch ihre Flügel. Aus diesem Grund hatte Galen bereits vor Sonnenaufgang einen Vorwand zum Landen gesucht: Er wollte ihr die Intimsphäre bieten, in der sie diese Muskeln recken und strecken konnte. Dass sie sich dabei nicht vor ihm versteckt hatte, war, als hätte sie eine weitere Wurzel in seinem Herzen geschlagen.

»Wie es aussieht«, sagte Dmitri, »ist Alexander seit mindestens zwei Jahreszeiten von niemandem aus dem Kader gesehen worden – was für die anderen Beweis genug ist, um Raphaels Befürchtungen ernst zu nehmen.«

Dmitri hielt Jessamy die Tür auf und wartete, bis sie das Innere des Turms betreten hatten, bevor er fortfuhr. »Und es erging die Aufforderung, der Erzengel möge sich zeigen.«

»Sein Sohn verfügt über kampfbereite Soldaten.« Anhand der Informationen, die Raphael ihm bei ihrem ersten Zusammentreffen in der Zufluchtsstätte gegeben hatte, konnte Galen sich eine ziemlich genaue Vorstellung von deren Zahl und Stärke machen. »Vermutlich wird er eher angreifen, als sich zu fügen.«

»Neha und Uram sind in der Nähe, sie sind mit ihren Armeen angerückt.«

Galen wusste, dass dies ein bedeutungsvoller Schritt war. Erzengel mischten sich nicht in die Angelegenheiten anderer Kadermitglieder ein. Wenn Alexander allerdings tot war oder schlief, durften sie nicht zulassen, dass sein Territorium unter Blutrausch und Gewalt zusammenbrach. Trotz aller Schwächen konnte der Kader, wenn es nötig war, als eine wirksame Einheit zusammenarbeiten. »Wann können wir mit einer Antwort rechnen?«

Dmitri sah Jessamy an.

»Wenn Alexander lebendig und wach ist«, sagte sie, und zwischen ihren Brauen bildeten sich Falten, »wird er nicht zögern, die anderen mit brutaler Gewalt aus seinem Territorium zu vertreiben. Je mehr Zeit vergeht, desto sicherer wird es, dass er nicht mehr an der Macht ist.«

Dmitri deutete auf eine Tür; in seinen Bewegungen lag eine beeindruckende Eleganz, die Jessamy zwar wahrnahm, wie sie auch dieses sinnliche, männliche Wesen an sich wahrnahm, doch sie fühlte sich von ihm nicht angezogen. Ihr Körper war auf einen anderen eingestimmt, auf den warmen, erdigen Duft, den Galen auf ihrer Haut hinterlassen hatte, auf das tiefe Timbre seiner Stimme, die sie hören wollte, wenn sie beide im Bett die Flügel spreizten. Irgendwie vergaß sie bei Galen, dass sie verkrüppelt war, vergaß die Hässlichkeit ihres Flügels und war einfach nur da.

»Jessamy, du hast jetzt Zeit, dich umzuziehen und etwas auszuruhen. In deinem Zimmer müsstest du alles finden, was du brauchst.« Dmitris Stimme drang in ihre Gedanken. »Ich würde mich freuen, wenn du später zu uns stößt – aber wir werden über den Krieg sprechen.« Eine unausgesprochene Frage.

Jessamy war Historikerin, sie stand an der Seitenlinie und beobachtete, griff jedoch nicht ein. Aber in jedem Leben gab es einen Zeitpunkt, an dem man Stellung beziehen und sich für eine Seite entscheiden musste. »Ich werde da sein«, sagte sie und blickte in heliodorgrüne Augen.

Wenn sie zusammen sein wollten, musste ihre Loyalität Galen gehören.

Der Tag verging unter wilden Planungen und zahlreichen zielgerichteten Maßnahmen, und erst nach Sonnenuntergang traf Jessamy Galen auf dem Dach. Er hielt die Flügel mit der Disziplin eines Kriegers erhoben und blickte den Engeln hinterher, die in perfekter Formation vom Turm abflogen. Sie waren die erste Verteidigungswelle, Wachen und Botschafter, die erfahren genug waren, um die Grenzen zu kontrollieren. Dmitri hatte für diese Aufgabe bereits eine provisorische Mannschaft eingeteilt, den Großteil jedoch noch zurückgehalten, damit Galen persönlich die Kampfbereitschaft von Raphaels Männern und Frauen beurteilen konnte.

Unter dem Nachtschatten der Flügel, die in schnellem, gleichmäßigem Rhythmus schlugen, marschierte eine Armee von Vampiren. Der Bodentrupp bewegte sich in flottem Tempo zu den Verteidigungspositionen, die Dmitris und Galens Berechnungen zufolge den optimalen Schutz bieten würden, ohne die Sicherheit des Turms zu gefährden.

Trotz der Hunderte von Flügelpaaren, die durch die Luft sausten, und der Masse von Vampiren am Boden war die Nacht unheimlich still. Es war eine flüsternde Dunkelheit, dachte Jessamy, wie ein Omen, das über ihren Köpfen hing. Entweder würde Alexander schon sehr bald Vergeltung dafür üben, dass der Kader in seine Ländereien einmarschiert war, oder er tat es nicht ... und dann würden sie Bescheid wissen.

Jessamy hoffte, dass Alexander schlief, denn die Welt war noch nicht bereit, die tiefe Weisheit eines Uralten für immer zu verlieren.

Du bist die Einzige, die mich als weise bezeichnet. Alexander sah sie aus silbernen Augen an, sein Blick so unmenschlich, dass es sogar für einen Angehörigen ihrer langlebigen Art auffällig war. *Alle anderen halten mich für ein Geschöpf der Gewalt und des Krieges.*

Du bist beides, Alexander, und das warst du schon immer. Sie hatte die Geschichten gelesen und wusste, was so viele andere vergessen hatten. In vergangenen Zeiten hatte Alexander Friedensverhandlungen geführt und die Welt dadurch vor unvorstellbaren Schrecken bewahrt. *Wenn es wieder zu einer solchen Prüfung käme* – nicht die unbedeutenden Streits oder Kämpfe, die aus Stolz und Macht entstanden, sondern eine wirkliche Frage von Gut und Böse –, *glaube ich, würdest du auf der richtigen Seite stehen.*

Er lächelte matt. *Du bist so jung, Jessamy. Manche würden dich sogar als töricht bezeichnen.*

Hat man das Gleiche nicht von dir behauptet, als du dich zwischen zwei Uralte gestellt hast, die Krieg gegeneinander führten?

Sein Lachen klang tief und echt, wie flüssiges Silber. *Komm, mein junges Mädchen. Geh ein Stück mit mir und erzähle mir Geschichten aus der Zeit, als ich ein heißblütiger Jüngling war.*

Die bittersüße Erinnerung brachte sie zum Lächeln, als sie sich an Galen schmiegte. Wenn dieser Mann je beschließen sollte, sich schlafen zu legen, würde er ihr Herz in unzählige

Scherben zerbrechen. Als die Engel aus ihrem Blickfeld verschwanden und die Vampire schon längst von den dunkelgrünen Wäldern verschluckt worden waren, die den Turm umgaben, sagte sie: »So hast du dir den Anfang deines Lebens in Raphaels Diensten wohl nicht vorgestellt.«

Er schlang den Arm um ihre Taille und hielt damit ihre Flügel auf ihrem Rücken gefangen. »Ich bin, wie ich bin, Jessamy.« Ruhige Worte. »Krieg und Waffen werden immer ein Teil meines Lebens sein.«

»Ich weiß – ich fühle mich nicht zu einem Fantasiemann hingezogen, Galen.« Sie versuchte sich an die unwirkliche Hoffnung zu klammern, dass vielleicht das der Grund für die unterschwellige Distanz war, die er zwischen ihnen aufrechterhielt, eine schmerzhafte Distanz. Denn wenn es so war, konnte sie etwas dagegen tun. »Ich habe von Anfang an gesehen, wer du bist, und ich will niemand anderen als dich.«

In einer beschützenden Geste, die ihr schon so vertraut war, breitete er seine Flügel hinter ihr aus und vergrub seine Hand in ihrem Haar. Die besitzergreifende Aussage daran war unmissverständlich, aber er küsste sie nicht, wie er es schon während der ganzen Reise nicht getan hatte. Und doch bezeugten die schläfrige Hitze in seinen Augen und die unverhohlene Härte seines Körpers, als sie sich an ihn drängte, dass er sie noch genauso sehr wollte wie zuvor. »Sprich mit mir, du sturer Mann.«

Die Wimpern senkten sich über seine Augen, die so wunderschön waren, dass sie sich fragte, warum sie nicht direkt bei ihrer ersten Begegnung in ihnen versunken war. »Ich will dich mit jedem meiner Atemzüge.« Schnörkellos und schonungslos aufrichtig. So war Galen. »Aber es ist nicht Dankbarkeit, die ich von dir brauche.« Unerwartet zärtlich umfasste er ihre Wange, als er sagte: »Wenn das alles ist, was du empfindest, wird es mich zerreißen, aber es wird mich nicht davon abhalten, dir der beste

Freund zu sein, den du je haben wirst. Überall, Jessamy. Ich werde dich immer an jeden Ort deiner Wünsche fliegen.«

Seine Worte, sein Schwur, hallten in ihr wider, doch sie blieb stumm, unsicher, was sie sagen sollte. Wie konnte sie ihm nicht dankbar sein für alles, was er für sie getan hatte? Nicht nur für das Geschenk des Fliegens, sondern dafür, dass er sie gezwungen hatte, aufzuwachen und wieder richtig zu leben.

»Es besteht keine Schuld zwischen uns, keine Verpflichtung, die du einlösen müsstest.« Galens Worte waren schroff, in seiner Berührung lag eine grobe Zärtlichkeit. »Du bist frei.«

12

Die Nacht verging quälend langsam. Weil sie nicht schlafen konnte, ging Jessamy in der grauen Stunde, bevor der Sonnenaufgang seine Pinselstriche an den Himmel malte, in die Bibliothek des Turmes. Ihren rechten Flügel ließ sie dabei wie einer ihrer Schützlinge über den Boden schleifen. Drinnen brannte eine Lampe, und am Kaminsims stand ein Mann mit einem Glas in der Hand. Er war größer als sie, ebenso schlank und hatte keine Flügel auf dem Rücken. »Lady Jessamy«, sagte er in lässigem Tonfall, der wie ein Schnurren über ihre Haut strich.

Gefährlich, dachte sie und hielt einen sicheren Abstand zu ihm. »Sie sind mir wohl einen Schritt voraus.«

»Ainsley, zu Ihren Diensten.«

»Ainsley?« Der Name passte in keiner Weise zu diesem Vampir, dessen Stimme eine einzige Aufforderung zur Sünde war.

Seine Mundwinkel zuckten nach oben, das Licht der Lampe ließ die rubinrote Flüssigkeit in seinem Glas funkelnd erstrahlen. *Blut.* »Deshalb bringe ich die Leute gewöhnlich um, die meinen richtigen Namen benutzen. Die meisten nennen mich Trace.«

Ein seltsamer Name. Sie ließ den Blick erneut über seine geschmeidige Gestalt wandern und zog die Verbindung. »Spurensuche. Ist das Ihre Aufgabe?«

Er nickte ungezwungen. »Das Land da draußen ist wild. Viele Dinge gehen verloren. Ich finde sie.« Während er an seinem Blut nippte, hielt er den Blickkontakt zu ihr aufrecht, seine Augenfarbe mochte ein tiefdunkles Grün oder gebrochenes Schwarz sein. »Sie sind eine große Frau.«

Ja, das war sie. Selbst für einen Engel. Aber wenn sie neben Galen stand, kam sie sich richtig zierlich vor. Und wenn er sie in die Arme nahm ... »Was machen Sie so früh am Morgen in der Bibliothek?«, fragte sie und widerstand dem Drang, sich mit der Faust übers Herz zu reiben, um die Sehnsucht darin zu lindern.

Trace hob die Hand und brachte ein Buch zum Vorschein. »Gedichte.« Jessamy traf ein beinahe verlegener Blick aus seinen Augen, deren Schmeicheleien ohne Zweifel schon viele Frauen in lustvolles Verderben getrieben hatten.

Jessamy überdachte ihre erste Schlussfolgerung noch einmal – dass er gefährlich war, stand nicht zur Debatte, aber er war kein Mann, der einer Frau etwas zuleide tat. Dafür hatte er zu viel Freude an ihnen. »Gedichte?«

Durch sein zögerliches Lächeln wurden einige Falten auf seinen Wangen sichtbar. »Möchten Sie etwas daraus hören?«

Kein Mann hatte ihr je Gedichte vorlesen wollen. Aber andererseits veränderte sich gerade ihr gesamtes Leben. Also sagte sie: »Sehr gern«, und ging über den Teppich auf ihn zu.

Sie setzten sich einander gegenüber. Trace stellte sein Glas ab und las ihr eindringliche Gedichte über Liebe, Verlust und Leidenschaft vor. Seine Stimme war voll und atmosphärisch und wie für die Verführung geschaffen. Erst nach dem dritten Gedicht erkannte Jessamy, dass sie das Ziel dieser Verführung war. Erschrocken betrachtete sie sein Gesicht, das auf eine elegante, kantige Weise schön war, betrachtete seinen seidig schwarzen Haarschopf und seine schlanke Gestalt, die er gewiss schnell wie eine Peitschenschnur bewegen konnte, wenn es nötig war, und fragte sich nach seiner Motivation. »Es gibt noch andere Frauen im Turm«, sagte sie, als er eine Atempause machte.

Er sah sie an, und sie stellte fest, dass die Augen unter seinen Wimpern so tiefgrün waren, wie sie es noch nie zuvor gesehen hatte. »Das weiß ich sehr gut, aber ich wollte Ihre Haut schon berühren, seit ich Sie in der Zufluchtsstätte zum ersten Mal gesehen habe.« Wieder eine Pause, sein prüfender Blick fiel offener und wesentlich sinnlicher aus. »Damals habe ich nur deshalb nicht um Sie geworben, weil mir von mehr als einer Person zugetragen wurde, Sie zögen die Einsamkeit vor und es würde Sie belasten, wenn ich auf Sie zuginge.«

»Verstehe.« Seine Worte lösten ein innerliches Zittern in ihr aus und formten ihre Welt auf drastische Weise neu. Es war eine Sache, es für möglich zu halten, dass sie vielleicht selbst der Grund für ihre Isolation gewesen war, aber eine ganz andere, es zu wissen. »Sie haben bemerkt, dass mein Flügel nicht so ist, wie er sein sollte«, sagte sie; in ihrer Aussage lag eine Frage.

Seine Antwort war ein geschmeidiges, elegantes Schulterzucken. »Sie werden bemerkt haben, dass auch ich nicht fliegen kann.« Er trank die restliche Flüssigkeit aus seinem Glas – eine Flüssigkeit, die für das Leben und den Tod gleichermaßen stand – und sagte: »Verraten Sie mir: Gehören Sie zu ihm?«

Sie brauchte nicht zu fragen, wen er meinte. »Was wäre denn, wenn?«, gab sie anstelle einer Antwort zurück, denn das zwischen ihr und Galen war etwas Kostbares, Intimes.

»Man kann mir vieles nachsagen«, raunte er, »aber ich werbe niemandem die Frau ab … jedenfalls nicht, wenn sie sich nicht abwerben lassen will.«

»Ich sollte jetzt gehen.« Die Nacht und dieser Morgen hatten alles durcheinandergebracht, was sie zu wissen geglaubt hatte – jetzt war nicht der richtige Zeitpunkt, um sich auf ein Wortgefecht mit einem Vampir einzulassen, der ganz offensichtlich ein Meister in der Kunst des Flirtens war.

»Bis zum nächsten Mal, Mylady.« Die dunklen Versprechungen verfolgten sie, als sie die Bibliothek verließ und aufs Dach hinaufstieg, hinaus in die frische Morgenluft. Wenn Trace die Wahrheit sagte – und zum Lügen hatte er sicher keinen Grund –, dann würden sich ihr wahrscheinlich bald auch andere Männer nähern, da sie nun wussten, dass sie offen für Werbungen und eine Beziehung war.

Wenn das alles ist, was du empfindest, wird es mich zerreißen, aber es wird mich nicht davon abhalten, dir der beste Freund zu sein, den du je haben wirst … Du bist frei.

Bei dem Gedanken, nie wieder Galens Kuss zu spüren, zog sich ihr das Herz zusammen. Doch obwohl es ihr innerliche Schmerzen bereitete, seinen Entscheid zu akzeptieren, hatte er in diesem Punkt recht. Wenn sie ihrem tief sitzenden, unstillbaren Verlangen nach Galen nachgab und jetzt zu ihm ging, würde das Gespenst der Dankbarkeit für immer zwischen ihnen stehen. Es würde schmerzen und zersetzen, und es würde zerstören. Nein, dachte sie und grub die Fingernägel in ihre Haut, das würde sie ihnen nicht antun, weder Galen noch sich selbst.

Genau in diesem Moment berührten die ersten Sonnenstrahlen den Horizont und erweckten mit ihren goldenen Fingern die Welt zum Leben.

Zwei Tage später erhielten sie Nachricht.

»Alexander schläft«, sagte Dmitri, als er sich auf einem der hoch gelegenen Balkone des Turms zu Jessamy und Galen gesellte. »Der Ort ist nur ihm selbst bekannt.«

»Was ist mit dem Vampir, der Jessamy angegriffen hat?«, fragte Galen mit grimmiger Miene.

»Ein Gefolgsmann von Emira, der Vampirin, die laut deiner Beschreibung, Jessamy, an dem bewussten Tag bei Alexander war. Emira gehörte zu seiner Elitegarde.«

»Das überrascht mich«, sagte sie und strich sich geistesabwesend eine Haarsträhne hinters Ohr. »Alexanders Leute sind ihm treu ergeben.«

»Das traf auch auf Emira zu, aber ihre Treue galt nur Alexander, und als sie ihn am Ort seines Schlafes in Sicherheit wusste, betrachtete sie ihre Verpflichtung als erfüllt.« Dmitri sah Jessamy in die Augen, undurchdringliche Dunkelheit lag in seinem Blick. »Trotzdem glaube ich, sie hätte nichts unternommen, wenn sie sicher gewesen wäre, dass Rohan sein Versprechen Alexander gegenüber einhalten würde. Als sie erkannte, dass er den Kader nicht über die Entscheidung seines Vaters informieren würde, bestärkte sie das in ihrem Entschluss, Rohan nicht zu dienen.«

Galens Haare leuchteten im Sonnenlicht, das auf sie herabschien. »Es ist also sicher? Rohan hat versucht, das Territorium an sich zu reißen?«

Dmitri nickte. »Dabei hat er nichts davon bemerkt, dass die Vampire unter seinem Kommando einen Aufstand planten. Emiras einzige Befürchtung war, dass jemand wegen Alexanders dauerhafter Abwesenheit Verdacht schöpfen könnte.«

»Eine grundlose Sorge.« Jessamy schüttelte den Kopf. »Wer weiß, ob ich mich ohne das versuchte Attentat jemals an mein Gespräch mit ihm erinnert hätte.«

»Wie es auch dazu gekommen ist«, sagte Dmitri, »das Endergebnis ist dasselbe. Ohne Alexander ist das Gebiet nicht mehr stabil. Der Kader ist gerade dabei, eine Interimsregierung aufzustellen, bis ein anderer Engel seine volle Macht erreicht.«

»Michaela«, sagte Jessamy leise. »Sie steht an der Schwelle.« Niemand hätte sagen können, wo genau die Grenzlinie verlief, aber sie alle wussten, wann ein Engel sich ihr näherte. In einem solchen Moment der Veränderung wurde ein Erzengel geboren, und dieser unterschied sich ebenso grundlegend von einem normalen Engel wie ein Sterblicher von einem Vampir.

Keiner der Männer sagte etwas, sie hatten ihre Aufmerksamkeit auf den wolkenlosen Himmel gerichtet, an dem die Engel ihre Manöver flogen. Sie trainierten für einen Krieg, der nicht stattfinden würde – zumindest nicht diesmal. Jessamys Blick jedoch ruhte auf dem muskulösen Körper des Barbaren, der sie geküsst und um sie geworben hatte, der ihr versprochen hatte, sie an jeden Ort ihrer Wünsche zu fliegen … und fragte sich, wer er für sie war.

Am nächsten Tag sah Galen Jessamy mit einem Vampir namens Trace lachen. Er musste sich abwenden, um dem primitiven Drang zu widerstehen, diesen dürren Vampir in den Boden zu rammen.

Ein oder zwei gut gezielte Schläge in diesen hübschen Kiefer und die knochigen Rippen, und der Mann würde wie Töpferwerk zersplittern.

»Es überrascht mich, dass Trace noch atmet«, sagte Dmitri, als sich die beiden Männer auf dem Pfad aus plattgetretenem Gras vom Turm entfernten. »Du siehst mir nicht wie der Typ Mann aus, der gern teilt.«

Galen antwortete erst, als die beiden das Engelsgeschwader, das sie erwartete, beinahe erreicht hatten. »Er bringt Jessamy zum Lächeln.« Es war die einzige Antwort, die er geben konnte, die einzige, die zählte.

Dmitris Antwort war leise, und aus seinen Worten sprachen sowohl Alter als auch Schmerz. »Liebe kann einen Mann zerstören, bis nichts mehr von ihm übrig ist. Sei vorsichtig.«

Während Dmitris Worte noch in Galens Gedanken nachhallten und ihm eine Zukunft voraussagten, die er sich lieber nicht vorstellen wollte, spreizte er die Flügel, um die Aufmerksamkeit der anderen einzufordern. Dann führte er das Geschwader zu einem Luftkampftraining an den Himmel, während Dmitri mit den Vampiren arbeitete. Später würden sie beide Gruppen zusammenführen und dafür sorgen, dass sie im Kampf als eine nahtlose Einheit funktionierten.

Raphaels Leute waren so gut, dass es im Falle eines Krieges

nicht zu einem blutigen Gemetzel gekommen wäre – aber ganz ohne Verluste wären die Truppen auch nicht zurückgekehrt. Jetzt, da sie Zeit hatten, wollte Galen ein stabiles Fundament legen, um zu verhindern, dass Raphaels Streitkräfte in der nächsten Schlacht dezimiert wurden und er einem zweiten Angriff ungeschützt gegenüberstand.

»Die Arbeit wird bis in den Winter dauern«, sagte er am Ende des Tages zu Jessamy, als der Sonnenuntergang den Himmel orange färbte. »Dann wird es zum Fliegen zu gefährlich sein.« Engel spürten die Kälte nicht auf die gleiche Weise wie Sterbliche, aber beim Flug durch den unerbittlichen, schweren Schnee, der in manchen Teilen der Welt fiel, konnten die Flügel eines Engels einknicken und ihn abstürzen lassen. Je nach Alter des Engels und Art der Verletzungen konnte ein solcher Sturz tödlich sein – die Unsterblichkeit war keine gleichmäßig verteilte Gabe, und bis sie in Stein gemeißelt war, verging viel Zeit.

Davon abgesehen, würde es ein unbequemer, von Schnee und Graupel unterbrochener Flug werden. »Wenn du zur Zufluchtsstätte aufbrechen möchtest, kann ich dich hinfliegen und vor dem Schnee wieder zurückkehren.« Er wusste, dass es viel von ihr verlangt wäre, einen ganzen Jahreskreis lang in Raphaels Territorium zu bleiben. Trotzdem wollte er sie bei sich haben, selbst wenn sie nicht mehr zu ihm gehörte. Der Gedanke ballte sich wie eine riesige Granitfaust in seiner Brust – ein schweres, brutales Etwas.

»Ich kann nicht behaupten, dass es hier draußen in der Welt nicht ein bisschen überwältigend wäre«, erwiderte Jessamy langsam. »Aber wie ich feststelle, habe ich mehr Kraft, als mir bewusst war. Ich würde gern bleiben.«

»Bist du sicher?« Er wollte nicht, dass sie unglücklich war. Nicht Jessamy.

»Ja.« Sie legte den Kopf in den Nacken und betrachtete die

strahlenden Farben des Himmels, so farbenfroh gestreift wie das Fell eines Tigers. »Sogar der Himmel hier ist ungestüm.« Sie lächelte unmerklich, und Galen war davon tief in seinem wilden, urwüchsigen Herzen berührt.

Aber er folgte ihr nicht, als sie davonging, und er riss auch dem Vampir, mit dem sie sich traf, nicht alle Gliedmaßen einzeln aus. Stattdessen flog er so weit in die Ferne, bis der Himmel um ihn herum endlos blau war und er beinahe vergessen konnte, dass er Jessamy bei einem anderen Mann gelassen hatte.

Während der Frühling vorüberzog und in den Sommer überging, spürte Jessamy, wie sie immer stärker wurde. Wie eine Blume, die sich der Sonne öffnet. Sie stand auf dem Dach und beobachtete die Manöverübungen in der Luft unter sich. Ihre Blicke folgten der kräftigen Gestalt und den gestreiften grauen Flügeln des Mannes, der nie aus ihren Gedanken verschwand, ob sie nun wach lag oder in der erhitzten Dunkelheit ihrer Träume tanzte.

Galen flog im Mittelpunkt der Einheit und gab wahrscheinlich Anweisungen in seiner leisen Stimme, die wirkungsvoller war als jedes Rufen. Auf ein Wort von Galen hin hellte sich das Gesicht eines Engels sichtlich auf, und Jessamy wusste, dass er ein seltenes Lob ausgesprochen hatte. Galen machte keine falschen Komplimente.

Und doch hatte er ihr gesagt, sie sei wunderschön.

Zwei Tage zuvor hatte sie sich in seine Umarmung geschmiegt, als er sie zu einem ausschweifenden Erkundungsflug durch Raphaels Herrschaftsgebiet mitgenommen hatte, durch dieses ungezähmte Land aus Bergen und Wäldern, Wasser und Himmel. Sie hatte ein Wolfsrudel beobachtet, das um eine Herde grasender Hirsche herumschlich, hatte staunend gelacht, als ein Adlerpärchen sie und Galen ein ganzes Stück begleitet hatte.

Und dann waren sie unerschrocken und fröhlich über eine riesige Gänseblümchenwiese gelaufen.

Zum ersten Mal seit ihrer Ankunft in der aufkeimenden Stadt hatte sie ihn gebeten, sie zu fliegen, und es hatte sich wie eine Heimkehr angefühlt. Sein Duft war ihr so vertraut, dass es wehtat. Als sie zum Turm zurückgekehrt waren, hatte sie ihn nicht wieder loslassen wollen, und auch er hatte sie einen Augenblick zu lange festgehalten. Aber trotz seines rohen, unverhohlenen Verlangens trat er zurück und ging davon.

Auf ihren Lippen kribbelte eine Sehnsucht, die an jedem Knochen in ihrem Leib zu nagen begann.

Süße Jessamy.

Trace' seidiges Schnurren drang flüsternd in ihre Gedanken und erinnerte sie an den vergangenen Abend. Obwohl Galen sie freigegeben hatte, war da dieses stechende Gefühl gewesen, sie würde ihn betrügen – und doch hatte sie gewusst, dass sie sich auf den Kuss des Vampirs einlassen musste. Kein Blut, nur ein einfaches Spiel von Lippen und Zungen. Trace war in sinnlichen Dingen sehr erfahren, und es war ein angenehmes Erlebnis gewesen, aber das Herz hatte ihr nicht bis zum Hals geschlagen, und ihr Blut hatte kein Feuer gefangen. Alles, was sie hatte denken können, war: *Er fühlt sich falsch an.*

In diesem Augenblick hatte sie erkannt, dass sich jeder Mann außer Galen falsch anfühlen würde.

Trace war kein Dummkopf. Er war einen Schritt zurückgetreten, hatte ihr die Hand unters Kinn gelegt und ihr Gesicht angehoben. »Also«, hatte er mit seiner für mitternächtliche Sünden geschaffenen Stimme gesagt, »du gehörst zu ihm.« Ein boshaftes Lächeln. »Nun gut. Ich habe keine große Lust, mir die Knochen in kleine Stücke brechen zu lassen.«

Sie fing eine herabfallende Feder auf, weiß mit goldenen Fasern. *Raphael.* Der Erzengel war am vergangenen Abend zurückgekehrt und hatte Stunde um Stunde mit Galen und Dmitri bei Kerzenschein in dessen Arbeitszimmer verbracht. Ihr war klar, dass Galen ein immer wesentlicherer Bestandteil von Raphaels Turm wurde. Womöglich wollte er überhaupt nicht mehr in die Zufluchtsstätte zurückkehren.

Wenn das stimmte ...

Jessamy empfand pure Freude über ihre neue Freiheit, die Welt zu sehen und über den Himmel zu fliegen. Aber die Zufluchtsstätte war ihr Zuhause. Dort waren ihre Bücher und die Geschichte, die zu hüten ihre Aufgabe war. Und oh, wie sehr sie die Kinder vermisste. Im Turm gab es keine Kinder.

Ein Windstoß, weiß-goldene Federn tauchten am Rand ihres Blickfeldes auf, als Raphael seine Flügel zusammenlegte. »Was wirst du in deinen Geschichtsbüchern über mein Territorium schreiben?«

»Dass dieser Ort genauso wild und vielversprechend ist wie du.« Er war ein Erzengel, aber weil er auch einmal ihr Schützling gewesen war, vergaß sie das manchmal völlig, und dann sprach sie auf diese lockere Weise mit ihm.

Raphaels Lippen krümmten sich, doch in seinen Augen lag eine zunehmende Härte – so *blau*, so außergewöhnlich –, die Jessamy schmerzte. Die Politik und die Macht veränderten ihn mit der Zeit. »Wie steht es um Alexanders Land?«

»Fürs Erste stabil.«

»Und wie steht es um dich?« Ihr Blick ruhte auf seinem Profil, dessen wilde Schönheit sich immer stärker ausprägte. Schon bald würde sich niemand mehr an den Jungen erinnern, der er einmal gewesen war.

»Ich muss mein Herrschaftsgebiet festigen.« Er trat auf sie zu und ergriff ihre Hände. »Du bist in diesem Territorium immer willkommen, Jessamy. Die Zimmer, die du bewohnst, gehören dir.«

Er sah zu viel, dachte sie, aber andererseits war das einer der Gründe, warum er ein Erzengel war. »Die Zufluchtsstätte ist der Ort, an den ich gehöre.«

»Bist du sicher?« Er deutete mit dem Kopf auf ein Geschwader von Engeln, die gerade durch die dünne Luft zwischen den Wolken tauchten und kreuzten.

Sie folgte seinem Blick, beobachtete jedoch nicht das Geschwader, sondern dessen Kommandanten. In ihrem Herzen brannte ein schmerzliches Verlangen, aber sie wusste, dass die Zeit noch nicht reif war. »Das Herz«, flüsterte sie, »kann etwas sehr Zerbrechliches sein.« Und diese Liebe, die selbst in dem Schweigen zwischen ihr und Galen heranwuchs, war es umso mehr.

13

Galen beobachtete Trace, der den Turm in der schmutzig grünbraunen Kleidung eines Kundschafters verließ. Der Vampir war gut – Galen konnte keine Spur mehr von ihm entdecken, sobald er eins mit dem Wald geworden war. Aber Trace war nicht der Einzige, dem Jessamy aufgefallen war, nachdem sie von ihrem einsamen Posten in der Zufluchtsstätte hierhergeflogen war.

Galen beobachtete, griff jedoch nicht ein ... Stattdessen rammte er Dmitri regelmäßig in den Boden.

Nach ihrer letzten Runde wischte sich der Vampir das Blut von seiner aufgeplatzten Lippe und schüttelte den Kopf. »Ich muss ja richtig gierig nach Bestrafungen sein, dass ich mir das immer wieder abhole.«

»Nein, du bist nur entschlossen, besser zu werden.« In Wahrheit war der Vampir ein echter Gegner für ihn. In der Mehrzahl der Fälle trug Galen Schnitte und Quetschungen davon, und ein- oder zweimal hatte Dmitri es sogar geschafft, seine Flügel zu verletzen. Sie lernten gegenseitig voneinander und entwickelten sich zu noch tödlicheren Kämpfern.

Galen schöpfte einen Krug Wasser aus einem Kübel, goss sich die kühle, klare Flüssigkeit über den Kopf und strich sich das nasse Haar aus der Stirn. »Ich muss für einen Tag weg, vielleicht auch für zwei«, sagte er. Inzwischen vertraute er Dmitri und wusste, dass der Vampir – ebenso wie Raphael persönlich – über Jessamy wachen würde. Kein Mann würde es wagen, ihr etwas zuleide zu tun.

»Ein anderer Engel möchte mit ihr fliegen«, Dmitris Gesichtsausdruck war wachsam, »aber er hat Angst, dass du ihn umbringst.«

Der Krug zerbrach unter seinem gewaltsamen Griff. Ohne auf das Blut zu achten, breitete er die Flügel aus und machte sich abflugbereit. »Ich würde sie niemals einsperren.«

Er schwang sich in den Himmel hinauf und flog mit harten, schnellen Flügelschlägen ohne innezuhalten in die einsetzende Dämmerung. Einige Geschwader flogen an ihm vorbei, doch niemand versuchte, ihn abzufangen, so als könnten sie alle die tiefdüstere Laune spüren, die er förmlich ausströmte. Er flog, als ginge es um sein Leben, raste auf den Luftströmen dahin, bis der Himmel zu allen Seiten öd und leer war und unter ihm nur dunkles, bewaldetes Land lag. *Allein.*

Nach den Lebensumständen in seiner Kindheit und Jugend hatte er geglaubt, sich einen Schutzwall gegen solche Schmerzen aufgebaut zu haben und unverwundbar gegen diese unsichtbaren Wunden zu sein, die einen innerlich vernichten konnten. Doch der nach Liebe hungernde Junge von einst war noch immer ein Teil von ihm, und beide Teile bluteten unaufhörlich, weil sie spürten, dass Jessamy ihn in tausend winzigen Schritten verließ. Er stieß zur Erde hinab, landete am Ufer eines kleinen Flusses und gönnte sich eine Pause, um durchzuatmen und nachzudenken. Doch seine Gedanken kreisten immer wieder um eines: Jessamy in den Armen eines anderen.

In einem wilden, nicht enden wollenden Schrei brach der Zorn aus ihm hervor, den er schon viel zu lange in sich aufgestaut hatte. Selbst die herbstliche Kälte konnte nicht in seine Glieder dringen, um das Fieber in seinem Blut zu kühlen, als er seiner Wut eine Stimme verlieh. Und als er wieder in die Luft emporstieg, wusste er, dass er nun zurückfliegen konnte. Wenn er Jessamy mit einem anderen Mann fliegen sähe, würde er nicht morden und nicht wüten, und wenn es ihn umbrächte.

Aber als er zurückkam, lag der Turm still da, die meisten Fenster waren unbeleuchtet. Soweit das Auge reichte, flog niemand außer den Wachposten über den Himmel, und als er lautlos auf dem Balkon vor Jessamys Zimmer landete, stellte er fest, dass die Tür geöffnet war. Er rang mit sich, verlor den Kampf und betrat das Zimmer – und da kam sie ihm entgegen, als wollte sie gerade auf den Balkon gehen.

»Galen!« Die Hand an ihr Herz gehoben, blieb sie stehen. Ihr dunstig grünes, langärmliges Gewand umspielte hauchzart ihre Knöchel.

Und er begriff, dass er sich etwas vorgemacht hatte. »*Ich* werde dich fliegen.« Es war ein Knurren. »Ich habe dir mein Wort gegeben, dich an jeden Ort deiner Wünsche zu bringen. Warum hast du nicht mich gefragt?« Anstatt das Angebot eines anderen anzunehmen, der nicht so stark war wie er, der sie nicht so weit tragen und nicht so sicher beschützen konnte?

Stille. Offenbar hielt sie den Atem an. Hatte sie etwa Angst? Vollblütige Krieger hatten angesichts seines Zorns den Mut sinken lassen, und er ließ ihn ausgerechnet auf die eine Person los, die ihm wichtiger war als alles andere. Alle Muskeln fest angespannt, wollte er rückwärts auf den Balkon hinaustreten, aber sie hielt ihn mit den einfachen Worten zurück: »Wage es nicht, wieder einfach so zu verschwinden, Galen!« Es war keine Angst, es war *Wut*.

Er hob eine Augenbraue.

»Du bist fortgegangen, ohne mir Bescheid zu sagen.« Über den erlesenen Perserteppich in Rot und Gold trat sie auf ihn zu und stieß ihn gegen die Brust, was zwar keinen Einfluss auf seine Standfestigkeit oder Balance hatte, aber trotzdem seinen ganzen Körper in Aufruhr versetzte. »Ich musste es erst von Dmitri erfahren.«

Galens eigene Wut glühte. »Mir war nicht bewusst, dass meine

Anwesenheit erforderlich war.« Oder auch nur bemerkt worden wäre.

Jessamy hatte nie intimen Kontakt mit Männern gehabt. Die letzten beiden Jahreszeiten waren eine Offenbarung gewesen. Man hatte mit ihr geflirtet, sie umworben und sogar geküsst. Nichts davon war von diesem Felsblock von einem Mann ausgegangen, der sie in den Wahnsinn trieb und das Recht zu haben glaubte, sie anzuschreien. »Wenn sich irgendjemand zu beschweren hat, dass er nicht beachtet wird«, sagte sie, »dann bin ich das.«

»Lass mich nur einen Augenblick mit Trace allein«, sagte Galen. Seine hitzigen Worte hatten nichts Ruhiges oder Beherrschtes an sich. »Ich werde ihn mit meinem Schwert in den Boden spießen und ihm die dürren Glieder ausreißen.«

»Sehr romantisch.« Sie widerstand dem Drang, nach ihm zu treten. »Ich bin so wütend auf dich.« Weil er die Leidenschaft in ihr geweckt hatte, nur um sie dann verhungern zu lassen; weil er ihr den Himmel gezeigt hatte, nur um ihr dann an ebendiesem Himmel aus dem Weg zu gehen. Weil er so stur und so *männlich* war! »Du hast hier nichts verloren. Geh.«

Das Rascheln von Flügeln, sein großer Körper plötzlich ganz nah. »Du bist wütend auf mich?«

Sie nahm deutlich seine Körperwärme wahr, die drohte, ihre Wut zu flüssigem Verlangen schmelzen zu lassen. Aber sie brachte die Kraft auf, unbeirrt stehen zu bleiben. »Sehr.«

»Gut.«

Ihr Mund klappte auf ... und er küsste sie, nutzte die Gelegenheit, um mit seiner Zunge über ihre zu streichen, und forderte ohne jegliche Vorbereitung einen groben, feuchten Kuss mit offenem Mund. Da ihre Knie nachzugeben drohten, packte sie seine kräftigen Oberarme, um aufrecht stehen zu bleiben. Aus Galens Brust drang bei dieser Berührung ein leises, tiefes Geräusch. Er schlang den Arm um ihre Taille und zog sie fest an sich, während er ihren Mund eroberte. Es war keine zärtliche Liebkosung, nicht die behutsame Berührung eines Liebhabers. Es war ein archaischer Anschlag auf ihre Sinne, ein rohes Begehren, das sich nur durch ihre völlige Unterwerfung befriedigen ließ.

Plötzlich hielt er inne, absolut reglos.

Und dann wurde sie an ihn gedrückt und hochgehoben, bis ihr Mund mit seinem auf gleicher Höhe war und er sie verschlang, als wäre sie eine erlesene Delikatesse und er hätte sein ganzes Leben lang darauf gewartet, sie zu probieren. Eine Frau hätte ein Herz aus Stein haben müssen, um davon unberührt zu bleiben, und wenn es um Galen ging, war an Jessamy überhaupt nichts aus Stein. Sie saugte an seiner Zunge, leckte über seine Lippen und biss verspielt hinein, woraufhin sich seine Brust gegen ihren Busen presste. Durch die Berührung richteten sich ihre Brustwarzen zu festen, harten Spitzen auf.

Den Arm fest um ihre Taille geschlungen, legte Galen seine andere Hand besitzergreifend auf ihre Hüfte, um von dort aus weiter nach unten zu wandern und sie zu streicheln. Sein Griff war fest und absolut vereinnahmend. Keuchend löste sie sich aus dem Kuss und starrte in seine Augen, die ein tiefes, rauchiges Smaragdgrün angenommen hatten. Seine Lippen hatten von ihren wilden Küssen Spuren davongetragen, seine Haut war vor Hitze gerötet. Und seine Hand …

»*Galen!*«

Er rieb die Nase an ihrem Hals und fuhr fort, ihre Konturen mit unerhörter Gründlichkeit nachzufahren und zu liebkosen. »Lass uns fliegen.«

»Ja.« Sie wollte mit ihrem Barbaren allein sein.

Frisch strich die Luft über Jessamys Haut, und die Nacht war lautlos. Doch sie beging nicht den Fehler, zu glauben, dass sie die einzigen Wesen hier draußen wären, nicht ehe Galen und sie den Turm weit hinter sich gelassen hatten. Sie flogen auf ein entferntes Gebirge zu, auf dem alles wie gedämpft wirkte. Er landete auf einer kleinen, grasbewachsenen Lichtung, umgeben von riesigen, majestätischen Bäumen, und ließ sie in erotischer Absicht an seinem Körper hinuntergleiten. Ihr Kleid wehte umher und verfing sich zwischen seinen Beinen, als sie dem Verlangen ihres Körpers nachgab, sich fester an ihm zu reiben.

Sie wollte sich einige Haarsträhnen aus dem Gesicht streichen, doch das tat Galen bereits; rau strich seine Haut über ihre. Sie drehte das Gesicht zur Seite und drückte die Lippen auf seine Handfläche. »Wenn du noch einmal einfach so verschwindest, werde ich dich mit deinem eigenen Bein verprügeln.«

»Du bist eine Furcht einflößende Frau, Jessamy.«

Für diese freche Bemerkung versetzte sie ihm einen leichten Stoß, ehe sie sich auf die Zehenspitzen stellte und dicht an seinem gefährlich leidenschaftlichen Mund sagte: »Ich will dich, Galen. *Nur* dich.« Es spielte keine Rolle, dass sie nicht hundert verschiedene Liebhaber gehabt hatte, denn sie wusste, was er ihr bedeutete – *alles*. Ob sie ihm am Beginn ihrer Existenz begegnet wäre oder erst an deren Ende, es hätte nichts an dieser einfachen, endgültigen Wahrheit geändert.

Er ließ beide Hände auf ihre Hüften sinken und zog Jessamy ganz eng an sich. »Ich weiß, ich sollte warten.«

Der Atem stockte ihr in der Kehle, und ihr Herz zog sich zusammen.

»Aber ich kann nicht.« Ein wildes, urwüchsiges Eingeständnis.

Beim nächsten Herzschlag bog sie sich wieder seinem Kuss entgegen, fest umschlossen von seinen steinharten Armmuskeln, ihr Busen presste sich gegen seine nackte Brust. Seine Beine standen weit geöffnet, und sie hatte sich dazwischengeschmiegt.

Besessen.

Verführt.

Geliebt.

Wenn es auch nur einen Teil an ihr gab, der nicht längst ihm gehörte, so tat er das spätestens in dem Augenblick, als er mit beiden Händen ihr Gesicht umfasste und flüsterte: »Sag mir, dass ich aufhören soll, Jessamy.« Das Flehen eines Mannes, der die Beherrschung verloren hatte.

Dass der Waffenmeister, der selbst unter dem brutalsten Druck für seine Ruhe berühmt war, solches Verlangen nach ihr spürte, gab ihr den Rest. »Du sollst nicht aufhören.« Die Finger in das rote Feuer seiner Haare verwoben, zog sie seinen Kopf wieder zu sich hinunter.

Als er vorschlug, zum Turm zurückzukehren, damit sie nicht im Gras liegen müsste, strich sie mit den Fingern an den Muskeln seiner Brust hinab und über die stolze Härte, die sich gegen ihren Bauch drängte. So kühn, so schamlos konnte sie nur bei Galen sein. Er gab ein tiefes, grollendes Geräusch von sich, bei dem sich ihre Schenkel zusammenzogen, und dann sprach keiner von ihnen mehr von Aufschüben. Nachdem er ihr die Kleider beinahe vom Leib gerissen hatte, fand sie sich wie ein heidnisches Opfer im Gras liegend wieder, und er blickte auf sie hinab. Und dann löste dieser große Mann, der ihr eigentlich Angst einflößen müsste, den Verschluss seiner Hose.

Sie öffnete die Beine. »*Galen.*« Auch wenn sie behütet und abgeschirmt gelebt hatte, war sie doch eine erwachsene Frau – eine Frau, die ihren leidenschaftlichen Liebhaber gefunden hatte.

Sanft strich seine Hand über ihren Schenkel, als er sich über ihr niederließ. Noch sanfter war die Berührung der Finger, mit denen er sie streichelte, bis sie wimmerte und sich so sehr nach ihm verzehrte, dass es fast wehtat. Er atmete schwer. »Jessamy?«

Sie schlang die Beine um seine Taille und rieb statt einer Antwort die pulsierende Feuchtigkeit zwischen ihren Schenkeln an ihm. Zitternd stöhnte er auf, und dann schob er sich in sie hinein.

Sie hatte die Geschichten gehört, die andere Frauen erzählten, doch nichts konnte dieses wilde, wundervolle Gefühl beschreiben, gleichzeitig in Besitz genommen zu werden und selbst zu besitzen. Als sich ihr Gewebe dehnte, um ihn aufzunehmen, durchfuhr sie ein brennender Schmerz, der sie aufschreien ließ. Sie schlang den Arm um diesen Mann, der sie liebte, und atmete seinen dunklen Moschusduft ein, rastlos bewegten sich ihre Flügel zwischen den kühlen Grashalmen.

Mit seiner rauen Hand schob er ihr Bein zur Seite und winkelte es an. Dadurch öffnete er sie noch weiter, und seine Erektion konnte tiefer in sie eindringen. Ein Seufzen entrang sich ihrer Kehle, doch als er zögerte, küsste und streichelte sie ihn, bis er sich wieder bewegte. Sanft und langsam, damit sie sich an sein Gewicht und seine Kraft gewöhnen konnte.

»Jess.« Seine Muskeln waren angespannt, seine Lippen an ihrem Ohr. »Ist es zu viel?«

Ja. Herrlich, wundervoll zu viel. »Hör nicht auf.« Mit einem schwelgerischen Kreisen der Hüften wölbte sie unter ihm den Rücken und hieß seine Stöße willkommen. Sehr, sehr langsam bewegte er sich hinein und heraus, doch mit jedem Stoß drang er tiefer in sie. Gleichzeitig eroberte er ihren Mund mit seiner Zunge – in einem Kuss, der die sinnliche Ekstase ihrer Paarung imitierte.

Plötzlich löste sie sich aus dem Kuss und warf den Kopf nach hinten, als sie ohne Vorwarnung zum Höhepunkt kam. Über ihr breitete sich die machtvolle Silhouette von Galens Flügeln aus. Er durchlebte mit ihr die Zuckungen der Lust, während er mit einer Hand die zarten, aber ausnehmend empfindlichen Erhebungen ihrer Brüste knetete und streichelte und ihren Hals mit Küssen bedeckte; die andere Hand hatte er in ihren Haaren vergraben, um ihren Hals nach hinten zu biegen.

Ihr Körper fühlte sich kraftlos und auf eine heiße, erotische

Art benutzt an. Sie grub die Finger in seine flammend rote Seide, als die letzte intensive Welle der Lust über sie hinwegrollte … und hielt ihn fest, als er erzitterte und sich in heftigen Stößen flüssiger Hitze in sie ergoss. Am Ende rief er ihren Namen, flüsterte ihn wieder und wieder, während er immer weiter in sie stieß, bis er zitternd zur Ruhe kam und sein Gesicht in ihrer Halsbeuge barg.

Mein Mann. Meiner.

Nach dem Herbst kam der Winter mit einem Herzen aus Schnee und Eis. Während die Tage kürzer und dunkler wurden, verbrachte Jessamy ihre Nächte eng umschlungen in Galens Armen, wenn er nicht gerade Wachdienst hatte oder eine nächtliche Trainingseinheit abhielt. Und wenn er das tat, las sie bis in die frühen Morgenstunden. Es war eine Zeit des Entdeckens, des Spielens und der Freude – bis auf das stumme, schleichende Bewusstsein, dass ihr großer Barbar sehr, sehr vorsichtig mit ihr umging, um sie nicht zu zerbrechen.

Anfangs war sie von der Herrlichkeit dessen, was sie miteinander erlebten, zu geblendet gewesen, deshalb hatte sie zunächst nicht verstanden, dass das Liebesspiel nicht nur ein langsamer Tanz war. Doch nun, da das roheste Verlangen gestillt war und sie viele Nächte damit zugebracht hatte, Galens herrlichen Körper zu erkunden, während er zum Vergnügen seiner Geliebten »leiden« musste, spürte sie die straffen Sehnen und die angespannten Muskeln, wenn er sich zurückhalten musste, um die brutale Gewalt seiner Leidenschaft nicht herauszulassen.

Es schmerzte sie, dass er nie ganz loslassen konnte, um die gleiche Intensität der Lust zu erleben, mit der er sie überschüttete, aber sie verspürte keinen Ärger deswegen. Wie könnte sie wegen eines Mannes verstimmt sein, der sie so ansah, wie Galen es tat? Auch wenn er seine Liebe nie in poetischen Worten zum Ausdruck brachte, wusste sie doch mit jeder Faser ihres Körpers, was er für sie empfand. Sie spürte seine Hingabe in jeder Zärtlichkeit, in jedem kleinen Wunder, das er ihr offenbarte ... in jedem Geheimnis, das er mit ihr teilte.

»Meine Mutter hat mir geschrieben«, hatte er am Abend zuvor gesagt, als sie nebeneinander im Bett lagen.

Da sie um seine schmerzliche Beziehung zu Tanae wusste, hatte sie nur stumm die Hand auf sein Herz gelegt und zugehört.

»Sie fordert mich auf zurückzukommen. Sie sagt, Titus habe zugestimmt, mir das Kommando über die Hälfte seiner Streitkräfte zu überlassen. Orios würde Waffenmeister bleiben, aber ich soll sein Leutnant werden.«

Auf einen Ellbogen gestützt, hatte Jessamy sich aufgesetzt und die Stirn gerunzelt. »Warum sollte sie dir eine niedrigere Position anbieten, als du sie bei Raphael bekleidest?« Raphaels Armee war zwar noch nicht so eindrucksvoll wie die von Titus, aber es war *Galens* Aufgabe, sie auszubilden und zu führen. Selbst Dmitri, Raphaels zweiter Mann, verneigte sich vor Galens Erfahrung im Umgang mit den Soldaten.

In Galens Lächeln lag eine Trostlosigkeit, die Jessamy noch nie zuvor an ihrem Krieger gesehen hatte. »Weil sie weiß, dass ich immer danach gestrebt habe, ihr zu gefallen. Als Kind dachte ich, wenn ich nur gut und stark genug wäre, könnte ich mir ihre Liebe verdienen.«

Im Verlauf der Jahreszeiten und mit jedem kleinen Stück Wahrheit, das Galen über seine lieblose Kindheit preisgab, hatte sich in Jessamy eine schwelende Wut auf Tanae aufgebaut, die nun hell auflohte. »Du hast es nicht nötig, irgendjemandem zu gefallen, Galen. Du bist großartig, und wenn sie das nicht sieht, ist sie dumm.«

Ein Licht erwachte in dem grünen Meer seiner Augen und ließ es durchscheinend schimmern. »Großartig?«

Tief berührt von seiner Verwundbarkeit, die er niemandem sonst zeigte, flüsterte sie ihre Antwort in einem Kuss: »Absolut.«

Jetzt stand sie auf ihrem liebsten Aussichtspunkt auf dem Dach des Turmes und dachte darüber nach, wie viel ihr dieses kurze Gespräch über ihren Barbaren verraten hatte. Nach außen hin mochte er schroff und unwirsch wirken, aber auf Galens Herzen gab es eine schreckliche Wunde. Diese Wunde war der Grund, aus dem er sie mit solch außerordentlicher Vorsicht behandelte – als wollte er jetzt, da er sie für sich gewonnen hatte, auf keinen Fall irgendetwas tun, wodurch er sie verlieren könnte.

Eine Träne lief über ihre Wange.

14

Galen beendete die Übungsstunde früher als sonst, da die winterliche Dunkelheit über seine Soldaten und ihn hereinbrach. An diesem Tag lag kein Schnee in der Luft, doch der Boden war bereits von einer dicken, weißen Schicht bedeckt. Dass die Krieger untereinander tuschelten, wie sehr es ihren Waffenmeister danach verlangte, nach Hause zu kommen, quittierte er mit einer grimmigen Miene. Doch er ließ den grinsenden Haufen ohne Rüge davonkommen. Vielleicht wurde er weich, aber er war auf eine Art und Weise glücklich, wie er es nie zuvor gewesen war. Es machte ihn duldsam.

Er flog zu dem Balkon der Wohnung, die er sich jetzt mit Jessamy teilte, und fand die Zimmer leer vor. Enttäuscht beschloss er, zum Baden zu fliegen. Als er sich gerade Kleidung zum Wechseln geholt hatte, kam Jessamy ins Zimmer. Wie jedes Mal setzte kurz sein Herzschlag aus. Sie fiel ihm in die Arme und küsste ihn mit der wilden Freude einer Frau, die seine Berührungen liebte. Eine so dauerhafte Zuneigung konnte einen Mann um den Verstand bringen und ihn glauben machen, er wäre wirklich das großartige Geschöpf, das sie in ihm sah.

»Willst du baden gehen?« Sie schmiegte sich an ihn, mit zartem Besitzerstolz strichen ihre Hände über seine Brust. Seit der Schnee gekommen war, hatte er sich angewöhnt, ein Hemd zu tragen, da Jessamy sich sonst Sorgen gemacht hätte.

»Ich bin bald zurück.« Das Wasser im Fluss war selbst für einen Engel eisig und verlockte nicht dazu, sich länger als nötig darin aufzuhalten.

Langsam zeigte sich auf Jessamys Lippen ein verruchtes Lächeln, das nur für Galen bestimmt war. »Ich werde dir den Rücken schrubben.«

Er hätte sie bitten sollen, im Turm zu bleiben, wo sie es warm und gemütlich hatte, aber er brauchte sie zu sehr. Er drückte ihr seine Kleidung in die Hand und hob sie auf die Arme. Mit ihr flog er jedoch nicht zu dem nahe gelegenen Fluss, sondern zu einem Teich am Fuße eines weit entfernten Berges, wo das Wasser klar und süß war. Es war ein deutlich längerer Flug, aber weil Jessamy bei ihm war, spielte das keine Rolle.

»Kann uns hier auch niemand stören?«, fragte sie, als sie nach der Landung die Flügel ausbreitete, um sie zu strecken. Sie war eine große, wunderschöne Frau in einem knöchellangen Gewand, das die Farbe und die Leichtigkeit von Meerschaum hatte; die Knöpfe, mit denen die Flügelschlitze an den Schultern verschlossen waren, bestanden aus quadratisch geschnittenen Kristallen in einem etwas kräftigeren Blau.

»Nein. Wir sind vollkommen allein.« Er konnte nicht länger widerstehen, streichelte die empfindsamen Wölbungen ihrer Flügel und ließ sie vor Lust leise erzittern. »Diese Gegend liegt weit entfernt von den Engelspatrouillen und ist unbewohnt. Die Berge sind noch genauso wild, wie sie es seit Anbeginn der Zeit waren.«

In ihrem Lächeln lag ein heißblütiges Versprechen, das seinen Schwanz anschwellen ließ. »Wolltest du nicht baden?«

Er musste lachen, als sie sich wie eine große Königin in Erwartung einer privaten Vorstellung auf einem Felsen in der Nähe niederließ und ihre Flügel dabei durch den Schnee streiften. Dann begann er, sich auszuziehen. Nacktheit hatte ihn nie verlegen gemacht, doch zu sehen, wie sehr Jessamy den Anblick seines Körpers genoss, machte ihn zu einem Exhibitionisten … nur für sie. Nackt bis auf die Haut – und mit offenkundigem Begehren – holte er tief Luft und tauchte in das kalte Wasser des tiefen, aus Gebirgsregen gespeisten Teichs ein.

Die eisige Kälte war ein Schock, aber nichts, womit sein Körper nicht fertig wurde. Als er wieder an die Oberfläche kam und sich das Wasser aus den Augen blinzelte, sah er Jessamys Gewand und Unterkleid zu ihren Füßen liegen, und sie selbst stand vor ihm als eine langgliedrige Göttin, deren Körper die vollkommensten Proportionen hatte. Ihre Brüste waren klein und fest; er liebte es, sie in den Mund zu nehmen, sie zu kosten und Jessamy damit zu erregen. Seine Historikerin war dort sehr empfindsam.

Nachdem sie sein abgelegtes Hemd in den Schnee hatte fallen lassen, setzte sie sich an den Rand des Teichs und ließ die Beine seitlich ins Wasser gleiten. Sie zitterte. »Komm her.«

»Wie gnädige Frau wünschen.« Ihr weiches, intimes Lachen perlte durch die Luft, als er zu ihr hinüberschwamm, bis er sich zwischen ihren Knien befand und ihre Schenkel weiter auseinanderschob. Sie errötete. Mit den Blicken folgte er dem Verlauf der Röte, die ihre Brüste rosa färbte und ihre Brustwarzen zu festen, hervorstehenden Spitzen werden ließ, die er einfach kosten musste.

»*Oh.*« Ihre Hand vergrub sich in seinem Haar.

Zufrieden benutzte er Daumen und Zeigefinger, um die Spitze ihrer vernachlässigten Brust sanft zu kneten, während er die andere tief in seinen Mund sog. Ihre Brust war so klein, so perfekt, dass er sie ganz in den Mund nehmen konnte – um daran zu saugen, zu lecken und winzige Liebesmale zu hinterlassen. Als er sie langsam und widerstrebend wieder losließ, genoss er den Anblick ihrer Brust, die von seinen Liebkosungen rosig und wunderschön glitzerte. Sie zog an seinem Haar, und er lächelte, ehe er sich ihrer anderen Brust widmete.

Als er damit fertig war, schmeckte er in jedem Atemzug ihren süßen Moschusduft. »Jess.« Es klang rau.

»Ja.« Sie spreizte die Schenkel weiter, als er sich unter Küssen einen Weg über ihren Bauchnabel bis zu der herben Süße bahnte, die sich unter ihren kastanienbraunen Locken verbarg. Er hatte sich schon früher auf diese Weise über sie hergemacht und liebte die leisen Geräusche, die sie machte, um die Bewegungen seiner Zunge zu beschleunigen. An diesem Abend jedoch konnte er sich kaum zurückhalten. Ihre lockende, wilde Sinnlichkeit ließ von seiner Beherrschung nicht viel mehr als einen dünnen, seidenen Faden übrig. Seine Berührungen waren gröber, sein Griff an ihrer Hüfte fester.

Statt zurückzuweichen, drängte sie sich ihm noch ungezügelter entgegen.

Er war ein Mann, und er begehrte sie über alles. Es war, als würde man eine Leine kappen. Er leckte, saugte und zwickte sie mit den Zähnen, bis sie zu einem heftigen, schnellen Höhepunkt kam. Sie zitterte, und auf seiner Zunge lag der erotische Geschmack ihrer Lust. Weil er wusste, wie empfindlich sie nach dem Orgasmus war, zog er sich zurück und drückte einen heißen, saugenden Kuss auf die Innenseite ihres Oberschenkels. »Das Wasser ist gar nicht so kalt«, schmeichelte er. Er wollte sie bei sich haben, um seinen Schwanz – der trotz der Kälte steinhart war – in der erhitzten Enge ihres Körpers vergraben zu können.

Ihre Augen funkelten. »Lügner.« Sie massierte seine Schultern und beugte sich mit ausgebreiteten Flügeln vor, um ihn mit schamloser, berauschender Sinnlichkeit zu küssen. »Ich will etwas anderes.«

Fasziniert stützte er links und rechts von ihr die Arme auf, stemmte sich in die Höhe und küsste ihren eleganten Hals. »Alles.«

Als er sich wieder zurückgleiten ließ, fuhr sie mit den Fingern durch sein Haar und richtete den Blick zum Nachthimmel empor, der nur von einer zierlichen Scheibe des Mondes und dem eisigen Feuer unzähliger Sterne erhellt wurde. »Ich will tanzen, Galen.«

Seine Hände schlossen sich fest um ihre Schenkel. »*Jess.*«

Jessamy küsste ihn abermals, weich und feucht und verführerisch. »Ich habe nie geglaubt, dass ich es einmal wagen würde, davon zu träumen. Aber du hast es mir versprochen, Galen.« Ihre Zähne auf seiner Unterlippe, die wohltuende Wärme ihrer Zunge, ihr hitziges Saugen. »Du hast gesagt, du würdest mich an jeden Ort meiner Wünsche fliegen.«

Diese winzigen Küsse brachten ihn dem Wahnsinn einen Schritt näher. Er umschloss ihre Brüste mit den Händen und musste sich dabei zwingen, nicht zu grob zu ihr zu sein. Er wollte sich lieber die Hände abschlagen, als ihr wehzutun.

»Fester.« Ein heiseres Flüstern an seinen Lippen. »Bitte.«

Er biss die Zähne zusammen, um sich nicht gleich an Ort und Stelle ins Wasser zu ergießen. Jessamy hörte nicht auf, ihn zu küssen und zu liebkosen, während er versuchte, sein übermächtiges Verlangen niederzuringen, und dann waren seine Hände in Bewegung, zupften und drückten sie fester, als er es je zuvor getan hatte. Unter seinen derben, fordernden Berührungen färbte sich ihre Haut rot.

Über ihren Körper lief ein Zittern, das nichts mit der Kälte zu tun hatte, als sie über die Wölbung seines Flügels strich und mit den Fingern über die empfindliche Stelle rieb, an der dieser aus seinem Rücken wuchs. Es fühlte sich an, als nähme sie seinen Schwanz in die Hand. Er riss sich von ihr los, schwamm mit einem kräftigen Stoß zur Mitte des Teichs und tauchte in die Tiefe. Als er wieder an die Oberfläche kam, saß sie noch genau da, wo er sie zurückgelassen hatte. Ihre Brust hob und senkte sich, das Haar fiel ihr über die Schultern und verbarg ihre Brüste – bis auf die prallen Spitzen ihrer Brustwarzen.

Eine Waldnymphe, die zum Leben erwacht war. Um ihn zu foltern.

»Die Kälte hilft nicht«, brummte er und schob sich vorwärts, um Jessamy an der Hüfte zu packen und ohne Vorwarnung die steife, rosa Spitze ihrer Brust in seinen Mund zu saugen. Ihr Aufschrei war für ihn die lieblichste Musik. Er strich ihre Haare zur Seite und knetete ihre andere Brust mit einem Druck, der ihr offenbar sehr gefiel. Groß und bereit stand sein Glied zwischen seinen Beinen.

Dann flüsterte sie: »Tanz mit mir, Galen.«

Er ließ ihre Brustwarze aus seinem Mund gleiten und erwiderte ihren Blick. »Dann werde ich mich nicht mehr beherrschen können.« Der Tanz war die wildeste, ursprünglichste Form der Paarung.

»Habe ich etwas von Beherrschung gesagt?« Mit dieser schelmischen Drohung stand sie auf und streckte ihm die Hand entgegen. »Und jetzt komm.«

Er konnte ihr nichts abschlagen. Also stieg er aus dem Wasser, hob sie jedoch nicht so auf seine Arme, wie er es sonst tat, sondern drückte sie Bauch an Bauch fest an sich, sodass sie sich anschauen konnten. Sein Glied pulsierte zwischen ihnen. Sanft rieb Jessamy sich daran und schlang die Arme um seinen Hals.

Für seinen funkelnden Blick erntete er ein sündiges Lächeln. Er sagte: »Zieh die Flügel ein.«

Sie zog ihren rechten Flügel näher an den Rücken, der linke lag bereits kleiner und flacher an. Ohne Vorwarnung verdunkelte sich das Licht vor ihren Augen. »Wird mein Gewicht nicht gefähr…«

»Du wiegst weniger als eine Feder.« Sie war so fragil, so unendlich zart. Sein Verlangen hingegen war so gewaltig – er hatte furchtbare Angst, sie zu zerbrechen. Und er ertrug die

385

Vorstellung nicht, Jessamy könne sich verängstigt und enttäuscht von ihm abwenden. Zumal er nun beinahe glauben konnte, dass er in ihren Augen jenes seltene Geschenk erblickte, das er nie zuvor bekommen hatte.

Mit dem Schwur, sie vor allem, sogar vor sich selbst zu beschützen, stieg er in den Nachthimmel auf, Jessamys Körper eng an seinen geschmiegt. Er flog hoch hinaus, höher, als er sie je zuvor getragen hatte, bis sie in der kalten, dünnen Luft beinahe die Sterne berühren konnten. Diesmal war es kein verspielter Flug, nur eine unbarmherzig gerade Linie nach oben. Ihm fehlte mittlerweile jede Beherrschung, um das Kommende anders als hart und schnell zu tun, aber für Jessamy würde er es versuchen.

»Wehr dich nicht dagegen, Galen«, sagte sie, als sie in so großer Höhe anhielten, dass sich Frost auf ihren Wimpern bildete. »Lass es geschehen.«

»Ich will dir nicht wehtun.« Sie war das Wertvollste in seinem Leben.

»Auch ich bin ein Engel. Eine Unsterbliche. Behandle mich als solche.«

Diese eindringliche Bitte von ihr ließ etwas in Galen zerbrechen. Er würde ihr die Welt zu Füßen legen, wenn sie ihn so darum bat. »Versprich mir, mich zu bremsen, wenn ich zu grob bin.«

Ihre riesigen dunklen Augen blickten ihn an; wilde Lust lag darin – und ein Begehren, das es mit seinem aufnehmen konnte. »Ich verspreche es.«

Er nahm sie beim Wort, diese Frau, die mit einer gewissen Art von Schmerz umgehen konnte, wie sie den meisten unbegreiflich war. Mit stahlhartem Griff packte er sie und küsste sie wild, während er sie beide mit leichten Flügelschlägen in Position hielt. Sie rutschte ein Stück an ihm hinauf, bis sie ihn zwischen ihren Schenkeln einbetten konnte, dann ließ er sich mit ihr vornüber kippen, bis sie auf die Erde unter ihnen blickten. Er biss in ihre Schulter ... und schloss die Flügel.

Sie stürzten.

In Jessamys Schrei lag eine wilde Freude, keine Angst. Die Zähne in grimmiger Lust gebleckt, ließ er die Flügel wieder aufschnappen, kurz bevor sie an den Bergen zerschellt wären. Er tauchte nach links ab, um sie in einem atemberaubenden Flug durch eine große Höhle zu tragen. Nur um Haaresbreite verfehlten sie die messerscharfen Felskanten, die Schnitte und Quetschungen verursacht hätten, und flogen durch ein gezacktes Loch wieder hinaus, das von einem lange zurückliegenden Ereignis stammte. Sie schossen in die Höhe und schraubten sich wieder in den Nachthimmel hinauf.

»Das war *wundervoll*!« Jessamys Grinsen war ebenso wild wie seines.

Lachend vor barbarischer Freude, raubte er ihr einen Kuss. Dann löste er sich von ihren Lippen, um sich darauf zu konzentrieren, sie mit noch härteren Flügelschlägen hoch und höher in den Himmel hinaufzutragen. Als seine Partnerin sich in weiblicher Ungeduld an ihm rieb, war er so in den Tanz vertieft, dass er ihr Bein um seine Taille schlang und mit einem harten, brutalen Stoß in sie eindrang. Erst zu spät lichteten sich die Nebel. »Jessamy, habe ich ...«

Sie schnitt ihm damit das Wort ab, indem sie ihre inneren Muskeln zusammenzog. »Lass uns noch einmal fallen.«

Perfekt. Sie war einfach perfekt. Diesmal führte Galen, der in jedem Tropfen Blut in seinen Adern primitivste Lust verspürte, keinen senkrechten Sturzflug aus, sondern kontrollierte ihren Sinkflug mit der schieren Kraft seiner Flügelmuskeln. Einen Herzschlag lang ließ er sich fallen, bevor er sich jäh wieder abfing. Mit jedem Ruck abwärts stieß er tiefer in sie hinein.

Wieder.

Und wieder.

Und wieder.

Dann fiel Jessamy mit unersättlicher Gier über seinen Mund her. Jeder Rest von Selbstbeherrschung, den er bis dahin noch gehabt haben mochte, war nun dahin. Der dünne Faden riss mit einem beinahe hörbaren Geräusch. Er hielt sie mit einem Arm an sich gedrückt, vergrub die freie Hand in ihren Haaren und stürzte in einer beinahe unmöglich schnellen Schraube mit ihr in die Tiefe, die dazu bestimmt schien, ihre Körper an den erbarmungslosen Bergen zerschellen zu lassen.

Im letzten möglichen Augenblick zog er sie hoch und flog wieder in den Himmel hinauf, ohne Jessamy zu Atem kommen zu lassen. Ohne Vorwarnung, ohne jede Behutsamkeit ließ er sich wieder fallen, spürte sie eng und heiß und seidig um sich. Spürte, wie ihre Muskeln sich rhythmisch zusammenzogen, während höchste Lust ihren Körper erschütterte. Beim Aufstieg ließ er seine Lippen zu ihrer Halsschlagader wandern – und saugte fest daran, als sie fielen.

Jessamy hatte das Gefühl, ihre Muskeln wären geschmolzen. Ihre Schenkel drohten von Galens Hüfte zu rutschen, als er sie abermals hoch hinauf in die sternenbesetzte Nacht trug. Mit jedem Schlag seiner kraftvollen Flügel stieß seine harte Erektion so tief in sie hinein, dass sie sich für alle Zeit gezeichnet fühlte. Noch immer zogen sich die winzigen Muskeln in ihrem Inneren zusammen und entspannten sich wieder – die Nachwirkungen der heftigsten, wildesten Lust, die sie je erlebt hatte.

Gerade glaubte sie, dass sie mehr nicht würde ertragen können, da sah sie die pure und nackte Leidenschaft in seinem Gesicht; ihr Körper belebte sich und war plötzlich wieder erregt und bereit. »Starker, wundervoller Mann«, sagte sie, denn sie wusste, dass ihr Galen Worte brauchte. »Nur damit du's weißt –

du gehörst mir. Für immer und ewig. Also denk nicht einmal daran, deine Meinung zu ändern.«

Zitternd senkte er den Kopf, drückte seine Wange an ihre und murmelte Worte in einer Sprache, die ebenso schön wie uralt war. Tränen brannten in ihren Augen, Leidenschaft, zerrissen von wilder Zärtlichkeit.

Ich bin dein.

So einfach. So machtvoll. Sein Herz lag ihr zu Füßen.

Bevor sie die Sprache wiederfand, versiegelte er ihren Mund mit seinen Lippen, und sie stürzten in einen leidenschaftlichen Wahnsinn. So tief hatte sie sich in seiner wundervollen Macht verloren, dass sie kaum das aufspritzende Wasser auf ihrem Rücken spürte, als er sie über dem Teich in die Höhe riss und eine knappe Flügellänge in die Höhe stieg, bevor er am schneebedeckten Ufer sanft landete.

Unter ihrem Rücken spürte sie seine weichen Kleider und den harten Untergrund. Und Galen ... er war ein Inferno.

Sie schrie, als er sich ihr hingab, hart und heiß und ohne jede Zurückhaltung.

15

Noch Tage später vibrierte das Hochgefühl dieses Tanzes in Jessamys Blut, während sie ihre Notizen über Raphaels Territorium fertigstellte, die sie bei ihrer Rückkehr in die Zufluchtsstätte in ihre Geschichtsbücher einfügen würde.

Vor dem Fenster der Bibliothek konnte sie dem Erzengel mit einer gemischten Gruppe aus Engeln und Vampiren beim Üben zusehen. Die Erde war in alle Himmelsrichtungen von einer nahtlosen Schneedecke überzogen. Von einem neckischen Wind getragen, drang Kinderlachen aus der Stadt der Sterblichen zu ihr empor und löste ein schmerzliches Ziehen in ihrem Herzen aus. Es war das Bewusstsein der Mächte und Pflichten, die sie in ihr Zuhause in den Bergen zurückriefen ... während ihr Barbar wieder in Raphaels Territorium zurückfliegen musste, wo seine Aufgabe noch nicht beendet war.

Doch sie würde nicht jetzt darüber nachdenken. Jetzt war die Zeit, Galen zu lieben.

Dieser Wintertag und die folgenden waren überaus schön, der Himmel am Tage kristallklar und des Nachts mit funkelnden Diamanten übersät. Jessamy verbrachte diese Jahreszeit in den Armen eines Kriegers, der ihr täglich zuflüsterte, dass sie alles für ihn war. Dennoch fiel es seinem verwundeten Herzen so schwer, zu begreifen, dass ihre Liebe zu ihm nicht der flackernden Flamme einer Kerze glich, sondern so dauerhaft war wie die Sonne.

Dann kamen die ersten zarten Knospen des Frühlings. Jessamy seufzte von Herzen auf, als sie die Welt zu neuem Leben erwachen sah, aber es war auch eine schwere Zeit, weil sie

Abschied von ihren Freunden nehmen musste, die sie im Turm gefunden hatte. Schwer, aber nicht schmerzlich, denn nun war sie nicht mehr in der Zufluchtsstätte eingesperrt, und dadurch war dieser Ort für sie kein Gefängnis mehr, sondern ihr richtiges Zuhause.

Am Morgen ihres Aufbruchs küsste ihr Trace die Hand, als niemand sie beobachtete. »Wenn du je genug von ihm haben solltest, brauchst du deine reizenden Augen nur in meine Richtung zu wenden.« Schamlose Worte, die aber echte Wärme ausdrückten.

»Danke für deine Freundschaft.« Er war ein wichtiger Schritt auf ihrem Weg gewesen, und sie würde ihn nie vergessen. »Wenn du das nächste Mal in der Zufluchtsstätte bist, wirst du mich besuchen.«

»Nur wenn du deinem Barbaren die Waffen abnimmst und ihn zur Sicherheit festbindest.«

Bei der Erinnerung an dieses Gespräch musste sie lächeln, als sie sich kurz darauf auf die Zehenspitzen stellte, um mit den Lippen Raphaels Wange zu streifen. »Ich werde dein Land wieder besuchen kommen. Es hat jetzt einen Platz in meinem Herzen.«

»Warte diesmal nicht so lange.« In seinen unerbittlich blauen Augen lag ein düsterer Hauch von Kummer, und sie wusste, dass er über ihren Abschied traurig war, dieser erbarmungslose Erzengel, den sie einst in den Arm genommen hatte, wenn er mit angeschlagenen Knien zu ihr gekommen war. »Die Stadt wird wachsen, aber solange ich hier herrsche, wird es dir freistehen, den Himmel und die Ländereien in der Umgebung des Turms zu erkunden.« Er ließ sie los, und sie trat zurück – in die Arme des Mannes, der sie nach Hause fliegen würde. »Pass gut auf sie auf, Galen.«

Galen antwortete nicht, seine Miene machte deutlich, dass

diese Anweisung keine Antwort verdiente. Raphael lachte, und in diesem seltenen Klang lag das verblassende Echo des winzigen, blauäugigen Jungen, der das geliebte Kind zweier Erzengel war. Neben ihm stand stumm und wachsam Dmitri. Ein Lächeln umspielte seine Lippen, und ausnahmsweise erreichte es auch seine Augen. »Gute Reise.«

Unmittelbar nach Dmitris Worten sausten die beiden Engel vom Dach des Turms hinunter und wurden von zwei Engelsgeschwadern in perfekter Formation zur Grenze eskortiert. Wenngleich Jessamy der augenscheinliche Grund für diese Vorführung war, wusste sie doch, dass eigentlich der Respekt gegenüber Galen die Staffel antrieb. Ihr Herz war erfüllt von Stolz auf diesen Mann, ihren Mann, der sich seinen Platz erkämpft hatte – allen zum Trotz, die versucht hatten, ihn zu ersticken und zu zerstören.

Seine Mutter hatte erneut geschrieben. Sie hatte ihn wieder dazu gedrängt, in Titus' Land zurückzukehren und die schlechtere Position anzunehmen, um dort »seine Fähigkeiten zu verbessern«. Dieser subtile Angriff auf Galens Selbstvertrauen hatte Jessamy in Rage versetzt, doch er hatte nur den Kopf geschüttelt und gesagt: »Sie hat Angst, Jess.« Das tiefe Verständnis in seinen Augen hätte all jene überrascht, die nur seine harte, ungehobelte Oberfläche kannten.

Also hatte sie ihre eigene Wut unterdrückt und die Hand an seine Wange gelegt. »Möchtest du sie sehen?« Tanae war seine Mutter – Jessamy konnte dieses emotionale Bedürfnis verstehen, zumal sie selbst ein Kind war, das seine Eltern trotz des oftmals schmerzlichen Schweigens zwischen ihnen liebte.

»Ja.« Eine ruhige Kraft ging von ihm aus, als er den Brief beiseitelegte. »Aber ich werde ihrer Anerkennung nicht mehr hinterherjagen. Sie kann ihren Stolz überwinden und zu mir kommen.«

Während des Fluges hoffte Jessamy, dass Tanae eines Tages ihren Stolz hinunterschlucken würde, denn auch wenn Galen ihre Anerkennung nicht mehr brauchte, so liebte er sie noch immer.

»Jess.« Sein warmer Atem, seine vertraute Stimme. »Sieh nur.«

Sie senkte den Blick und sah im Licht der ersten Sonnenstrahlen einen verschneiten Gebirgszug zum Leben erwachen, der Schnee schien sich unter den Strahlen aus flüssigem Gold zu kräuseln. »Oh ...«

Es war das erste von vielen Wundern, die sie gemeinsam erlebten. Die Heimreise verlief vollkommen anders als der Flug in Raphaels Territorium. Verspielt wie Kinder tanzten sie über einsame Inseln und durch Urwälder mit weit ausufernden Blätterdächern. Mit ihr konnte Galen lachen, wie er noch mit niemandem gelacht hatte, er neckte sie mit sündigen Worten und lauschte schockiert, als sie ihm flüsternd von den Anstößigkeiten berichtete, von denen sie im Laufe der Jahre erfahren hatte.

»Und ich hatte dich für behütet und unschuldig gehalten.«

»Mein armer Liebling. Wird dein empfindliches Zartgefühl den Rest der Geschichte verkraften?«

Ein tiefes Seufzen, lachende Augen. »Ich werde durchhalten, wenn es sein muss.«

Erst als sie die Zufluchtsstätte schon fast erreicht hatten, kam ihnen die Freude abhanden, und an ihre Stelle trat ein stilles, ernstes Wissen. »Wann wirst du aufbrechen, um in Raphaels Territorium zurückzukehren?« Obwohl sie die Wahrheit schon seit dem Winter kannte, als er sie ihr in einer lustdurchtränkten Nacht ins Ohr geflüstert hatte, zog sich ihr Herz schmerzhaft zusammen.

Galen brachte sie zu einer Felsklippe über dem Fluss, der sich durch die Zufluchtsstätte wand; ein letzter Augenblick, den sie ganz für sich hatten. »Morgen Vormittag.« Sein Haar loderte im Licht der Bergsonne, als er ihr Gesicht in seinen rauen, warmen Händen hielt und sie mit den Blicken in sich aufsog. »Raphaels Soldaten sind stark, aber noch nicht so weit, dass sie die Streitkräfte eines anderen Erzengels mit einem einzigen entscheidenden Gefecht zurückschlagen könnten.«

Alexander schlief, vielleicht noch Jahrtausende lang, aber Jessamy wusste, dass in der Welt des Kaders trotzdem niemals wirklich Frieden herrschte. »Du wirst sie gut darauf vorbereiten, da bin ich sicher.«

Galen drückte sie an sich. »Ich sollte dich nicht darum bitten«, er sprach jedes Wort voller Hingabe aus, »aber ich werde es dennoch tun. Warte auf mich, Jess. Ich werde zu dir zurückkommen.« Blanke Emotionen verwandelten die grüne See seiner Augen in verhüllte Smaragde.

Die Finger auf seine Lippen gepresst, schüttelte sie den Kopf. »Du brauchst mich niemals darum zu bitten, Galen. Für immer und ewig – so lange würde ich auf dich warten.«

In dieser Nacht liebte sie ihn mit leidenschaftlicher Wildheit und sagte ihm immer wieder Worte der Liebe, damit er wusste, dass sie tatsächlich auf ihn warten würde. Viel zu bald brach der Morgen an, und der letzte Kuss zwischen ihnen war so zart, dass es ihr das Herz zerriss, ihren Barbaren in die Ländereien des Mannes zurückfliegen zu sehen, der nun sein Lehnsherr war.

Bei der Ausbildung von Raphaels Soldaten war Galen gnadenlos. Er hatte sein Herz in der Zufluchtsstätte zurückgelassen und vermisste es schmerzlich. Es war selbstsüchtig von ihm gewesen, Jessamy zu bitten, sie möge auf ihn warten, nachdem sie endlich ihre Flügel gefunden hatte. Sie war jetzt eine Frau, um die viele Männer werben würden.

Ich liebe dich, Galen. So sehr, dass es wehtut.

Er hielt ihre Worte in seinem Herzen fest, polierte sie, bis sie wie geschliffene Edelsteine glänzten. Keine Frau, sagte er sich, würde solche süßen, leidenschaftlichen Worte zu einem Mann sagen, den sie nicht wirklich heiß und innig liebte. Er hatte ihr mit seiner Bitte keine Fesseln angelegt – sie hatte ihn erwählt. Und doch fürchtete er, sie würde ihn bei seiner Rückkehr nicht mehr auf dieselbe Weise ansehen, fürchtete, dass die Einschränkung, die dieses Versprechen für ihre Freiheit bedeutete, ihre Liebe aushöhlen würde.

Der erste Brief wurde ihm von einem heimkehrenden Boten überbracht. In makelloser Handschrift berichtete Jessamy ihm von ihrem Leben, von den Kindern, die sie unterrichtete, von den Leuten, denen sie begegnete, von den Geschichten, die sie festhielt. Und so schuf sie eine Verbindung zwischen ihnen, obwohl die halbe Welt sie voneinander trennte.

Mein liebster Galen ...

Er strich so oft mit dem Finger über die Worte, bis die Tinte verwischte. Seine Augen brannten, und er musste den Brief beiseitelegen, um ihn spät in der Nacht zu lesen, wenn ihn niemand stören würde und er so langsam lesen konnte, wie er wollte.

Er schrieb ihr eine Antwort – sie war viel kürzer, weil er nicht so gut mit Worten umgehen konnte wie Jessamy – und gab sie Raphael mit, als der Erzengel mit einem kleinen Geschwader von Engeln vorbeikam, die in der Zufluchtsstätte stationiert werden sollten. Im Moment vertrat Jason Raphaels Interessen in der Engelsfestung, unterstützt von Illium und Aodhan, doch die beiden Engel waren noch jung.

Zum tausendsten Mal berührte Jessamy den Brief und fuhr die harten, eckigen Züge von Galens Schrift nach. In seinen knappen Worten, die andere Frauen vielleicht als Desinteresse gedeutet hätten, konnte sie seine Energie, seine rohe Kraft beinahe spüren. Sie lächelte, weil sie wusste, dass ein Krieger weder

Zeit noch Lust hatte, sich die Poesie und die schmeichelnde Kunst werbender Worte anzueignen. Schließlich küsste sie den Brief und legte ihn auf das Buch, das sie an diesem Tag mit nach Hause nehmen wollte.

»Tochter.«

Beim Klang dieser vertrauten Stimme drehte sich Jessamy um und ließ Galens Brief zwischen die Buchseiten gleiten – aber ihre Mutter hatte ihn bereits gesehen. »Von deinem Barbaren.« Sie sagte es mit einem Lächeln, aus dem eher Zuneigung als Missbilligung sprach.

Jessamy lachte. »Ja.« Sie erzählte ihrer Mutter nicht, dass Galen längst nicht so barbarisch war, wie er wirkte – nicht nur, weil es ihm einen Vorteil verschaffte, dass andere seinen Intellekt stets unterschätzten, sondern auch, weil er eine solche Rechtfertigung nicht nötig hatte. Sie liebte jede Seite an ihm, die raue ebenso sehr wie die verborgene süße, die ihn dazu veranlasst hatte, ihr zwischen den Seiten seines Briefes ein getrocknetes Gänseblümchen mitzuschicken.

Heute bin ich über die Wiese geflogen und musste daran denken, wie du mit den Blumen gesprochen hast, hatte er geschrieben und sie damit beinahe zu Tränen gerührt. Dieses große Untier.

»Du liebst ihn.« Den Worten ihrer Mutter folgte ein breiteres und doch irgendwie unverbindliches Lächeln. »Ich sehe es in deinen Augen.«

Jessamy konnte dieses Zögern und diese Distanz zwischen ihnen nicht länger ertragen und lief in die ausgebreiteten Arme ihrer Mutter. Ihr warmer, liebevoller Duft war Jessamy so vertraut und brachte die Erinnerung an jene Nächte ihrer Kindheit zurück, die sie stumm und steif auf Rhoswens Schoß zugebracht hatte. In dieser Zeit hatte sie wirklich begriffen, dass ihre Flügel *niemals* die gleiche Form haben würden wie die ihrer Freunde und dass sie nie in der Lage sein würde, bei ihren Spielen am Himmel mitzumachen.

»Ja«, flüsterte sie und drückte ihre Mutter fest an sich. Rhoswen hatte sie Nacht für Nacht in ihren Armen gewiegt und ihr Kind mit grimmiger, beschützender Liebe in ihrer Stimme zu trösten versucht. Doch der Schmerz war zu groß gewesen, um sich damit abzufinden. »Ich bin glücklich.«

Als Rhoswen sich aus der Umarmung löste, lag ein feuchter Schleier über dem tiefen Braun ihrer Augen. »Nein, das bist du nicht.«

»Mutter ...«

»Schhh.« Unter Tränen lachend, drückte Rhoswen ihre Hände. »Du leidest, weil du deinen Krieger so sehr vermisst.«

Jessamy lachte, und auch ihr kamen ein paar Tränen, denn bis zu diesem Moment war ihr nicht bewusst gewesen, wie sehr es ihr fehlte, mit ihrer Mutter über Galen zu sprechen. Es nicht zu tun, war keine bewusste Entscheidung gewesen, eher eine Ausdehnung des schmerzlichen Schweigens, das im Laufe der Jahre zwischen ihnen gewachsen war. »Kommst du mit mir nach Hause?«, fragte sie und griff nach Rhoswens Hand. »Ich möchte gern mit dir reden.«

»Das möchte ich auch gern.« Schlanke, lange Finger strichen über ihre Wange. »Es freut mich so, zu sehen, dass die Traurigkeit aus deinem Herzen gewichen ist.« In diesem Moment erkannte Jessamy, dass die Distanz zwischen ihnen ebenso viel mit ihr selbst zu tun gehabt hatte wie mit ihrer Mutter. Sie hatte ihren Kummer gut getarnt geglaubt, als sie heranwuchs und zu einer respektierten Persönlichkeit in der Zufluchtsstätte wurde, aber welche Mutter, die ihre Tochter liebt, könnte nicht das Salz der verborgenen Tränen ihres Kindes schmecken?

Als sie sich bei Rhoswen unterhakte und sich ihre Flügel in einer warmen Vertrautheit zwischen Mutter und Kind berührten, traf sie eine Entscheidung: Was die Zukunft auch bringen mochte, Rhoswen sollte nie wieder solchen Schmerz bei ihrer Tochter spüren müssen. Galen hatte Jessamy geholfen, ihre Flügel zu finden, aber es war ihre Aufgabe, die sprudelnde Lebensfreude in sich selbst zu nähren. Sie würde darum kämpfen, sich dieses Gefühl zu bewahren.

»Was schreibt er denn, der große Grobian, der dich vor den Augen der gesamten Zufluchtsstätte geküsst hat?«, fragte Rhoswen mit spöttischem Lächeln. »Zeig mal her.«

»Nur wenn du mir die kleinen Liebesbriefchen zeigst, von denen ich weiß, dass Vater sie dir noch immer schreibt.«

Die Wangen ihrer Mutter färbten sich so rosa wie die Spitzen ihrer Handschwingen, derselbe Farbton wie an den Innenkanten von Jessamys Flügeln. »Du schreckliches Mädchen!«

Kichernd drückte Jessamy das Buch und Galens Brief fest an ihr Herz. Während die Jahreszeiten vergingen, wurden viele dieser Briefe durch die Welt geflogen. Seite um Seite beschrieb sie mit Geschichten über das Leben in der Zufluchtsstätte – einschließlich der von den drei kleinen Engeln, die ebenso wie Jessamy auf Galen warteten.

Sie versichern mir, dass sich ihre Flugtechnik deutlich verbessert hat – sie haben die Übungen, die du ihnen aufgegeben hast, sehr gewissenhaft ausgeführt und unterrichten inzwischen auch ihre Mitschüler.

Illium, Jason und Aodhan, sie alle nahmen Jessamys Briefe entgegen und kehrten mit Galens Antworten zurück.

»Ist dir klar, dass ich zuerst zu *dir* gekommen bin, noch bevor ich meine eigene Mutter begrüßt habe?«, sagte ein müder Illium an einem Spätsommertag, als er ihr einen Brief übergab. »Galen hat mir angedroht, mir alle Federn einzeln auszureißen, wenn ich es nicht tue.«

Sie liebte diesen blaugeflügelten Engel, der stets ihr Herz

erfreute. Herzlich küsste sie ihn auf die Wange. »Flieg nur zum Kolibri«, sagte sie; seine Mutter, die diesen Beinamen trug, war eine begabte Künstlerin. »Sie hat schon den Himmel nach dir abgesucht.«

Vor dem Orange und Gold des Sonnenuntergangs bot der Engel einen spektakulären Anblick, aber Jessamy hatte sich bereits abgewandt und brach mit zitternden Fingern das Siegel. Wie immer war der Brief kurz und ohne Ausschmückungen. Kein Wort der Liebe. Einfach nur Galen.

Sag meinen kleinen Schülern, dass ich vorhabe, sie bei meiner Rückkehr einer strengen Prüfung zu unterziehen. Es ist nie zu früh, mit der Ausbildung eines Geschwaders zu beginnen.

»Oh, wunderbarer Mann«, flüsterte sie, denn diese Worte würden den Kleinen, die ihn wie einen Helden verehrten, alles bedeuten.

Dieses Mal lag kein Gänseblümchen darin. Nur eine unausgesprochene Bitte.

Die Feder, die ich dir bei meinem Aufbruch entwendet habe, verliert ihren Duft nach dir.

Sie schickte ihm eine Feder aus der Innenseite ihres Flügels, wo die Rötung sich zu Magenta vertiefte. Sie schrieb ihm von den Sommerblumen in den Bergen und von den politischen Spielchen, die sie nun beobachten konnte, da Michaela sich auf dem haarfeinen Grat zwischen Engel und Erzengel bewegte. Und sie schrieb auch, dass sie sich um Illium sorgte.

Vor seiner Abreise aus der Zufluchtsstätte hatte sich der junge Engel in eine Sterbliche verliebt, und seit seiner Rückkehr wurde diese Liebe mit jedem Tag größer. Die meisten taten es nur als eine Schwärmerei seinerseits ab, weil sie die wilde Schönheit seines Geistes als Leichtfertigkeit fehldeuteten, aber Jessamy wusste, welche Kräfte Illiums treues Herz barg.

Ich kann mir Illium nicht ohne sein Lächeln vorstellen, schrieb sie, als sie im Klassenzimmer an ihrem Pult saß, während der blaugeflügelte Engel draußen mit ihren Schülern spielte. *Ihr Tod wird ihn bis in alle Ewigkeit verfolgen.*

Galens Antwort fiel schlicht aus. *Er ist stark. Er wird es überleben.* Dann fügte er etwas hinzu, das ihr beinahe das Herz brach. *Ich bin nicht so stark.*

Bei diesen Worten von ihrem tapferen Krieger liefen ihr die Tränen über das Gesicht. Sie schrieb ihm, wie sehr sie ihn bewunderte, denn sie würde Galen gegenüber nie wieder Barrieren zum Selbstschutz aufbauen. Er sollte sich ihrer Liebe immer, *immer* gewiss sein. »Mein Galen.«

Der Herbst hatte Einzug gehalten, als Dmitri ihr eine Antwort brachte. Er war mit einem schnellen Seeschiff gekommen und würde sich von einem Engelsgeschwader mit zurücknehmen lassen. Dadurch sollte Illium mehr Zeit im Turm verbringen können. Jessamy fing den Blick des Vampirs auf. »Es ist kein Zufall, dass er so bald zurückbeordert wurde, nicht wahr?«

Dmitris sinnlich geschwungener Mund bildete eine schmale Linie, als der Vampir den Kopf schüttelte. »Raphael ist wegen Illiums Beziehung zu diesem sterblichen Mädchen besorgt. Er könnte Grenzen überschreiten, die nicht überschritten werden dürfen, und Geheimnisse verraten, die kein Sterblicher kennen darf.«

Jessamy blickte ihm mit schwerem Herzen nach, denn sie wusste, welche Strafe den Engel erwartete, sollte er Geheimnisse der Engel preisgeben. »In der Liebe gibt es keine Sicherheit, nicht wahr, Dmitri?«

»Nein.« Ein einziges Wort, in dem tausend unausgesprochene Dinge lagen.

Wieder einmal fragte sie sich, was in der Vergangenheit dieses Vampirs liegen mochte, aber diese Fragen standen ihr nicht zu. »Wie steht es um Raphaels Soldaten?«

»Sie bekunden täglich, wie sehr sie Galen hassen, würden aber für ihn in den Tod gehen, wenn er es anordnete.« Neugier legte sich auf seine Miene. »Ich habe mich geirrt, was das Ergebnis seines Werbens angeht, und ich weiß noch immer nicht, warum.«

Lachend berührte sie Galens Brief, der in einer verborgenen Tasche in ihrem Gewand steckte.

In ihrem nächsten Schreiben erwähnte sie ein Thema, das sie bisher noch nicht angeschnitten hatte – nicht aus Angst, sondern weil er sie vergessen ließ, dass sie unvollkommen war. *Ich werde niemals Kinder bekommen, Galen. Keir kann nicht versprechen, dass ich meine Behinderung nicht vererben würde.* Und auch wenn sie selbst ihr Glück gefunden hatte, war der Weg dorthin doch mit zerbrochenen Träumen und schmerzhafter Einsamkeit gepflastert gewesen. Es würde sie vernichten, solches Leid in den Augen ihres Kindes zu erblicken.

Galens Antwort wurde von einem wunderschönen Krieger mit den Flügeln eines Schmetterlings überbracht.

Ich würde unser Kind überall hinfliegen.

Die Worte verschwammen vor ihren Augen. Ehe sie weiterlas, wischte sie sich die Nässe von den Wangen.

Die Flatterbienchen mögen zwar nichts als Luft im Kopf haben, aber Titus hat sie großartig aufgezogen. Nicht nur durch Blut können Bande geknüpft werden. Und, Jess? Ich habe nicht den Wunsch, Imperien und Dynastien zu gründen. Ich möchte nur ein Zuhause mit dir haben.

Am Ende war ihr Barbar doch ein Poet, dachte sie, während die Tinte unter einem Tränenregen verschwamm. Aber es lag kein Schmerz darin, sondern nur die Sehnsucht einer Liebe, die so wahrhaftig war, dass sie ihr Leben für immer verändert hatte.

16

Illium berichtete Galen von den Dingen, die Jessamy in ihren Briefen nicht erwähnte: von den anderen Männern, sowohl Engeln als auch Vampiren, die wiederholt versucht hatten, um sie zu werben. Galen verprügelte Illium nur deshalb nicht für das Überbringen dieser Nachricht, weil dieser sie mit einem finsteren Blick vortrug und hinzufügte: »Jessamy ist zu höflich, um ihnen zu sagen, dass sie nicht belästigt werden möchte. Aber jeder Mann weiß, dass er es mit Dmitri zu tun bekommt, wenn er sie zu sehr bedrängt und sie sich deshalb unwohl fühlt.«

Plötzlich begriff Galen, dass Illium vor seiner Abreise aus der Zufluchtsstätte selbst ein solcher Verfechter für Jessamy gewesen war. »Vielen Dank.«

Ein finsterer Blick, entblößte Zähne. »Weißt du, wie viele Leute mich inzwischen Bluebell nennen?«

Galen lachte. Ihm wurde bewusst, dass er in diesem hübschen Engel, der aussah wie ein Schmuckstück und kämpfte wie eine glänzende, elegante Klinge, unversehens einen Freund gewonnen hatte. »Dann komm, als Entschädigung darfst du versuchen, mich im Kampf zu besiegen.«

Während er im frischen Herbstwind mit Raphaels Leuten trainierte und sich hundert Schattierungen von roten, braunen und ockerfarbenen Blättern auf die Erde legten, dachte er an seinen kostbaren Vorrat an Briefen und an die zarten Federn in Creme und verlegenem Rot. So schöne Worte hatte Jessamy ihm geschrieben. Und doch war er zu ehrlich, um sich selbst etwas vorzumachen – an einer Tatsache würde sich nie etwas ändern:

dass er der erste Mann gewesen war, der sie als Frau in den Himmel hinaufgetragen hatte. Wenn er zurückkehrte, würden es auch andere getan haben ... und dann hatte seine Historikerin eine Wahl.

Obwohl ihn die Vorstellung zugrunde richtete, sie in den Armen eines anderen Mannes fliegen zu sehen, wollte er, dass sie diese Wahl hatte. Sie sollte niemals bereuen, mit ihm zusammen zu sein. Denn trotz all seiner Ecken und Kanten trug jeder Teil von ihm Jessamys Namen – und er wollte, dass es ihr mit ihm ebenso erging.

Während der Herbst in einen harten, schroffen Winter überging, schlug Jessamy ihre Geschichtsbücher auf und hielt all das fest, was sich in der vergangenen Jahreszeit ereignet hatte. Der Frieden hatte gehalten, denn die Erzengel hatten keine Zeit für ihre Machtspielchen gehabt. Zu sehr waren sie damit beschäftigt gewesen, das Schauspiel von Michaelas Aufstieg in den Kader zu beobachten. Jessamy musste anerkennen, dass der neue Erzengel mit ehrfurchtgebietender Pracht an die Macht gekommen war.

Im hohen Norden, schrieb sie, *tanzen im Winter die Farben am Himmel. Aber als Michaela ihre volle Stärke erreichte, tanzte der Himmel auf der ganzen Welt, über den Tropen ebenso wie über der Zufluchtsstätte, bei Nacht ebenso wie am helllichten Tag. Kräftiges Indigo, leuchtendes Rubinrot, irisierendes Grün. Die Farben verwandelten die Welt in einen Traum.*

Natürlich hatte es auch andere Entwicklungen gegeben, die im Vergleich dazu kleiner, aber nicht weniger wichtig gewesen waren. Sie schrieb sie mit der Distanz der Historikerin nieder, obwohl ihre Seele über einiges, was sie zu Papier bringen musste, stumme Tränen vergoss. Aber sie waren eine langlebige Spezies, Verlust und Trauer gehörten ebenso zu ihrer Geschichte wie die Freude.

Ihr eigenes sehnsüchtiges Verlangen wuchs. Tag für Tag suchte sie den Himmel nach Galens charakteristisch gestreiften Flügeln ab, obwohl sie wusste, dass er sich mit Raphaels Männern und Frauen auf einem winterlichen Marsch befand, um die Krieger unter den rauesten Bedingungen zu trainieren.

»Jessamy.«

Sie hielt im Schreiben inne, nahm die Feder vom Papier und blickte in das hagere Gesicht eines Engels, der fünfhundert Jahre älter war als sie. Er war kein schöner Mann, hatte jedoch die Art von überwältigender Ausstrahlung an sich, die von Zeit und Erfahrung zur Perfektion geschliffen wurde. »Ja?«

Er streckte ihr die Hand entgegen. »Ich möchte dich an den Himmel tragen.«

Galen wollte den Frühling am liebsten aus dem Boden stampfen, auch wenn es ihm nichts genützt hätte. Noch mindestens eine weitere Jahreszeit würde er in diesem Territorium verbringen müssen, denn er wollte sichergehen, dass seine Soldaten umsetzen konnten, was er ihnen beigebracht hatte. »Ich werde wiederkommen, wenn es nötig ist«, sagte er zu Raphael, während er an den Klippen auf und ab lief, die sich auf einer Insel jenseits des mächtigen, tosenden Flusses erhoben und einen klaren Blick auf den Turm boten. »Aber ich möchte in der Zufluchtsstätte stationiert werden.«

»Dagegen habe ich nichts einzuwenden«, sagte Raphael. »Ich brauche mindestens einen meiner hochrangigen Vertrauten, der dauerhaft dort ist.«

Das Vertrauen zwischen ihnen war gewachsen und hatte eine tiefe Bindung geschaffen. Dennoch fragte sich Galen, ob Raphael ihn in der Zufluchtsstätte unauffällig beobachten lassen würde, weil er nun so viel Macht hatte. Er jedenfalls hätte es getan, und das sagte er Raphael geradeheraus. Der Erzengel hob eine Braue »Du stärkst mich, Galen. Das macht dich zu einem Angriffsziel. Sei vorsichtig.«

»Niemand wird mich jemals überrumpeln.« Das war keine Arroganz – er kannte seine Stärken ebenso gut wie seine Schwächen. Dank Jessamy, Dmitri, Jason und Raphael war er nicht mehr ganz unbedarft darin, die raffinierten politischen Intrigen, die selbst einen Unsterblichen das Leben kosten konnten, zu erkennen und geschickt abzuwenden.

Ein Windstoß blies Raphael das Haar aus dem Gesicht. »Illium wird mit dir zurückfliegen. Er geht ein vor Kummer, wenn er so weit von seiner Sterblichen entfernt ist.«

»Wäre es nicht besser, ihn hierzubehalten?«

»Würdest du so entscheiden?«

Galen dachte an sein reißendes Verlangen, bei Jessamy zu sein, und stellte sich vor, er wüsste, dass ihre Existenz in kaum mehr als einem Wimpernschlag verlöschen würde. »Nein. Es wäre grausam.« Wenn Illium nur diesen Wimpernschlag hatte, sollte er uneingeschränkt ihm gehören.

Raphael schwieg, aber Galen wusste, dass er ihm zustimmte. Der Erzengel trug zwar eine Form von Grausamkeit in sich, die mit seiner immensen Macht einherging, aber er war auch zu einer Treue fähig, die den Krieger in Galen ansprach. Von diesem Erzengel brauchte Galen kein Messer im Rücken zu erwarten.

»Tanae«, sagte der Erzengel einige Zeit später, »hat um Erlaubnis gebeten, mein Territorium zu betreten.«

»Verstehe.« Als Galen in diese blauen Augen blickte, die er sonst bei keinem Sterblichen oder Unsterblichen gesehen hatte, erkannte Galen, dass Raphael die Bitte gewährt hatte.

Als seine Mutter im Turm eintraf, war sie noch immer die gleiche Frau, die gleiche Kriegerin wie immer, aber er sah sie nun mit anderen Augen.

Sie stand plötzlich einem Mann gegenüber, der in keinerlei

Hinsicht ihre Unterstützung brauchte, schrieb er der Frau, die ihn gelehrt hatte, dass er so, wie er war, liebenswert war, *und sie wusste nicht, wie sie damit umgehen sollte, und ist in Titus' Territorium zurückgekehrt. Aber vielleicht ist es ein Anfang. Vielleicht finden wir einen neuen Weg.*

Er beendete den Brief, ohne den einen Satz zu schreiben, der in seinem Inneren tobte.

Warte auf mich, Jess.

Im Gegenlicht der untergehenden Sommersonne sah Jessamy in weiter Ferne die Silhouetten zweier Engel. Sie beschattete ihre Augen, um die Identität der Neuankömmlinge auszumachen, aber die Glut des Sonnenlichts verwandelte deren Flügel in einheitliches Feuer, und doch ... wusste sie es. Sie *wusste* es. Ohne auf den tückischen Untergrund zu achten, rannte sie zum Rand der Klippen und wartete, ihre Hände verkrampften sich im Stoff ihres Gewandes.

Ein Sonnenstrahl traf auf die leuchtend roten Haare, die sich immer wie Seide unter ihren Händen anfühlten.

Tränen liefen ihre Wangen hinunter; nur am Rande nahm sie wahr, dass Illium abdrehte, um zu dem Menschendorf zu fliegen, das in einiger Entfernung lag. Sie hatte nur Augen für ihren Geliebten, der endlich zu ihr zurückgekommen war. Er flog auf den Rand der Klippen zu und fing sie auf, als sie ohne zu zögern sprang. Er tauchte mit ihr in die Tiefe der Schlucht, zum Ufer des Flusses, der schäumend über die Felsen sprang und süß und klar durch die Untiefen floss.

»Du bist zu Hause! Du bist zu Hause!« Sie küsste ihn auf Mund, Wangen und Kinn, auf jeden Teil von ihm, den sie erreichen konnte. »Ich habe dich so vermisst.«

Die Tiefe der Freude, mit der sie ihn aus ihren braunen, tränengefüllten Augen ansah, gab ihm den Rest. Er presste seine

Jessamy fest an sich und küsste sie wild, nahm ihr die Worte, nahm ihr den Atem, nahm alles. »Es ist mir egal«, flüsterte er heiser, rau und fordernd, »wer dich umworben hat, während ich weg war. Ab jetzt bin ich der Einzige, der um dich wirbt.« Er hatte ihr die Möglichkeit geben wollen, sich zu entscheiden, musste jedoch feststellen, dass er dazu nicht in der Lage war. »Ich werde dich bis zu meinem letzten Atemzug lieben und dir alles, alles geben, was du willst.«

»Wieder Poesie. Das ist nicht fair.« Ein zittriges Lachen. Mit ihren schlanken Händen streichelte sie seine Brust, wie es ihre Art war. »Seit deiner Abreise bin ich nicht mehr geflogen.« Zärtliche Worte, ausgesprochen mit einem intimen Lächeln. »Wirst du am Himmel um mich werben?«

Zerknirscht sagte er: »Ich wollte dich nie an den Boden ketten.« Trotz seiner Eifersucht.

»Ich weiß. Oh, ich weiß.« Sie rieb ihre nasse Wange an seiner Brust. »Ich konnte es nicht ertragen, in den Armen eines anderen zu sein.«

»Jess.«

Viel, viel später, als die Nacht sie weich und warm einhüllte, stieg Jessamy aus den zerwühlten Laken ihres Bettes auf und ging zu einer Kommode, die in einer Ecke des Zimmers stand. »Was machst du?«, fragte Galen. Er lag auf dem Bauch und beobachtete Jessamy, seine Jessamy, mit eifersüchtigem Blick. Der Schatten, den sie im Mondlicht warf, war so schlank wie Schilfrohr, ihre Haut schimmerte hell wie Perlen, ihre Federn, so üppig und kostbar, luden zum Streicheln ein.

Ohne sich ihrer Nacktheit zu schämen, schenkte sie ihm ein schüchternes Lächeln, als sie zum Bett zurückkehrte. »Ich habe etwas für dich.«

Er wollte aufstehen, doch sie schüttelte den Kopf. »Bleib so. Ich sehe dich gern an.«

»Gut.« Er entblößte die Zähne. »Wenn es nach mir ginge, wärst du immer nackt.«

»Barbarisch!« Lachend schob sie etwas unter seinem Oberarm hindurch, führte es um seinen Bizeps und ließ es zuschnappen. »Zu eng?«

Er blickte auf das dünne Metallband hinunter, das seinen Oberarm umschloss, und schüttelte den Kopf. »Ich bin längst an dich gebunden, meine fordernde Lady Jessamy.« Mit Banden, die niemals zerbrechen würden. »Und jetzt legst du mir Fesseln an?« Er wollte sie necken. Er hatte nämlich herausgefunden, dass es ihm Freude bereitete, seine Historikerin zu necken.

»Schhh.« Sie strich über das Metall. »Das Amulett enthält Bernstein.«

Er packte sie und zog sie unter sich, begrub ihren Körper unter seinem. »Dann erhebst du also Anspruch auf mich?« Bernstein trugen die Vergebenen als Warnung an alle anderen, ihre Hände bei sich zu behalten.

Riesige braune Augen sahen ihn an. »Ja.«

In seinem ganzen Leben hatte er sich noch nie so sehr gefreut. »Hat das Amulett noch irgendeine weitere Bedeutung?«

Sie errötete. »Es ist albern ... eine Tradition der Sterblichen. Ein Wunsch, der dich beschützen soll.«

Er strich ihr die Haare aus dem Gesicht, rieb seine Nase an ihr und wusste, dass er nie wieder einsam durch die Welt ziehen und ein Zuhause suchen würde. »Wirst du auch meinen Bernstein tragen, Jess?«

Ihr Lächeln verriet ihm, dass er geliebt wurde. Und dass er ihr gehörte. »Für immer.«

Mehr zu Ihren Lieblingsautoren und -büchern sowie Interviews, Newsletter, Leseproben, Gewinnspiele und Trailer finden Sie unter:
www.egmont-lyx.de

Nalini Singh
Gilde der Jäger
Roman

Tauche ein in die atemberaubende Liebesgeschichte von Elena und Raphael!

In einer Welt voller Schönheit und Blutgier, in der Engel über Vampire und Sterbliche herrschen, soll die Vampirjägerin Elena einen abtrünnigen Erzengel aufspüren Schon bald kann sich Elena dem Reiz, den ihr Auftraggeber Raphael auf sie ausübt, nicht mehr entziehen. Doch Raphaels Berührungen führen Elena an den Rand des Abgrunds. Denn im Spiel der Erzengel zahlen die Sterblichen den Preis ...

»Mit *Gilde der Jäger* stellt Nalini Singh einmal mehr unter Beweis, dass sie eine begnadete Geschichtenerzählerin ist ... Unfassbar gut!« *Romantic Times*

Band 01: Engelskuss   ISBN 978-3-8025-8274-5
Band 02: Engelszorn   ISBN 978-3-8025-8275-2
Band 03: Engelsblut   ISBN 978-3-8025-8595-1
Band 04: Engelskrieger ISBN 978-3-8025-8596-8

je ca. 400 Seiten
kartoniert mit Klappe
Band 01+02 € 9,95 [D]
Band 03+04 € 9,99 [D]

Mehr zu Ihren Lieblingsautoren und -büchern sowie Interviews, Newsletter, Leseproben, Gewinnspiele und Trailer finden Sie unter:
www.egmont-lyx.de

Larissa Ione
Eternal Riders
Ares

Roman

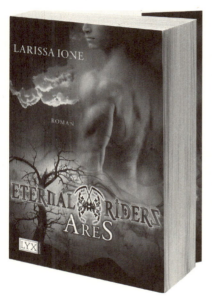

**Er ist der Vorbote der Apokalypse –
und sie seine einzige Rettung**

Der Krieger Ares gehört zu den vier Reitern der Apokalypse. Auf seinen Schultern lastet das Schicksal der Menschheit. Wenn er den Kräften des Bösen anheimfällt, sind auch die Sterblichen dem Untergang geweiht. Nur eine Frau kann den mächtigen Krieger noch retten: die schöne Cara, die über eine besondere Gabe verfügt. Völlig unerwartet löst sie in Ares eine nie gekannte Leidenschaft aus ...

»Düster, dekadent, sinnlich ... von diesem Buch werden Sie nicht mehr loskommen!« *Gena Showalter*

Band 1 der Serie
464 Seiten, kartoniert mit Klappe
€ 9,99 [D]
ISBN 978-3-8025-8550-0

www.egmont-lyx.de

Mehr zu Ihren Lieblingsautoren und -büchern sowie Interviews, Newsletter, Leseproben, Gewinnspiele und Trailer finden Sie unter:
www.egmont-lyx.de

Pamela Palmer
Krieger des Lichts
Roman

Sie haben geschworen, die Welt zu beschützen – auch wenn es sie das Leben kostet ...

Die Krieger des Lichts sind eine Bruderschaft von unsterblichen Gestaltwandlern, die dazu auserkoren sind, die Welt vom Bösen zu befreien! Und auch inmitten der größten Gefahren riskieren die Krieger alles, um die Frauen zu retten, die eine ungezähmte Leidenschaft in ihren Herzen geweckt haben.

»Voller Gefahr, erotischem Prickeln und Romantik. Pamela Palmers Serie fesselt den Leser und hält ihn in Atem.« *C. J. Lyons*

je ca. 350 Seiten
kartoniert mit Klappe
Band 01-02 € 9,95 [D]
Band 03-05 € 9,99 [D]

Band 01: Ungezähmtes Verlangen ISBN 978-3-8025-8310-0
Band 02: Ungezähmte Begierde ISBN 978-3-8025-8311-7
Band 03: Ungezähmte Leidenschaft ISBN 978-3-8025-8312-4
Band 04: Ungezähmte Sehnsucht ISBN 978-3-8025-8622-4
Band 05: Ungezähmtes Herz ISBN 978-3-8025-8642-2

www.egmont-lyx.de

Werde Teil unserer LYX-Community bei Facebook

Unser schnellster Newskanal:
Hier erhältst du die neusten Programm-
hinweise und Veranstaltungstipps

Exklusive Fan-Aktionen:
Regelmäßige Gewinnspiele,
Rätsel und Votings

Bereits über **10.000** Fans tauschen sich
hier über ihre Lieblingsromane aus.

JETZT FAN WERDEN BEI:
www.egmont-lyx.de/facebook